达斯坦口头诗学研究

吐孙阿依吐拉克　著

學苑出版社

图书在版编目（CIP）数据

达斯坦口头诗学研究 / 吐孙阿依吐拉克著. -- 北京：学苑出版社，2024. 10. -- （中国史诗学丛书 / 斯钦巴图主编）. -- ISBN 978-7-5077-7066-7

Ⅰ．I207.22

中国国家版本馆 CIP 数据核字第 2024ZT3283 号

| 出　版　人：洪文雄
| 责任编辑：陈　佳
| 出版发行：学苑出版社
| 社　　　址：北京市丰台区南方庄 2 号院 1 号楼
| 邮政编码：100079
| 网　　　址：www.book001.com
| 电子邮箱：xueyuanpress@163.com
| 联系电话：010-67601101（营销部）、010-67603091（总编室）
| 印　刷　厂：鸿博昊天科技有限公司
| 开本尺寸：710 mm × 1000 mm　1/16
| 印　　张：23.75
| 字　　数：349 千字
| 版　　次：2024 年 10 月第 1 版
| 印　　次：2024 年 10 月第 1 次印刷
| 定　　价：138.00 元

出版前言

中国各民族有形态各异、蕴藏丰富且传承悠久的史诗传统，在国际史诗版图中占据重要位置。中国史诗大体可分为两类：一类是南方少数民族史诗，主要以神话史诗为主，篇幅比较短小，大多以天地宇宙形成、人类起源等神话故事为叙述对象，并作为民俗仪式的一部分而存在，保持着古老的形态；另一类是北方少数民族史诗，主要以英雄史诗为主，以《格萨（斯）尔》《江格尔》《玛纳斯》"三大史诗"为代表，篇幅比较长，规模宏大，以英雄的征战、婚姻等历史事件为叙述对象，已脱离相关仪式而获得独立的传承形式，代表着史诗体裁的高度发达阶段。其中，中国"三大史诗"不仅传播于国内各民族民间，还传播到周边各国各民族民间，成为跨国界流传、多民族共享的史诗。

然而，我国各民族史诗的抢救保护、整理出版、分析研究工作起步很晚。无论在资料搜集还是在理论研究的开启时间上，均落后其他流传区国家几十年，甚至上百年。以《江格尔》为例，这部史诗主要流传于中蒙俄三国各民族民间。俄罗斯联邦卡尔梅克《江格尔》的抢救保护、搜集记录工作早于中国150年，于1802年开始，至20世纪40年代，记录出版了卡尔梅克《江格尔》30余部诗章的数十部异文，从而使其名扬世界，并成为与世界著名史诗齐名的伟大史诗。蒙古国记录该国《江格尔》可追溯至立国前的1901年，至1978年，共抢救记录了蒙古国《江格尔》25部诗章。而我国《江格尔》的正式搜集记录工作，是从1978年开始的。

虽然起步较晚，但我国各民族史诗研究的起点高、发展快。中国《江格尔》

的抢救记录工作启动后，从100多位艺人口中抢救记录了100余部独立诗章的300余部异文，迄今出版《江格尔》资料本、翻译本、文学读本60余部，推出了《江格尔》科学资料本。《格萨（斯）尔》搜集出版工作更是硕果累累，迄今出版资料本数百卷。至于讲述玛纳斯子孙八代英雄事迹的《玛纳斯》史诗，国外经100多年的搜集，记录下了玛纳斯祖孙三代英雄的前三部，而我国已记录了完整的《玛纳斯》八部。史诗资料记录出版工作的成就，带来了中国史诗研究的起步、发展和腾飞。而这些成就的取得，与党和国家的重视与大力支持是分不开的。

改革开放以来，党和国家一直很重视少数民族史诗的抢救和研究，先后将其列入国家社会科学"六五""七五""八五"重点规划项目。此后，中国社会科学院又将中国少数民族史诗研究列为"九五""十五"和"十一五"重点目标管理项目，保证了中国史诗学科不断开拓进取，攀登高峰，摆脱史诗在中国而话语权却在国外的尴尬局面，逐步掌握并开始引领中国少数民族史诗研究的话语权，为国家赢得了尊严和荣耀。在这个过程中，中国社会科学院史诗研究团队发挥了极其重要的作用。

中国社会科学院民族文学研究所的中国少数民族史诗研究，始于1980年该所成立之初。一开始便实行资料建设与科学研究并行、田野观察与理论建构相结合的思路。在资料建设方面，民族文学研究所史诗研究团队成员奔赴全国各地，经过多年的集体努力，搜集到了大量珍贵的资料，撰写了300多万字的田野考察报告和研究报告，内容覆盖了内蒙古、新疆、西藏、青海、甘肃、四川、广西、云南、贵州、黑龙江、吉林、辽宁、北京等13个省、自治区、直辖市的多个民族。在这些积累基础上，已出版210多种学术资料、14部工具书，其中有20多种是多卷本，有的甚至达几十卷本。如，仁钦道尔吉、朝戈金、旦布尔加甫、斯钦巴图主持的《蒙古英雄史诗大系》（4卷，2007—2010），降边嘉措主持的《藏文〈格萨尔〉精选本》（40卷、51册，民族出版社2002—2013），斯钦孟和主持的《格斯尔全书》（第1—12卷，民族出版社2002—2014），郎樱、次旺俊美、杨恩洪主持的《格萨尔艺人桑珠说唱本》（全套计50卷，西藏藏文古籍出版社2001—2014）等。

在理论研究方面，团队成立之初就承担"九五"国家级重点项目"中国史诗研究"，先后完成并出版发表了众多研究成果，开启中国少数民族史诗研究的序幕。尤其是《格萨尔》《江格尔》《玛纳斯》等中国"三大史诗"和南方史诗为研究内容的一系列研究成果——"中国史诗研究"丛书7部，更是奠定了中国社会科学院民族文学研究所史诗学科的国内领先地位。通过理论开拓与借鉴，结合长期田野调查，中国社会科学院民族文学研究所学者开始在中国少数民族史诗的综合研究、比较研究、传承研究以及史诗形成和发展规律的探讨方面显现出强大实力。截至20世纪末，出版了《江格尔论》《玛纳斯论》《格萨尔论》《南方史诗论》《民间诗神——格萨尔艺人研究》《蒙古英雄史诗源流》等标志性成果，全面系统地评价和描述了中国史诗的总体概貌、重点史诗文本、重要演唱艺人以及史诗文类的各种问题，为以后的研究奠定了基础。在此过程中，民族文学所老一辈学者做了开拓性、奠基性的工作。他们基于本土资料，努力引进和借鉴国外相关理论，公开翻译出版或内部编印方式国外史诗研究经典著作或文章，推动了中国史诗研究的深入发展。

进入21世纪以来，民族文学研究所史诗研究团队新一代学者开始挑大梁，积极引进和推介口头程式理论、民族志诗学、表演理论等理论方法，翻译出版《口头诗学：帕里-洛德理论》《故事的歌手》《荷马诸问题》《突厥语民族口头史诗：传统、形式和诗歌结构》等国外史诗理论经典，以"口头史诗文本研究""中国少数民族语言与文化研究""格萨（斯）尔抢救、保护与研究""柯尔克孜族百科全书《玛纳斯》综合研究"等10多项国家社会科学基金委托项目、重大项目、重点项目以及一般项目、院级重大项目和所级重点课题为依托，逐步建立起了具有中国特色的史诗学，出版了《口传史诗诗学——冉皮勒〈江格尔〉程式句法研究》《史诗学论集》《古代经典与口头传统》《鹰灵与诗魂——彝族古代经籍诗学研究》《蒙古史诗：从程式到隐喻》《〈玛纳斯〉史诗歌手研究》《诗性智慧与智态化叙事传统》等一大批成果，引领中国史诗学研究方向，成功实现了研究范式转型。

2017年开始，借助于中国史诗研究方面的丰厚积累和优势，民族文学研究所史诗学研究被列为中国社会科学院"登峰战略"优势学科。2023年2月，"中国史诗学团队"被评为"首届中国社会科学院优秀科研团队"。此次出版的"中国史诗学丛书"除了符拉基米尔佐夫的《蒙古卫拉特史诗》，收录的都是本学科团队成员的创新成果。我们希望继续发扬首届中国社会科学院优秀科研团队优良传统，保持和巩固总体学术优势和学科框架，加强基础理论研究，提炼标识性话语，加快推进"中国史诗学派"形成的步伐，明确方向，突出优长，形成合力，砥砺前行，奋力开创中国史诗学学科高质量发展的新境界。

斯钦巴图

2024年4月24日

序　言

　　得知吐孙阿依吐拉克博士的第一部学术著作《达斯坦口头诗学研究》即将由学苑出版社出版的消息，我非常高兴，也衷心祝愿她出更多科研成果。

　　吐孙阿依吐拉克在中国社会科学院少数民族文学系读硕士期间，先后听了朝戈金、朝克、刘亚虎、尹虎彬、巴莫曲布嫫、汤晓青、阿地里·居玛吐尔地以及导师热依汗·卡德尔等研究员的课程。硕士毕业后来到我所在的北方室工作。参加工作十余年来，吐孙阿依主要从事"达斯坦"等口头传统的研究工作，多次与所领导和同事前往新疆、内蒙古等地进行民间艺人的田野调查，参加相关学术活动。

　　工作实践中，吐孙阿依认识到口头传统活型态文本的科学搜集并文本分析是研究工作的基础，于是，她于2014年至2018年在中央民族大学攻读语言学及应用语言学专业的博士学位，掌握了田野语言学的相关知识。她的博士学位论文《叙事长诗〈玉素甫—艾赫麦德〉写本与口头文本的语言研究》分析手抄本的书写形式、语音、形态，对比写本与口头文本的词汇特点，总结了口头文本语言的演变特点。论文还附有写本的转写及词汇索引、口头文本的记音及词汇索引。

　　该著从口头诗学的视角，研究国家级非物质文化遗产代表作——达斯坦口头传统。达斯坦篇幅长、情节感人、语言优美、曲调多变，口头性特征极其突出。此外，达斯坦在民间均以书面和口头方式流传，书面文本与口头演唱之间的互动互融关系较为典型。该著以维吾尔族民间达斯坦为主要论述对象展开研究。口头文本的分析部分以阿克陶县达斯坦艺人西布力汗演唱的《玉苏甫与艾合买提》为个案，在该艺人2009—2011年的多次演唱中，选取语言清晰、诗句和情节相对完整的文本，严谨记音，口头文本较可靠、科学。通过比较不同达斯坦艺人的演唱方式，探讨艺人表演特点以及演唱者与受众的互动语境。该著分析维吾尔民间达斯坦的传承现状、发展趋势、社会文化功能以及保护措施。运用民间文学的相关理论和研究方法，充分发挥作者具有维吾尔语言文字的优势，从语言学的视角，分析书面和口头文本的语言特点以及异同，为口头语与书面语的比较研究提供了可靠的资料。

论文写作过程中，她在新疆进行田野调查，在2008年攻读硕士开始，利用寒暑假时间，深入新疆喀什地区和阿克陶县，通过参加当地的麦西来甫等娱乐活动和文化馆的民间艺人演出活动，跟踪调查民间艺人等方式，搜集到第一手资料。她当时长期跟踪调查的民间达斯坦艺人目前均已去世。因此，她在口头文本和手抄本中选取民间广为流传的达斯坦《玉苏甫与艾合买提》作为研究对象，具有珍贵的史料价值。

作为青年学者，吐孙阿依吐拉克治学比较严谨，思路也很清晰。其论著《达斯坦口头诗学研究》资料翔实，具有学术价值。

郎樱

2024年9月

目　录

绪　　论 …………………………………………………………………… 001

第一节　维吾尔族民间达斯坦研究综述 …………………………… 003
一、国内研究概况 ………………………………………………… 003
二、国外研究概况 ………………………………………………… 008

第二节　研究意义与方法 ……………………………………………011
一、研究意义 ………………………………………………………011
二、研究方法 ……………………………………………………… 013
三、研究难点及解决方法 ………………………………………… 016

第三节　调查点及艺人概况 ………………………………………… 018
一、调查点 ………………………………………………………… 018
二、艺人群体 ……………………………………………………… 020

第四节　本书使用的符号 …………………………………………… 029
一、手抄本的转写符号表 ………………………………………… 029
二、口头文本的记音符号表 ……………………………………… 030
三、国际音标、转写符号和拉丁字母的相关说明 ……………… 031
四、特殊符号 ……………………………………………………… 032
五、略语 …………………………………………………………… 033

第一章　达斯坦概述 035

第一节　何谓达斯坦 037
一、达斯坦的定义 037
二、达斯坦的分类 039
三、达斯坦与史诗 040

第二节　达斯坦的表演：场景与情境 044

第三节　达斯坦的口头呈现 048
一、口头文本的变异性 048
二、音乐与"想"和"说" 049

第二章　达斯坦演唱艺人——达斯坦奇 051

第一节　达斯坦奇的身份 054

第二节　达斯坦奇的地位 057

第三节　达斯坦奇的习得过程 059

第四节　达斯坦奇的演唱特点 061
一、纯凭记忆式的创编性演唱 061
二、背诵文本式的演唱 063
三、照本宣科式的念诵 064
四、诵读并行式的演唱 065
五、"创编"与"复述"之间的演唱 066

第三章 《玉苏甫与艾合买提》口头文本与手抄本的叙事结构对比分析 …… 069

第一节 《玉苏甫与艾合买提》口头文本和手抄本的基本情况 …… 071
一、达斯坦的书面记录概况 …… 071
二、《玉苏甫与艾合买提》的口头文本 …… 073
三、《玉苏甫与艾合买提》的手抄本 …… 076

第二节 口头文本与手抄本的叙事结构对比分析 …… 085
一、主题和情节 …… 085
二、人物及其关系 …… 089
三、口头性特征：序幕与结尾、情节关联 …… 093
四、故事时间与叙述时间的表达 …… 093

第四章 《玉苏甫与艾合买提》口头文本与手抄本的语言描写和对比分析 …… 103

第一节 语音差异 …… 106
一、元音差异 …… 106
二、辅音差异 …… 108

第二节 形态差异 …… 112
一、名词格 …… 112
二、第三人称复数 –lAr …… 112
三、特殊关联词 –ki/–kim …… 112

第三节 词义差异 …… 113

  一、动物词 114
  二、称谓词 116
  三、食物、器皿词 118
  四、行业词 119
  五、建筑词 121
  六、工具用品词 122
  七、宝石矿物词 123

 第四节 语码复制：借词 125
  一、汉语借词及其复制方式 125
  二、阿拉伯-波斯语借词及其复制方式 127
  三、复制成分在口头文本中的沿用 132

第五章 达斯坦口头传统的当代意义 135

 第一节 达斯坦的创造性转化与创新性发展现状 138
  一、语境的变迁 139
  二、创造性转化与创新性发展的必要性 143

 第二节 达斯坦口头传统的当代意义 146
  一、中华优秀传统文化的重要内容 146
  二、赋能乡村振兴 147
  三、促进我国与"一带一路"共建国家的文明互鉴 148

 第三节 达斯坦在当代的传播与发展趋势展望 156
  一、当下的传播机遇与困境 157
  二、新媒体时代的传播与接受 160
  三、达斯坦创造性转化创新性发展方式的探索 163

附 录 167

附录一：《玉苏甫与艾合买提》口头文本 169

附录二：达斯坦艺人档案 322

附录三：《玉苏甫与艾合买提》谱例 326

附录四：手抄本图版 334

附录五：艺人访谈录 339

参考文献 351

后 记 363

绪 论

第一节 维吾尔族民间达斯坦研究综述

一、国内研究概况

（一）搜集记录与刊布

完成于 11 世纪 70 年代的巨著《突厥语大词典》共收词 7500 条，民歌 242 首，格言 200 余条。[1] 其作者在词典的注释中引用了自己在民间搜集的众多当时流行的民间诗歌，其中包含了一些达斯坦片段。[2] 16 世纪《十二木卡姆》被搜集整理时，民间家喻户晓的《艾里甫与赛乃姆》《莱丽与麦吉侬》《若仙老爷》《塔依尔与佐赫拉》等 10 余部达斯坦歌词以及纳瓦依等中世纪著名诗人的诗词被融入每部木卡姆的"达斯坦"部分。[3] 20 世纪 30 年代，在新疆各地文化促进会的主持下，《艾里甫与赛乃姆》等达斯坦改编成戏剧并搬上了舞台。[4] 1936 年，《艾里甫与

---

[1] 热依汗·卡德尔：《"一带一路"倡议中的文明互鉴与遗产共享：论维吾尔古典遗产与非物质文化遗产的文化桥梁作用》，《西北民族研究》2017 年第 3 期。

[2] [德] 卡尔·赖希尔：《突厥语民族口头史诗：传统、形式和诗歌结构》，阿地里·居玛吐尔地译，北京：中国社会科学出版社，2011，第 41 页。

[3] 梁秋丽、张力泉：《"达斯坦"原型舞台戏剧化的应用研究：以维吾尔族歌剧〈艾里甫与赛乃姆〉为研究个案》，《歌海》2010 年第 3 期。

[4] 阿布都外力·克热木：《从尼扎里的"达斯坦"创作看维吾尔民间文学与作家文学的互动互融》，《民族文学研究》2005 年第 2 期。

赛乃姆》先后在伊犁、乌鲁木齐、阿克苏、喀什、和田等地上演，1980年在北京多次演出。[1] 1981年，《艾里甫与赛乃姆》由天山制片厂搬上银幕，成为新疆第一部彩色宽银幕故事片。[2] 改革开放初期，全国各地开展了"三套集成"搜集出版工作，出版了各民族的民间故事、民间歌谣以及民间谚语。新疆各地也陆续出版了民间文学作品，民间达斯坦此时得到了广泛搜集整理。据粗略统计，新疆维吾尔族、哈萨克族、柯尔克孜族、蒙古族就有近800部长诗（达斯坦），其中哈萨克族达斯坦有300多部。当时已经在编纂出版的县卷资料选收了186部长诗。[3] 新疆人民出版社和新疆青少年出版社出版了一系列《维吾尔民间史诗》以及《维吾尔民间叙事长诗选》《哈萨克民间爱情长诗》。《布拉克》（源泉，Bulaq）、《美拉斯》（遗产，Miras）、《塔里木》（Tarim）等期刊也先后发表了一些民间达斯坦文本。据统计，截至2002年已搜集到的维吾尔族民间达斯坦有近100部，其中公开发表的有近70部。[4]

耿世民教授翻译的《乌古斯可汗的传说》（汉文）由新疆人民出版社于1980年出版。《维吾尔民间史诗（1）》于1981年由新疆人民出版社出版。该达斯坦选集中编入了《努祖古姆》、《轻·铁木尔巴图尔》、《斯依提诺奇》（Siyit Nochi）、《阿布都热合曼和卓》（Abdurahman Xoja）、《我的红花》（Qizil Gülüm）、《凯麦尔王子与夏姆斯美人》（Qämärshah vä Shämsi Janan）、《乌尔丽哈与艾木拉江》（Hörliqa vä Hämrajan）、《艾里甫与赛乃姆》（Gherip-Sänäm）等8部达斯坦。《维吾尔民间史诗（2）》于1986年出版。《玉苏甫与艾合买提》（Yüsüp-äyxa）、《塔依尔与佐合拉》（Tahir-Zöhrä）、《艾里甫与赛乃姆》、《赛努拜尔》（Sänubär）、《控诉西纳赫夏伯克》（Shinaxsha Bägkä Länät）等5部达斯

---

1 梁秋丽、张力泉：《"达斯坦"原型舞台戏剧化的应用研究：以维吾尔族歌剧〈艾里甫与赛乃姆〉为研究个案》，《歌海》2010年第3期。

2 石钊如：《〈艾里甫与赛乃姆〉的维吾尔戏剧改编研究》，江苏师范大学博士学位论文，2018，第74页。

3 黄适远：《从田野表达到文本记录：试析新疆民间文学艺术保护现状》，《新疆艺术（汉文）》2017年第4期。

4 阿布都外力·克热木：《维吾尔族民间口承达斯坦研究》，北京：中国社会科学出版社，2014，第7页。

坦编入其中。《维吾尔民间叙事诗选（3）》于1991年出版。《帕尔哈德王子与希琳》、《和卓百合提及其儿子》、《如斯坦木恰坎》（Rustäm Chaqqan）、《博孜库尔帕西与黑发阿依姆》（Boz Körpäsh vä Qara Sach Ayim）、《帕如合王子与古丽如赫公主》、《莱丽与麦吉侬》（Läyli-Mäjnun）等6部达斯坦被收录其中。《维吾尔民间史诗（4）》于1993年出版。《尼扎米丁王子与热娜公主》（Shahzadä Nizamidin bilän Mälikä Räna）、《阿迪力汗王》（Adilxan Shah）、《百合拉姆王子与迪丽热孜公主》（Shahzadä Bähram bilän Mälikä Dilruz）等3部达斯坦编入该卷；新疆人民出版社在这四卷叙事诗选的基础上，再选其中的11部达斯坦，于1998年出版了《维吾尔民间史诗选》。

维吾尔民间文学大典编委会编著的《维吾尔民间史诗》（共5卷）于2006年由新疆人民出版社出版。阿不都拉·苏莱曼编著的《世上只有一个和田》（第9卷，民间达斯坦）2006年出版，其中编入了流传在和田民间的10余部达斯坦文本。

中国维吾尔古典文学和木卡姆学会编印的《维吾尔十二木卡姆》（维吾尔文和汉文对照）中的斯尕、乌孜哈勒、乌夏克、巴雅特、依拉克等木卡姆的达斯坦部分以及琼乃额曼、麦西热甫部分也有民间达斯坦的一些片段。

也有部分达斯坦文本得到了专题搜集并整理出版。如1981年新疆人民出版社出版了买买提·祖农搜集整理的达斯坦《玉苏甫与艾合买提》现代维吾尔文版。新疆人民出版社1983年出版的《维吾尔民间叙事长诗选》（汉译）和2006年出版的《维吾尔民间史诗》中均收录了该作品。此外，《乌古斯可汗传》也较早得到了学术界的关注，并得到了较为全面的搜集整理和出版以及翻译（详见本书第五章第二节的相关内容）。

（二）研究工作

首先，中国社会科学院民族文学研究所郎樱、热依汗·卡德尔等研究员运用当代国内外前沿研究理论，将田野调查放到民间文学研究工作的首要位置，从20世纪80年代开始多次到新疆各地，做了长达几十年的田野作业，从民间搜集到丰富的第一手资料并发表研究成果,介绍了达斯坦奇的基本特点和达斯坦口头传统的当代传承状况。特别是热依汗·卡德尔研究员的《维吾尔族叙事诗的结构原则》[1],是较早从学术角度研究维吾尔民间达斯坦结构的论文。该文论述维吾尔民间达斯坦的结构原则,即叙述者与接受者的交流原则、构成事件序列的顺时关系和因果关系、散韵相间的原则,指出这些结构原则制约着维吾尔民间叙事诗的创作。

阿不都克里木·热合满教授的《维吾尔族民间长诗的演唱形式及其艺术特色》[2]是较早开始对民间达斯坦进行学术性分析的论文之一。作者首先将民间达斯坦的演唱者与维吾尔民间以讲述故事和演唱达斯坦为业的艺人"麦尔达赫"[3](Mäddah)相联系,并阐释"麦尔达赫"一词的直接含义。随后讲述维吾尔达斯坦演唱活动最频繁的时间、地点,塑造人物形象的特点、常用修辞手段等。文章篇幅不长,却对民间达斯坦的研究工作起到了开创性作用。

乌斯曼·司马义教授,在其著作和论文中论述了民间达斯坦。他编著的《维吾尔民间文学概论》(2009)等几部作品中,对民间达斯坦的论述占有一定的比重,主要介绍了维吾尔民间达斯坦的概念、种类以及搜集整理概况。

阿布都外力·克热木教授于2005年出版其博士学位论文《尼扎里的"达斯坦"创作研究》,对尼扎里借鉴民间广为流传的达斯坦故事和达斯坦的叙述传统,书面创作的若干达斯坦进行了专题研究。2014年又相继出版了《维吾尔族民间口承达斯坦研究》和《维吾尔族民间达斯坦》两部专著。前者涉及民间达斯坦的分类、文学特点、传承方式、民间达斯坦与其他口头叙事体裁的关系、达斯坦的主题和母题、人物类型,并从文学角度分析了维吾尔民间文学与作家文学的关系;后者介绍了79部民间达斯坦的故事梗概,为维吾尔达斯坦的进一步研究提供了较为丰富的参考资源。

---

[1] 热依罕(热依汗·卡德尔):《维吾尔族叙事诗的结构原则》,《民族文学研究》1990年第3期。
[2] 阿不都克里木·热合满:《维吾尔族民间长诗的演唱形式及其艺术特色》,张宏超译,《民族文学研究》1987年第1期。
[3] Mäddah音译为"麦达赫"更为妥当,此处沿用原文的翻译。

刘钊副教授的博士学位论文《〈先祖阔尔库特书〉研究（转写、汉译、语法及索引）》于2017年以专著的形式出版，成为达斯坦研究前沿成果之一。该专著基于Semih Tezcan和Hendrik Boeschoten合作刊布的《先祖阔尔库特书》（现收藏于德累斯顿图书馆的抄本）的转写本，转写并翻译原文，共时描写其语言的形态句法特征，为广大民间文学和语言研究者提供了较新的研究方法和参考资源。

陈浩副教授2023年出版的译注《乌古斯》分上、下两编，上编包括回鹘文《乌古斯可汗》的转写、语文学分析以及汉译和注释。其下编是将波斯语《史集·乌古斯史》从德国卡尔·雅恩的德译本转译的汉译。

此外，中央民族大学、西北民族大学等高等院校民间文学专业的研究生完成了一系列相关民间达斯坦的学位论文。例如，齐曼姑丽的硕士学位论文《维吾尔民间达斯坦〈玉苏甫与艾合迈德〉》基于买买提·祖农1982年整理出版的《玉苏甫与艾合买提》文本，研究达斯坦的情节、母题、诗歌结构和修辞特点；沙比卡提·赛买提的《维吾尔民间达斯坦〈玫瑰花〉（qizil gül）研究》（2020）和玛依尔·阿卜拉的《维吾尔民间达斯坦〈古尔·奥古里〉研究》（2021）分别基于吾买尔·伊明主编的《罗布淖尔民间文学选编》（2012）中的《玫瑰花》和新疆青少年出版社出版的《维吾尔民间史诗》（第一册）（2006）中收录的《古尔·奥古里》，研究达斯坦的母题、诗歌特点以及修辞手法。

综上所述，研究初期，学术界对维吾尔达斯坦的研究，大部分限于达斯坦文本的搜集整理与刊布等基础性工作。目前，达斯坦的研究大多涉及达斯坦文本及其语言、文学特点，部分涉及传承方式、传承人以及保护和传承的紧迫性，达斯坦传统在当代是如何转化和重述的？现代社会中达斯坦传统还有哪些功能可以挖掘和利用？如何实现达斯坦传统文化在当代社会中的传承、转化与重构？这些问题却几乎没有引起学界足够的关注，也基本没有相关学术探讨，以口头诗学的视角研究达斯坦口头传统的成果极其匮乏，有较大的开拓空间。

二、国外研究概况

（一）搜集记录与刊布

19世纪开始，欧洲与俄国探险家和学者率先将他们获取的部分达斯坦文本资料整理出版。东方学家威廉·拉德洛夫（Wilhelm Radloff，1837—1918）编纂的系列丛书《北方民族民间文学范例》（Proben der Volkslitteratur der Nördlichen Türkischen Stämme）的第六卷（1928）里收录了《艾木拉》（Hämra）、《希琳》（Shirin）、《博孜库尔帕西》（Bozkörpäsh）、《轻贴木儿·巴图尔》（Chintömür Batur）、《塔依尔帕夏与佐合拉女士》（Tayir Pasha bilän Zora Xenim）等达斯坦文本。[1] 拉德洛夫的学生卡塔诺夫（N. F. Katanov，1862—1922）于1890—1893年到新疆进行田野调查，搜集了维吾尔民间故事、歌谣和谚语；东方学家潘图索夫（N. N. Pantusov，1849—1909）有关塔兰奇方言和民歌的作品中也编入了《轻帖木儿·巴图尔》、《努祖姑姆》（Nuzugum）、《台比比王子与佐合拉汗的故事》（Tebib Shahzadä bilän Zöhräxanning Hikayäsi）、《长帽子玉苏甫汗》（Changmoza Yüsüpxan）等民间达斯坦；探险家尼科莱·米哈伊洛维奇·普尔热瓦尔斯基（Nikolay Mikhaylovich Przhevalsky，1839—1888）也发表了《日出伯克》（Künchiqti Bäg）、《努祖姑姆》等达斯坦的片段；[2] 马洛夫（Sergei Efimovich Malov，1880—1957）的著作《维吾尔语》（1954）里有关于达斯坦《艾木拉江与鸟》（Hämrajan vä Qush）语言特点的一些分析；著名语言学家巴斯卡科夫（Baskakov，1905—1995）搜集的一些达斯坦手抄本现藏于俄罗斯圣彼得堡学院。

瑞典学者拉奎特（G. Raquette）于1930年在瑞典发表了250行的《塔依尔与佐合拉》（Tayir vä Zohra）及其德译文；国际著名的语言学家贡纳尔·雅林

---

1 Abdulhakim.Mehmet, *Uyghur Halk Destanları ve Destancılık Geleneği Üzerine Araştırmalar*, Elik Press, 2010.
2 玉苏甫·依莎克：《维吾尔达斯坦工作概述》，载《维吾尔民间达斯坦论文选》（一），乌鲁木齐：新疆科学技术出版社，2015，第35页。

（Gunnar Jarring，1907—2002）20世纪初搜集不少诗歌和达斯坦，在瑞典隆德出版《来自南疆的语言研究资料、故事、诗歌、谚语、谜语、民族学及历史资料的译文和注释》（1946—1951）一书，其中收录了民间达斯坦《塔依尔与佐合拉》的和田变体，《乌尔丽哈与艾木拉江》（Hörliqa vä Hämrajan）的民间故事版本也被收入该书中。[1]

俄罗斯学者搜集的近百部维吾尔族文学作品的手抄本收藏于俄罗斯科学院东方研究所圣彼得堡分所。[2]哈萨克斯坦学者巴图尔·艾尔西丁诺夫（Batur Ärshidinov）于1982年发表了1910—1911年间在喀什搜集的达斯坦《玉苏甫与艾合买提》的手抄本。[3]1911年，匈牙利学者万贝里（H. Vámbéry）发表了乌兹别克语《玉苏甫与艾合买提》（Yusuf und Ahmad）的察哈台文版本及其德语译文。

19世纪下半叶，随着印刷技术的发展和普及，很多民间达斯坦的手抄本得以印刷出版。1889年哈萨克斯坦学者Š. Hüseyinoğlu率先整理，并由喀山大学出版社出版了《布孜奥格朗、艾合买德伯克和玉苏甫伯克》（Bozoğlan, Ahmed Bek hem Yusuf Bek）。M. G. Gabdullin的《史诗：哈萨克手抄本的科学描述》（Batırlar Jırı: Kazak Koljazbalarınıng Ğılımi Sıpattaması）里提到《玉苏甫与艾合买提》分别于1890、1904、1908以及1910年在喀山再版。此后，伊朗、土耳其学者也相继出版了《玉苏甫与艾合买提》等一些达斯坦的文本。[4]

（二）前期研究

德国著名史诗学家卡尔·赖希尔（Karl Reichl）在其《口头史诗：传统、形式和诗歌结构》（阿地里·居玛吐尔地译，2011）一书中首先对乌兹别克、卡拉卡尔帕克、哈萨克、柯尔克孜和维吾尔等一些民族的语言、文字和历史进行了

---

1 玉苏甫·依莎克：《维吾尔达斯坦工作概述》，载《维吾尔民间达斯坦论文选》（一），第37页。

2 Abdulhakim Mehmet, 2010, p.7.

3 Batur Ärshidinov, *Dastanlar: Garib vä Sänäm- Yüsüf vä Ähmäd,* Almuta: 1982 转引自 İsa Özkan, *Yusuf Bey-Ahmet Bey (Bozoğlan) Destanı,* Ankara: Kültür Bakanlığı Yayınları, 1989, pp.5–6.

4 İsa Özkan, *Yusuf Bey-Ahmet Bey (Bozoğlan) Destanı*, 1989, pp.9–10.

论述，其次以文学、语言学、历史学、音乐学和民族学等交叉学科为视角，分析了这些民族口头史诗的共同特征。由于这些民族的口头传统涉及面广，包含的史诗种类繁多，该书中没有对每个民族的具体史诗传统进行详细分析。

诸多民间文学作品中，古老的达斯坦《乌古斯可汗传》（*Oghuznamä*）引起了较多国外学者的关注。荷兰学者狄茨（Dietz）于1819年刊布了《新发现的乌古斯史诗》。此外，里札·奴尔（Riza Nour）、伯希和（P. Pelliot）、班格（W. Bang）和拉赫马提（G. R. Rachmati）、谢尔巴克（A. M. Ščerbak）等学者也进行了达斯坦的相关研究。土耳其学者依萨·奥兹汗（İsa Özkan）、乌丽亚·艾尔斯兰（Hülya Arslan Erol）两位学者从民间文学和语言学等不同的角度对民间达斯坦《玉苏甫与艾合买提》进行了较为详细的研究。

绪 论

第二节　研究意义与方法

本书从口头诗学的视角，研究国家级非物质文化遗产代表作——达斯坦口头传统。达斯坦篇幅长、情节感人、语言优美、曲调多变，口头性特征非常突出。此外，大多达斯坦在民间均以书面和口头形式流传，书面记录与口头演唱之间的语言互动较为典型。作为多民族共享的民间文学文类，达斯坦的流布广泛，其中维吾尔族民间达斯坦极具代表性。因此，本书以维吾尔族民间达斯坦为主要论述对象展开研究。

一、研究意义

鉴于民间达斯坦的整体研究进程，其唱本的书面记载已取得了一定的成就，而理论研究尚不够深入，将达斯坦作为表演或演述行为，以不同学科、不同视角，从演述行为的不同侧面开展的研究成果微乎其微。理论研究是民间达斯坦口头传统研究领域亟待重视的一个薄弱点。因此，本书试图在一定程度上弥补上述缺憾，其意义主要有以下四点。

（一）文学方面

作为民间文学作品，达斯坦是文学宝库里的一朵奇葩，达斯坦的研究与其文学特点是密不可分的。借鉴口头诗学理论以及国内外相关前沿理论和方法论，在活形态的语境中搜集并记录第一手资料，选取代表性文本，研究其文学和程式化语言特点，有助于文学作品文本的数字化及研究的多元化发展。

（二）文献学和文本翻译方面

维吾尔族使用文字的历史悠久，民间口头传统大部分都有文字记录。在维吾尔族口头传统的历史进程中，民间达斯坦在共时性的口头传承和历时性的书面传播中延续与发展，其书面化的文本和活形态的口头文本并存。口耳相传与书面记载之间存在着什么样的联系？相对于书面版本而言，口头文本在流传过程中发生了什么样的变化，保留了哪些与书面版本一致的文学和语言因素？达斯坦口头传统在当代的传承现状如何？本书试图对以上问题进行解答，解答过程中将会涉及达斯坦文献的搜集整理、解读、转写、描写以及与口头文本的对比研究。

与此同时，将民间流传最为广泛的达斯坦《玉苏甫与艾合买提》的口头文本从维吾尔语翻译成汉语，不仅供广大学者解读和欣赏民间文学作品的文学美和语言美，而且为达斯坦文本的研究提供不可多得的珍贵资料。

（三）语言学方面

民间达斯坦作为叙事作品，以语言作为自己的基本载体和构造手段。语言是达斯坦存在和发展的根本和主要载体。达斯坦艺人的每一次演唱都是借助语言展示才能的口头创作过程。维吾尔民间达斯坦不仅以动态的口头形式流传，还有不同时期、不同地区，以不同的方式书面化的文本变体。口头文本和书面文本之间的互融关系使二者语言之间的相互影响极为突出。本书除了运用民间文学的相关理论和研究方法，还从语言学的视角，分析书面和口头文本的语言特点以及二者之间的异同，为档案化和口头语与书面语的比较研究提供可资借鉴的资料。

然而，正因为民间达斯坦演唱是口头传唱的活形态的说唱艺术，文本的搜集记录很容易受到记录人的意愿和理解能力等主观因素的干扰。结果，口头文本与书面文本的语言之间会产生人为的差距。口头文本的研究过程中，笔者将会竭尽所能忠实地记录，把这种差距缩小到最低限度，力争呈现真实的达斯坦文本。就民间达斯坦目前的数字化情况来看，开展此类严谨的文本记录工作势在必行。

（四）保护非物质文化遗产和促进文化建设方面

维吾尔族达斯坦于2008年被列入我国第二批国家级非物质文化遗产名录，达斯坦传统开始得到大力重视和保护。然而，随着人们审美需求和生活方式的变化，达斯坦这一口头传统逐渐失去往日魅力，尤其对年青一代基本没有吸引力。在世的民间达斯坦传承人均年事已高、后继乏人，这一民间活跃千年的宝贵文化遗产面临着失传危机。因此，对达斯坦文本进行搜集整理并从不同学科不同角度的研究是非物质文化遗产保护工作刻不容缓的任务。

此外，民间达斯坦是跨民族、跨区域的多元化的古老口头传统，"一带一路"中的诸多民族和地区也有达斯坦演述传统。研究达斯坦口头传统，有助于加深我国与"一带一路"共建国家的语言文化交流和学术合作，推动我国民间文学的多元化发展。同时，民间达斯坦的研究在我国乡村振兴战略和铸牢"中华民族共同体意识"等诸多方面都会起到不可替代的促进作用。

二、研究方法

本研究首先进行田野调查工作，搜集并整理不同艺人演唱的达斯坦不同口头文本以及书面文本。运用口头诗学理论，横向分析达斯坦手抄本与口头文本，纵向对比研究20世纪初流传在民间的手抄本与当下活形态的口头文本之间的关系。

首先，从口头诗学的视角出发，通过田野调查的研究方法，进行实地调查，选择表达能力良好的达斯坦艺人作为主要访谈对象，搜集完整的达斯坦口头文本；然后借助口头诗学和民族志诗学的研究方法，整理达斯坦口头文本，秉持忠于原文的原则，力求精确记音、转写文本。其次，从文献的采集到其语言的分析，始终遵循对文献资料的全面和客观性规则，致力于正确解读、转写和译释。再次，论述过程中，借鉴口头程式理论的研究方法，注重民间达斯坦的表演语境、演述程式以及表演中的再创作。最后，以维吾尔标准语为准，探讨口头文本和手抄本各自相对于标准语的特点，并比较书面文本和口头文本的程式化语言特点，论述二者之间的异同和关联。

本书从口头诗学的视角，通过田野调查，进行比较分析。口头文本的搜集和艺人现状调查工作以民间达斯坦演唱及传承比较典型的阿克陶县为主，以哈密、和田、喀什等地为辅开展。通过访谈、跟踪、参加达斯坦演唱活动等方式，采录搜集第一手资料，建立了艺人档案。本书的文本分析部分以民间传播最为广泛的达斯坦《玉苏甫与艾合买提》为例，通过比较不同的演唱方式，探讨艺人独特的表演特点和影响达斯坦流传的演唱者与受众的互动语境，从而分析维吾尔民间达斯坦的传承现状、发展趋势、当下的社会文化功能以及保护措施。

从田野研究到本书的写作，笔者主要借鉴美国民俗学家理查德·鲍曼为代表的表演理论、帕里和洛德二人提出的口头程式理论以及丹尼斯·特德洛克（Dennis Tedlock）和戴尔·海姆斯（Dell Hymes）为代表的民族志诗学。下面对这些理论和方法论加以简介。

表演理论（performance theory）或称"美国表演学派"（American performance-school）兴起于20世纪60年代末70年代初，世界民俗学界富有影响力的研究视角和方法论之一。民俗学家理查德·鲍曼（Richard Bauman）是表演理论的主要代表人物。鲍曼将表演看作一种交流模式。他认为"从表演的角度说，表演要求表演者对观众承担展示自己达成交流的方式的责任，而不仅仅是交流所指称的内容。从观众的角度来说，表演者的表述行为由此成为品评的对象，表述行为达成的方式、相关技巧以及表演者对交流能力的展示的有效性等，都受到品评"[1]。在鲍曼看来，观众通过欣赏得到经验的升华，语码使表演者和受众之间的

---

[1] ［美］理查德·鲍曼：《作为表演的口头艺术》，杨利慧、安德明译，桂林：广西师范大学出版社，2008，第12页。

交流成为可能。在这一观点的基础上，鲍曼关注派生语言的特征、特殊的符码，以及特定的程式，将研究的重点放在讲故事行为本身，强调语境、传统和文本。

口头程式理论，即“帕里－洛德理论”，是20世纪美国民俗学颇有影响力的理论和方法论。民俗学家米尔曼·帕里（Milman Parry）及其徒弟阿尔伯特·贝茨·洛德（Albert Bates Lord）为了解答“荷马问题”，通过漫长的实地调查，凭借程式（formula）、主题（theme）或典型场景（typical scene）以及故事形式（story–pattern）或故事类型（tale–type）这三个主要概念[1]，通过对表演者的现场创作能力的分析，解释其能够将长达几万行的诗歌脱口而出的“奥秘”。帕里重点研究口头传承的创作过程。帕里逝世后，洛德继承老师的研究，完成口头诗学理论著作《故事的歌手》（*The Singer of Tales*）。书中洛德提出，表演就是创作，创作、表演和流布是同一过程的三个方面，认为表演者是以大量的传统程式和主题进行再创作。

民族志诗学（Ethnopoetics）是表演理论相关思想的影响下，20世纪中后期兴起的，研究土著民族各种口头艺术形式的一套阐释框架。其主要思想是把文本置于其自身的文化语境中加以考察。民族志诗学的主要代表人物是丹尼斯·特德洛克和戴尔·海姆斯。跟表演理论相比，民族志诗学研究的重点更加集中在口头文本的转写和翻译的方法上。民族志诗学强力提倡记录下来的书面文本再现口头文本所具有的表演特点，主张忠实于艺术表演的方式和原则来记录和翻译诗歌[2]。

1 参见［美］约翰·迈尔斯·弗里：《口头诗学：帕里－洛德理论》，朝戈金译，北京：社会科学文献出版社，2000，“译者导言”，第15页。

2 ［美］罗斯玛丽·列维·朱姆沃尔特：《口头传承研究方法术语纵谈》，尹虎彬译，《民族文学研究》2000年增刊。

三、研究难点及解决方法

（一）口头文本的变异性和记音

口口相传是民间文学作品最主要的特点。民间的达斯坦歌手口头学歌、口头创编、口头传播。演唱过程中，在传统结构允许的范围之内对故事内容进行增减，尽情发挥语言能力，进行即兴创作。因此，每一部达斯坦在民间有无数个变体。这对笔者搜集完整的口头文本并记录记音以及与书面文本进行比较加大了难度。

针对这一问题，首先选定了达斯坦演唱活动较为活跃的地点作为调查点，掌握演唱艺人的叙述才艺和语用特点，确定较有代表性的达斯坦艺人演唱的版本；其次，多次演唱中，选取语言清晰、诗句相对完整的口头文本，力争避免主观地增减，体现其原貌；最后，掌握记音和转写符号，借助录制好的数字化资料和书面文本，记音并转写，分别推出口头文本和书面文本较可靠、科学的记音本和转写本。

（二）文本语言的多元化及翻译

除了维吾尔族达斯坦口头传统，在乌兹别克、卡拉卡尔帕克、阿塞拜疆等民族当中也有流传。其中，维吾尔达斯坦传统与乌兹别克传统的关系相对一脉相承，维吾尔达斯坦口头文本里有很多乌兹别克语的因素。《玉苏甫与艾合买提》在民间传唱时间达四五百年，其手抄本的文字大部分是察哈台文，其中还存在着为数不少的复制词。达斯坦语言极具复杂性和多样性。这进一步增加了笔者正确解读文本的困难。此外，整个口头文本的中文翻译不仅要求笔者做到"信、达、雅"，更主要的是很多名词和术语很难找到完全对应的词，占据文本绝大部分篇幅的诗歌亦加大了口头文本的中文翻译难度。

（三）研究要求多学科知识

本书主要研究的达斯坦文本《玉苏甫与艾合买提》的故事时空跨度很大，

人物活动空间十分广泛，从我国的和田到乌兹别克斯坦的乌尔根奇、希瓦、花剌子模、伊朗的伊斯法罕再到埃及，横跨中亚一直到非洲，还有各地山山水水的描述。这需要笔者掌握世界文学、地理、历史、文化等多方面的综合知识，在此基础上进行分析。

（四）达斯坦艺人的相继去世

本书的田野调查涉及阿克陶县和疏附县共7位达斯坦艺人的学唱活动。其中最为家喻户晓的达斯坦艺人西布力汗早于2012年去世。此后，笔者通过多次采访其余达斯坦艺人，却未能获取完整的达斯坦口头文本。目前，除了阿克陶县年老艺人艾买提·喀斯木，其余艺人均已去世。因此，本书最终确定笔者于2011年录制的西布力汗演唱的文本作为本书研究的达斯坦口头文本。由于笔者当时使用的录音设备较为落后，资料有所破损，导致文本的记音过程中，不少内容没法听清，文本的数字化不能完全达到预期目标。尽管如此，在口头文本的记音过程中，本书拒绝参考书面文本，也未擅自删减，而坚持按照录音资料的内容记录，无法听清的语词用省略号代替。

第三节 调查点及艺人概况

维吾尔民间达斯坦口头传统主要活跃于和田、喀什、哈密等地。本书主要以喀什疏附县及其邻县阿克陶县为主要田野地点。以上两县曾涌现出民间有名的几代达斯坦艺人群体,是维吾尔族民间达斯坦主要流传地之一。而且,阿克陶县和疏附县与本书采用的手抄本流传地——喀什市同属一个方言区,不同时期的书面文本与口头文本有一定的可比性。故此,本书选定阿克陶县和疏附县为搜集达斯坦口头文本的主要田野地点,基于阿克陶县达斯坦艺人口头演唱的达斯坦文本展开论述。

一、调查点

本书的田野调查工作主要在达斯坦演唱较为活跃的新疆喀什疏附县和阿克陶县进行。其中,阿克陶县达斯坦奇的传唱以口头为主,而疏附县达斯坦奇的演唱始终要借助书面文本。

(一)阿克陶县概况

阿克陶(Aqtu)之地名系柯尔克孜语,是由 Aq(意为"白")和 Tow(意为"山")两个词结合而成的复合词,字面意思为"白山",即雪山。

阿克陶县位于新疆维吾尔自治区西南部,北部与克孜勒苏柯尔克孜自治州乌恰县和喀什地区疏附县为邻，东北部以岳普湖河为界与喀什疏勒县相望，东部和南部分别与喀什的英吉沙县、莎车县及塔什库尔干县相接。总面积约24555平方千米，山地面积23364平方千米，占全县总面积的96.4%，山地一般海拔4000—5000米。阿克陶县地势西南高，东北低，截然分为平原农区与山间牧区两部分。东北部地处塔里木盆地西南缘，是塔里木绿洲的一部分。阿克陶县境内河流属塔里木河流域，多发源于昆仑山脉、帕米尔高原。阿克陶县全年干旱少雨雪，年均气温11.3℃，每年降水量都很少。

阿克陶县有柯尔克孜族、维吾尔族、汉族、塔吉克族等10多个常住民族，各民族之间的语言接触密切。县现辖11乡、2镇、2场、119个村委会、556个村民小组、1个社区管委会、9个社区居委会。农区乡镇场有7个：玉麦乡、阿克陶镇、皮拉勒乡、巴仁乡、加马铁热克乡、喀热开其克乡、托塔依农场。[1]

本书主要田野地点是位于阿克陶县城西北部的皮拉勒乡，该乡离县城12千米，总面积186平方千米。东与托塔依农场相接，南部与巴仁乡、阿克陶镇、玉麦乡为邻，西边与疏附县布拉克苏乡接壤，北以岳普湖河为界。皮拉勒乡属盖孜河灌区，水源较充足，主要农作物为水稻，是远近有名的稻乡。该乡聚居汉、维吾尔、塔吉克、柯尔克孜等多个民族。

（二）疏附县概况

"疏附"（Konashähär），在维吾尔语里的词意是"老城"。疏附县是喀什市辖县，位于新疆西南部，地处帕米尔高原东麓，塔里木盆地西缘的喀什噶尔绿洲上，辖4个镇、6个乡，县人民政府驻地位于托克扎克（Toqquzaq）镇。全县总人口25.4万，有汉、维吾尔、柯尔克孜、蒙古、回、哈萨克、乌兹别克、塔吉克等13个民族。

疏附东夹喀什市与伽师县毗连，西与乌恰县，南与疏勒县、阿克陶县接壤，北隔喀拉塔格山、库玛塔格山和阿图什市相望。县城托克扎克镇距喀什市15千

---

[1] 信息来自阿克陶县人民政府网 http://www.xjakt.gov.cn。

米，距乌鲁木齐市 1482 千米。[1]

本书主要调查对象是疏附县沙依巴格乡和塔什米里克乡两位年迈的达斯坦艺人。

沙依巴格乡位于疏附县城南郊，东靠疏勒县，西抵站敏乡、乌帕尔乡，南隔盖孜河与部门克苏乡相望，北边与吾克萨克乡、站敏乡接壤。乡政府离县城3.5千米，全乡总面积210.26平方千米。沙依巴格乡农业产业以种植业、畜牧业为主。除了古勒曲曼等村用盖孜河水灌溉，其余的村均靠克孜勒河引水。

塔什米力克乡位于疏附县城的西南部，东与阿克陶县巴仁乡，南与阿克陶县的乌衣塔格镇相邻，西临盖孜河，北边与铁日木乡接壤，距县城38.4千米。塔什米力克乡水源全靠盖孜河灌溉，农产业以粮、林、棉、牧等为主。矿藏有岩盐、石膏等。

（三）阿克陶和疏附两县艺人所使用语言简况

在现代维吾尔语方言的划分问题上学术界看法并不完全一致。米尔苏里堂先生（1990）将现代维吾尔语划分为中心方言、和田方言和罗布泊方言三大类。其中，包括阿克陶土语在内的喀什-阿图什土语划归在中心方言中。米尔苏里堂先生的划分法是目前学术界最为普遍认可的方法。按照米尔苏里堂先生的划分，本书达斯坦口头文本和手抄本流传地区的维吾尔语均为喀什-阿图什次土语属于中心方言。由于维吾尔语方言的划分与本书主题关系不大，在此不再赘述。

二、艺人群体

（一）阿克陶县艺人

阿克陶县是达斯坦演唱活动较为活跃、达斯坦艺人数量也较多的地区。该

---

[1] 参见疏附县人民政府网，http://www.xjsf.gov.cn/xfx/c106745/zjsf.shtml，访问时间：2024年3月15日。

地的达斯坦传统基本上都是以口头形式流传、发展和传播的。在两个世纪的漫长的历史过程中,达斯坦口头传统世代流传至科学技术迅速发展的今天,是一代代达斯坦奇的功绩。达斯坦演唱艺人把历史悠久的演唱传统传播并延续到了我们的时代,对我国非物质文化遗产和口头文学的多元化发展贡献极其重大。

1. 哈吉·艾勒乃格曼（Haji Älnäghmä）

根据现有的一些资料和当地群众提供的信息,阿克陶县早期达斯坦艺人的演唱生活我们可以从哈吉·艾勒乃格曼开始讲起。哈吉·艾勒乃格曼原名哈吉·合孜买提（Haji Xizmät）,大约在1885年出生于阿克陶县皮拉勒乡英阿尔帕村（Yengiwapa,即今十五村）,识字。哈吉的祖父毛拉·托兰迪·哈吉（Molla Töländi Haji）曾经是民间有名望的学者,后来家道中落。哈吉因家庭贫困,年少时就开始打工。帮叔父看磨坊期间,哈吉认识民间说唱艺人伊拉洪（Elaxun）,跟他学达斯坦演唱。15岁学会《玉苏甫与艾合买提》《艾里甫与赛乃姆》《塔依尔与左赫拉》《乌尔丽哈与艾木拉江》《斯依特与安萨热》等当时民间广为流传的民间达斯坦。后来跟其母亲的亲戚多来提夏赫（Dölätshah）去各地参加婚礼、麦西莱甫和春游秋游等聚会,学习达斯坦演唱。起初他敲鼓伴奏,后来跟随师父表演,不到两年他就能够独自演唱达斯坦。师父赏识哈吉的技艺,将自己的位置和都塔尔让给这位徒弟,自己则敲鼓伴奏。30岁左右,哈吉将达斯坦里扣人心弦的故事结合优美的音乐演唱给听众,以高超的演唱技能得到乡亲们的认可和敬重,赢得"哈吉·艾勒乃格曼"（艾勒乃格曼Älnäghmä,意为民间曲调）的美名。哈吉当时收藏的达斯坦写本共有12本,可惜这些写本现已全部失传。除了达斯坦演唱,哈吉还自己创作过一些民间歌谣,如《我该怎么办》（Nitäy）、《先布拉》（Shembilä）等。这位赫赫有名的达斯坦大师于1949年8月辞世。

据哈吉的徒弟艾买提告诉笔者,哈吉曾培养出10个徒弟,这些徒弟都住在他家学习并跟着他参加聚会。艾买提回忆自己当年跟着师父参加麦西莱甫活动时的情景:

举办麦西莱甫时，主办方要拿出5—6拃长的羊，40人围坐在一起享用羊肉；麦西莱甫还摆设一大麦筛的葡萄干、瓜果等，食物非常丰盛；主办方还给艺人3袋小麦或者折合3袋小麦的钱。那些年代，能提供那么丰盛食物的人家不多，谁提供食物谁才能参加麦西莱甫聆听我们的演唱。所以，很多人都会爬到房顶或树枝上，房屋主人担心爬在屋顶上的人掉下来就赶他们下去。谁的经济能力好，谁就能参加麦西莱甫，一个乡里就那么十五六人才能参加。

从这位老艺人的描述中，我们能感觉到达斯坦奇在民间不同寻常的地位和群众对达斯坦奇的认可。哈吉培养的10个徒弟当中，后来能够坚持延续哈吉的传唱事业，在民间或官方组织的活动中演唱达斯坦，被当地群众认可为达斯坦奇的，除了他的3个儿子，只有艾买提和西布力汗2位徒弟。

哈吉之子哈吉·艾勒乃格曼有6男2女，8个孩子。老大阿不都热合曼·哈吉（Abdurahman Haji）、老三合孜买提·哈吉（Xizmät Haji）和老七阿巴斯·哈吉（Abbas Haji）会唱达斯坦，不识字。阿不都热合曼子承父业，给哈吉敲鼓伴奏，后由其弟弟合孜买提接替他的位置。合孜买提·哈吉不识字，会唱9部达斯坦。阿巴斯·哈吉年幼时父亲去世，便跟着哥哥合孜买提敲鼓口头学唱。阿巴斯虽识字，但演唱达斯坦不借助书面文本。老六阿吾提·哈吉（Awut Haji）识字，曾担任大队（村）长，他也会演唱一段达斯坦。合孜买提·哈吉约在10年前去世。2010年初，哈吉家族的最后两位达斯坦艺人——阿不都热合曼和阿巴斯也相继去世。

2. 阿巴斯·哈吉（Abbas Haji）

2010年2月，笔者在西布力汗的陪同下，前往哈吉·艾勒乃格曼之子、西布力汗的师父——阿巴斯·哈吉住宅进行访谈。由于阿巴斯得肺炎多年，已缠绵病榻，不能对其进行访谈，只能通过对阿巴斯的妻子古丽尼莎汗访谈获得阿巴斯的基本信息。

哈吉之子阿巴斯·哈吉，约1926年生，阿克陶县皮拉勒乡人，初中毕业，曾在县供销社工作。育有3男4女，孩子都住在15大队。

哈吉去世后，阿巴斯子承父业，继续培养达斯坦艺人，主要徒弟有西布力汗和艾买提。阿巴斯于2010年3月去世。

3. 艾买提·喀斯木（Ämät Qasim）

阿克陶县近现代最为资深的达斯坦奇是哈吉家族的徒弟——艾买提·喀斯木。艾买提·喀斯木1938年出生，居住在阿克陶县皮拉勒乡，初中毕业，务农。艾买提从学习到独自表演始终没有借助书面文本。大约1945年，也就是艾买提七八岁的时候，父母把他送到了达斯坦奇哈吉·艾勒乃格曼家附近的一所学校，并把艾买提安排在哈吉家住宿上学。寄宿期间，他被哈吉的演唱所吸引，便对演唱达斯坦产生浓烈兴趣。继而退学，先跟着哈吉，后来又跟着哈吉之子四处演唱达斯坦。15岁开始，艾买提正式向哈吉之子合孜买提学习演唱。艾买提在哈吉·艾勒乃格曼及其儿子家里一住就是15年，学会了《玉苏甫与艾合买提》《乌尔丽哈与艾木拉江》《艾里甫与赛乃姆》《若仙老爷》《斯伊特与安萨热》《孤儿奥格力苏丹》以及《帕尔哈德与希琳》等七部达斯坦，成了哈吉家族最引以为傲的达斯坦奇。

由于艾买提嗓音逐日变嘶哑，再加上家里的不幸经历，让他对鼓乐喧天失去兴趣，便于1966年告别达斯坦演唱，基本没再演唱过达斯坦，甚至不去任何有弹唱说笑的地方。当笔者问到他有没有忘记达斯坦诗词的时候，他很自豪地回答：

> 现在整天躺在床上，想唱也唱不了啦。说实话，不管是《艾里甫与赛乃姆》《玉苏甫与艾合买提》或《乌尔丽哈》（《乌尔丽哈与艾木拉江》）以及其他达斯坦，我都没有忘记那些达斯坦的内容，达斯坦中的诗词依然记忆犹新。我没有给孩子们唱过，我现在的爱人常抱怨说我跟她结婚后都没给她唱过达斯坦。[1]

---

[1] 根据笔者2011年和2023年的访谈录整理。

艾买提是哈吉·艾勒乃格曼最出色的徒弟，他虽然一度是赫赫有名的达斯坦大师，然而由于常年退出演唱，后来被听众遗忘，同时也被达斯坦传统彻底遗忘，他的名字也不在当地相关达斯坦传承人名单里。艾买提曾经收过3个徒弟，现在这些徒弟都不演唱达斯坦。他的3个孩子均不感兴趣，没学唱达斯坦。因此，艾买提也后继无人。

4. 西布力汗·买买提明（Shibbilxan Mämät'imin）

西布力汗·买买提明，男，1938年出生于阿克陶县皮拉勒乡阿克陶村（一大队），不识字，农民，2012年2月去世。西布力汗虽目不识丁，但他对民间歌曲从小就耳濡目染，很感兴趣。西布力汗之父买买提明·依米尔巴克（Mämtimin Imirbaqi）是位民间弹琴艺人，会弹都塔尔等乐器，哥哥也会弹热瓦甫。18岁起，他跟哈吉之子合孜买提学习达斯坦演唱。后来，他跟哈吉的另一个儿子——阿巴斯结为好友，开始与他一起表演。

哈吉家族另一个徒弟——艾买提是西布力汗的近邻，艾买提家离西布力汗家只有几十米。居住上的近距离和职业上的共同爱好，曾经使这两位艺人走在一起，结为师徒搭档。西布力汗跟着和自己师出同门的艾买提演唱达斯坦，给艾买提敲鼓伴奏，一起表演了20余年。

据老人告诉笔者，他跟着师父阿巴斯口头学唱，三年学会《玉苏甫与艾合买提》《乌尔丽哈与艾木拉江》《艾里甫与赛乃姆》《若仙老爷》和《斯伊特—安萨热》等5部达斯坦。老人学唱始终未借助达斯坦书面文本，演唱达斯坦时用都塔尔琴伴奏。

西布力汗的大儿子会敲手鼓，能配合他演唱达斯坦。老人的徒弟胡达拜尔地·库尔班能唱若干部达斯坦。2012年西布力汗老人在达斯坦歌声中离开了世间，哈吉家族的达斯坦传承从此进入了尾声。

5. 胡达拜尔地·库尔班（Xudabärdi Quwan）

胡达拜尔地，男，外号屠夫，1945年出生，阿克陶县皮拉勒乡人，初中毕业，2021年1月去世。2005年，跟着西布力汗老人一起加入县文工团民间艺人小组。曾先后担任皮拉勒乡四组组长、会计、大队民兵连长等职务。胡达拜尔地自1963年至1966年，经哈吉·艾勒乃格曼的一个朋友，抄录哈吉留给朋友的《玉苏甫与艾合买提》《乌尔丽哈与艾木拉江》《艾里甫与赛乃姆》等3本达斯坦书。他先背诵抄本，然后向西布力汗学习达斯坦的曲调和演唱技能，并开始跟着他演唱。胡达拜尔地的两个孙子跟他学过弹唱，大孙子能演唱几段达斯坦。据胡达拜尔地告诉笔者，他曾有3个徒弟，他们只会跟着胡达拜尔地敲鼓演唱，不能单独表演。胡达拜尔地会演唱的达斯坦有《玉苏甫与艾合买提》、《乌尔丽哈与乌尔扎皮然》（Hörliqa vä Hörzäpiräng，又名《乌尔丽哈与艾木拉》）、《艾里甫与赛乃姆》、《若仙老爷》（又名《巴巴依若仙》）、《孤儿奥格力苏丹》等5部。

6. 吾吉·艾麦提（Ghoji Ämät）

吾吉·艾麦提，男，1948年前后出生[1]，阿克陶县皮拉力乡13大队3小组农民，小学毕业。他的爷爷和父亲都是达斯坦艺人。父亲曾跟他叔叔一起在婚礼或聚会上演唱达斯坦，后来还跟着县文工团去外地表演。吾吉·艾麦提小时候给父亲敲鼓伴奏。父亲1967年因病去世之后，他跟弟弟一起演唱。父亲给他留下的达斯坦《玉苏甫与艾合买提》的手抄本成了日后吾吉·艾麦提唱本的主要文本来源。他先背熟达斯坦书面文本，再回忆父亲演唱的达斯坦曲调，在此基础上进行演唱。

吾吉·艾麦提的达斯坦篇目有《玉苏甫与艾合买提》《艾里甫与赛乃姆》《乌尔丽哈与艾木拉》等。其中《玉苏甫与艾合买提》是他最拿手的达斯坦。吾吉·艾麦提的达斯坦演唱尚未彻底脱离书面文本。平时，他的小儿子艾合买提江给他敲鼓伴奏。

7. 阿布都吾甫尔·库尔班（Abdughopur Qurban）

阿布都吾甫尔·库尔班，男，1952年生，居住于阿克陶县喀热开其克乡，务农。他通过背诵一个亲戚家保存的手抄本掌握达斯坦的内容。他会演奏都塔尔和艾捷克琴，他会唱的达斯坦篇目有《玉苏甫与艾合买提》《艾里甫与赛乃姆》《乌尔丽哈与艾木拉》《马之黑萨》等4部。

---

[1] 艺人不记得准确的出生日期，证件上的出生时间是他根据同龄人和亲戚年龄推测的。

8. 麦热夫·托乎塔什（Märip Tohtash）

麦热夫·托乎塔什，男，1940年出生，居住在阿克陶县库斯拉甫乡英阿瓦提村（一大队）3组。麦热夫向他父亲学习达斯坦演唱，由于十几年中断达斯坦演唱，后来只会演唱《孤儿奥格力》的一部分。

9. 吐尔逊·亚库甫（Tursun Yaqup）

吐尔逊·亚库甫，男，1971年出生，居住在阿克陶县库斯拉甫乡英阿瓦提村（一大队）3组。能边弹奏热瓦甫边演唱歌谣、诗歌及民歌。他只会演唱从他父亲那学来的《孤儿奥格力》的一部分。

10. 伊斯坎代尔汗·海达尔艾力（Iskändärxan Häydäräli）

伊斯坎代尔汗·海达尔艾力，男，塔吉克族，1931年出生，是阿克陶县塔尔塔吉克民族乡人。他会演唱《夏赫麦西来甫》《若仙老爷》等达斯坦。

11. 其他艺人

此外，阿克陶县库斯拉甫乡还有安瓦尔江·卡兹（Änwärjan Qazi，1975— ）、努尔买买提·艾买提（Nurmämät Ämät，1951— ）、苏莱曼·吐尔逊（Sulayman Tursun，1958— ）等能说会道的民间艺人善于演唱民间诗歌、歌谣以及达斯坦片段。

20世纪初至今，新疆阿克陶县民间达斯坦演唱活动较为盛行，达斯坦演唱传统也经历了成熟的阶段。这种文化环境，为大师级达斯坦奇的诞生创造了便利条件。包括哈吉在内的上述达斯坦艺人，都是在阿克陶县浓厚的口头传统环境里，学习并成长起来的。笔者十余年来在阿克陶县进行的达斯坦奇专项调查中，记录在案的达斯坦奇总共有15人，其中除了维吾尔族艺人，还有塔吉克族艺人，演唱风格各异。这些艺人演唱篇目共有《玉苏甫与艾合买提》、《乌尔丽哈与艾木拉》（《乌尔丽哈—乌尔扎皮然》）、《艾里甫与赛乃姆》、《若仙老爷》、《斯伊特—安萨热》、《孤儿奥格力苏丹》（《孤儿奥格力》）、《帕尔哈德与希琳》、《马之黑萨》等8部。

阿克陶县达斯坦奇演唱的达斯坦篇目数量多，篇幅宏大，内容丰富多彩。阿克陶县有的达斯坦奇能演唱当地流传的几乎所有的达斯坦篇目，如艾买提·喀斯木能演唱除了《马之黑萨》以外的其他 7 部达斯坦。

达斯坦艺人对中华民族文化宝库的丰富多样做出了极为重要的贡献。阿克陶县达斯坦奇的演唱是活态的传承、传播。对阿克陶县达斯坦奇进行调查研究，有助于促进口头传统非物质文化遗产的保护和抢救，从而给中华民族民间文化宝库添加新鲜血液。

（二）疏附县艺人

1. 喀迪尔·麦合苏提（Qadir Mähsut）

喀迪尔·麦合苏提，男，1932 年出生、农民、中共党员，疏附县沙依巴格乡库力其村 8 组人，小学文化程度，有 8 男 3 女，11 个孩子。1952 年参加工作，曾在塔什米力克乡棉麻公司工作，于 2022 年 5 月 10 日因病去世。

喀迪尔老人从 20 岁开始，先后师从达吾提·玛尔江眼（Dawut Marjanköz）[1]、著名热瓦甫演奏家达吾提·阿吾提的父亲阿吾提·热瓦甫和阿不力孜喀日等艺人学习达斯坦或民歌演唱。曾收过若干徒弟，均已去世。喀迪尔老人会唱《艾里甫与赛乃姆》《玉苏甫与艾合买提》《塔依尔与左赫拉》等 3 部达斯坦，会演奏坦布尔、都塔尔、热瓦甫等乐器。

2. 吾舒尔·麦麦提（Hoshur Mämmät）

吾舒尔·麦麦提，男，农民，1941 年出生，疏附县塔什米力克乡阿亚格提提尔村（11 大队）1 组人，1956 年小学毕业当演员。这位艺人于 2019 年 5 月 16 日去世。艺人有 5 男 3 女，共 8 个孩子，均务农，家庭经济来源主要是农作物。

吾舒尔老人在一次偶然的机会听到达斯坦演唱，便对此产生兴趣。于是找民间艺人阿拜汗老人，在其帮助下，记录达斯坦歌词，自己配曲调。后来搜集达斯坦书面文本，自己配曲练唱。艺人演唱离不开书面文本，会唱《玉苏甫伯克与艾合买提伯克》《若仙老爷》《乌尔丽哈与乌尔扎皮然》等达斯坦。此外，

---

[1] 玛尔江（Marjan）意为珠子或珠子项链，"玛尔江眼"是艺人的外号。

吾舒尔老人会演奏多种乐器，如都塔尔、坦布尔、热瓦甫以及小提琴和唢呐等。值得一提的是，艺人的小提琴演奏引起当地不少年轻人的好奇心，他们拜艺人为师，涌现出了一批小提琴演奏家。据艺人陈述，这些年轻演奏家是艺人从艺生涯中最让他引以为傲的成果。

第四节　本书使用的符号

一、手抄本的转写符号表

序号	字母	转写符号	序号	字母	转写符号	序号	字母	转写符号
1	آ / ا	a, ä[1], i, ā	13	ش	š	24	ل	l
2	ب	b,p	14	ص	ṣ	25	م	m
3	ت	t	15	ض	ẓ	26	ن	n
4	ث	ṡ	16	ط	ṭ	27	و	v,o,ö,u,ū,ü
5	ج	c,č	17	ظ	ẕ	28	ه،ه	h,a,ä
6	ح	ḥ	18	ع	ʿ	29	ی	i, ı,ī, e,ā,ä,y
7	خ	ẖ	19	غ	ğ	30	نک/نگ	ng
8	د	d,t	20	ف	f	31	ء	ʾ
9	ذ	ḏ	21	ق	q	32	او	o, u, ö, ü
10	ر	r	22	ک	k,g,ng	33	ایـ	i,e
11	ز	z	23	گ	g,k,ng	34	وا	ā
12	س	s						

1　由于阿拉伯—波斯语复制词中的短元音 a 与维吾尔语中的元音 a 发音有所不同，本书将阿拉伯－波斯语复制词中的 a 转写为 ä。

二、口头文本的记音符号表

序号	国际音标	记音符号	序号	国际音标	记音符号	序号	国际音标	记音符号
1	a	a	12	ʒ	ž	23	n	n
2	ɛ	ä	13	s	s	24	ɦ	h
3	b	b	14	ʃ	š	25	o	o
4	p	p	15	ʁ	γ	26	u	u
5	t	t	16	f	f	27	ø	ö
6	ʤ	ǰ	17	q	q	28	y	ü
7	ʧ	č	18	k	k/x	29	v	v / w
8	χ	χ	19	g	g	30	e	e
9	d	d	20	ŋ	ŋ	31	i	i/ ɨ / ï/ə i̊/ɨ̊/ů/ü̊
10	r	r	21	l	l	32	j	y
11	z	z	22	m	m			

三、国际音标、转写符号和拉丁字母的相关说明

本书在手抄本的转写，口头文本的记音，文学语言例词以及人名、地名、作品名称的转写中，所使用的符号不尽相同，具体说明如下：

1. 本书转写察哈台文手抄本时，采用了艾克曼（János Eckmann）的《察哈台语手册》[1] 和李盖提（Andras J. E. Bodrogligeti）的《察哈台语语法》[2] 使用的转写符号。

2. 口头文本的记音采用了将国际音标[3] 与语言学相关领域常用的符号相结合的方式。

3. 现代维吾尔文学语言按照《现代维吾尔文学语言正字词典》的发音标注来转写，转写符号与口头文本一致。

4. 转写人（非达斯坦人物）名、地名和作品名称则基本按照现代维吾尔文使用的拉丁字母符号转写。[4]

手抄本、口头文本和文学语言例词以及地名、人名、作品名称使用的不同转写符号对照如下：

手抄本	口头文本和文学语言	人名、地名、作品名称
c	ǰ	j
č	č	ch
š	š	sh
ḫ	χ	x
ğ	γ	gh
ng	ŋ	ng

1 Eckmann, János, *Chagatay Manual*, Bloomington: Indianna University Publications, 1966.

2 Andras J.E. Bodrogligeti, *A Grammer of Chagatay*,Lincom Europe, 2001.

3 International Phonetic Alphabet（IPA）.

4 为了避免转写符号众多而产生混淆，维吾尔拉丁文中的元音符号 e（=［ε］）和 é（=［e］）与手抄本和口头文本保持一致，分别转写为 ä 和 e。

四、特殊符号

（一）手抄本转写的特殊符号

{}	文本中空缺或被划掉的字母	*斜体字母*	不确定的读音
（ ）	解读补充或修正的字母	/	没能读取的字母
ʔ	‘ 或 ’	……	省略的词语
*	正确拼写		

（二）口头文本记音的特殊符号

[ ]	音素符号	/ /	音位符号
h	送气音	:	长音
°	清化	,	音节界限
↔	对立关系	*斜体语句*	艺人插入的题外话
←或→	变成	（ ）	听不清楚的语句
/	短暂停顿	//	长停顿
--	未说全的语句	{ }	艺人认为自己说错想要撤回的言词
…	无法听取的语句	‿	连说

（三）通用符号

~	同等关系	=	等于
+	名词词根或词缀	-	动词词根或词缀
〉	演变为	〈〈	来自
*	原型	#	音节开头或末尾位置
A	/a, ä/	I	/e, i, ɪ, ɨ, ə /
O	/o, ö/	U	/u, ü/
X	/i, ɪ, u, ü/	G	/ɣ, q/, /g, k/
D	/d, t/	K	/q, k/

五、略语

（一）语法略语

1POSS	1st person possessive	第一人称从属标志
2POSS	2nd person posessive	第二人称从属标志
3POSS	3rd person possessive	第三人称从属标志
1sg	1st person singular	第一人称单数
2sg	2nd person singular	第二人称单数
2sPOL	2nd person singular polite	第二人称单数尊称
2pPOL	2nd person plural polite	第二人称复数尊称
3sg	3rd person singular	第三人称单数
2sRSP	2nd person singular respectful	第二人称单数敬称
1pl	1st person plural	第一人称复数
2pl	2st person plural	第二人称复数
3pl	3st person plural	第三人称复数
ABL	ablative case	从格
ACC	accusative case	宾格
ADJL	adjectivalizer marker	形容词化标志
ADVL	adverbializer marker	副词化标志
AUX	auxiliary	助词
COND	conditional marker	条件-假设语气标志
COP	copula	系动词
INF	infinitive	不定式
INSTR	instrumental case	工具格
IZ	Izafet marker	耶扎菲标志

（续表）

LOC	locative case	位格
LQ	locative-qualitative case	地点标志格
LMT	limitative case	界限格
N	noun	名词
NOML	nominalizer marker	名词化标志
NPST	non-past tense	非过去时
NEG	negative	否定
OPT	optative	祈愿式
ORD	ordinal marker	序数标志
QUOT	quotation, quotative	引用语
属1单		属格第一人称单数

（二）术语略语

汉	汉语	方/方言	现代维吾尔语方言
阿	阿拉伯语	口头/口头文本	达斯坦口头文本
波	波斯语	文学/文学语言	现代维吾尔语文学语言
俄	俄语	手抄本	达斯坦手抄本
希	希腊语	达斯坦	民间达斯坦
		艺人	民间达斯坦演唱艺人

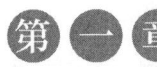

第一章

达斯坦概述

第一节　何谓达斯坦

民间叙事长诗这一口头文类在维吾尔文学中被称为民间达斯坦，俗称"达斯坦"。达斯坦传播历史悠久，蕴藏丰富，流传较为广泛。本节主要讨论达斯坦的定义、分类以及流传现状。

一、达斯坦的定义

"达斯坦"（dastan）一词来源于波斯语"dästān"，波斯语中有"故事，神话，曲调"[1]以及"历史，爱情故事，童话，歌曲，旋律，颤声，摇动；乐器键；敲诈、诡计"等多种含义。

"达斯坦"这一民间文学文类在察哈台语[2]时期开始在新疆维吾尔、哈萨克、柯尔克孜、塔吉克、乌孜别克等多民族文学中出现。察哈台语里"达斯坦"一词表示"历史""故事、传奇故事、叙事长诗"[3]之义；在现代维吾尔语中表示"长篇诗歌作品，民间英雄叙事诗；赞歌"等两层含义[4]。达斯坦既包括

---

[1] 北京大学东方语言文学系波斯语教研室编：《波斯语汉语词典》，北京：商务印书馆，2017，第1029页。
[2] 有关察哈台语的详解请见本书第三章第一节。
[3] 买买提吐尔逊·巴吾东等编著：《察哈台语详解词典》，乌鲁木齐：新疆人民出版社，2002，第245页。
[4] 阿布利孜·亚库甫等编：《现代维吾尔语详解词典》（6），北京：民族出版社，1990，第14页。

民间的口头达斯坦，也包括文人创作的书面达斯坦，二者之间有着密切的互动互融关系。

　　达斯坦这个术语涵盖了多个民族口头史诗传统中主要的、宽泛的概念。[1] 现代维吾尔文学里，民间达斯坦是指口头叙事长诗。在乌孜别克民间文学里所有叙事长诗统称为"达斯坦"。而在哈萨克和柯尔克孜族文学里，除了"达斯坦"，还有其他一些术语也表达口头史诗这一特定文学类型。在柯尔克孜族民间文学里，"达斯坦"是普泛的概念，学者用"艾珀斯（Epos）"表示大型史诗《玛纳斯》，而用"坎杰艾珀斯（Kenje Epos）"表示其他篇幅较小的口头史诗，同时又用"达斯坦"统称所有的长篇韵文体叙事作品，民间还曾经用"卓莫克（Jomoq）"这个词表示"英雄史诗"的概念。哈萨克族也用"达斯坦""艾珀斯""黑萨（Qïyssa）"等概念表示韵文体长篇叙事诗。此外，还用"巴特尔德克吉尔（英雄歌）"表示英雄史诗。而用"黑萨"表示传自波斯或阿拉伯的传奇性长篇叙事诗。有鉴于此，这些民族文学里的"达斯坦"既包括"黑萨"或"艾珀斯"，也包括与战争、婚姻、狩猎以及以历史事件为背景，根据历史英雄人物的业绩而创作的长篇叙事诗。[2]

　　从形式上讲，"达斯坦"或是韵文体，或是韵散结合体，其中韵散结合的形式主要属于爱情达斯坦。比如，哈萨克族的《阿勒帕米斯》（Alpamïs）和《阔布兰德》（Qoblandï）等英雄史基本是韵文体，而《吉别克姑娘》（Qïzjibek）等其他一些爱情史诗则是典型的韵散混合体。柯尔克孜族史诗中，内容以宏伟的征战为主的英雄史诗占据绝对优势，而爱情叙事诗、历史叙事诗以及"黑萨"类作品只占据很少的部分。[3] 在乌孜别克和维吾尔口头传统中，除了极少数纯韵文体，如《雅奇伯克》（Yachibäk）、《吾麦尔·巴图尔》（Ömär Batur）等，大部分达斯坦散韵结合，说唱结合，如《艾里甫与赛乃姆》（Gherip-Sänäm）《乌尔

1　阿地里·居玛吐尔地：《突厥语民族口头史诗类型的本土命名和界定：语义学视角》，《内蒙古社会科学》（汉文版）2014年第3期。

2　同上。

3　同上。

丽哈与艾木拉》（Hörliqa-Hämra）等。总之，"达斯坦"这个术语涵盖了这些民族口头史诗传统中一个主要的、宽范的概念，[1]各民族的达斯坦口头传统既各具特色，又多元一体。

民间达斯坦是具有完整的故事情节和鲜明人物形象的古老叙事形式，在民间有广泛的达斯坦口头说唱传统。作为国家级非物质文化遗产代表性项目之一的维吾尔族民间达斯坦，是维吾尔族文化的结晶，是涉及维吾尔族文学、语言文化、生活习俗、社会结构等各方面的活形态说唱艺术。演述达斯坦的艺人通常被称为"达斯坦奇"（dastanchi），他们借助于动听的曲调和富有感情的身体语言，在民族乐器的帮助下，发挥即兴创编能力，感染听众，使得达斯坦千百年来不断流传在民间。

值得一提的是，"达斯坦"这一口头传统在一些"一带一路"共建国家和地区中也广泛流传，乌兹别克、土库曼、土耳其、阿塞拜疆、塔塔尔、哈萨克、卡拉卡尔帕克以及吉尔吉斯等诸多群体的口头史诗传统中的长篇叙事作品也被称为"达斯坦"。[2]

二、达斯坦的分类

达斯坦数量众多，内容也纷繁庞杂，有作家创作的书面达斯坦和民间口头创作并口头传承的民间达斯坦之分。就民间达斯坦的分类，学者们的看法往往莫衷一是，有分英雄达斯坦、爱情达斯坦和历史达斯坦三类的；也有分爱情达斯坦和历史达斯坦两类的；还有英雄达斯坦、爱情婚姻达斯坦、生活习俗达斯

---

[1] 阿地里·居玛吐尔地：《突厥语民族口头史诗类型的本土命名和界定：语义学视角》，《内蒙古社会科学》（汉文版）2014年第3期。

[2] 关于这些民族口头史诗类型的异同，可参见阿地里·居玛吐尔地：《突厥语民族口头史诗类型的本土命名和界定——语义学视角》，《内蒙古社会科学》（汉文版）2014年第3期。另，"达斯坦"一词各地语言的发音略有差异。

坦和哲理达斯坦四大类的分类法。[1] 本书根据民间达斯坦包含的主要传统主题，将民间达斯坦分四大类：一、英雄达斯坦，如《乌古斯可汗传》（Oghuznamä）；二、爱情达斯坦，如《塔依尔与佐合拉》（Tahir-Zöhrä）、《艾里甫与赛乃姆》（Gherip-Sänäm）、《我的玫瑰花》（Qizil Gülüm）；三、历史事件达斯坦，如《努祖古姆》（Nuzugum）、《帕塔穆汗》（Patämxan）；四、生活习俗达斯坦，如《雅丽普孜汗》（Yalpuzxan）、《国王之死》（Padishahning Ölümi）、《孜维德汗》（Ziwidixan）等。其中，英雄达斯坦和历史事件达斯坦的主题极为相似，即都讲述主人公的英勇事迹。但二者同中有异，相对于历史事件达斯坦，英雄达斯坦的篇幅更长，其主人公的形象带有理想化色彩，主人公有历史上真实的，有虚构的，奋斗目标是为一个群体或者某一地区的人们带来幸福，拥有群众的集体支持与参与；而历史事件达斯坦中的主人公是历史上真实存在的人物，其故事基于曾真实发生的历史事件以及涉及其中的历史人物。

以上归类是为了便于分类研究，其实各类达斯坦之间并没有不可跨越的界限：英雄达斯坦中也有对爱情的赞美；历史事件达斯坦中也会刻画出主人公的鲜明形象，叙述英雄人物的英勇事迹；生活习俗达斯坦中也包含动人的爱情故事或英雄人物。比如，《拉比妍与赛丁》[2]是根据喀什地区疏勒县柯克奇村发生的真实爱情故事流传的达斯坦，以巴依的女儿拉比妍和贫农之子赛丁这一对情人的感人的爱情悲剧为主线，讲述了当地婚姻和生活习俗。

三、达斯坦与史诗

达斯坦和史诗均为具有完整故事情节的长篇韵文体叙事文类，是历史悠久的古老口头传统形式，二者在文类形态、内容结构、演述形式、演唱语境、传

---

[1] 参见阿布都外力·克热木：《维吾尔族民间口承达斯坦研究》，北京：中国社会科学出版社，2014，第23页。
[2] 这是作家尼扎里书面创作的的达斯坦，民间有口头流传。

承方式等诸多方面相差无几。故此,在维吾尔文学研究里常常出现将史诗与达斯坦混为一谈的现象。在笔者看来,史诗与达斯坦属于不同的体裁,下面以维吾尔族的达斯坦与我国"三大史诗"为例,分析二者的不同。

一、时代背景。史诗叙述的是古老部族之间的战争、民族的迁徙等故事。相对于达斯坦而言,史诗中的事件发生时间更为久远。在达斯坦中,除了《乌古斯可汗传》《轻帖木儿·巴图尔》等少数作品,民间口头流传的多数达斯坦讲述的故事以中世纪为主要时代背景,也有相当一部分达斯坦讲的是离我们当今生活不远的故事。

二、主题范围。史诗讲述万物生成、人类起源或英雄的英勇事迹。而达斯坦的主题范围更接近于我们的近代或现代社会生活,有赞颂英雄人物的、有赞美爱情的、有讲述生活习俗的,也有讲述一个人简短经历的,主题范围更为宽泛。

三、叙事结构。史诗叙事中最具代表性的结构是几代英雄前仆后继,率领民族或某个地区的民众对抗敌人,能够独立成章地纵向叙事,各章故事又环环相扣,一个故事的结束是另一个故事的开始。如具有 20 余万诗行的《玛纳斯》,讲述了玛纳斯子孙八代英雄的事迹,时间跨度达几百年之久。其第一部中,从民族起源开始说起,讲玛纳斯前五代祖先的来龙去脉,接着从玛纳斯的诞生、少年时代的战功、娶妻生子、晚年的远征,一直叙述到英雄之死。在其后七部,每部描写玛纳斯家族的一位英雄,其叙述方式与第一部大同小异,每部均从英雄的诞生讲述到英雄之死。再比如,古希腊史诗中常采用倒叙法。《伊利亚特》中特洛伊之战的缘起、十年战斗的经历以及对于众多神与人的叙述与描写,始终采用倒叙的手法。[1] 而包括英雄达斯坦在内的绝大部分达斯坦讲述一个或一代兄弟几人同一时空的英雄事迹。达斯坦无论篇幅长短、情节简单或复杂,都不分篇章。其叙事也始终采用单线递进式结构,一般只有一条故事线,以单线型结构为主顺时发展,诸如插叙和倒叙之类的表现手法极其少见。

---

[1] 郎樱:《〈玛纳斯〉的叙事结构》,《民族文学研究》1989 年第 5 期。

四、修辞手法。有些达斯坦的修辞手法很像动物故事，采用拟人或拟物的修辞手法，讲述动物或事物的故事。如《布谷鸟与情鸟》(Kakkuk bilän Zäynäp)讲述爱情专一的布谷鸟与花心情鸟之间的故事;《美食之乡》(Shekäristan) 以辩论的形式叙述水果与庄稼之间“谁最甜”的争论。史诗虽然也有丰富的修辞手法，但其使用方式却更接近于创世神话，不会用整个篇幅来专门讲述某个动物或事物的故事。

五、篇幅。大部分史诗的篇幅都很长，有几万行到几十万行。相反，大部分达斯坦的篇幅并不长，最短的甚至仅有两三百诗行。

六、神化色彩。史诗具有浓烈的神化色彩，英雄人物往往被叙述成神的化身，具有神奇的力量和显赫的威望。而达斯坦除了极少数作品，主人公几乎都是普通百姓，除了《乌尔丽哈与艾木拉》《开麦尔夏赫与夏姆斯加南》(Qämärshah wä Shämsijanan) 等讲述凡人与仙女爱情故事的达斯坦，几乎没有具有神奇力量的主人公或降妖伏魔的情节。

七、韵律。史诗通常以韵文体为主，如《玛纳斯》史诗中没有散文段落，是韵文史诗，而除了《控诉西纳赫夏伯克》《亚奇伯克》(Yachibäg) 等极少数韵文体达斯坦，多数达斯坦是韵散结合的。

八、情节母题。达斯坦在情节母题方面接近于民间故事，民间故事中常见的巴依与贫农、一见钟情、殉情、对唱试探对方、父母哭瞎双眼、英雄凯旋等亦是各类达斯坦中最普遍的母题。而史诗中常见的斩妖屠龙、征服毒蛇猛兽、人与妖的殊死搏斗、部落之间的战争、原始初民为生存而搏击自然灾害等母题，除了最为古老的达斯坦——《乌古斯可汗传》《孤儿奥格力》等，绝大部分达斯坦中几乎不出现。

九、音乐性。相对而言，达斯坦的的演唱更具浓厚的音乐因素。民间达斯坦由民间艺人借助各式各样的民族乐器用富于变化且动听的曲调现场演唱给听众。乐器和音乐在达斯坦演述中是必不可少的。达斯坦艺人不仅是歌手，同时也是杰出的乐手。比如,《玉苏甫与艾合买提》的演唱中会出现 8—9 中不同曲调，主唱艺人在演唱中会演奏都塔尔或热瓦甫等弹拨乐器，学徒则会用手鼓、萨巴依等打击乐器。

十、戏剧性。不少达斯坦内容诙谐幽默，艺人的演述也富有戏剧性。此类达斯坦的散文体故事讲述是艺人与听众互动最为热烈的部分。达斯坦艺人甚至可以用滑稽的动作，从达斯坦故事里跳出来，直接指着眼前的听众，将他们看作故事中的人物，听众也可以上台展现口艺，反驳或继续艺人的讲述。相对而言，这种随意性和幽默感在严肃庄严的史诗演述中是极为罕见的。

十一、演唱艺人。维吾尔族达斯坦通常由一位达斯坦艺人或一位主唱师父及其一两位徒弟演唱。演唱到达斯坦的散文体叙述部分，艺人甚至会放下乐器，边讲边走到听众面前，配上丰富的表情和动作，与听众展开近距离互动。然而，史诗由一位艺人坐着演唱，始终不换位置。这不仅在《玛纳斯》演唱中，在《江格尔》和《格萨尔》等史诗的史诗的演唱中亦如此。

十二、措辞与表达方式。受波斯和阿拉伯文学的影响，达斯坦中存在着大量的波斯语、阿拉伯语借词，叙事和表达方式也借鉴波斯文学。比如，达斯坦中句首频繁出现的插入语"älqissä"是波斯文学典型的叙事手法。

史诗与达斯坦的相关区别阐述请参见本书第五章第二节第三部分。

第二节　达斯坦的表演：场景与情境

作为表演形式的达斯坦演唱，是歌者与听者在特定的语境下相互作用、相互影响的互动过程。语境对达斯坦艺人的表演有着至关重要的作用。"我们将表演行为看作是情境性的行为（situated behavior），它在相关的语境（contexts）中发生，并传达着与该语境相关的意义。这些语境可以从不同的层面来确认，比如场景（setting），它是由文化所界定的表演发生的场所。"[1]

维吾尔族达斯坦表演一般在晚秋至初春的农闲时节最为活跃。在左邻右舍家里[2]轮流举行的麦西莱甫[3]活动是达斯坦表演赖以生存的主要空间。麦西莱甫大多数情况下都是在周末举行，傍晚开始。应邀参加麦西莱甫的达斯坦艺人与围坐在他周围的听众，先享用承办活动的主人为来宾准备的丰盛宴席，然后通过几场传统游戏，对输方进行象征性惩罚之后，精彩的达斯坦表演就会开始。有的艺人以一个简短的幽默故事作为开场白，以营造现场的融洽气氛；有的艺人借助节奏较慢的其他达斯坦选段来渐渐进入演唱状态；还有的艺人以木卡姆片段来开场。一般以故事的讲述者传说道或"在某某城，有个某某人，名叫某某

---

[1] ［美］理查德·鲍曼：《作为表演的口头艺术》，杨利慧、安德明译，桂林：广西师范大学出版社，2008，第31页。

[2] 冬天在屋内，夏天在宽敞的院子里举行。

[3] 麦西莱甫（Mäshräp）是阿拉伯语借词，现代维吾尔语中的含义是"大家聚集在一起举办的歌舞活动"，麦西莱甫活动是维吾尔族民间传统娱乐聚会。参见阿布利孜·亚库甫等编：《现代维吾尔语详解词典》（二），北京：民族出版社，1991，第128页；艾娣雅·买买提：《一位人类学者视野中的麦西莱甫》，北京：民族出版社，2006。

名”等作为开场白。

在达斯坦演唱传统中，开头歌叫作“帖尔篾”（Tärmä）。[1]“Tärmä”的词根是表示“摘、捡”的动词“tär_”，[2] 在现代维吾尔语中“Tärmä”作名词表示“文摘”，或作形容词表示“采集的、捡出的，从四面八方聚集在一起的”。[3]“帖尔篾”在乌兹别克、哈萨克、柯尔克孜、卡拉卡尔帕克等民族中是一种即兴诗歌体裁的名称，跟维吾尔语一样，都源于动词“tär_”。[4] 通过“帖尔篾”引入达斯坦的演唱方式在诸多民族口头传统中广为流传，尤其是乌孜别克族的达斯坦演唱传统跟维吾尔族如出一辙：“晚上的活动从吃一些简单的餐点开始。然后，歌手演唱一段所谓的‘帖尔篾’作为自己主要演唱曲目的开场白。这些‘帖尔篾’是他们自己创作的一些篇幅短小的抒情诗歌，或者是某一部‘达斯坦’的片段，有时可能是来自古典文学中的诗歌段落。”[5]

帖尔篾演唱结束，紧接着可以进入达斯坦的正式演唱环节。不管篇幅的长短，要保证达斯坦奇对这次表演的完整性，因此有时根据达斯坦表演进展和情境，甚至会延续到第二天凌晨，这期间根据听众和艺人的情况，也会通过几次短暂的休息或游戏提高气氛。演唱结束，除了主人的盛情款待和重赏，受众也会送礼表示各自对艺人表演的谢意和敬意。

达斯坦艺人这种应邀表演，还会在婚礼、节日、游园等活动中进行。而这些活动中，由于听众和艺人都受到较大的时间限制，艺人不会演唱整篇达斯坦。如前文所述，曾经达斯坦艺人还会主动去热闹的街道、集市、广场表演，借此谋生。随着人们生活节奏的加快和新媒体的普及，现在几乎没有此类以巡回表

1　哈司依提·艾迪艾木：《维吾尔族口头达斯坦演唱活动中的“帖尔篾”》，“首届中国维吾尔族民间达斯坦国际学术研讨会”上的论文，北京：2015。

2　“tär–”在喀什等地的土语发音为“täy”，因此“tärmä”也说成“täymä”。

3　阿布利孜·亚库甫等编《维吾尔语详解词典》（二），北京：民族出版社，1991，第136页。

4　［德］卡尔·赖希尔：《突厥语民族口头史诗：传统、形式和诗歌结构》，阿地里·居玛吐尔地译，北京：中国社会科学出版社，2011，第82－83页。

5　同上书，第103页。

演糊口的专职达斯坦艺人。[1] 因此，我们可以从前人的回忆中得知过去的状况。喀什疏附县达斯坦艺人喀迪尔老人回忆起他小时候热闹的达斯坦表演场景时道：

> 过去疏附县赫赫有名的热瓦甫琴手阿吾提·艾勒乃格曼常常在县城周末巴扎日表演。他开始演唱达斯坦之前，叮叮当叮叮当弹响他形影不离的热瓦甫琴。听到热瓦甫琴声，集市上的人们便赶来围在他四周。在听众集合的工夫，阿吾提跟他儿子达吾提[2]说笑话作为开场，然后进入正式表演，被他的演唱所打动的听众，身边带着什么值钱的东西就投给他，以表示对他说唱技艺的欣赏之心。[3]

那时，达斯坦演唱较为活跃的喀什、和田等地每周一次的巴扎日和热闹的茶馆，给达斯坦表演创造了良好的自然环境。许多达斯坦歌手把茶馆当作表演的场所，他们成为维吾尔茶馆文化中不可分割的重要内容。正像洛德在《故事的歌手》里所描述的："村舍聚会的情形也同样存在于聚落紧凑的乡村和小镇，在小镇里男人们经常聚在咖啡屋或小酒馆中，而不是村民家里。小酒馆是男人独享的天地……附近的农民可能顺道来此逗留，坐下来交谈一阵，呷一口咖啡或拉基烧酒，听听歌。"[4] 过去维吾尔族的茶馆茶社里的说唱场景跟洛德在他的书里描述的咖啡屋和小酒馆的口头史诗演唱场景十分相似。按照维吾尔人的风俗习惯，男性聚集说笑娱乐的场所女性自然不会掺和。因此，尽管妇女也可以出入茶馆，不过听众和演唱者几乎全部是男性。他们聚集在那里，沏一壶浓浓的茶水，边品尝香喷喷的热馕，边语笑喧阗。除了达斯坦演唱，还会有人给大家唱歌或讲笑话，增添热闹气氛。

---

1 参见吐孙阿依吐拉克《口头诗学视角下的维吾尔族达斯坦演唱传统》，《西北民族研究》2016 年第 4 期。

2 达吾提后来成为著名的热瓦甫演奏家。

3 根据笔者 2010 年 9 月 10 日访谈的录音整理记录。

4 ［美］阿尔伯特·贝茨·洛德：《故事的歌手》，尹虎彬译，北京：中华书局，2004，第 19 页。

笔者在田野工作中前往疏附县塔什米力克乡文化站，一进文化站大院，从办公楼里传来阵阵琴声和歌声。塔什米力克乡文化站的民间艺人有将近二十人，绝大部分是上了年纪的老人，有善于跳舞的，有善于弹琴的，有善于扮演各种滑稽角色的，有善于编歌谣的，有善于说书的，个个身怀绝技。笔者访问几位艺人，他们当时正在准备周末在乡文化广场举行的麦西莱甫活动。热情豪放的艺人们非常重视并赞许文化站组织的各项活动。因为民间自发的麦西莱甫活动越来越少，在这里他们能重回舞台，继续展现才艺。跟同龄人一起排练，一起表演，能让他们过得很充实。文化站成了民间艺人艺术生活的乐园和展现自我、认识自我的平台。

从阿克陶和疏附两县达斯坦艺人的现状来看，民间传唱达斯坦的老艺人基本已去世，也没有徒弟在民间传唱达斯坦。随着艺人的减少，民间演唱活动以及达斯坦歌者与听者之间的互动语境也在发生变化。

第三节　达斯坦的口头呈现

一、口头文本的变异性

书面文本与口头文本的本质区别在于信息交流的直接或间接性。相较于书面文本，达斯坦的口头演唱就是听者与歌者之间达成的直接交流，双方有声有色，其文本是动态的。因此，达斯坦艺人的演唱处于不断的变化当中。达斯坦的每一次演唱过程，都包含着艺人的积极创作传达信息和听众的积极参与接受信息，不管这种说与听是出于主动交际的需要还是被动交际的需要。达斯坦演唱本身有严格的程式化的语言要求，但是演唱文本的言语并不是完全一成不变，而是在遵守与变化的关系中不断得以演变的。

从口头诗学的角度来讲，口耳相传过程中达斯坦艺人每次的表演，多少都会有所变化。这可能是因为歌手的遗忘，也有可能是因为歌手有意增减。有意增减的结果，就是创作性演唱。创作性演唱不能脱离故事范式，不管如何变化，歌手在运用他熟悉的程式化语句、故事范型和传统的主题基础上再进行即兴创作，与听众直接交流。因此，可以说歌手的每一次演唱都是对达斯坦故事的重新组合。

二、音乐与"想"和"说"

达斯坦表演不仅要求艺人具备较好的表达能力,还要求艺人掌握弹奏民族乐器的基本功。演奏乐器在艺人表演过程中跟手势、表情、语调一样,帮助艺人更好地传达预期的信息。演奏还能为艺人创造休息、思考以及调整缓解情绪的空间,减少演唱中的啰唆表达,填补忘词的空缺。

对艺人而言,音乐在达斯坦演唱中能起到"思维出现障碍时的填补"作用。我国语言学家陈建民先生曾言,"说一段连贯的话,由于想跟不上说,大脑亮起了红灯。在思维出现障碍以后,有文化的人会通过沉思片刻把话连接上;文化低的人不是默默地思索,而是不自觉地重复一些字眼,利用重复填补一时接不上话的空当儿"[1]。维吾尔达斯坦演唱中的音乐好比口语中的重复,不仅能帮助艺人思考,能够使"思维跟上语言",对听众来说,音乐同样便于增加审美感并帮助更好地理解和记忆达斯坦故事。

维吾尔达斯坦表演经常使用的乐器有都塔尔(duttar)、热瓦甫(ravap)、艾捷克(ghejäk)、弹布尔(tämbur)、萨塔尔(sattar)以及手鼓(dap)、萨巴依(sapayi)等。一般情况下,想要成为达斯坦艺人,在拜师前多少要掌握点这些乐器的演奏技巧。因为师父会比较严格,以高标准来要求学徒,让他们先从学习弹琴入手。

---

1 陈建民:《汉语口语》,北京:北京出版社,1984,第171页。

第二章

达斯坦演唱艺人——达斯坦奇

第二章 达斯坦演唱艺人——达斯坦奇

达斯坦演唱艺人，即达斯坦奇是达斯坦的表演主体，他们承载着将流行于民间人们喜闻乐见的那些故事重新演绎给听者的责任。那些故事讲述的是过去的时代，有许多人们耳熟能详的典故，有许多人们津津乐道的人物，那些故事是集体的记忆，可以唤醒人们对自身的观照。

达斯坦演唱是一种行当，更是一种文化载体。达斯坦艺人因达斯坦而存在，达斯坦又因他们而不断得到传承与发展。作为达斯坦口头传统的主要承载者，不同时代的达斯坦艺人以不同的形式丰富达斯坦文化传统，使之成为不同时代的语言、文学、文化、社会结构等集于一身的宝贵文化遗产。2008年，维吾尔民间达斯坦列入我国第二批国家级非物质文化遗产名录，维吾尔民间达斯坦传统成为入选的53项民间文学项目之一，数名达斯坦艺人被评定为国家级、自治区级、市级、乡镇级非物质文化遗产传承人。达斯坦奇在民间达斯坦这一珍贵的非物质文化遗产传承中的关键作用开始得以更进一步重视。

第一节　达斯坦奇的身份

新疆各地的语言特点、生活方式、生活水平等都存在一定的差异，而且生活地域广阔，各地方言土语存在一定的差别，达斯坦艺人的称谓也不尽相同。就维吾尔语而言，常用的有达斯坦奇（dastanchi）、麦达赫（mäddah）、艾勒乃格曼奇（älnäghmichi）、瓦依孜（wa'iz）、哈皮孜（hapiz）、阔沙克奇（qoshaqchi）等。也有较为少见的贝依特奇（beytchi）、木卡姆奇（muqamchi）、乃孜密奇（näzmichi）、黑萨奇等[1]，偶尔还会被称为格孜乐奇（ghäzälchi）。上述诸多称谓当中"达斯坦奇"专指演唱达斯坦的民间艺人，是最为普遍的称谓。达斯坦艺人拥有如此多的称谓，跟他们来自广袤的民间，扎根并存活于民间的身份是息息相关的。

达斯坦口头传统说唱融合的演唱形式要求艺人既具备较好的表达和互动能力，又具备很好的演奏功底，即达斯坦奇不仅是歌手，同时也是一个杰出的乐手。传统语境中，师父会即兴弹奏都塔尔、热瓦甫、艾捷克、弹布尔或萨塔尔等任意一种弹拨乐器，徒弟则打手鼓、萨巴依等打击乐器。

达斯坦艺人承载着将流行于民间人们喜闻乐见的那些故事重新演绎的责任。那些达斯坦讲述的是人们身边的故事或遥远的传说，有的是人们耳熟能详的典故，还有的是人们津津乐道的人物。达斯坦艺人的影响力远远超越他的表演空

---

[1] 参见阿布都外力·克热木:《维吾尔族民间口承达斯坦研究》，北京：中国社会科学出版社，2014，第59页。

间，对听众的价值观、审美观以及对历史、文化认识等各方面起到了一定的引导作用。过去，达斯坦艺人极受人们的爱戴，甚至成为民族智慧和文化的象征。目前，虽然没有演唱达斯坦养家糊口的专职艺人，偶尔出现娱乐群众的达斯坦艺人在听众心目中也占有着不可替代的重要地位。阿克陶县达斯坦艺人西布力汗为自己的演唱技能倍感自豪，他曾经历过一次严重的交通事故而入院治疗，他回忆道：

> 我那时被送到喀什市里的医院，几天昏迷不醒。当我睁开眼睛看到周围几十个乡亲都在围着我流泪，在我耳边轻轻地喊着要我挺住。乡亲们从那么老远赶到医院守候我，为我祝愿，使我流下了感动的泪水。我之所以能够得到乡亲们的如此崇敬都是因为我有口头演唱技能，能够娱乐大家，而像我这样的人越来越少了。[1]

维吾尔民间达斯坦演唱是唱与说相结合的口头传统形式，由一位达斯坦奇或一位主唱师父及其一两位徒弟演唱给听众。大多数情况下，师父弹奏一种弹拨乐器。在达斯坦的歌唱部分，徒弟敲着手鼓跟师父"唱"，不参与达斯坦故事的"说"，倾听师父讲述并默默地跟着师父练习如何讲故事。

达斯坦艺人的演唱方式也不尽相同。从即兴演唱和艺人对达斯坦语言的掌握程度来看，有的是纯凭记忆即兴演唱，如阿克陶县的西布力汗；有的先背诵书面文本再口头演唱，如西布力汗的徒弟胡达拜尔地；还有的始终照着稿子逐字逐句念诵，如疏附县塔什米力克乡的农民吾舒尔·麦麦提。即兴演唱中艺人言语运用最低程度地受到他所掌握的唱本语言的限制，与听众的交流也最为自然；照着固定的书面文本演唱，艺人囿于固定成型的文本框架，句句无法解脱文本。关于艺人的演唱特点我们在第四章里详细讨论，这里不再赘述。

在非物质文化遗产领域里，"传承人是非物质文化遗产的重要承载者、传递

---

[1] 笔者采访西布力汗·买买提明口述资料，采访时间2011年10月。

者,他们以超人的才智、灵性,贮存着、掌握着、承载着非物质文化遗产相关类别的文化传统和精湛的技艺,他们既是非物质文化遗产的活的宝库,又是非物质文化遗产代代相传的'接力赛'中处在当代跑点上的'执棒者'和代表人物"[1]。美国民俗学家洛德认为,"口头诗人是个创作者。歌手、表演者、创作者以及诗人等名称都反映了事物的不同方面,但在表演的同一时刻,行为主体只有一个。吟诵、表演和创作是同一行为的几个不同侧面,吟诵史诗的人不仅是传统的携带者,而且是具有独创性的艺术家,他在创造传统"[2]。

"艺人在除了'艺人'这样一个主体性身份以外,他们各自可能都有多种不同的职业或社会角色,尤其是后现代主义思潮的植入,使艺人身份不但出现多重化迹象同时也显示出交叉性的特点,一个艺人可能会有多个社会角色和头衔。"[3]随着社会的发展和人们生活水平的提高,民众的生产与生活方式发生了翻天覆地的变化。与此同时,达斯坦口头传统的生存语境受到现代文化的冲击,传承遇到了前所未有的挑战,听众大幅度减少,达斯坦艺人依靠卖艺很难维持生活。尽管如此,仍有一批达斯坦艺人没有放弃演唱,以活态演唱延续达斯坦文化的生命。目前仍活跃于民间的维吾尔达斯坦艺人当中已无全职的歌手。除了达斯坦艺人这一自愿选择、娱乐民众的身份,他们大多以务农为主,有的还会出去打工、经商等。艺人能够将这千百年来民间口耳相传的文化传统与科学技术迅速发展的现代社会接轨并延续,并不是件轻而易举的事情。

---

1 刘锡诚:《传承与传承人论》,《河南教育学院学报》2006年第5期。
2 [美]阿尔伯特·贝茨·洛德:《故事的歌手》,尹虎彬译,北京:中华书局,2004,第18页。
3 诺布旺丹:《艺人、文本和语境——〈格萨尔〉的话语形态分析》,《民族文学研究》2013年第3期。

第二节 达斯坦奇的地位

维吾尔民间诸多集体性娱乐活动中，麦西莱甫活动是达斯坦传统赖以存活的主要文化空间，达斯坦艺人展现才能的主要平台。艺人通宵达旦地演唱，听众蜂拥而来抢位欣赏的场面一直延续到现今社会。在传统社会中，每到周末的晚上，"人们一般聚集在一起，围坐在一个艺人身旁，整晚聆听艺人的表演。艺人用传统的独有吟诵和演唱方式叙述英雄故事。艺人牢牢吸引听众的注意力，把听众迷住。艺人不只是简单的表演者，他讲的故事也不只是简单的娱乐。艺人能够完全吸引观众，用心灵深处的强大能量来掌握住每个听众的命运"[1]。在麦西莱甫活动极为繁荣的过去，能够邀请达斯坦艺人到家里演唱是人们最大的荣耀和幸福，他们会全力以赴准备丰盛的宴会，以表示对达斯坦艺人的敬重之心。达斯坦艺人也往往被盛情邀请所感动，十分认真、声情并茂地为乡亲们表演。对于能歌善舞、挚爱艺术的维吾尔民众来说，达斯坦艺人演述的优美曲调和动听的故事，给他们带来艺术享受的同时，还传授了生活经验和社会伦理道德。

艺人在其叙述中不断注入新的反映时代精神的内容，抒发感情、陶冶情操，美育、感化听众。如《斯依提诺奇》（也称《好汉斯依提》）这部达斯坦以虎背熊腰的文盲主人公的悲剧命运，告诉听众现代社会掌握科学文化知识的必要性。此外，还有《拉比妍与赛丁》《塔依尔与左赫拉》《艾里甫与赛乃姆》等爱情达

---

[1] 参见［德］卡尔·赖希尔：《突厥语民族口头史诗：传统、形式和诗歌结构》，阿地里·居玛吐尔地译，北京：中国社会科学出版社，2011，第59页。

斯坦，揭露控诉封建礼教、包办婚姻的冷酷和不合理，歌颂纯洁、自由的爱情。达斯坦艺人的影响力远远超越他的表演空间，对听众的价值观、审美观以及对语言、文化的认识等各方面起到了引导作用。艺人通过富于哲理和智慧的达斯坦唱词，给人以深刻启迪。艺人讲述的博爱精神和对和谐美好生活的赞颂，有利于社会主义和谐社会和生态文明的构建以及铸牢中华民族共同体意识，艺人通过演唱很好地起到了传达时代精神的作用。

20 世纪七八十年代以来，我国对民间文化的搜集整理工作给予了高度重视，推出了有效的抢救措施。口头传统文化的价值也引起更多学者的关注和搜集研究。尤其是 2018 年达斯坦口头传统被列入我国非物质文化遗产名录之后，传承人的地位和身份得到了更大程度的重视。地方根据实际情况制定达斯坦文化传承人的相关标准，结合达斯坦艺人各自掌握的曲目和技艺，确定艺人身份和等级，并按国家级、省级、市级等不同等级发放补助，资助达斯坦艺人积极演唱的同时，鼓励他们培养接班人，加大力度防止达斯坦传统文化消亡。随着非遗工作的深入，达斯坦艺人从中受益，其"传承人"身份被明确认可并得到保护，与过去的普通"民间艺人"身份相比，艺人的社会地位和威望有了更进一步的提高。

第三节 达斯坦奇的习得过程

维吾尔达斯坦篇幅长、散韵结合，有鲜明的人物形象和生动曲折的完整故事情节。口头连续演唱时间最短的有三四个小时，长的数十个小时。据新疆阿克陶县皮拉勒乡已故达斯坦奇西布力汗所说（2010），有些达斯坦甚至可以演唱三天三夜。虽然目前尚未发现有艺人能唱这么久，但这一定程度上反映了达斯坦篇幅之长。"非物质文化遗产的传承大体有四种方式：群体传承；家庭（或家族）传承；社会传承；神授传承。"[1] 根据田野调查资料，笔者认为，目前维吾尔达斯坦艺人的学唱方式主要有三种：拜师学艺、家庭传承和基于书面文本的背诵。拜师学艺是艺人主要且最直接的学唱方式。达斯坦艺人通过演唱与听众的互动，感染听众，启发一部分听众对达斯坦演唱产生兴趣。于是，有些人拜当地比较有名的达斯坦艺人为师，在他们的指导和培养下学习演唱达斯坦。如阿克陶县皮拉勒乡曾经是达斯坦艺人荟萃的地方。当地达斯坦艺人艾买提·喀斯木七八岁时，由于家离学校远，借住在赫赫有名的达斯坦艺人哈吉·艾勒乃格曼家。这期间被哈吉的演唱所吸引。15岁开始正式向哈吉及其儿子赫孜买提学习达斯坦演唱。哈吉和他的儿子赫孜买提曾经收有10个徒弟，徒弟都住在哈吉家学艺。艾买提三年学会7部达斯坦之后，开始达斯坦演唱生涯。

有些学习者家人当中就有达斯坦艺人，如父亲、祖父或叔叔、舅舅等，他们从小耳濡目染，跟随亲人学唱达斯坦。被誉为当代维吾尔达斯坦歌王的和田

---

[1] 刘锡诚：《传承与传承人论》，《河南教育学院学报》2006年第5期，第25页。

奎牙乡达斯坦艺人夏赫买买提（Shahmämät）就出身于达斯坦艺人世家。他父亲是跟祖父学唱达斯坦的，祖父又是跟太祖父学的。夏赫买买提受他父亲熏陶，12岁开始跟随父亲学唱达斯坦，26岁开始面对听众独自演唱。[1] 他们祖孙三代（已去世）都是达斯坦艺人，且均有高超的热瓦甫弹奏技艺。

民间流传比较广泛的达斯坦唱本几乎都已被搜集并书面出版。因此，有些识字的人刚开始并不一定直接拜师学艺，而是先背诵书面文本，在其他艺人的演唱中掌握曲调和表演技艺，跟着艺人实践，慢慢再向听众展示自己的才艺。阿克陶县皮拉勒乡达斯坦艺人胡达拜尔地的书面学唱经历最为典型。胡达拜尔地先抄录并背诵达斯坦书面文本，然后从西布力汗的演述中学习达斯坦的曲调，并跟着西布力汗补习达斯坦演唱的内在规律，熟悉达斯坦传统因素，掌握面对听众演唱、互动的技艺。时隔数十年，他的唱本仍然是在他当时所背诵的书面文本的基础上进行的再创作。

无论口头学唱还是书面学唱，师徒相传还是父子相传，达斯坦艺人均需通过潜心揣摩、陪练实践掌握灵活组织达斯坦内容的传统因素，要熟悉音调、韵律、曲调以及表情和动作等非言语程式。然后，在达斯坦传统框架之内即兴创编，反复实践，创作出自己独一无二的唱本。

---

[1] 参见热依汗·卡德尔：《和田墨玉县维吾尔达斯坦奇及演唱方式》，《民族文学研究》2005年第3期。

第四节 达斯坦奇的演唱特点

目前，专职的达斯坦艺人少之又少，但是，为数不少的艺人或达斯坦爱好者始终没有放弃表演。通过几十年的演唱，他们在各自的表演领域里形成了一套独具特色的演唱特点。基于对阿克陶县和疏附县民间艺人的跟踪调查，根据达斯坦艺人对程式的掌握以及表演中的记忆和创造，笔者将维吾尔族民间达斯坦艺人的演唱分为以下五大类。

一、纯凭记忆式的创编性演唱

"哪里有维吾尔人，哪里就会有歌有舞。"对音乐和诗歌的挚爱历来表现在维吾尔人生活的方方面面。维吾尔族悠久的口头传统与优美的旋律、严格的押韵息息相关，兼备散文和韵文体的民间达斯坦传统尤为如此。达斯坦艺人在主题、重复出现的循环性片语等程式的基础上，发挥自己丰富的语言才能，流畅地演述一部达斯坦。按照帕里的观点，所谓的程式是指"在相同的格律条件下，为表达一种特定的基本观念而经常使用的一组词"[1]。帕里的继承者洛德更进一步提出，程式不仅是重复出现的一组词，程式实际上是到处弥漫的，在诗里没有什么东西不是程式化的。[2] 在维吾尔达斯坦演唱活动中，程式跟音乐一样，帮

---

[1] 转引自［美］阿尔伯特·贝茨·洛德：《故事的歌手》，尹虎彬译，北京：中华书局，2004，第40页。
[2] ［美］阿尔伯特·贝茨·洛德：《故事的歌手》，尹虎彬译，北京：中华书局，2004，第64页。

助艺人获得思考的时间。而主题是"基本内容单元，讲述故事时，经常使用的意义群。并非是一套固定的词，而是一组意义"[1]。达斯坦艺人在继承民间代代相传的程式的同时，主动创造自己独特的程式，丰富着达斯坦传统。

虽然学习途径有很多种，扎根于民间的达斯坦歌手，仍然坚持口头学歌、口头创编、口头传播，通过这一过程，目不识丁的歌手也能形成自己的表演特色。达斯坦艺人跟随师父，口头掌握师父演唱中重复练习词、主题、故事范性等传统语言程式。就维吾尔族家喻户晓的民间达斯坦《玉苏甫与艾合买提》而言，跟其他民间达斯坦一样，其结构主要由故事情节的散文体讲述和曲调各异、韵律上口的诗歌演唱两部分组成。达斯坦故事的讲述模式主要遵循以下规律：达斯坦的开头曲，即帖尔篾、自幼失父、自幼文武双全、被亲人从故乡驱逐、建立王国、娶妻成家、驼队商人给国王圆梦、被潜伏的汉奸所蛊惑、四十位勇士与四万敌兵的生死战斗、七年坐牢、得到美人帮助、亲人双目失明、七只仙鹤给主人送信、对歌获胜得以释放、爱人被迫另嫁他人、英雄回归、夫妻重逢、情歌对唱探测妻子、夺回王位、跟亲人团聚、重整旗鼓打败敌人等。达斯坦艺人在掌握了如何组织这些传统叙述因素的同时，还需要熟悉韵律、音调、旋律以及根据达斯坦故事情节的发展而相应展示的动作、表情、手势等非言语程式。然后，在传统结构允许的范围之内演述故事，对故事内容进行增删，发挥即兴创编能力。

另外，就如前文所述，口耳相传的最大特点，便是故事演唱过程中的变异性，而且每次表演，都会存在差异。出现此类出入有可能是因为艺人遗忘，也有可能是艺人有意而为。艺人有意改编过程，就是创作性演唱过程。但艺人的创作性演唱不能彻底脱离原来的故事梗概，不管如何变化，艺人都是在运用他熟悉的程式化语句、传统的主题和故事范型的基础上进行即兴创作的。

已故的达斯坦奇西布力汗·买买提明小时候几次跟着父亲去听当地很有名气的达斯坦艺人哈吉及其儿子的演唱。看到达斯坦艺人被前来参加活动的群众

---

[1] [美]阿尔伯特·贝茨·洛德：《故事的歌手》，尹虎彬译，北京：中华书局，2004，第96—97页。

百般尊重，便对这类娱乐大众的职业产生了兴趣。从18岁开始，他便向哈吉的儿子学唱达斯坦，后来给他的师兄敲鼓伴奏达20多年。据老人告诉笔者，他跟着师父三年口头学会《玉苏甫与艾合买提》《乌尔丽哈与艾木拉》《艾里甫与赛乃姆》《若仙老爷》《斯伊特与安萨热》等5部达斯坦。老人学唱始终未借助书面文本，演唱达斯坦时均用都塔尔琴伴奏。

表演和创编是同一过程的不同侧面，艺人演奏的瞬间，将故事主题和故事范型等与当时演唱场景融合在一起，使故事的意义更加具有现实性。西布力汗曾说，为了加深听众的理解，他有时唱完一段优美的诗句后，会停止演奏乐器，在重复朗诵过程中，穿插解释歌词的话语，因为歌词里有好多旧词、借词，听众不一定能听明白其意思。在一些情况下，他会依据故事情节的发展、转折或过渡，完全用富于变化的"音乐语言"来代替。

二、背诵文本式的演唱

在诸多游牧民族当中，维吾尔族率先进入文字时代，书面文学也比较发达，因此，书面与口头之间的相互渗透关系是不可避免的。就像柯尔克孜族口头传统中，随着玛纳斯奇识字人数的不断增加，单靠口头方式传承史诗的方法已经逐渐变为借助手抄本传承。一个比较规范、优秀、具有范本意义的唱本便于反复阅读、背诵、收藏、传阅和永久性保存。[1] 对于学习者来说，手抄本或正式出版的达斯坦书面文本的意义亦为如此。

维吾尔族民间达斯坦的传承者除了纯凭记忆自由发挥、即兴创编的文盲艺人，还有通过背诵书面文本再面向听众演述达斯坦的民间艺人。比如，阿克陶县艺人西布力汗老人的徒弟胡达拜尔地。胡达拜尔地当年听到当地有名的达斯坦歌手哈吉的儿子演唱的达斯坦，很受感染。哈吉临死前把他爱不释手的几部

---

1 阿地里·居玛吐尔地：《〈玛纳斯〉史诗歌手研究》，北京：民族出版社，2006，第150页。

达斯坦书遗留给其鞋匠密友。鞋匠经常把那些达斯坦念给他的顾客听，引起了不少人对他"故事书"的兴趣。胡达拜尔地在鞋匠那里再次听到当年的达斯坦故事，十分高兴，并花了3年时间把《玉苏甫与艾合买提》《乌尔丽哈与艾木拉江》《艾里甫与赛乃姆》3本书全部抄录完成。他白天劳动，晚上回家背诵。等到背熟之后，他去找师父西布力汗，请他帮忙配曲。当时正向哈吉的儿子学达斯坦的西布力汗，把他学到的达斯坦曲调传授给了胡达拜尔地。当然，胡达拜尔地跟着西布力汗演唱，掌握的不只是曲调，他还跟着师父演练表演时所需用的动作、表情、节奏、手势和眼神等来自传统的非语言程式。

　　胡达拜尔地背完达斯坦文本之后，跟着目不识丁的西布力汗一起表演。虽然他们俩掌握的达斯坦口头文本来自同一个书面文本，但是，一起表演时往往会陷入讲述不一致所带来的困惑中。西布力汗演唱比较灵活，富有变化性，善于根据语境而即兴创编；而胡达拜尔地则以书面的形式接受文本，很大程度上依靠并努力去保持与自己所掌握的文本一致，一直达到一字不漏的流利水平，其演唱始终追求稳定性。在他看来，原文似乎是最佳模范，忠实于原文是他的表演原则。但事实上，在持续几个小时的达斯坦演唱过程中，艺人不可能做到一字不差。为了让听众喜欢，他的演唱会或多或少地偏离他追求的固定文本，传播的信息也远远超出要复述的书面文本。我们在他每一次演唱的文本之间，都能找到差异，他的每一次演唱也可以算是一种新的变体。来自传统的程式、主题和故事范型的掌握以及表演中发挥和创造的不同，导致了这两个艺人演唱同一部书面文本时，总会出现不一致的演述。这说明在他们的演唱过程中，文本背后的传统发挥了能动作用。

三、照本宣科式的念诵

　　作为口耳相传的民间作品，在口头达斯坦的演述过程中，记忆始终起着关键性作用。就像上文我们谈及的，充满戏剧性的达斯坦要求歌手具备掌握程式、主题、故事情节、曲调节奏的能力以及丰富的语言能力。但是，现实中不一定每位达斯坦艺人都具备这些条件。

阿克陶县和疏附县的一些民间艺人，曾受过正规的系统教育，他们不仅精通现代维吾尔文，还会读写他们那些年代还在使用的察哈台文，有的还学过波斯语，具备解读流传于民间的手抄本的能力。由于留存在民间的许多达斯坦文本都是察哈台文的手抄本，因此，他们拥有掌握更多达斯坦文本的优势。

达斯坦表演依赖的首先是语言，不过达斯坦演唱是语言艺术和音乐艺术的有机复合体，艺人的语言才能要跟其艺术创编和生动传达需求相结合，才能更好地体现艺人的演唱水平。当然，演唱中由于书面文本和语境的限定，手持乐器并照着书面文本演唱达斯坦的艺人难以做到语言与动作、创编与互动同时进行。固定的书面文本对歌手的现场表演水平和创编能力产生巨大的影响，并束缚文本的相应变异。疏附县塔什米力克乡农民、识字艺人吾舒尔·麦麦提曾是当地备受欢迎的达斯坦和木卡姆艺人。吾舒尔老人也是小时候听到哈吉的儿子演唱的达斯坦后，产生了学习达斯坦演唱的兴趣。他找到一些当地流传的达斯坦书面文本，根据达斯坦内容，自己选配相应的木卡姆曲调，手持达斯坦文本演唱。在这种表演中，由于艺人始终要看着文本，很少能有兼顾使用肢体语言，其演唱的艺术性也很大程度上受限。

四、诵读并行式的演唱

有些后来学习达斯坦演唱的艺人，尝试继承达斯坦演唱传统而脱离手抄本进行口头演唱。但是，"记忆需要一个强化而且专心致志的训练。这种训练常常要在早期进行"[1]。而缺乏这种训练的艺人，往往不能随心所欲，常常会在演唱过程中因遗忘而不得不借助书面文本。这方面，以疏附县沙依巴格乡达斯坦艺

---

[1] [德]卡尔·莱希尔：《口头史诗的记忆、演述和传播》，中国社会科学院民族文学研究所"国际史诗学与口头传统研究讲习班"，2010。

人喀迪尔·麦合苏提的演唱方式最为典型。

喀迪尔·麦合苏提的母亲是乌兹别克人，能说会道，曲不离口。老人小时候受母亲的影响，喜欢创作诗歌，并对民间达斯坦格外感兴趣。他利用工作之余演唱达斯坦，因为平时没有机会演唱，上台表演时常常忘词。他说：

> 有一次去乌鲁木齐参加一个大型表演活动，我没带我的抄本。排练过程中，我怎么也想不起来其中的一段，而这段又很重要，不能跳过。后来领导给我找来一本书，其中有我需要的。没想到，那本书里的故事情节、诗句都跟我抄的极其相似，几乎没太大的差别。我就把那段诗句抄在纸条上，防止演唱过程中再遗忘。[1]

达斯坦奇的传唱情况告诉我们，口头传统与书面文本的关系，不仅仅是从口头传播到文字记录的单向关系，还是双向的互融关系。"当歌手把书面的歌看成为固定的东西，并试图一字一句地去学歌的话，那么固定文本的力量，以及记忆技巧的力量，将会阻碍其口头创作的能力。……这是口头传承可能死亡的最普遍的形式之一。"[2] 其实，口头文本与书面文本可以相互影响或渗透，继而形成书面语口头之间的过渡文本。随着文字的普及和生活条件的改善，也有艺人将书面的达斯坦文本搬到口头传统中，重新活生生地传唱在民间。书面文本与口头文本之间的这种相辅相成的和谐关系是现代社会和生活方式不断冲击口头传统不可避免的结果。

五、"创编"与"复述"之间的演唱

德国史诗学家卡尔·赖希尔根据歌手在表演中的再创作，对创造型和复述

---

[1] 根据笔者与喀迪尔·麦合苏提的访谈记录，访谈时间：2010年9月。
[2] ［德］阿尔伯特·贝茨·洛德：《故事的歌手》，尹虎彬译，北京：中华书局，2004，第19页。

型歌手进行了区分。创造型歌手有创作"新"歌的能力;复述型歌手则固守自己背熟的内容,没有任何变化,却同时能够"创作"出另外一些篇幅短小的作品。复述型仅仅表明歌手具有强烈的文本稳定意识,但是由于演唱技艺的特殊需要,歌手每次演唱的文本之间都有差别。[1] 从"口头程式理论"的角度来看,优秀的叙事诗演唱者应该不是仅靠记诵,也不是仅靠复诵,还应该是靠创编来完成表演的。[2] 复述型达斯坦奇也可以通过反复演练,掌握达斯坦传统的演唱技巧,逐渐解脱书面文本的禁锢,融入传统之中,演唱中或多或少进行创编,成为传统的创造型达斯坦奇。如上述识字达斯坦艺人喀迪尔和胡达拜尔地,他们均先背诵书面达斯坦文本,后配曲调,在民间口头演唱,可他们现在的演唱方式、动作、语言、曲调都跟刚开始演唱生涯的时候截然不同。喀迪尔老人注重达斯坦曲调和达斯坦故事发展的匹配,因此他每次演唱的同一部达斯坦中同一部分的曲调也不尽相同;而胡达拜尔地的演唱曲调相对稳定,他更重视演唱中语言的组织和听众对他演唱的反馈。他每次演唱都灵活发挥语言能力,组织程式化主题,争取听众的赞叹和奖励。因此,他在不同场合给不同听众演唱的达斯坦也不相同。他们多年来在与听众的互动中不断成长,熟悉程式化因素的运用,并形成了各具特色的创作风格。

在濒危的维吾尔族口头达斯坦传统中,上述几类达斯坦传唱艺人对口头传统的延续起到了积极作用。有些艺人目不识丁,口头学唱达斯坦,熟练掌握着程式化语句、主题、故事范型以及非言语程式。他们活跃于民间,保持着维吾尔族口头传统的原汁原味,此类达斯坦艺人可谓传统的创造型达斯坦奇。还有大部分达斯坦艺人借助民间的手抄文本或已刊布的文本,念诵或背诵文字抄本。他们当中有些艺人通过倾听和观看演唱的方式来掌握传统程式,久而久之脱离文字,也在民间口头传唱达斯坦,力图由复述型达斯坦奇升华为创造型达斯坦

---

[1] [德]卡尔·赖希尔:《突厥语民族口头史诗:传统、形式和诗歌结构》,阿地里·居玛吐尔地译,北京:中国社会科学出版社,2011,第96页。
[2] 朝戈金:《口传史诗诗学:冉皮勒〈江格尔〉程式句法研究》,南宁:广西人民出版社,2000,第15页。

奇。当然，也有一些艺人无法摆脱书面文本的局限，他们可谓是复述型达斯坦艺人。复述型艺人虽然不能做到表演中的即兴"创作"，却让歌者与听者的互动过程得以延续，使传统说唱行为与现代接轨，竭力感染大众，跟创造型艺人一同，为维吾尔达斯坦的传承做出了巨大的贡献。

第三章

《玉苏甫与艾合买提》口头文本与手抄本的叙事结构对比分析

第一节 《玉苏甫与艾合买提》口头文本和手抄本的基本情况

一、达斯坦的书面记录概况

关于口头传统作品的文本类型，学者们提出我国史诗文本有三个层面：其一，口头文本或口承文本，是指民间艺人头脑中的"大脑文本"（mental texts），是艺人现场创编故事的基础；其二，源于口头的文本（oral-derived text），是与口头传统有密切关联的书面文本；其三，以传统为导向的文本（tradition-oriented text），是编辑者根据口传文本或与口传有关的文本进行汇集后创编出来的文本。[1] 我国口头传统研究专家朝戈金根据蒙古族史诗《江格尔》的文本搜集史，将史诗的文本类型归纳为五种：一是根据记忆写成的转述本；二是让艺人慢速朗诵记下的口述记录本；三是手抄本，包括请人抄录的和识字艺人自己记写下来的本子；四是演唱现场录音整理的文本；五是以印刷文字为载体的印刷文本。[2] 前四种是源于口头的文本，印刷文本是以口头传统为导向的文本。

史诗作品文本的归类也适用于达斯坦的文本化过程。以《玉苏甫与艾合买提》为例，根据记录者的不同，这部达斯坦至今流传的书面文本有三种：一、

---

[1] 朝戈金、尹虎彬、巴莫曲布嫫：《中国史诗传统：文化多样性与民族精神的"博物馆"（代序）》，《国际博物馆》（中文版）2010年第1期。

[2] 朝戈金：《口传史诗诗学：冉皮勒〈江格尔〉程式句法研究》，南宁：广西人民出版社，2000，第57－69页。

识字的达斯坦艺人记录的文本；二、民间由署名者或匿名人抄录下来的文本；三、学者现场录制整理并刊布，提供给读者阅读的文本。

（一）艺人的记录

文字的普及促进识字达斯坦艺人的增多，纯粹口耳相传的文本随之产生了书面记录并以书面背诵的新方式传承。如前文所述，民间达斯坦的传承人当中，除了多数自由发挥口头即兴创编能力的文盲艺人，还有一些艺人，如胡达拜尔地，是借助背诵达斯坦书面文本发展成为民间艺人的。他将哈吉去世前留给密友的几部达斯坦书借回家，花三年时间把其中的《玉苏甫与艾合买提》《乌尔丽哈与艾木拉江》《艾里甫与赛乃姆》三本书全部抄录完成。白天劳动，晚上回家背诵，一直到能够倒背如流。（详见本书第二章第四节"背诵文本式的演唱"）

（二）民间的记录

在印刷技术尚未普及的过去，手传抄是文学作品书面传播的最基本的手段，也是达斯坦书面文本形成的另一种主要途径。流传至今的达斯坦手抄本是那些年代留给我们的不可多得的文化遗产。在新疆各地古籍办、博物馆以及图书馆，珍藏着不同年代由民间的佚名作者抄录下来的《玉苏甫与艾合买提》的十余种手抄本。

（三）学者的记录

作为人类非物质文化遗产之一的维吾尔族民间达斯坦传统正濒临失传。学者或爱好者深感搜集工作的紧迫，前往田野，搜集并记录第一手资料，试图最大程度地挽救这个濒危的珍贵传统。相关学者统计，维吾尔族已搜集到的民间达斯坦近100部，其中有近70部公开发表。[1] 其中值得一提的是，匈牙利学者万别里（H.Vámbéry）1911年出版的《玉苏甫与艾合买提》，为这部达斯坦的搜集整理工作开了先河。

---

[1] 阿布都外力·克热木：《维吾尔族民间口承达斯坦研究》，北京：中国社会科学出版社，2014，第7页。

二、《玉苏甫与艾合买提》的口头文本

作为维吾尔民间流传最为广泛的达斯坦,《玉苏甫与艾合买提》最主要的传播方式是口耳相传。因此,其在民间流传的口头文本数量难以计数,不同艺人的每次演唱都会形成一个口头文本。本书对《玉苏甫与艾合买提》口头文本的探讨,主要以西布力汗演唱的文本为中心展开。

(一)文本的命名

维吾尔民间达斯坦的传播方式可分为口头传播和书面传播。阿克陶县达斯坦艺人的学唱方式也有口头和书面两种。笔者先后于2008、2010、2011、2019和2023—2024年前往阿克陶县进行田野调查,前三次采访了当地有名的达斯坦演唱艺人西布力汗·买买提明。西布力汗是完全口耳学唱,而且达斯坦的故事范畴、程式化言语掌握得较为熟练,故事演述得相对完整。由于西布力汗于2012年去世,此后,笔者陆续采访了阿克陶县其他达斯坦艺人。但是,这些艺人并不能够完全脱离书面文本而口头演唱。因此,本书最终使用了笔者于2011年录制的西布力汗在自己家中口头演唱的《玉苏甫与艾合买提》。

维吾尔族民间倾向于以主人公名字命名达斯坦。以两个人名命名的达斯坦往往在两个名字中间不停顿,中间也不加连词、形容词,名字后面的官名、尊称等也几乎省去。以兄弟两个主人公的名字命名的达斯坦《玉苏甫与艾合买提》在不同地方、不同群众和歌手当中的称谓略有差异,如《玉苏甫与艾买提》(Yüsüp-Ämät)、《玉苏甫与艾合买提》(Yüsüp wä Ähmäd)、《玉苏甫伯克—艾买提伯克》(Yüsüp Bäg-Ämät Bäg)以及《玉苏甫—艾买提伯克》(Yüsüp-Ämät Bäg)。

由于《玉苏甫与艾合买提》这部达斯坦是典型的跨国家、跨民族流传的口头传统作品,各地民间对其称谓也有些区别。在此值得一提的是,在其他民族口头传统中,除《玉苏甫与艾合买提》这一最为普遍的称谓,我们还能发现以玉苏甫与艾合买提的舅父布兹奥格朗汗(Bozoghlanxan)的名字命名的《达斯

坦布兹奥格朗》（Bozoghlan Dästani），甚至也有以三个人的名字命名的，由喀山大学出版社出版的《布兹奥格朗、玉苏甫伯克和艾合买提伯克》。有学者根据达斯坦的结构与情节的安排，还认为马鲁菲笔下的达斯坦《阿里伯克—巴里伯克》（Ali Bäg-Bali Bäg）是《玉苏甫与艾合买提》的后续。[1]万别里在其翻译出版的德文版里则使用《玉苏甫与艾合麦德》（Yusuf we Axmed）这一叫法。本书根据民间的常用称呼以及口头文本中的发音，使用《玉苏甫与艾合买提》这一称谓。

（二）《玉苏甫与艾合买提》故事梗概[2]

伊斯法罕城的国王布兹奥格朗汗有个妹妹，叫莱丽罕阿依木。莱丽罕阿依木嫁人后生下二男一女三个孩子。大儿子叫玉苏甫，小儿子叫艾合买提，女儿叫喀尔丽哈奇罕阿依木。大儿子五岁、女儿一岁时，他们的爸爸去世。于是，他们就在舅父布兹奥格朗汗的抚养下长大。他们长大后博学多才，智勇双全，舅父让他们当总督。兄弟俩礼贤下士，深受国人的爱戴。

布兹奥格朗汗听信奸细的谗言，以为兄弟俩试图抢夺自己的王位，命令他们离开伊斯法罕城。四万余户老百姓跟着玉苏甫与艾合买提离开伊斯法罕城，来到水土充足、气候宜人的地方，创建了希瓦和花剌子模两座繁华的城市，兄弟各分两万户，在此定居，名声威振四海。乌尔根奇的国王极其钦佩玉苏甫和艾合买提，将自己和宰相的女儿分别许配给他们为妻。

兄弟俩的名望甚至传到埃及。埃及国王古扎力夏赫做噩梦，梦见自己被两只老虎撕咬，头上顶着的一盘金币撒落，一只黑鸟从他背后飞出来，在他头上盘旋。国王惊醒，召集大臣给他释梦，却没人能解。国王让来自异国他乡的老商人坎拜尔老爷给自己释梦。老人告诉国王两只老虎是玉苏甫和艾合买提兄弟，头上顶的一盘金币是国王的金库，黑鸟暗示国王的性命。国王听到老人的分析

---

[1] 参见 Çobanoğlu, Özkul. *Türk Dünyası Epik Destan Geleneği*. Akçağ Press, 2015:9, 19, 59.
[2] 根据西布力汗于2011年演唱的版本。

火冒三丈，立即把他打入牢狱，并派老奸巨猾的阔克奇去诱捕玉苏甫和艾合买提。

阔克奇使用各种手段赢得玉苏甫兄弟俩的信任，灌醉玉苏甫与艾合买提，趁机把他们逮到埃及，跟坎拜尔老爷关在一起。坐牢期间，他们得到狱吏的女儿喀拉阔孜和从乌尔根奇被俘虏到埃及的姑娘布比尼雅孜的百般照顾。

七年牢狱后，玉苏甫伯克跟敌方选派的歌手阔克奇对歌获胜，并得以获释。阔克奇责怪国王放兄弟两人回国，提醒国王将会遭受他们带兵征战报仇。埃及国王后悔放敌人回国，再次请求阔克奇将他们抓回埃及。于是，兄弟两人在回国途中又遭阔克奇带兵追杀。这次兄弟两人打败阔克奇，平安回到家乡，却赶上爱妻被迫另嫁他人。婚礼上，二人对歌试探妻子并相认，夺回家人和王位。兄弟二人从四面八方召集士兵，向埃及进发，营救坎拜尔老爷，带着他们恩人喀拉阔孜和布比尼雅孜两个美人凯旋与亲人团聚。最后，兄弟二人将王位让给总兵吾守尔，把带来的战利品分给百姓，放弃富贵的生活，出家当乞丐。

（三）结构特点

基于韵散结合的传统形式，维吾尔族民间达斯坦自始至终以讲述与歌唱轮流交替的方式演唱。韵文部分，艺人伴奏乐器，以各不相同的节奏与曲调，扮演各类角色，唱出其对话、独白。散文部分，艺人更加发挥口头创编能力，利用身体语言，叙述达斯坦故事的进展和情节的转折，无乐器伴奏。相比之下，韵文部分更多的是"静止的"，散文部分有微妙的韵文转换特征。[1]

笔者搜集的民间达斯坦《玉苏甫与艾合买提》的口头文本来自西布力汗演唱的音频资料，由笔者于2010、2011年在阿克陶县录制，时长共155分钟。西布力汗演唱一段歌的前后会以朗诵的形式将相关内容再重复一至两遍。[2] 加上重复的部分，他所演唱的《玉苏甫与艾合买提》共由354段诗组成。从诗段的结构

---

[1] 参见［德］卡尔·莱希尔：《突厥语民族口头史诗.传统、形式和诗歌结构》，阿地里·居玛吐尔地译，北京：中国社会科学出版社，2011，第134页。

[2] 详见本书附录——《玉苏甫与艾合买提》口头文本转写部分。

上,四行为一节,每行由 8—9、11—12 音节构成,韵式有 a-b-a-b、a-a-a-b、a-a-b-a,以尾韵为主,部分采用阿鲁孜格律。据部分研究结果,达斯坦中不同情境的调式也不同,共有 9 种曲调,即 9 种音乐变化[1]。本书采用的口头文本共有 8 种曲调(口头文本的曲调详见本书附录三)。

三、《玉苏甫与艾合买提》的手抄本

达斯坦《玉苏甫与艾合买提》的书面文本除了民间的写本[2],在《十二木卡姆》中的斯尕、乌孜哈勒、乌夏克、巴雅特、依拉克等木卡姆的达斯坦部分以及琼乃额曼、麦西热甫部分也有达斯坦选段的记载。

本书采用的达斯坦书面文本是于 20 世纪初在喀什发现的手抄本,现由喀什地区博物馆收藏,其作者已不可考。手抄本写得较为规范,没有太多可见的删除或涂写部分,却有一些句子补写。可以推断,此手抄本可能并非是对达斯坦演唱的现场听写记录本,而是对书面文本的抄录本。

(一)故事梗概

伊斯法罕城有个国王叫布兹奥格朗汗,其有个宰相名叫阿噶伯克,国王极其欣赏他,便将妹妹莱丽罕阿依木许配给了阿噶伯克。莱丽罕阿依木生下二男一女三个孩子。大儿子叫玉苏甫,小儿子叫艾合买提,女儿叫喀尔丽哈奇罕阿依木。做完割礼,孩子们入学,之后爸爸去世。于是,舅父布兹奥格朗汗对他们爱如己出,百般照顾。他们满九岁时,给他们配上好马,让他们跑马舞剑。每天有成千上万的士兵加入他们,并听他们宣讲。有一天,宰相向国王汇报兄

---

[1] 阿布都外力·克热木:《维吾尔族民间口承达斯坦研究》,北京:中国社会科学出版社,2014,第 36 页。
[2] 由于达斯坦文本不仅有口述本、转述本和书面记录本,还有抄写书面文本的再抄本,这里笔者将后两种书面文本合称为"写本",本书所指的"写本"既包括各类手抄本又包括正式出版的书面文本。

弟俩的队伍在日益壮大，将来会威胁到国王的王位。于是，国王写诏书，叫玉苏甫和艾合买提立即离开伊斯法罕城。

玉苏甫看到诏书，和艾合买提带着愿意跟随的亲朋好友和成千上万的市民，走五天五夜的路，来到了一个水土丰美的地方。于是二人就在那里建了一座城市，四处修建水渠，让农民务农。他们千里挑一，由四十位勇士组建卫兵队伍，让吾守尔伯克领队，向四面扩大领土，"希瓦"这一座城池驰名天下。乌尔根奇市有个国王叫伊尔艾力汗，手下有五个小汗，纳迪尔伯克苏丹、阿依汗和昆汗三个宰相。跟宰相们商量之后，伊尔艾力汗将玉苏甫伯克和艾合买提伯克请到了自己的宫廷。伊尔艾力汗被兄弟俩的博学多才深深打动，表示想将自己的汗位让给兄弟伯克，兄弟俩的礼貌谢绝却迎来伊尔艾力汗统帅们的嘲笑。听了兄弟俩的一番反驳之后，大众认可并钦佩兄弟俩的博学多才。伊尔艾力汗有个女儿叫古丽艾萨丽阿依木，将其许配给了玉苏甫伯克，纳迪尔伯克苏丹有个女儿叫古丽海迪恰阿依木，将其许配给了艾合买提伯克，举办了持续四十天四十夜的婚礼，并作为嫁妆分别将花剌子模城和阿扎如斯城送给了玉苏甫和艾合买提伯克。玉苏甫和艾合买提的名声再次远扬四海。

埃及城有个国王叫古扎力夏赫，其有360个主将和许多著名统帅。古扎力夏赫有一天做了噩梦，梦里自己头上顶着一盘黄金走在大街上，突然两只老虎扑来咬他，头上顶的黄金撒落地上，一只黑鸟在头上旋转。古扎力夏赫从噩梦中惊醒，召集所有预言家给他圆梦，却没人能解。有个客栈的店家告诉国王有个来自远方的老商人，有三只骆驼都背着书，明显是个满腹经纶的人，不妨请他解梦。国王请来这位叫坎拜尔老爷的商人。坎拜尔老爷告诉国王，玉苏甫和艾合买提将会夺走国王的王位和性命。国王听到后非常愤怒，将坎拜尔老爷打入牢狱，并派老奸巨猾的诗人阔克奇到花剌子模诱捕玉苏甫和艾合买提，带到他跟前。

阔克奇来到玉苏甫伯克和艾合买提伯克正在打猎的艾斯喀尔山，使用各种手段赢得兄弟二人的信任，留下来为他们效劳。玉苏甫和艾合买提的舅父布兹奥格朗汗从伊斯法罕来到乌尔根奇看望两位外甥。玉苏甫和艾合买提热烈招待了舅父。当布兹奥格朗汗检阅玉苏甫和艾合买提的军队时，看见队伍中装模作样的蓝眸子阔克奇,并一眼确定他不是好东西。舅父告诫兄弟二人,蓝眸子阔克奇肯定是古扎力夏赫派来的奸细,不除掉必将留有后患,但兄弟俩盲目自信,不屑阔克奇。舅父看到外甥们不以为意,警告他们被绑到异国他乡会明白自己的用意,便失望回国。为兄弟伯克效劳满一年,阔克奇来到玉苏甫跟前,请求他允许自己回去将古扎力夏赫的宝藏带给他,并请玉苏甫和艾合买提一齐出发,到艾斯喀尔山等待自己。阔克奇回到埃及,带领四万士兵埋伏在艾斯喀尔山附近,诱骗玉苏甫和艾合买提并将二人捉住送往埃及。四十位勇士追赶,与敌人开展生死决战,却未能救出玉苏甫和艾合买提。兄弟俩被逮到埃及跟坎拜尔老爷关在了一起。牢里,他们得到狱吏的女儿喀拉阔孜的照顾,靠她每天偷偷送的饭维持生命。

不久,玉苏甫和艾合买提被杀的消息在乌尔根奇传开,乌尔根奇和花剌子模的大学士们商榷,把玉苏甫和艾合买提的母亲跟宫女们一起赶出花剌子模。莱丽罕阿依木来到玉苏甫和艾合买提的一个花园,碰见他们从小养大的五只仙鹤。玉苏甫伯克的妻子写一封信,让仙鹤带给玉苏甫伯克和艾合买提伯克。仙鹤找到玉苏甫和艾合买提,把信送到他们手里。玉苏甫伯克和艾合买提伯克回信,让家人知道自己还活着。伯克们的母亲得知儿子活着,跟伊尔艾力汗一起写信给布兹奥格朗汗,请求他派兵救出伯克们。可布兹奥格朗汗确信外甥们已故,拒绝派兵。

有个从乌尔根奇被俘虏带到埃及的美女叫布比尼雅孜,她听说玉苏甫和艾合买提还活着,偷偷来牢狱看望他们。狱吏发现自己女儿长期照顾玉苏甫和艾合买提,来到古扎力夏赫跟前,要求国王要么杀死要么释放兄弟二人。国王这才得知玉苏甫和艾合买提还活着,让他们跟阔克奇对歌。兄弟俩对歌胜过阔克奇获胜并得以释放,可在回家途中又遭阔克奇追杀。他们打伤阔克奇并继续赶路。路上兄弟俩遇见一位少妇和一位少女,搭讪。再走一段路,阔克奇又带几千名士兵追来,兄弟俩便杀死阔克奇。走几天路,来到了四十位勇士跟阔克奇生死作战的菲莎山,再走几天来到了自己被绑走的艾斯喀尔山,再走七个月,来到了乌尔根奇。他们发现,民间盛传玉苏甫和艾合买提的死讯,当天是艾合买提伯克的爱妻古丽海迪恰阿依木的婚礼，纳迪尔伯克要将其女儿另嫁阿依汗。玉苏甫伯克和艾合买提伯克的哀歌被亲人认出，吾守尔伯克得知兄弟伯克健在，去抓纳迪尔伯克和阿依汗，让民众对他们俩扔石头、唾骂。玉苏甫伯克请求艾合买提原谅纳迪尔伯克和阿依汗，将妹妹喀尔丽哈奇罕阿依木嫁给阿依汗，将古丽艾萨丽交给艾合买提。玉苏甫得知其岳父伊尔艾力汗因失去自己而哭瞎，放弃王位和一切荣华富贵，在一个山洞里隐居。玉苏甫用神奇的土治好岳父的眼睛，并带他回乌尔根奇。兄弟二人从四面八方召集士兵，向埃及进发并战胜古扎力夏赫，让古扎力夏赫忏悔自己的所作所为。玉苏甫伯克娶喀拉阔孜阿依木，艾合买提伯克娶布比尼雅孜为妻子，在埃及举办四十天四十夜的婚礼后回国。最后，兄弟伯克将宫殿定在希瓦城，让纳迪尔伯克做首相，当了一段时间的国王后，相继离世。

（二）书写特点

本书所采用的书面文本是用察哈台文记录而成的，其语言是察哈台语。察哈台语是维吾尔族在内的诸多民族从14世纪初至20世纪初使用的近古代语言，是古代维吾尔语（V—IV）及其后的哈喀尼亚语（XI—XIII）的直接延续及发展，即现代维吾尔语的前身。察哈台文是对在阿拉伯文基础上创造的哈喀尼亚文进行改革后而形成的音节拼音文字，从14世纪沿用到20世纪中叶[1]。察哈台文从右往左横着写，字母有词首、词中、词末和单独字母四种形式。

（三）书写格式

本书研究的《玉苏甫与艾合买提》的手抄本是佚名作者在喀什抄写，共196页，从字迹来看，至少由三至四人记录完成[2]。其结构和格式有如下特点。

1. 跟口头文本一样，手抄本的整体结构也是韵散结合，与韵文部分相比，

---

[1] 阿·普拉提：《察哈台维吾尔语研究导论》，北京：民族出版社，2017，第69页。
[2] 根据为数不少的行间插入、删改的词句和错别字，可以推测手抄本并不是边听边记，而是若干人合作抄录而成的文本。

散文部分的篇幅相对较短。散文部分主要是对故事情节的叙述，而诗歌部分是人物间的对话或独白。

2. 全文共196页，每页行数也不一。前半部分书写字体较大，行距较为宽敞，行数也较少，一页10—12行；而后半部分字体小而密，行距较为紧凑，一页15—16行。

3. 诗体部分共有109首诗歌，其中99首由达斯坦主要人物角色单独呈现，其余的10首以对话或独白的形式呈现。值得一提的是，手抄本中没有像口头文本诗歌的重复出现。达斯坦中出现的主要人物及其呈现的诗歌次数如表3-1所示。

表3-1 达斯坦主要人物及其诗歌呈现次数

人物	诗歌呈现次数（共99首）
玉苏甫	36
艾合买提	15
吾守尔（总兵）	10
坎拜尔大爷	8
古丽艾萨丽阿依木（玉苏甫的妻子）	6
莱丽罕阿依木（玉苏甫的母亲）	4
喀尔丽哈奇罕阿依木（玉苏甫的妹妹）	4
布兹奥格朗汗（玉苏甫的舅父）	3
伊尔艾力汗（玉苏甫的岳父）	3
喀拉阔孜（狱吏的女儿）	3
古丽海迪恰阿依木（艾合买提的妻子）	1
布比尼雅孜	1
古扎力夏赫	1
阔克奇	1
艾尔斯兰·巴图尔	1
阿依汗	1
瓦法伯克	1

4. 散文体部分的开端和进入诗歌的过渡部分常见“älqiṣṣä”“emdi bu söz munda tursun”“emdi sözni bašqa yärdin išitmäk keräk”“dep bu bäytni oqudi”等叙述套语，这些套语跟口头文本相比，相对正规和书面化。

5. 与现代维吾尔文相比，手抄本的书写规则并不规范。（1）词干与词缀的拼写极其随意，甚至同一个词缀和词干也有时连写有时分开写。除了助动词 -dur/-tur 基本跟词干连写之外，词干与词缀的拼写并没有统一的拼写规范。（2）同一个词出现几种不同的写法。（3）并非复合词的有些实词也互相连写。（4）察哈台文极其重视复制词和原有词各自保持原样，从字面就能分清二者。[1] 但是，手抄本中复制词常出现错别字，有时并不完全遵守原来写法；受到波斯语的影响，有些维吾尔语原有词中也出现了复制词专用的字母或拼写特点。如，波斯语复制词 pīr“圣者”在手抄本中写成 fīr；许多维吾尔语原有名词末出现并不应该出现的从属格标志“i”等一些不规范的现象。

6. 散文体部分没有使用标点符号。韵文体部分每行诗句末尾用∴符号来分开。

7. “älqiṣṣä”“bäyt”和对歌各方名称等插入语的字体颜色比较暗。可以推测这些插入语采用与原文不同的字体颜色加以记录。

8. 新一页的开头往往重复前一页最后一个词。如：

iši dāyim ʿilim-u hikmätdur ∴ härbir aytqan sözi
sözi cānğa rāḥätdur ∴ /////////// yūsuf alur
（手抄本 A024 页最后一行和 A025 页第一行）。

9. 拼写简洁，前一个词的末尾元音与后一个词的开头元音相同时，两个词连写，两个相同元音字母精简为一个。

10. 达斯坦文本中补写插入、划掉删除的词句以及错别字比较常见。

1 阿·普拉提：《察哈台维吾尔语研究导论》，北京：民族出版社，2017，第 80 页。

根据拼写和语言特点，手抄本抄写年代可以推测为20世纪初，即达斯坦手抄本使用的语言属于察哈台语晚期阶段。

(四)字母与语音

察哈台文有36个字母：

آ/ا、ب、پ、ت、ث、ج、چ、ح、خ、د、ذ、ر、ز、ژ、س、ش、ص、ض、ط、ظ、ع、غ、ف、ق、ک、گ、ل、م、ن、و、ه/ە、ى、نک、ء、او、اي等[1]。此外，有10个表音辅助符号（字母对应的语音与转写符号见本书绪论）。

达斯坦手抄本中，除了辅音字母“پ、چ、ژ”没有出现，其余的33个字母跟察哈台文是一致的。

(五)国内已知手抄本概况

据阿布都外力教授论述，新疆有《玉苏甫与艾合买提》的5种油印本和手抄本，其中由买买提·依名抄写的版本在新疆博物馆收藏。还有由毛拉阿不都热合曼抄写的版本，此版本基本保留其原文，抄写者没有对其作出修改。[2]

笔者通过多年来的田野调查工作获知，《玉苏甫与艾合买提》还有如下三种版本：

(1)《玉苏甫—艾合买德》(Yüsüf Ähmäd)，18世纪末由佚名抄者用察哈台文纳斯塔里克字体，抄写在和田桑皮纸上，紫红色皮质封面的精装本。其墨框21×13厘米，每页14行，321页，现藏于喀什地区民族宗教事务委员会古籍办公室。

(2)《〈玉苏甫伯克—艾合买德伯克〉的叙事诗》(Yüsüp bäg Ähmäd bäg Dästäni)，18世纪末由佚名抄者用察哈台文纳斯塔里克字体抄写在草纸上的装裱本。其页面21厘米×13厘米，墨框15×10厘米，每页11行，90页。现藏于新疆维吾尔自治区少数民族古籍搜集整理出版规划领导小组办公室。

---

1 阿·普拉提：《察哈台维吾尔语研究导论》，北京：民族出版社，2017，第70—71页。

2 阿布都外力·克热木：《尼扎里的“达斯坦”创作研究》，北京：民族出版社，2005，第207页。

（3）《玉苏甫伯克和艾合买提伯克》（Yüsüf Bäg vä Ähmät Bäg），19世纪末由佚名抄者抄写的版本，页面22.5厘米×17厘米，墨框17厘米×？厘米，每页11—12行，280页。现珍藏于新疆维吾尔自治区少数民族古籍搜集整理出版规划领导小组办公室。

除此之外，新疆维吾尔自治区少数民族古籍搜集整理出版规划领导小组办公室收藏的古籍里还有《玉苏甫与艾合买提》察哈台文的如下13个书面文本：

1.《玉苏甫伯克的达斯坦》（Yüsüp Bäg Dastani）

作者与记录年代不详。开本：19厘米×23厘米，76页，手抄本。

2.《玉苏甫—艾合买德的达斯坦》（Yüsüp-Ähmäd Dastani）

作者与记录年代不详。开本：14厘米×21厘米，134页，手抄本。

3.《玉苏甫伯克的达斯坦》（Yüsüp Bäg Dastani）

作者与记录年代不详。开本：116页，手抄本。

4.《玉苏甫伯克的达斯坦》（Yüsüp Bäg Dastani）

作者与记录年代不详。开本：14厘米×25厘米，104页，手抄本。

5.《达斯坦玉苏甫伯克》（Dastan Yüsüp Bäg）

于1785—1786年由喀斯木阿洪抄写。开本：14厘米×24厘米，156页。

6.《达斯坦玉苏甫伯克》（Dastan Yüsüp Bäg）

作者与记录年代不详。开本：14厘米×22厘米，76页，石印本。

7.《达斯坦玉苏甫伯克》（Dastan Yüsüp Bäg）

作者与记录年代不详。开本：19厘米×25厘米，114页，手抄本。

8.《达斯坦玉苏甫伯克》（Dastan Yüsüp Bäg）

由买买提·艾孜孜·叶尔肯迪抄写，记录年代未知。开本：13厘米×18厘米，330页。

9.《达斯坦玉苏甫伯克》（Dastan Yüsüp Bäg）

作者与记录年代不详。开本：17厘米×23厘米，280页，手抄本。

10.《达斯坦玉苏甫伯克》（Dastan Yüsüp Bäg）

作者与记录年代不详。开本：22厘米×29厘米，192页，手抄本。

11.《达斯坦玉苏甫伯克》（Dastan Yüsüp Bäg）

作者与记录年代不详。开本：15厘米×23厘米，128页，手抄本。

12.《玉苏甫伯克的达斯坦》（Yüsüp Bäg Dastani）

作者与记录年代不详。开本：11厘米×19厘米，42页，手抄本。

13.《达斯坦玉苏甫伯克—艾合买德伯克》（Dastan Yüsüp Bäg-Ähmät Bäg）

作者不详。1907—1908年记录。开本：17厘米×22厘米，302页，手抄本。

第二节　口头文本与手抄本的叙事结构对比分析

叙事结构是指文本中的叙事成分及其相互关系，叙事结构是叙事学的主要研究对象。《玉苏甫与艾合买提》的手抄本和口头文本的叙事结构既存在着诸多相似之处，亦有着一定的差异。

本节从主题、程式、传统母题、情节、人物、口头性特征、叙述的开始与结尾、陈述形式等方面，对达斯坦的口头和书面文本的叙事结构进行对比研究。

一、主题和情节

口头文本与手抄本的主题线路基本一致，分别如下：

口头文本：妹妹生三孩 — 幼年丧父 — 舅父收养 — 自幼智勇双全 — 被舅父误会赶走 — 少年时代的战功 — 声名远播 — 娶妻成家 — 埃及国王做梦 — 巴巴依坎拜尔解梦坐牢 — 被阔克奇诱捕到埃及 — 七年坐牢 — 牢里得到狱吏女儿的照顾 — 妹妹哭瞎眼 — 阿依汗继承玉苏甫的王位 — 七只仙鹤送信 — 与俘虏美女相识 — 对歌获胜回国 — 阔克奇追来被杀 — 爱妻被迫另嫁他人 — 纳迪尔伯克悔婚 — 爱妻哭瞎眼 — 用神奇的"土体亚土"治眼 — 岳父化为尘土 — 用"土体亚土"复活 — 妹妹替代嫂子嫁阿依汗 — 四处招兵 — 向埃及进军 — 索要金银和

喀拉阔孜、布比尼雅孜——再次娶妻——狱吏当埃及国王——凯旋当乞丐。

手抄本：将妹妹许配给宰相——妹妹生三孩——孩子入学父亲去世——舅父收养——自幼智勇双全——舅父担心王位赶走外甥——少年时代的战功——声名远播——娶妻成家——埃及国王做梦——巴巴依坎拜尔解梦坐牢——被阔克奇灌醉带到埃及——七年坐牢——牢里得到狱吏女儿的照顾——五只会说话的仙鹤送信——与俘虏美女相识——对歌获胜回国——阔克奇追来受伤——问路搭讪美女——爱妻被迫另嫁他人——民众惩罚纳迪尔伯克和阿依汗——将妹妹许配给阿依汗——岳父、母亲、爱妻哭瞎眼睛——用神奇的"土体亚土"治眼——四处招兵——向埃及进军——索要金银——古扎力夏赫让喀拉阔孜、布比尼雅孜当使者——再次娶妻——凯旋当国王。

从主题线路不难看出，手抄本和口头文本主题大同小异，不同在于一些情节，如口头文本里讲述的仙鹤是七只，而手抄本里的仙鹤是五只；口头文本里的俘虏女孩是从乌尔根奇嫁到花剌子模，被丈夫打出家门之后又被父亲拒之门外，流浪在街头，埃及商人觉得她很有趣，将她装在笼子里带回埃及。手抄本里关于这位女孩的来历讲得很简单，她是从乌尔根奇被带到埃及的俘虏；口头文本里对兄弟两人回家路上的所见所闻讲得并不多，而手抄本里兄弟俩遇见两位美女跟她们搭讪，路过四十位勇士作战的地方和自己被捕的艾斯喀尔山，都有一定篇幅的叙述和歌唱；达斯坦的开头和结尾也不尽相同，手抄本里更为清楚地交代玉苏甫和艾合买提父亲的身份，而口头文本里没有提到父亲是谁；口头文本以兄弟俩放弃王位出家为结局，而书面文本中他们终生当国王。

从表3-2-1可以看出，口头文本和手抄本对达斯坦主题的叙述大体一致，不同的是，相对于手抄本，口头文本的叙述不仅极具口语化特征，重复、倒叙、插叙、补叙和语句不完整也始终很明显，尤其是越接近达斯坦的结尾，口头文本的叙述越简化。当然，也有部分情节并非两个文本共有，形成了各自独有的叙述特点。

表 3-2-1 口头文本与手抄本部分情节叙述对比

	口头文本	手抄本
开头	很早以前，伊斯法罕城有个国王，名叫布兹奥格朗汗。布兹奥格朗汗有个妹妹，叫莱丽罕阿依木。莱丽罕阿依木出嫁之后生两男一女三个孩子。大儿子叫玉苏甫伯克，小儿子叫艾合买提伯克，他们最小的妹妹叫喀尔丽哈奇罕阿依木。大儿子五岁，小女儿一岁时，他们的爸爸去世。	伊斯法罕城有个国王叫布兹奥格朗汗，其有个宰相名叫阿噶伯克，国王极其欣赏他。国王有个妹妹，名叫莱丽罕阿依木，国王将妹妹许配给了阿噶伯克。莱丽罕阿依木生下二男一女三个孩子。大儿子叫玉苏甫，小儿子叫艾合买提，女儿叫喀尔丽哈奇罕阿依木。做完割礼，孩子们入学，之后他们爸爸去世。
结尾	玉苏甫伯克娶喀拉阔孜，艾合买提伯克娶布比尼雅孜，把坎拜尔大爷从牢里释放出来，让艾米孜米尔夏普当此城的国王，兄弟俩出家乞丐。	玉苏甫伯克取喀拉阔孜阿依木，艾合买提伯克取布比尼雅孜为妻，在埃及举办四十天四十夜的婚礼后回国。宫殿定在希瓦，让纳迪尔伯克作首相，当了一段时间的国王之后，兄弟伯克相继离开了人世。
仙鹤	此时，玉苏甫伯克、艾合买提伯克国王在位时学会讲人语的七只鹤飞过来。莱丽罕阿依木："我们孤苦伶仃，无能为力寻找我的孩儿们。你们既然长着翅膀，请你们飞去带回他们的下落好吗？"七只仙鹤落地待在那里。莱丽罕阿依木用她恩德的手抚摸了仙鹤。妹妹喀尔丽哈奇罕阿依木和艾合买提伯克的妻子古丽海丽恰阿依木写一封书信，拴在仙鹤的右翅膀上。系好后，让仙鹤吃好，用恩德的手抚摸，带到山上放飞。	莱丽罕阿依木来到玉苏甫和艾合买提的一个花园，在那里发现玉苏甫和艾合买提从小养大的五只仙鹤。五只仙鹤来到了古丽艾萨丽阿依木跟前。古丽艾萨丽阿依木："玉苏甫伯克和艾合买提伯克的宝贝鹤，你们长着翅膀，飞去埃及带回他们的生死消息吧。"她写一封信，拴在仙鹤的翅膀上，放它们飞去。
俘虏少女来历	其间，这里有个乌尔根奇之王的女儿，叫布比尼雅孜公主。她曾嫁给花剌子模国王之子。她跟丈夫不和，回到父亲家，父亲嫌弃驱赶她，回到王子家，又遭到王子的凌辱。她无奈出走。出走途中遇无德商人囚禁，后与王苏甫兄弟俩结识。	有一天，叫布比尼雅孜的女孩从乌尔根奇作为俘虏被带到埃及。她听说玉苏甫和艾合买提伯克在牢里，格外伤心。她趁机来到牢狱天窗，希望自己有朝一日能够跟伯克们一起回家。

(续表)

	口头文本	手抄本
得以释放回家	当玉苏甫伯克、艾合买提伯克走到三天三夜的路程时,一个间谍出来奏:"唉,我的国王,苏丹陛下!他们说会发兵来报复。我们要不要去抓他们呢?"古扎力夏赫对阔克奇坏蛋和几位士兵道:"阔克奇,不好了。我送一大笔金银给玉苏甫伯克、艾合买提伯克,让他们好好地回国。他们会不会来报仇呢?要不我们就抓回他们怎么样?""我还会为你这样懦弱的国王效劳吗?""请您别这样,阔克奇。他们要杀我也不会留下你,杀你也不会留下我。"他们到一个地方,一看,阔克奇坏蛋追来了。跟他打几天的仗,把阔克奇赶了回去。玉苏甫伯克道:"艾合买提伯克弟弟,我们从埃及出来之后没有吃饭。我去做饭,你去看马吧。"艾合买提伯克将马拦到一处,玉苏甫伯克在一处举火。对弟弟说:"弟弟我们后面有没有敌人呢?"艾合买提伯克爬到一个地埂一看,阔克奇又带四万士兵向他们追来。作战三天三夜。杀敌一万四千个。其余的三千个敌人四散逃命。兄弟二人来到了四十名卫士作四十天大战的地方。伤心落泪,继续前行。且说,玉苏甫伯克、艾合买提伯克回到家乡一看,赶上了几个婚礼。兄弟二人边走边想"这是谁的婚礼呢?多么豪华的婚礼啊,我们该向谁问这个婚礼呢?"有个叫奥鲁尔罕霍加的,给玉苏甫伯克、艾合买提伯克教过课的神仙人,他预见玉苏甫伯克、艾合买提伯克在回家的路上。玉苏甫伯克、艾合买提伯克向他打招呼。	说完,玉苏甫伯克艾合买提伯克上路了。古扎力夏赫听他们的话,后悔自己放过他们。阔克奇带几个士兵从后面追来,受伤让路。他们从埃及往乌尔根奇上路。路上兄弟俩看见一位少妇和一位少女从小渠打水,并前去问路搭讪她们。两个女人喜欢上兄弟二人,便跟着他们走,兄弟俩告诉她们那只是个玩笑,让她们止步,自己继续上路。走几天路之后,他们来到了巴拉班山,找到一个源泉,准备在那里做饭吃,听见后面有动静,一看阔克奇又带兵赶来。艾合买提请求哥哥让自己去作战,哥哥不愿意,他们俩一起去作战,抓住阔克奇并杀死他。他们继续走几天,来到了菲莎山。这里他们来到了吾守尔伯克等四十勇士跟阔克奇作战时其中十个勇士战死的地方。跟勇士们告别,走几天路来到了艾斯喀尔山。来到自己被绑的地方,伤心地哭了一会儿。再走了近七个月,终于看到了乌尔根奇城。看到自己的花园很伤心。他们走在一个地方,看见有五六百个人在聚会,他们认为玉苏甫伯克、艾合买提伯克也是来参加婚礼的。有个人给玉苏甫伯克和艾合买提伯克打招呼,兄弟俩便问"是谁的婚礼?"

（续表）

	口头文本	手抄本
哭瞎眼	"弟弟，我们坐牢后，在故乡的母亲莱丽罕阿依木的眼睛失明了。妹妹喀尔丽哈奇罕阿依木的眼睛失明了。托热苏丹之子阿依汗继承我们的王位了。家园经历着沧桑。"……他到古丽海丽恰阿依木前面问候。原来古丽哈萨丽阿依木哭瞎了眼睛。奥鲁尔罕霍加有样东西叫"土体亚土"，将它在古丽艾萨丽阿依木的眼上一搽，古丽哈萨丽阿依木的眼立时复明。复明之后，他们相见，道："我的伊尔艾力汗在何处？""伊尔艾力汗因终日思念你而悲哭，在一个叫"千雪"（Mingqar）的山上化为尘土，就在那里待着。"……"我们是你的儿子玉苏甫伯克、艾合买提伯克。"说着用土体亚土搽他脸。睁开眼睛，对着玉苏甫伯克、艾合买提伯克，伊尔艾力汗道：……"我的心肝宝贝儿子们，命运让我们团圆了。"说着，他们来城里生活了。	"伊尔艾力汗、莱丽汗阿依木、古丽艾萨丽阿依木为了玉苏甫伯克和艾合买提伯克哭瞎了眼睛。"……他们相聚，玉苏甫伯克想起坎拜尔大爷给的神奇土，拿出来往来丽汗阿依木的眼睛一搽，眼睛立刻复明。……玉苏甫伯克问吾守尔伯克伊尔艾力汗在哪里。吾守尔伯克告诉玉苏甫伯克："伊尔艾力汗离开您之后天天哭，哭瞎了眼睛，在一个山洞里生活，放弃了王位。"让吾守尔伯克带路到了那个山洞，下马进去，跟伊尔艾力汗寒暄，哭道：……玉苏甫伯克拿出神奇土往伊尔艾力汗的眼睛上一搽，眼睛立刻复明，他们俩见面，一起回到乌尔根奇坐上王位。

二、人物及其关系

叙事长诗的叙事结构可以事件为中心，亦可以人物为中心。《玉苏甫与艾合买提》的叙事以人物为结构中心，故事的所有情节均围绕着玉苏甫和艾合买提兄弟两人展开。玉苏甫和艾合买提兄弟二人是故事中众多人物的核心，其他人物——兄弟俩的家人亲友、四十位勇士、援助他们的两位美人、见时知几的神仙老人，以及背信弃义的亲友、敌人、对手和其他所有人的活动都围绕着兄弟二人进行。

达斯坦中被歌颂的英雄人物除了玉苏甫和艾合买提，还有他们的四十位勇士和信守承诺、满怀慈爱的父王以及帮助玉苏甫兄弟渡过难关的美人。手抄本和口头文本中出现的人物如表 3-2-2 所列：

表 3-2-2 《玉苏甫与艾合买提》口头和书面文本中出现的主要人物对照

	人物名称	口头文本中的角色	手抄本	
			不同名称	角色
1	玉苏甫伯克	主人公 建立希瓦和花剌子模城 乌尔根奇之王		主人公 创建希瓦城 花剌子模之王
2	艾合买提伯克	玉苏甫之弟		玉苏甫之弟 阿扎如斯之王
3	阿嘎伯克	玉苏甫之父		玉苏甫之父 布兹奥格朗汗的宰相
4	布兹奥格朗汗	玉苏甫之舅		玉苏甫之舅
5	莱丽罕阿依木	玉苏甫之母		玉苏甫之母
6	喀尔丽哈奇罕阿依木	玉苏甫之妹		玉苏甫之妹 勇士（带九千个卫兵参战）
7	吾守尔伯克	总兵		总兵
8	伊尔艾力汗	古丽哈萨丽之父 玉苏甫的岳父 乌尔根奇、阿扎如斯之王		古丽艾萨丽之父 玉苏甫的岳父 乌尔根奇之王 给玉苏甫送花剌子模城 给艾合买提送阿扎如斯城
9	纳迪尔伯克苏丹	古丽海丽恰之父 艾合买提之岳父 阿扎如斯之王 伊尔艾力汗之弟		古丽海迪恰之父 艾合买提背信弃义的岳父 伊尔艾力汗的宰相 成为玉苏甫的宰相
10	古丽哈萨丽阿依木	伊尔艾力汗之女 玉苏甫的原配	古丽艾萨丽阿依木	伊尔艾力汗之女 玉苏甫的原配

（续表）

	人物名称	口头文本中的角色	手抄本	
			不同名称	角色
11	古丽海丽恰阿依木	纳迪尔伯克之女 艾合买提的原配 被迫另嫁阿依汗	古丽海迪恰阿依木	纳迪尔伯克之女 艾合买提的原配 被迫另嫁阿依汗
12	阿依汗	纳迪尔伯克手下的王 抢夺玉苏甫的王位 试图强娶艾合买提的原配 娶玉苏甫之妹		伊尔艾力汗的宰相 民众推选为国王 试图娶艾合买提的原配 娶玉苏甫之妹
13	坎拜尔老爷	来自秦马秦的商人 持有预知未来的奇书		来自秦马秦的商人 满腹经纶的占星家 能预知未来的奇人 持有治百病的奇土
14	喀拉阔孜	狱吏的女儿 嫁给玉苏甫		狱吏的女儿 嫁给玉苏甫
15	布比尼雅孜	被关在笼子里的俘虏 乌尔根奇公主 远嫁花剌子模国王被休 嫁给艾合买提		从乌尔根奇俘虏到埃及 嫁给艾合买提
16	古扎力夏赫	埃及国王 被玉苏甫兄弟推翻 将王位被迫让给艾米孜·米尔夏普	古赞夏赫	埃及国王 忏悔保住王位
17	阔克奇艾牙尔	狡诈 即兴诗人 蓝眸间谍 泡茶师 库银郎中	阔克奇白地热克、阔克奇诗人	狡诈 库银郎中 即兴诗人 中郎
18	艾米孜·米尔夏普	狱吏 喀拉阔孜之父 埃及国王		狱吏 喀拉阔孜之父

（续表）

	人物名称	口头文本中的角色	手抄本	
			不同名称	角色
19	四十名勇士	卫兵		卫兵
20	奥鲁尔罕霍加	玉苏甫兄弟的恩师 持有神奇的"土体亚土"		—
21	其他	阿尔斯兰巴图尔、图为里克巴图尔、铁侃巴图尔等七位勇士		伊尔艾力汗的五位汗王 路上遇见的少女、少妇 昆汗（伊尔艾力汗的宰相） 阿尔斯兰巴图尔（130岁） 阿克曼巴图尔、亚亚合巴图尔、自热克巴图尔等四位勇士 360名宫女 360名卫兵 瓦法伯克

从表3-2-2中可以看出，书面文本中的人物比口头文本多。从人物之间的关系来看，口头文本中关系并不清晰，有的甚至完全不符合逻辑，如，俘虏姑娘布比尼雅孜在口头文本中被叙述为乌尔根奇国王的女儿，嫁给花剌子模国王之子，而作为乌尔根奇国王的玉苏甫和艾合买提均不认识她，更不可能有跟自己同龄的孩子。而书面文本中她是一个普通女子，跟国王没有关系。口头文本中阿扎如斯的国王的伊尔艾力汗，始终在乌尔根奇活动，没有任何跟阿扎如斯有关的情节。书面文本中，他则是乌尔根奇国王，将乌尔根奇国王的王位让给玉苏甫。相对口头文本，书面文本的人物关系非常清晰，也合乎逻辑，而口头文本中的人物关系常常让人困惑不解。这种含混的叙述，无疑跟艺人的叙事水平和掌握达斯坦故事的程度有直接的关系。

三、口头性特征：序幕与结尾、情节关联

《玉苏甫与艾合买提》口头和书面文本中均存在着大量的转折、关联词语或短语。

口头文本和书面文本中都用表示"且说，总之"之义的"älqïssä"这个借词来引出一个新的叙述，且这个词的出现在口头和书面文本中均极其频繁，几乎每件事情的陈述都离不开"且说"。此外，口头和书面文本中又有各自独特的关联方式。详见第四章第四节阿拉伯—波斯语借词的解释。

表 3-2-3　口头和书面文本中重复出现的开始、结束和关联语句

口头文本	语义	书面文本	语义
...dedi. digendikin "说了……说了之后……" kätti. kätkändikin… "走了。走了之后……"	前后两件事情之间的关联	—	
nim däydikin "会说什么呢"	开始歌唱之前的引入语	...gä qarap bu beyitni oqudi...däp. "向着某某朗诵了此诗歌……道。"	诗歌前说明对谁唱，唱完告知诗歌结束
ämdi anglaymiz "这下要听"	暂停某个事情的讲述，开始讲另一个事情，转折	...din söz ištmäk keräkki "这下要听某某人的"	从某个故事转至另一个故事

关于手抄本中故事开头与结尾的套语详见本章第一节"书写格式"。

四、故事时间与叙述时间的表达

结构主义叙述学（Narratology of Structuralism）十分重视文学作品叙事

时间的探讨。法国学者热拉尔·热奈特认为一部文学作品的叙事时间有“史实”“记述”与“叙述”之分，有“故事时间”与“演述时间”之分。

达斯坦演唱是一种表述类语言行为。《玉苏甫与艾合买提》本身是一部根据16—17世纪的战争传说演变而来的达斯坦。[1]从表述的时间和人称来看，其情节始终以确定过去时第三人称的方式讲述，动词的四种式中陈述式，尤其是直接陈述式和间接陈述式的出现频率较高。

(一)口头文本

1. 直接陈述式

从达斯坦的整个叙述特点和陈述方式来看，当叙述较长的故事情节(a)或单独一个动作行为的结束(b)或存现(c)时主要采用确定过去时的直陈；对话(d)、间隔不长先后发生的动作行为(e)或通过重复前一句话的谓词而开始新一句话(f)时则采用联动过去时。例如：

(b) ǰävahärdɨn artuq boldum. B2151

我曾比结晶还更受宠。

(b) yüsüp bäg ä:mät bägnïŋ barlïqïya ba:vär qïldi B1500

确定了玉苏甫和艾合买提伯克还活着。

(c) ürgänǰiniŋ bɨr pa:dəša:səniŋ bɨr qïzɨ bar ärde, B1503

乌尔根奇之王有个女儿，

(c) yättä danä turnəsɨ bar ärde. B1335

有七只鹤。

(d) bu turnəlar šunda: käpte//äy turnəlar/ bu nɨmu däpte//bu yüsüp bäg ä:mät bägnïŋ turnəsi däpte// B1336—B1338

这些鹤过来了。便问：“哎，鹤们，这是什么？”说了：“这是玉苏甫和艾合买提伯克的鹤。”

1 阿地里·居玛吐尔地：《中亚民间文学》，银川：宁夏人民出版社，2008，第206页。

第三章 《玉苏甫与艾合买提》口头文本与手抄本的叙事结构对比分析

（e）tö:dä otta:ɣuzupte/yüsüp bäg ä:mät bäg pästä otta:di B222—B223

请坐上席。玉苏甫伯克和艾合买提伯克则坐在了下座。

（e）zarə zar žïɣlap turuptc// turnilar zïndannïŋ bešidin aylande// B1384—B1385

（他们）泪如雨下，仙鹤门飞旋在地牢上空。

（f）čüšləri bɨr ayan bolde//ayan bolap turɨte/šähärdä hämzi miršapnïŋqïzi va:ti/qarə köz där ärde// B1190—B1191

其梦开始应验了。应验之后，城里艾米孜米尔夏普有个女儿，名叫喀拉阔孜。

达斯坦口头文本中叙述故事情节主要采用直接陈述确定过去时。因此，联动过去时的陈述之后，往往以确定过去时的动词（a）来总结或进入主要情节的叙述（g）。例如：

（a）yänä bɨr nä:sä däp žïɣlapte//（g）yär astədɨn bɨr nä:sä päyda bolde

他又哭诉了些什么，从地下出来了个东西。

（a）zullɨyatïŋlɨni qurtɨmä:däpte//（g）qo:qap kättuq

他说他要摧毁我们的一切，我们吓倒了。

2. 间接陈述式

从时态变化来看，间接陈述式主要出现在过去时和将来时。间接陈述式的过去时也表示某一动作行为在另一个动作行为进行之前刚刚发生，存在或结束[1]的联动过去。例如：

mä iniləri mni kišinïŋ käynigä čɨrɨp <u>palɨvɨtɨptɨkänmä</u>: // ular berip äräl χan nädir bäg sultannïŋ qïzini <u>aptu</u>//šähär bina <u>qïlïptu</u>// B309—B311

我听信外人的话把我的外甥们赶走了。他们去取了伊尔艾力汗苏丹、纳迪尔伯克苏丹的女儿为妻。建立了城市。

äräl χan nädɨr bäg sultanɣa diyari vezɨr <u>bolapsɨlä</u>:// qïzɨni <u>elipsɨlä</u> B320—B321

你们当上了伊尔艾力汗、纳迪尔伯克苏丹之国的宰相，娶了他们的女儿。

bular ämdi ävlɨyalïqqa <u>tušaptu</u>/ šɨkar säǰidä qïləšnɨ ügɨtäy B14—B15

1 程适良：《现代维吾尔语语法》，乌鲁木齐：新疆人民出版社，1996，第301页。

（他认为）他们已具备了圣贤之能，该教他们打猎技巧。

bəznɨ ärɨlχan nädɨr bäg sultan mi:man qïləp qičqərɨptu / baramduq B138—B139

伊尔艾力汗和纳迪尔伯克苏丹邀请我们做客，我们要去吗？

达斯坦口头文本中出现的较多的还有间接陈述将来时，在从散文体叙述到韵文体演唱的过渡语境中采用。例如：

bu qïz yüsüp bäg ä:mät bäkkä qarap nɨmɨ däydɨkɨn däyda B1231

这姑娘对着玉苏甫伯克和艾合买提伯克会说什么呢？

yüsüp bäg ä:mät bäg däryanïŋ boyɨda zarəzar žïγlɨmaq üčün nɨm däydikɨn B758

玉苏甫伯克和艾合买提伯克在河边抱头痛哭会说些什么呢？

3. 否定陈述

现代维吾尔文学语言中直陈式第三人称将来时的否定形式是动词词干先缀接否定语缀 –mA 然后再缀接将来时词尾 –y，再缀接第三人称词尾 –du 构成。而达斯坦口头文本里是动词词干缀接形容词化语缀 –Ar 的否定形式 –mAs（〈–mA+–s[1]）再缀接第三人称标志。例如：

达斯坦	文学语言	汉译
käm bolmas	käm bolmaydu	不少于
qoyup bolmas rayigä	rayiγa qoysa bolmaydu	不能任性

达斯坦口头文本里通过这种方式构成的否定动词与系动词结合时，系动词不像文学语言词缀化，而是与否定动词分开单独出现。例如：

口头文本	文学语言
bom–mas ikän “可以 –NEG–M”	bol–ma–ydi–kän “可以 NEG–3NPST–M”
bol–mas ärde 发生 –NEG–3PST	bol–ma–yt–ti “发生 NEG–IMPF–3PST”

1 关于这里的 –s 可以参见力提甫·托乎提：《现代维吾尔语参考语法》，第 282 页，即表示否定的 ämäs 是肯定词根 i–（<är–）加否定成分 –mä– 和形容词化成分 –s<*–z<*–r' 结合而形成的固定形式。

（二）手抄本

手抄本中出现的构成动词时、态、式的附加成分形式比口头文本丰富，这既体现在数量上，又体现在各附加成分的圆唇形式。在手抄本中动词词干与词缀的搭配模式，除了元音前后位或唇状的任一和谐之外，兼顾前后位和唇状的同时和谐。相对而言，词干与词缀搭配的严格规律性使手抄本附加成分变体更为多样，与词干的结合更为和谐。动词定式第三人称复数标志–lAr在手抄本中始终没有脱落，口头文本中部分保留，而在现代维吾尔文学语言和其他方言中已经脱落不出现。

1. 语态

（1）使动态

在达斯坦口头文本和文学语言中都出现致使动词标记–GUz，在手抄本中还出现其–GUr形式，而且较为常见。在口头文本的诗歌部分中也有一些痕迹，文学语言中不存在。例如：

körgüzüp kälgänimiz yaẖšımudur A010/8

还是派人去看看为好

‘äcäb yätkürdi sizni A120/07

正好把你派来了

yigirmä kündä aral däryasığa yätkürdi A096/02

20天送到了阿拉勒河

（2）被动态

手抄本中动词被动态出现频率极低。例如：

boz aṭım boyalıpdur qızıl qanıma A059/03

我的白马被我鲜血染红了”

（3）交互态

手抄本中动词交互态形式出现如下形式：

bu yigitlär yığlašıp yolğa tüštilär A172/06

这些小伙子们（互相）哭着上路了

qılıčlašıp mäydānlašıp ölmädim　　　A046/2—A046/3

我没在战场交锋而死

2. 人称

（1）第三人称复数

察哈台语中，动词的人称复数形式在第三人称也同样需要缀加复数标记 –lAr 来形成。达斯坦手抄本中遵循这一规律，用 –lAr 表示动词第三人称复数，诗歌部分有时省略。达斯坦口头文本和文学语言中动词第三人称一律省略复数标记。例如：

fārvāz qılıp aylanıp učup turdılar　　　A021/08—A021/09

在空中飞旋着

sifā bolsa mäydān yolın ačarlar　　　A143/10

军队会开交锋

ğāfil bolup ayrıpdurlar yolıdın　　　A176–5

漫不经心使他偏离了路线

hičkimärsä bilmäslär šurūḥ-i dīlimni　　　A017/09

谁也不懂我的心思

anı kältürüp bärsünlär dedi　　　A143/06

说道："把它给我送来。"

barčä arsalānlarım kälsün　　　A179/13—A179/14

让我所有的好汉统统赶来

（2）过去时的人称

1）过去时第一人称复数标记在现代维吾尔文学语言和达斯坦口头文本中出现 –duq/–tuq 两种形式。手抄本中还出现其 –dük/–tük 两种前元音变体。例如：

kiy–dük	穿：PST1pl
käl–dük	来：PST1pl
tüš–tük	下：PST1pl

2）过去时第二人称尊称单数形式 -（X）ngIz 还表示复数。例如：

billä yürgän erdingiz ong solıda　　A077/06

你们曾陪伴在左右

ciläv tartıng beglär sulṭānım qāni　　A077/07

回答我吧伯克们，我的苏丹在哪里？

3. 式

（1）祈使

1）祈使式第二人称单数的 –Gıl 标志在口头文本和文学语言中不出现；在现代维吾尔文学语言中出现的以 –ä–/yä 标志，或动词词干（无附加成分）表示的祈使语气在手抄本中没有出现。

2）祈使第一人称复数标志 –All 在口头文本中与文学语言一样以 –Ayll 形式出现；在现代维吾尔语部分方言里仍在使用的另一个标志 –AlIng，在口头文本和手抄本中均没有出现。

4. 静词化形式

（1）动名词

由名词化词缀 –mAK 构成的动名词与助动词 bol– 结合形成目的动词。这种目的动词在口头文本中没有出现，在现代维吾尔语的诗歌和文学作品中偶尔出现。例如：

anı ayẖanğa bärmäk bolup qırıq käčä kündüz toy qıldı　　A158/13—14

要将她许配给阿依举办了 40 天 40 夜的婚礼

（2）形动词

1）在手抄本中较为广泛使用的形动词词缀 –（A）durğan 在口头文本和文学语言中发生语音变化。例如：

bizni däydurğan yāri bärādärlärimiz bolsa　　A007/09

如有愿意跟着我们的亲朋好友

büvɨniyaz däydəɣan bɨrqïz va:tə　　B1659

有个叫布比尼雅孜的姑娘

2）手抄本中还出现由 –GučI 形式的词缀构成的形动词。例如：

äḥvālimni sorğuči kimsän balam?

跟我寒暄的这位孩子，你是何人？

5. 副动词

（1）副动词标志 –ban

在手抄本中出现的副动词标志 –ban 在口头文本和文学语言中都不出现。例如：

äyläban 做 –ADVL　　A062/04

aylanıban 转 –ADVL　　A063/08

yığlaban 哭 –ADVL　　A085/02

（2）副动词标志 –A

手抄本中出现较古老的构词附加成分 –A，主要构成副动词。这一附加成分在口头文本中没有出现，在现代维吾尔文学语言中也不再用于构词。这一附加成分在民间文学作品、歌谣以及熟语中有所保留。例如：

näčä tağdın aša aša yügürüp

翻山越岭地跑

sora sora bilim aptu, uyula uyula kiyin qaptu.（民间谚语）

好问则裕，畏综则小

（3）副动词标志 –läyin

手抄本中出现副动词标志 –läyin，其语法意义和功能近似于现代维吾尔文学语言中的 –（X）p 副动词 turup。这一标志在口头文本和文学语言中没有出现。例如：

tirikläyin kirdük ölük sanığa　　A113/04

活着被当作死人了

手抄本中 –läyin 的否定形式 –mayın，类似于现代维吾尔文学语言中的 –mastin“尚未……”也较为常见。例如：

ačılmayınẖäzān boldı gülzārım.

我花坛里的花尚未开就谢了

düšmän bilä köp urušlar <u>qılmayın</u>,

尚未与敌人多多作战

ya bolmasa sizlär bilä qalmayın

也尚未留下您们身边

äcäl yätsä bu mäydānda ölmäyin

大限已定却未在战场丧命

ẖäräzmigä nä yüz bilä barayın

无颜回花剌子模见江东父老

6. 引语动词 de-

在察哈台语中，延续古代维吾尔语的引语表达方式，当表示说话者动作行为的词出现在引语之前时，引语结束后，该动词还会重复出现在其后。[1] 察哈台语中引语动词的这种使用特点在手抄本中始终得以体现，而口头文本中引语结束之后一般引语动词 de- 很少再重复出现，而现代维吾尔文学语言中引语词在同一句中重复的现象是不合语法的。例如：

ol kiši aydi kim siz soramang mänaytmay dedilär A158/05—06

那个人说道："您别问，我也不说。"

älqiṣṣä güzälšāh munādī qılıp qičqarıp aydi kim ẖäräzmi šährigä barıp yūsuf äḥmäd degän šāhzādälärni tutup kälsälär mülkümning yarımını beirp beglär begi qılay dedi A026/04—08

且说，古扎力夏赫宣布道："谁能去花剌子模捉来玉苏甫和艾合买提，我就会把我宝库里的金银分给他一半，让他成为伯克之首。"

digän haman güzälša mɨnïŋ šä:rɨmgä düšmän bo:γan yüsüp bäg ä:mät bäg diggänni qaysïŋ tutup kä:säŋ bäglär bɨgɨ mäŋsäp birɨmä: χäzinämdiki altun kümüšni män birɨmä däptɨ B0446—B0450

古扎力夏赫立刻说道："谁能捉来我城市的敌人玉苏甫伯克和艾合买提伯克，我就会让他成为伯克中的伯克，把我宝库里的金银分给他。"

1 参见阿布都鲁甫·甫拉提：《察哈台维吾尔语研究导论》，2017，第 43－44 页。

第四章

《玉苏甫与艾合买提》口头文本与手抄本的语言描写和对比分析

第四章　《玉苏甫与艾合买提》口头文本与手抄本的语言描写和对比分析

正如前文所述，“dastan”一词源自波斯语“dästān”，维吾尔文学领域里指有完整故事情节的长篇叙事诗，大多为韵散结合。维吾尔民间达斯坦蕴藏丰富、源远流长，是我国国家级非物质文化遗产项目之一。从目前的研究状况来看，文本的搜集整理与刊布等基础性工作取得了令人瞩目的成就，而达斯坦文本的语言研究，尤其是文本之间的比较研究相对匮乏。因此，本章将达斯坦口头文本与书面文本作为比较研究对象，记录达斯坦完整的口头文本及其手抄本。进而描写各自的语音、词汇和形态 — 句法特点，从而探讨口头文本和手抄本相对于标准语或文学语言的特点和二者之间的异同和关联。

《玉苏甫与艾合买提》是维吾尔民间流传最为广泛、家喻户晓的叙事长诗之一，其篇幅长、情节感人、语言优美、曲调多变，在民间均以书面和口头形式流传，书面记录与口头演唱之间的语言互动较为典型。本书研究的手抄本是喀什地区博物馆收藏的版本，19 世纪初由佚名抄者在喀什抄写。口头文本来自笔者数次采访录制的阿克陶县当代达斯坦大师西布力汗艺人的演唱，时长共 155 分钟，有九种曲调。口头文本流传的阿克陶县距喀什市 41.5 公里，交通便利，两地均属维吾尔语同一个方言土语区，因此口头文本与书面文本语言的比较研究具有可行性。

本章以文学语言为衡量标准，就达斯坦口头文本与手抄本在语音、词形、语义等三个方面体现出的差异展开具体研究。

第一节　语音差异

达斯坦手抄本中有 /a, ä, e, i, ı, o, u, ö, ü/ 等 9 个常元音和 /ā, ī, ū/ 等 3 个长元音；达斯坦口头文本中的元音有 /a, ä, e, i, ɨ, ï, ə, o, u, ö, ü/ 等 11 个，其中 /ɨ//ï/ 和 /ə/3 个音素是非音位音素。手抄本与口头文本语音系统较显著的差异在于前元音 /i/ 和后元音 /ı/：手抄本中 /ı/ 是一个独立的音位，而口头文本中后元音 /ï/ 是前元音 /i/ 的变体。手抄本有 24 个辅音：/b, p, t, c, č, ḫ, d, r, z, s, š, ʔ, ğ, f, q, k, g, ng, l, m, n, v, h, y，其中擦音 /f/ 不区分意义。口头文本有 /b, p, t, ǰ, č, χ, d, r, z, s, š, γ, q, k, x, g, ŋ, l, m, n, h, v, w, y, ž/ 等 25 个辅音，其中 /x/ 是爆破音 /k/ 的变体。口头文本中出现的擦音 /ž/ 在手抄本中始终不出现。手抄本中出现在擦音 /f/ 和喉音 /ʔ/ 在口头文本里不出现。两个文本辅音的总数差异体现为一个有 /f/、/ž/ 和 /ʔ/3 个复制词辅音，而另一个无。

一、元音差异

多音节词中，相邻出现低元音 a/ä 时，中间一个倾向于演变成为高元音 i 或 e；ä 后面音节出现高元音 i 时，ä 也往往变成 i。e 与 i 之间也似乎没有绝对的界限，往往可以互相替换，标准语中的 e，在口头文本中更偏向于发音为 i；圆唇元音 o 和 u 相邻出现时，后音节中的 u 常常异化成展唇元音 a；词首音节或单音节词中出现的 o 常变成 u。ö 和 ü 之间的对立也往往被破坏，互相替换出现。此外，手抄本中单音节词的 e 在口头文本里体现为 ä。

1. a/ä > i

在多音节词中，处在 a 或 ä 中间的 a 或 ä 倾向于异化成为高元音 i。例如：

qaraquš > qariquš “黑鸟”	äcdärhā > äǰdirha “龙”	ärsalan < arsilan “雄狮”

2. 高元音前 ä > e/i

双音节词中，次低元音 ä 在其后音节出现高元音 i 时，变为与 i 相近的高元音 e。例如：

qäčir > qečir “骡子”	ägin > egin~igin “衣服”	qäyin, ata>qeyin, ata “岳父，公公”	kälin > kilin~kelin “儿媳妇”

3. i> u /ü

手抄本里单音节词中的展唇元音 i 在口头文本和文学语言里演变成为圆唇元音。例如：

sin–>sun– “砸；贬低”	yit– > yüt– “丢失”

4. i 与 e 的替换

双音节词中处在第一个音节的高元音 i，受其后音节次低元音影响，降低为次高元音 e，反之亦然。例如：

ligän > legän “大圆盘”	egär > igär “鞍子”

5. 词末音节 u > a

由圆唇元音 o 和 u 组成的双音节词中，第二音节的元音在口头文本和文学语言中演变为展唇元音 a。例如：

oğul> oγal “男孩，儿子”	qozu > qoza “羊羔，宝贝”

6. 词首音节 o > u

单音节词或多音节词首音节中的 o 在口头语言中变为 u。例如：

bobay > buvay “老爷”

qol > qul “手”

bol- > bul-（助动词）

7. 长元音

手抄本里复制词中的长元音，在文学语言中演变为非长元音，而口头文本中相当一部分还是保留原来的长元音特点，发长元音；发生脱落的语音也在文学语言中没有痕迹，可在口头文本中适当发长元音来弥补空白。例如：

手抄本	口头文本	文学语言	汉义
yārān	ya:rän	yarän	朋友们
ẖānämān	χa:niman	—	房屋
bārgāh	ba:rgah	bargah	谒见厅
södrä-	sö:rä-	sörä-	拉

元音的演变中，a/ä > i/e 现象最为常见，e 与 i，ä 与 e，ö 与 ü 之间的替换较为频繁，彼此之间的相互对立关系相对较弱。

二、辅音差异

1. 脱落

（1）音节末颤音 r 的脱落

词的末尾出现的颤音 r，在口头文本中往往脱落，其前元音变为长元音，文学语言中则不脱落；词中音节末出现的 r，在口头文本中脱落，文学语言中部分脱落。例如：

手抄本		口头文本	汉义
karnāy	>	ka:nay~kanay	号角
ṣurnay	>	sunay	唢呐
duttār	>	dutta:	都塔尔
qāčir	>	qeči:	骡子

（续表）

手抄本		口头文本	汉义
qarğa	>	qa:γa	乌鸦
šungqar	>	šuŋqa:	隼
märcān	>	ma:ǰan	珠子

（2）音节末 t 和 h 的脱落

手抄本中在词的末尾出现的清塞音 t 和音节末尾的浊音 h，在口头文本和文学语言中都脱落。手抄本中只有复制词 dost 末尾的 t 脱落。例如：

gūšt > goš~göš “肉” dost > dos “朋友”

šāhzādä > ša:zadä “公子 šāhänšāh > šahinša: “王中王”

（3）词中 d 的脱落

手抄本里在词中音节末的塞音 d，在口头文本和文学语言中均已脱落。例如：

södrä– > sö:rä– “拉”

语音演变中值得注意的是，手抄本跟口头文本一样体现出词语末尾辅音的脱落现象。这种脱落在维吾尔语中，只出现在口头语当中，文学语言中不脱落。手抄本中出现的元音脱落现象，在某种程度上显示了手抄本的语言多少受到了口头语的影响。

2. 增音

（1）词首增加 h, n

以元音开头的词语前，增加喉音 h、腭音 y。例如：

ʿimārät > imarät > hɨmarät “建筑”，ʿarāba> harva “车”，ifäk> yipäk “丝绸”

（2）词中增加 n

手抄本中音节末的辅音前，增加辅音 n 而产生双辅音。这种现象在口头文本和文学语言中都不存在。例如：qılıč “宝剑” 一词在手抄本中拼写为 qılınč。

3. 腭音化 s>č t>č k > č

手抄本中词首出现的擦音 s、爆破音 t 和 k 在口头文本和现代维吾尔文学语言中已经腭化成 č。例如：

手抄本		口头文本	汉义
tüš	>	čüš	梦
tüš-	>	čüš-	下来
sač	>	čaš	头发
süčük	>	čüčük	甜
kir-	>	či:	进来

4. 替换

（1）词中 –b– > –v–

手抄本词中出现的塞音 b，在口头文本和文学语言中都转变为近音 v。例如：

手抄本		口头	汉义
täbäq	>	tavaq	碗
čibin	>	čivin	苍蝇
yolbars	>	yolvas	老虎
babay	>	bovay	老人

（2）f > p

手抄本中在词的任何一个位置出现的擦音 f，在口头文本和文学语言中演变为塞音 p。口头文本中偶尔还体现为近音 v。例如：

fārzänd > pärzänt “儿女”	ṣäfär > säpär “旅程”
särrūfāy > särpay “服装”	sädäf > sädäp “贝壳”
qaflan > qaplan~qavlan “豹子”	äfẓäl > ävzäl “更好”

（3）词中 v > g

手抄本中处在词中音节的起首位置的 v，在口头文本和文学语言中演变为 g。例如：tivä<tögä “骆驼”

（4）č > š

词或音节末尾的 č 与 š 的替换现象，在维吾尔语口语中很普遍，如 käč~käš，ačpaqa~ašpaqa, qučqač~qušqaš, čač~čaš 等。口语中的这种音变现象在手抄本里也出现，比如维吾尔语固有词 qočqar，在现代维吾尔语文学语言中仍保持原型，没有发生 č 与 š 的替换，而在手抄本中发生与口语相同的音变，擦音化成 qošqar。

（5）音节末 d> t b>p

手抄本中复制词词末出现的浊辅音 b, d，在口头文本中分别变为清辅音 p, t。例如：

färzänd > pärzänt“儿女”，äḥmäd > ä:mät“艾买提”

šärāb> šarap“酒”， zärbab > zärbap“黄金”

5. 换位

ğr > rğ，tr > rt

手抄本中出现的维吾尔语固有词 ağramčı“麻绳”，在现代维吾尔文学语言中发生其中相邻辅音 ğ 与 r 的换位，定型为 arγamči；手抄本中出现的 otra“中间”在口头文本和现代维吾尔文学语言中，发生 t 和 r 的换位，演变成为 orta 或 ottura。

第二节　形态差异

一、名词格

名词的时位标志 {–DA} 在手抄本和口头文本中都能表示趋向，在现代维吾尔文学语言中则没有此种语法意义。

二、第三人称复数 –lAr

达斯坦手抄本中，动词的人称复数形式第三人称也同样需要缀加复数标记 –lAr。用 –lAr 表示动词第三人称复数。达斯坦口头文本和文学语言中动词第三人称省略复数标记。

三、特殊关联词 –ki/–kim

手抄本中出现的特殊关联词 –ki/–kim 在口头文本中也常常出现，在手抄本语言中偶尔出现 –ki，手抄本中出现频率高的 –kim 则在文学语言中几乎不出现。

第三节　词义差异

在世代口口相传的历史长河中，达斯坦的语言，尤其是其中词义也随着时代的变化，基于自身的相应调整和演变，使达斯坦能够被当下听众所接受、欣赏。在田野调查过程中，不难发现达斯坦口头文本中有大量的古代词、外来词以及一些来源不明的词。这些词语使听众与达斯坦文本之间拉开距离，影响达斯坦语言艺术的魅力和交流效率。然而，达斯坦演唱艺人本身也不知那些词语是什么意思，当被问起这些词表达的意思的时候，他们往往答道："师父是那么唱的，而我想唱得跟师父一样，至于那话是什么意思，我从没问过师父，至今也没搞明白是什么意思。"达斯坦口头文本语言上的这些"生词"，可以说，是听众无法理解达斯坦艺人讲的唱本，尤其是现代年轻人对达斯坦不感兴趣，达斯坦口头传统日趋后继乏人的一个主要原因之一。那为什么现代演唱艺人还要继续用这些词生搬硬套呢？如果我们把其中不为大众所理解和运用的外来词和大众熟悉的词语分别看作两种不同的语码系统，达斯坦奇的这种言语行为可谓语码混用现象。"在实际交际中，说话人在谈及另一种语言或不同文化中的某事、某物时，有时很难在自己所属的语言或文化中找到与之对应的恰当形式或概念，此时说话人可能会将该表达形式直接借用过来，于是就出现了语码混用现象。"[1]这些外来语码在听众那里也是个未知数，并且常常干扰听众接受达斯坦信息，中断听众与演述者之间的互动，有时候使达斯坦演唱内容陷入无法理解

---

[1] 冉永平：《语用学：现象与分析》，北京：北京大学出版社，2006，第156页。

的状态。

达斯坦手抄本的文本来源于民间传唱的口头达斯坦，但是我们目前能找到的手抄本来自察哈台语后期阶段，而口头文本采集在现代维吾尔语时期。即本书所研究的达斯坦手抄本的语言和文字均属于察哈台语和察哈台文，而口头文本的语言则属于现代维吾尔口头语，现代维吾尔语又是察哈台语的延续。

本节摘取达斯坦《王苏甫与艾合买提》中的部分词汇，使之与现代维吾尔文学语言进行比较，厘清达斯坦手抄本与口头文本之间的渊源关系、词汇的演变与沿用脉络，从而准确阐释词汇和语法意义势在必行。这有利于口头传统的正确传习、传承以及进行创新性改造，使之与时俱进。

由于词汇范围比较大，本书选取达斯坦手抄本和口头文本中较为常见的词语，将这些词语分为动物词、称谓词、食物器皿词、行业词、工具用品词、建筑词、服饰词、景物词、宝石矿物词以及动作行为词等十大类。以手抄本中出现的词汇为基础，通过语义的比较，描写并分析达斯坦口头文本语言对原有词汇的继承和发展以及对现代词汇的吸纳和演化情况。从而阐释达斯坦口头文本与手抄本之间的相互渗透互融关系。以上十大类词语中，服饰词、景物词和动作行为词的语义变化不大，因此不对此做比较分析。

一、动物词

达斯坦手抄本中出现不少动物名称词。下面我们将选取其中出现频率较多的动物虫鱼名称词，示例如下表4–1：

表 4–1 达斯坦高频动物词对照

动物名称	手抄本	口头文本	文学语言	汉译
鸟类	quš	qůš	quš	鸟
	qarğa	qa:γa	qaγa	乌鸦
	quzğun	quzγun	quzγun	秃鼻乌鸦

第四章 《玉苏甫与艾合买提》口头文本与手抄本的语言描写和对比分析

（续表）

动物名称	手抄本	口头文本	文学语言	汉译
鸟类	zaǧ	–	zaγ–zuγun	乌鸦
	šungqar	šuŋqa:	šuŋqar	隼
	qaraquš	qaraquš（诗歌中）	qariquš	草原雕
	bulbul	bulbul(goya)	bulbul	夜莺
	turnä	turnä ~ turna	turna	仙鹤
兽类	tülki	tülkä	tülkä	狐狸
	sıǧal[1]	–	–	鹿
	yolbars	yolvas	yolvas	老虎
	šīr	šir	šir	狮子
	arsalan	ä:slan	arslan	狮子
	qaflan	qavlan	qaplan	豹子
	äcdärha	äždärha	äǰdiha~äǰdirha	龙
家畜类	aṭ	at	at	马
	yorǧa	–	yorγa	走马
	tivä	–	tögä	骆驼
	qäčir	qeči:	qečir	骡
	qoy	qoy	qoy	羊
	qočqa:	qočqa:	qočqar	公羊
	öküz	–	öküz	犍
	iṭ	īšt	it	狗
	cānivār	janəvar	ǰanivar, ǰandar	小动物
虫、鱼类	čibin	čivin	čivin	苍蝇
	sämäk	–	–	鱼类
	sačqan	sačqan	čašqan	老鼠

  手抄本中出现的上述 27 个动物名称词中，语义方面的变化，体现在同样表示"狮子"的"arslan"和"šīr"这一对同义词在现代维吾尔文学语言中应用范围的缩小。维吾尔语固有词"arslan"和波斯语复制词"šīr"在手抄本和口头版本两种形式都出现并混合使用。经过长期平行发展，"arslan"的词义缩小，除

---

1 sıǧal<sı:ǧun 雄鹿，参见 CLAUSON, Sir Gerhard. *An Etymological Dictionary of Pre-Thirteen-Century Turkish*. p.46.

115

了偶尔出现在文学作品里表示“狮子”，在现代维吾尔文学语言里却只指“小猫”，“狮子”则用“šīr”来表示。

二、称谓词

达斯坦的故事情节主要人物是玉苏甫和艾合买提兄弟俩以及他们的家人。在故事的叙述中，围绕着这两位主人公的经历，出现了不少称谓词。

下面我们将选取其中出现频率较高的词语进行语义对比。选取词语示例如下表4–2：

表4–2 达斯坦高频称谓词对照

手抄本	口头文本	文学语言	汉译
ata	ata~dada	ata~dada	父亲
ana	ana	ana	母亲
färzänd	pärzänt	pärzänt	儿女
oğul	oɣal	oɣul	儿子、男孩儿
qız	qïz	qiz	女儿、女孩儿
sıngıl	sïŋəl~ hämši:rä	siŋil	妹妹
ağa	aɣa~aka	aka	兄长
ini	ini~ůka	ini~ůka	弟弟
ciyän	ini	ǰiyän	外甥、侄子
tağa	taɣa	taɣa	舅父
qäyin ata	qeynta	qeyin,ata	岳父、公公
küyoğul	–	küy,oɣul	女婿
kälin	kelɨn	kelin	儿媳妇
bala	balə	bala	孩子
baba äcdād	–	ata–bova,uruq–äǰdad	祖先
dos[3]	dos	dost,aɣinä,adaš	朋友
yārān	ya:rän(lä:)	yarän(lär)	朋友们

3 dos << 波 dūst 朋友。

（续表）

手抄本	口头文本	文学语言	汉译
yār–i bärādär	buradär	dost–buradär	亲朋好友
hämdäm	hämdäm	–	挚友
yoldaš	yoldaš	yoldaš, hämra	同伴
muṣaḥib	–	–	朋友
bota(m)[1]	–	–	宝贝
qozu(m)[2]	–	qoza(m)	宝贝
ayim	ayəm	–	女士
qız ʿayāl	qïz，ayal	qïz，ayal，χanəm qïzlar	妇女
erän	yigitlär	ärlär	男人们
čal, bobay	buvay	bovay	老人

表4–2举例的亲属称谓及社会关系词共有27个，其中有5个词在口头文本中没有出现；muṣaḥib和bota 2个词在口头文本和文学语言中都没有形式完全对应的词，约占例词总数的7%。共同的25个词在词义方面体现出如下演变特征：

1. 同实异名差异

（1）hämši:rä“妹妹”

hämši:rä“妹妹”一词在口头文本和文学语言中的使用范围缩小。手抄本中出现的表示“妹妹”的词hämši:rä，在口头文本的同一个语境中以“sïŋəl”这一称谓所取代。在文学语言中对妹妹的称呼也常用“siŋil”这一词，而“hämši:rä”的应用范围似乎仅限于文学艺术作品。

（2）ata“父亲”

在手抄本中对父亲始终使用“ata”一个称谓词。在口头文本和手抄本中还出现与之同实异名词“dada”。达斯坦口头文本的散文体叙述部分只出现“dada”，而“ata”出现在诗歌部分。与“ata”相比，现代维吾尔文学语言中“dada”的应用范围广，而“ata”的使用范围表现出缩小趋势。

1 手抄本中出现的语境是cān botam yıǧlamang B043/05。bota< botu: 指一岁之内的驼羔，在现代维吾尔语中有botilaq“驼羔”，bota köz“美丽的大眼睛”的形式。词源参见Clauson,1972:299。

2 手抄本中出现的语境是qäni mening iki qozum 125/10。

（3）baba äcdād“祖先”

“baba äcdād”一词在现代维吾尔文学语言中没有词形完全对应的词语，语义对应的词有 ata-bova、uruq-äǰdad。

（4）ciyän 和 ini

手抄本中舅父对外甥的称呼和哥哥对弟弟的称呼分别用“ciyän”和“ini”，而口头文本中称谓词的使用较为随意，称谓分工没有手抄本细致。口头文本中没有专指外甥的称谓，称呼弟弟和外甥通用“ini”一词，即“ini”既指“弟弟，兄弟”，又指“外甥”。

2. 同形异实差异

hämdäm“朋友”

手抄本中表示“朋友”之义的“hämdäm”，在口头文本和文学语言中与助动词结合表示“结伴儿，互相帮忙，扶助”之义。如，hämdäm bol-。在现代维吾尔语文学语言中“hämdäm”这一词单独出现时作为形容词，表示“荒诞，空虚”之义，如，hämdäm ẖiyal“异想天开的，空想家”。

三、食物、器皿词

达斯坦手抄本中出现有关饮食及器具名称词主要举例如下表 4-3：

表 4-3 达斯坦高频食物、器皿词对照

手抄本	口头文本	文学语言	汉译
ṭäbäq	–	tavaq（方言词）	大碗
ligän	–	legän	大盘子
qetiq	qetïγ	qetiq	酸奶
ẖormā	χo:ma	ẖorma	椰枣
nān	nan	nan	馕
gūšt	goš	göš	肉
šärāb	šarap	šarab	酒

（续表）

手抄本	口头文本	文学语言	汉译
su	su	su	水
ḥälva	halva	halva	糖面糊
qänd	qänt	qänt	方块糖、甜食

表 4–3 举例的饮食名称词语共 10 条，其中有 ṭäbäq 和 ligän 两个器具名称没在口头文本中出现，其他 8 条词在口头文本和文学语言有相对应的词。

“tabaq”这一词在手抄本中是主要的饮食器皿。在口头文本中这个词没有出现。在现代维吾尔文学语言中已变成 tavaq，但不常用，应用范围也比较狭窄。相比之下，与之同义的 qača 一词则普遍使用。

四、行业词

达斯坦中出现的主要人物分别为国王、亲王、王子、公主、首相、总兵、统帅、占星家、学者等。与这些人物相关的行业职务词也在达斯坦中频繁出现。下面我们从写本中选取相关词语，在写本、口头文本和文学语言三者的词汇之间进行比较。选定词语示例如下表 4–4：

表 4–4　达斯坦高频行业词对照

写本	口头文本	文学语言	汉译
fādišāh	pa:təša:	padišah	国王
šāhänšāh	šahinša:	–	王中之王
ẖan	χan	χan	汗
tācu taẖt	ta:ǰu–täχt	taǰu–täχt	皇冠与皇位
šāhzādäm	ša:zadä	šahzadä	王子
väzīr	väzir	väzir	首相
täẖt hokūmät	mäŋsäp	ämäl–mänsäp	高级官职
mīrzā	–	katip	秘书
nävkär	–	–	中郎
sulṭān	sultan	sultan	苏丹

（续表）

写本	口头文本	文学语言	汉译
särdār	särdar	särdar	总兵、+首领[1]
särkärdä	–	särkärdä	统帅
älči	älči	älči	使者
läškär	läškä:	läškär	兵
mäḥräm	–	–	侍卫
känīzäk	–	keniyzäk	宫女
bäččä	–	–	童仆
sipāgärčilik	–	–	军事
väli	väli	–	圣徒
īšān	i:šan	iyšan	依禅
umärā᾽	ömära:	–	首领、亲王
fuẓälā᾽	–	–	学者
ḥukämā	hökɨma	bašliq，ämäldar	官员、学者
munäccim	munäǰǰɨm	astronom	天文学家
ḫäzīnäči	ɣäzinčɨ	maliyägä mäs,ul χadim	司库
yurt egäsi	–	–	领袖
dihqānčılıq	–	dehqančiliq	农业
dihqān	–	dehqan	农民
buzurglar	–	–	圣人
äkābirlär	akabirlär	–	伟人、贵人
beglär begi	bäglär bigɨ	–	伯克之最
bağbān	baɣvän	baɣvän	园丁
zindān–i bänd	–	–	狱吏
särāy–i bänd	–	mihmanχana χoǰayini	客栈老板，
kārkun	–	–	管理者
sārbān	–	–	赶骆驼的人
sävdāgär	so:dəgä:	sodigär	商人
qāfilä	–	–	商队
beg	bäg	bäg	伯克、先生

表4–4示例词语共40条，其中，17条在口头文本中没有出现一致的词；16条在文学语言中没有词形和词义完全对应的词；11条在口头文本和文学语言中

1　词义前“+”或“–”表示新增或减少的义项。

均没有相对应的词，占总数40条的27%，差异主要体现在词形的不一致。

但是，随着社会的发展，许多职务名称词表示的事物或现象逐渐消失，留下的名称词应用范围也缩小，取而代之的是阐释性语句。如，手抄本中出现的sārāy–i bänd被mihmanχana χoǰayini代替，ẖäzīnäči被maliyägä mäs,ul χadim代替。sārāy–i bänd这一职位名称，在文学语言中虽然存在着与之完全对应的形式sarayvän“掌柜的”。但是，随着saray“客栈”这概念在人们日常生活中的边缘化，根词saray似乎隐没，除了文学艺术作品，“sarayvän”一词也在日常交流中几乎不再被使用。

五、建筑词

达斯坦故事开展的主要室内空间是宫廷和牢狱，达斯坦中出现了相关建筑物的词语。主要房舍建筑词语示例如下表4–5：

表4–5　达斯坦高频建筑词对照

写本	口头文本	文学语言	汉译
täẖt	täχt	täχt	宝座
kūšk	–	–	别墅
äyvān	ayvan	ayvan	大厅
särāy	–	saray	宫殿；客栈
ʿimārät	hɨmarät	–	黄金建筑
mihmānẖānä	–	mehmanχana	客厅、+招待所
rävāq	–	ravaq	柱廊、城楼
ẖānämān	χa:niman	–	房屋
ṭilā kursī	altun kusa	–	金宝座
čādur	čedir	čedir	帐篷
bārgāh	ba:rgah	–	谒见厅
säyrgāh	säyligah	säyligah	游览场所
qädämgāh	–	–	有足迹的地方
därvāzä	därvaza	därvaza	城门、大门

（续表）

写本	口头文本	文学语言	汉译
zärrīn	zärbap	zärbab, altundin häl berilgän	用黄金制作的，镀金的
färš	–	–	垫子

表 4–5 中示例的词语共 16 条，其中 6 条在口头文本中没有出现，7 条与现代维吾尔文学语言不一致，3 条词语在口头文本和现代维吾尔文学语言中均不出现。

词义方面，手抄本中表示“客栈”的词 mihmānḫānä，在现代维吾尔语文学语言中还表示“客厅”“招待所”之义，即现代维吾尔语中表示的义项增多，应用范围扩大。

六、工具用品词

达斯坦中出现的关于工具和用品的词有如下表 4–6：

表 4–6 达斯坦高频工具用品词对照

写本	口头文本	文学语言	汉译
egär	igär	igär	马鞍
qamčı	qamča	qamča	鞭子
ağramčı	–	arɣamča	麻绳
cilāv	–	*ǰulvur	缰绳
qılınč~qılıč	qïlïč	qilič	长剑
näyzä	näyzä	näyzä	矛
tīğ	–	tiɣ	刀；刀刃
hälqä–i kämänd	–	–	套索
ʿarāba	–	harva	大车，牛车、各种车子
mäḥāfä	–	mäpä	马拉轿车、马车
čärḫ	ča:q	čaq	缫丝机
karnāy	ka:nay	kanay	号角
dutār	dutta:	duttar	都塔尔

（续表）

写本	口头文本	文学语言	汉译
ṣurnay	sunay	sunay	唢呐

表 4–6 列举的用品器具词语共 14 条，其中 6 个词条在口头文本中没有出现；1 条词在现代维吾尔文学语言中没有相对应的词；有 1 个词条在口头文本和文学语言中都没有完全相对应的词。工具用品词在词义上的变化并不明显。

在手抄本中“tīğ”一词有“宝剑”“刀刃”“刀”等多种义项。而现代维吾尔文学语言中，该词表示“刀刃，剃刀”，没有“宝剑”之义。

七、宝石矿物词

达斯坦文本中出现的相关宝石和矿物的词主要有如下表 4–7：

表 4–7　达斯坦高频宝石矿物词对照

写本	口头文本	文学语言	汉译
ṭilā	təlla	tilla	– 黄金、+ 金币
zär	zär，altun	altun	黄金
āhän	tömö:	tömür	铁
cävāhir	ǰavahir	ǰavahir	珠宝
zumurrät	zumrät	zumrät	绿宝石
govhär	göhär	göhär	宝石
govhärnišān	–	(göhärdin köz qoyulɣan)	镶嵌有宝石的
sädäf	–	sädäp	贝
lä ‘l	läyli	lä,äl	红宝石
marcān	ma:ǰan	marǰan	珊瑚、+ 珠子
yāqut	yaqut	yaqut	红宝石
mušk	–	müšk	麝香
änbär	–	änbär	龙涎香
kān	kan	kan	矿

表 4–7 对比的矿物词共有 14 条，其中 4 个词条在口头文本中没有出现；1 个词条在现代维吾尔文学语言中都有相对应的词；只有 1 个词条在口头文本和文

学语言中都没有完全相对应的词。矿物词的演变幅度也并不大。词义上的差别主要体现在对"黄金"的称谓上。

手抄本中 ṭilā 和 zär 两个词常混合出现，表示"黄金"之义。在口头文本中则用 zär 和 altun 两个词，没有用"ṭila"表示黄金。文学语言中虽然这三个词都存在，但是所表达的事物有所不同：altun 是文学语言中表示"黄金"的基本词；zär 一般表示"绲金边，金线"之义，其"黄金"之义，只出现在文学艺术作品里；ṭilā 一词的词义缩小极为明显，不再泛指黄金，而仅指金币。

此外，达斯坦中表示服饰、行业、景物以及行为动作的词的使用频率也较高，但是这些词在词义上没有发生太大的变化，与现代维吾尔语里的意思基本一致。

作为察哈台语时期起流传至今的民间文学作品，达斯坦手抄本的语言成分一定程度地保留着察哈台语及其前身古代维吾尔语的特点，同时，在现代维吾尔语语境中与之同步发展并流传。因此，在达斯坦手抄本和口头文本的词汇库中，古代和近代维吾尔语的词汇均大量存在，这些词汇构成了达斯坦语言的基本词汇，其中相当一部分已经在现代维吾尔文学语言中无法找到对应的词或应用范围有所变化。

第四节　语码复制：借词

语言的变化大致有两种：一是语言内部自身的演变发展；二是语言接触等外部因素产生的变化。语言接触中，接触的影响首先体现在词语的复制上。维吾尔语在自己的发展进程中，以整体、选择或混合复制形式吸收了接触语言的语词成分，从而弥补自己语言要素的缺位，表达逐渐增多的抽象概念和新鲜事物，满足了交际的需要。本章探讨叙事长诗中的复制成分、复制方式及其语音、语义和形态变化以及这些复制成分在现代维吾尔语中的沿用现状。

如前所述，达斯坦在漫长的相传过程中，保留近代维吾尔语特点的同时，又被代代达斯坦艺人相继注入各自生活年代的新鲜语言特点，使达斯坦文本的语言"古今融通，新旧兼备"。

叙事长诗的口头文本和书面文本中均出现为数不少的复制词，从来源来看，主要有汉语复制词和阿拉伯-波斯语复制词。手抄本中包含着大量的阿拉伯-波斯语复制词；口头文本既沿用了手抄本里出现的部分复制词，同时又纳入了部分汉语复制词。这些复制词涉及社会生活领域的多个方面。

一、汉语借词及其复制方式

叙事长诗的口头文本和手抄本中出现了一些汉语复制词，虽然数量不多，但在整个文本中出现频率相对较高。例如：

（1）bu dunja:nïŋ hämmä χowla:qi（B0292）

bɨrbɨr köräškän yaχšidur（B0293）

今世的所有福分，一一见面为好。

（2）to:täy noŋčaŋdäk bɨr köl bɨyavat bi: ǰaŋgallïq bɨyavat be:kɨn（B0122）

是一片像我们这里的托尔塔依农场那样的荒凉、丛莽地。

（3）maχorəda iškkiläylännïŋ etɨ yoq（B0544）

马号里也没有他俩的马。

以上汉语复制词都出现在口头文本中，其中大部分出现在故事的散文体叙述部分。下面我们再看看手抄本里的情况，例如：

（a1）kišilärning ẖūbluqı bir birini körgän yaẖšıdur（A019/11）

人们的善事，一一见面为好。

（a2）yūsuf beg äḥmäd beglär čādorıda yoq aṭları häm yoq（A047/5—6）

玉苏甫伯克艾合买提伯克不在他们的毡房，他们的马也不在。

（a3）yünci märcān qalın töktüm özünggä（A164/09—10）

给了你许多珠宝。

拿书面文本中相对应的句子与口头文本粗略地对照一下，我们可以发现，书面文本中没有出现上述复制词，其原因可能是：书面文本的语言是察哈台语，而察哈台语又是书面化的文学语言。达斯坦口头文本中常出现的语词则在手抄本中出现频率低或不出现。例句（1）中的复制词 χowlaq“福分”在现代维吾尔语里主要出现在口语中；例句（2）的复制词 to:täy noŋčaŋ“托尔塔依农场”是口头文本流布区域内的一个地名，此复制词的出现与演述人的语用行为有关；至于例句（3）中的 maχor“马号”，在手抄本中没有出现，这可能是口语与书面措辞表达上的差别所为。再者，从整个句子的结构和表达的意思来看，充当宾语的 maχor 一词并不是句子的必有单元，所以可以减省。

语言接触中，词语的复制是语音和语义的整体或选择复制的过程。经过与汉语漫长而密集的接触，达斯坦的文本，尤其是口头文本中出现了不少复制于汉语的词，并且在整个文本中广泛并频繁使用，如 χowlaq“福分”、čayči“泡茶师”、to:täy noŋčaŋ “托尔塔依农场”、maχor “马号” 等。从这些复制词的复制方式来看，χowlaq（〈〈汉＋维，hao 好 +{-lXK}，福分 ）和 čayči（〈〈汉＋维，cha 茶 +{-či}，泡茶师）是复制源被选择性地复制过来，再与维吾尔语语法成分或单词组合而构成的新词；而 to:täy noŋčaŋ（〈〈维＋汉，tortay 枣红色的马驹 +nong-chang 农场）中的 noŋčaŋ、maχor（〈〈汉，ma-hao 马号）等复制词是复制源连音带义整体吸收过来的结果。不管是哪种复制方式，适应维吾尔语自身的发音特点的过程中，复制成分发生了一定程度的语音变化。

与复制源相比，这些复制词语音上的变化较为明显，而语义和语法上的变化较少。复制过程中对语音的选择复制效力显著，整体复制也伴随着语音的选择复制。

达斯坦口头文本中出现的这些汉语复制词均为名词，与日常生活紧密相关。这些复制词同时较为能产，如 čay “茶” 这个复制词在达斯坦口头文本里构成新的派生名词 čayčɨ “泡茶师” 和 čayčɨləq “泡茶业务”。

达斯坦文本中出现的上述汉语复制词主要在语音上作相应的改变，适应维吾尔语口语的读音，在日常生活中被普遍使用。

二、阿拉伯-波斯语借词及其复制方式

与波斯文学语言的接触过程中，近代维吾尔文学语言获得了大量的波斯和阿拉伯语复制成分。达斯坦手抄本里也有不少阿拉伯-波斯语复制词应运而生。然而，这些复制词在口头文本中已大幅度减少，文学语言中则有一部分在被沿用。

有些阿拉伯-波斯语复制词对口头文本和手抄本是共同的。例如：

口头文本	手抄本	原形	汉义
adalät	ʿädālät	ʿädālät	正义，公正
ädäp	ädäb	ädäb	礼仪，礼貌

（续表）

口头文本	手抄本	原形	汉义
buradär	bärādär	bärādär	哥们儿
mäs	mäst	mäst	醉的
mevilɨk	mīvälik	mīvälik	能结果的（树木）

两种文本中均出现的这些复制词在语义和形态结构上是基本一致的。语音上却有一定的差别，即手抄本中忠于原形，而口头文本中按照维吾尔语的实际读音发生了相应的变化。

复制过程中可以将音、义、组合等特征整体复制，也可以根据需求选定其中的某一成分进行吸收。下面以手抄本为主，探讨两种文本中阿拉伯—波斯语复制词的复制方式。

（一）整体复制

整体复制过程中，复制源的音、义、组合等特征被整体地复制过来。复制源可以是单语素的，也可以是多语素的；可以是语词，也可以是语法成分。

1. 整体复制的词

达斯坦书面文本中语音和语义整体复制过来的复制词数量占多数，其中大部分为名词。例如：

手抄本	口头	文学语言	来源	汉义
äṣl	äsli	äsli	阿	底细；根本
āhän	—	—	波	铁
ārmān	ärman	arman	波	愿望；遗憾
ārẓu	arzu	arzu	波	希望；志愿
sulṭān	sultan	sultan	阿	苏丹
väzīr	väzər	väzir	阿	宰相、大臣
käbāb	kavap	kavap	波	烤肉串
āsmān	asman	asman	波	天空

除了吸收量最多的名词，达斯坦文本里还出现一些形容词、副词、连词、感叹词以及模拟词。其中感叹词主要出现在口头文本中。例如：

kāškī	该多好	A050/03	A173/07	A173/08	—
ḥilihäm	依然	A187/10	—	—	—
nähāyiti	非常	A117/07	A120/14	A140/16	A187/12
älqïssä	且说，总之	B094	B155	B397	B508
χäyrɨyät	罢了	B1654	B1648	—	—
aya	啊	B070	B967	B1636	B1695

2. 整体复制的形态成分

阿拉伯－波斯语复制成分中，除了词汇，还有 bī–, bi–, nā–, här–, ẖuš–, häm–, bäd– 等前缀和 –ẖānä, –bān, –zār, –dār, –dān, –gāh, –ẖor 等一些后缀也伴随着词汇的复制而被吸收进来并参加新词的派生。这些形态成分大多数来自波斯语。例如以下几种类型。

（1）构词附加成分

1）ẖuš“好”

主要构成复合形容词，例如：

ẖuš väqt 高兴的、ẖuš qılıq 脾气好、ẖuš täʿbīr 善于解梦的

2）bī–“非”

缀接在静词之前，否定静词表达的概念。例如：

bī–ʿäqil 无知、bī–ʿädäb 无礼、bī–gumān 无疑、bī–iẖtiyār 身不由己

3）–ī“的”

缀接在名词之后，构成形容词。例如：

nuranī 春光满面的、fānī 易逝的、bīmārī 病人

4）其他

此外还有如下构词附加成分：

heč-kim	NEG- 谁	谁也不	A108/12, A112/08
bi–ḥäq	INSTR- 正当	在……的份上	A137/06, A137/13
bäd–bäχ	NEG- 幸福	坏蛋	B329, B706, B1797
igär–siz	马鞍 -NEG	无马鞍的	B892

（2）构形附加成分：

räḥmi äylä–bān	慈悲 发 -ADVL	大发慈悲	A068/06
babay–i qämbär	老人 -IZ 坎拜尔	坎拜尔老人	A024/02, A112/01
äzāl–ī	从来 -ADJL	无始无终的	A119/15
ḥāsil–ī	产生 -ADJL	产生的	A088/10
väyran–ä	衰败 -ADJL	衰败的	B1228, B1234

这些形态成分糅入维吾尔语之后，除了附加于阿拉伯－波斯语词，还积极与维吾尔语固有词组合，增添语法或词汇意义。

（二）选择复制

达斯坦文本中还出现复制源（阿拉伯－波斯语）的语音、语义或语法形态结构被选择性地吸收过来的复制成分。其中，语义的选择复制在文本中出现得较多。例如：dävlät（B152）这个复制词在阿拉伯语中表示国家和财富两层含义，而在本文的口头文本和手抄本中只用于表示“财富”。

文本中出现的另一种选择复制方式体现在语法结构的复制过程中。就偏正关系的短语结构而言，阿拉伯和波斯语中，表示修饰和被修饰关系的短语叫作耶扎菲。耶扎菲的词序结构是被修饰语在前，修饰语在后。这跟维吾尔语修饰语一般处在被修饰语之前的结构恰恰相反。文本中出现一些仿造耶扎菲词序特征构成的修饰语在后的偏正短语结构。如，boway qämbär“坎拜尔大爷”、api ǰari“流淌着的水”、qäddi šämšād“身材魁梧的”、räng–i rūy“脸色”、ṣaḥib–i cämāl“美貌的得主”、fādišāh–i ʿāläm“皇上”以及kökči ʿäyyār“狡猾的阔克奇”、köxči bädbäχ “阔克奇坏蛋”、kökči ša ʿir “阔克奇诗人”、mirzā äḥmäd “米尔扎艾合买提”、šāhi märdān “夏依麦尔丹”（人名）等。此外，出现词序和结构与 šāhänšāh “王中王” 相对应的 bäglär begi “伯克之伯克” 等短语。

（三）混合复制

手抄本中还有一部分由阿拉伯－波斯语语素与维吾尔语语素混合组合而构成的词。例如：

手抄本	词源	汉义
mährbān–lıq	<< 波 + 维	慈爱之心
mänzīl al	<< 阿 + 维	上路
murğzār-lıq	<< 波 + 维	鸟语花香的地方
näʿrä ur–	<< 阿 + 维	如泣如诉；怒吼
nālä qıl–	<< 波 + 维	哀呼
qädäm qoy–	<< 阿 + 维	步入，踏进
qarar al–	<< 阿 + 维	小住

文本中还出现由来自不同复制源的复制成分构成的词，即集阿拉伯和波斯语成分于一体的复制词。例如：

nā–äḥlī << 波 + 阿　　白眼儿狼　　A006/03

bī–ʿädäb << 波 + 阿　　无礼　　A019/04

bi–häq–（q）i << 阿 + 波 + 维看　　在……的份上　　A137/06, A137/13

达斯坦口头文本中除了阿拉伯－波斯语复制词，还出现维吾尔语中近现代出现的如下新复制词：

qoləγa təlpunnɨ elɨp yittɨ ïqlɨmdən täräp täräptɨn läškä: qičqi:maq üčün ämdɨ nɨm däytikän däyda（B2180）（<< 俄 << 希，telephone 电话）

他们为了从七个世界和从四面八方招兵，拿起手机，会说什么呢

三、复制成分在口头文本中的沿用

汉语复制词主要出现在口头文本中。阿拉伯一波斯语复制词在口头文本中虽然也有部分在沿用，但与手抄本相比，表现出了数量上的大幅度递减趋势。手抄本里出现的大部分复制词在现代文学语言中大多已没有对应的词或语义范围缩小。

下面我们看看手抄本和口头文本的一段散文体叙述，比较复制词在其中分别所占的比例，大体了解复制词在这两类文本中的沿用情况。

手抄本：

01 ämmā rāviyān–i äẖbār vä nāqilān–i āṡār kohän vä ẖirmän–i suḥän

02 ẖīšẖäbān andağ rivāyät qılıpdurlar kim

03 iṣfaḥān šähiridä bir fādišāh bar erdi aṭını

04 boz oğlan ẖan der erdi anıng bir väzīri

05 bar erdi aṭını ağa beg der erdi fādišāh

06 bozoğlanẖan anı tola yaẖšı körär erdi fādišāh

07 boz oğlanẖannıng bir sınglısı bar erdi

08 aṭını lä ‘liẖan ayım der erdi anı ağa begkä bärdilär

09 anı küyoğul qılıp erdilär ämmā bulardın üč

10 färzänd vucūdığa käldi iki oğul bir qız erdi

口头文本：

01 omdan rəvayät märγulan dästan vä häm asan valaqləmaq asan nan tapmaq tä:s

02 ötkän zamanda əspahannïŋ bɨr pa:təša:sə bolup bunïŋ ete boz oγlanχan där ärde

03 boz oγlanχannïŋ bɨr hämši:rɨsɨ ba:ti

04 bunïŋ lä:ləχan a:yəm deytti

05 bunïŋ sïŋləsnɨ ä:gɨ bä:gändi:kin

06 ä:gɨ berip lä:lɨχan a:yəmdən üč pärzänt hǔjutqa kilɨp

07 ïškki oγal bɨr qïz

片段大意：

极好的传说，动听的达斯坦，易讲的言说，难过的生活！

很早以前，伊斯法罕城有个国王，名叫布兹奥格朗汗。布兹奥格朗汗有个妹妹，叫莱丽罕阿依木。他妹妹出嫁之后生两男一女三个孩子。

这两个片段分别来自口头和书面文本的开场白。手抄本部分共有 10 句，词语共 74 个，其中阿拉伯-波斯语复制词有 21 个，约占词语总数 74 的 28%；口头文本共用 7 句（根据自然停顿划分），共 50 个词语，其中阿拉伯-波斯语复制词有 7 个，占词语总数 50 的 14%，即口头文本中出现的复制词比手抄本中出现的复制词减少了一半。

从手抄本到口头文本对阿拉伯-波斯语的吸收并运用来看，口头文本的语言呈现出减少并似乎停止对阿拉伯-波斯语的吸收，增加对汉语、俄语等手抄本里没有的复制成分的吸收的发展趋势。

达斯坦词汇成分的变化，在一定程度上表示，达斯坦语言的变化和发展并不是脱离于社会的自我变化，而是一个不断地接受新鲜事物和概念，更新、丰富自己的词汇库，与时俱进的过程。正因为如此，当我们听到来自几百年前的英雄故事时，仍能够畅通无阻地直接接受和传播。

第五章

达斯坦口头传统的当代意义

第五章　达斯坦口头传统的当代意义

到目前为止，达斯坦的研究大多涉及达斯坦文本及其语言、文学特点，部分涉及传承方式、传承人以及保护和传承的紧迫性。而达斯坦传统在当代是如何转化和重述的？现代社会还有哪些文化功能可以挖掘和利用？如何实现达斯坦传统文化在当代社会中的传承、转化与重构？这些问题却几乎没有引起学界足够的关注，相关学术探讨也微乎其微。

本章主要探讨达斯坦口头传统当下的创造性转化与创新性发展情况，在中国式现代化建设中可发扬的文化功能，及其与"一带一路"共建国家文学的关系，使之成为讲好新时代乡村故事的载体，发挥应有的时代作用，助推乡村振兴的可行路径与意义以及达斯坦口头传统在当代的发展机遇与挑战。

第一节　达斯坦的创造性转化与创新性发展现状

口头文学作为民间文化的重要载体,其文化底蕴深厚、历史悠久、流传广泛。"达斯坦"一词在察哈台语时期在新疆多个民族民间文学中流传。活形态的达斯坦口头传统,是我国维吾尔、哈萨克、乌孜别克、柯尔克孜以及塔吉克等多个民族共享的口头艺术文类,其题材多元、内容包罗万象,涉及语言文学、生活习俗、历史文化、社会结构等诸多方面,是我国民族文化交往交流交融和文化创造力的生动体现,也是研究和了解民族文化的活资源。

建设中华民族现代文明,既要继承优秀传统文化,又要加强创新创造。当前,学者们认为传统文化创造性转化是着眼新时代的现实问题,只有对接优秀传统文化,对接传统优秀文化,在载体、内涵、方式、途径等方面对传统文化进行创新与转化,才能实现这一目标。在达斯坦口头传统讲述"过去的过去"的故事日趋被人遗忘之际,重构达斯坦口头传统的文化空间,契合人民当下的文化需求,完成创新性发展与创造性转化是达斯坦口头传统当下的发展需求。

本节考察达斯坦口头传统的传承主体、演述场域、文本三个要素在当代社会文化语境中应运而生的变迁,指出其与其他产业结合的创新性发展在当下的必要性,探讨达斯坦在新时代的文化建设中可发扬的文化功能,使其发挥应有作用、讲好新时代生动的乡村故事。

第五章　达斯坦口头传统的当代意义

一、语境的变迁

我国拥有丰富的非物质文化遗产资源，少数民族优秀传统文化是中华文化共同体不可或缺的重要组成部分。达斯坦是多个民族共享共筑而成的口头传统文化，映现了中华民族文化交流交融和多元一体格局。我国脱贫攻坚战取得全面胜利之后，人民日益增长的美好生活需要和不平衡、不充分的发展之间的矛盾成为亟须解决的问题，非物质文化遗产作为重要文化载体，其保护与传承的必要愈加明显。随着现代性社会变革与社会转型，人们的生产生活方式、审美需求发生了前所未有的变化，达斯坦这一传统文化的生命力则随之衰退。在当代语境下，为契合人们生活方式及精神需求，达斯坦口头传统的演唱艺人和受众、文本以及演述场域都发生了诸多变化，并表现出了诸多演进和重构倾向。

（一）达斯坦主体的变化

相比过去，现在达斯坦传承人普遍老龄化，几乎没有主动巡回演唱和卖艺糊口的艺人，达斯坦对年青一代的吸引力也逐渐减退，达斯坦口头传统严重后继乏人。根据新疆维吾尔自治区民间文艺家协会2015年的统计，在新疆被登记为达斯坦奇的维吾尔族民间艺人有40余位。其中，阿克陶县15人，疏附县10人。近年来，其中有的已经去世，还有的年老体弱，新老传承接替出现断层。达斯坦的传承青黄不接。

"承认各社区，尤其是原住民、各群体，有时是个人，在非物质文化遗产的生产、保护、延续和再创造方面发挥着重要作用，从而为丰富文化多样性和人类的创造性做出贡献。"[1] "对史诗的接受也是它存在的基本因素。"[2] 达斯坦演述实践中，受众是互动的另一个决定性元素，也是艺人创作和创新的动力所在，其存在直接影响达斯坦的演述与再创作。达斯坦演唱活动中，受众一般不受性别、

---

[1] 联合国教科文组织《保护非物质文化遗产公约》序言，转引自朝戈金：《"全观诗学"论纲》，《中国社会科学》2022年第9期。

[2] 劳里·航柯：《史诗与认同表达》，孟慧英译，《民族文学研究》2001年第2期。

年龄、家庭背景等因素的限制，凡是喜欢听达斯坦的百姓均可成为受众。而目前，受众也随着演唱活动的消失而流失。

（二）演述语境的变化

过去，维吾尔族达斯坦演述活动一般在晚秋至初春的农闲时节最为活跃。在左邻右舍家里轮流举行的麦西莱甫活动是达斯坦得以完整呈现的主要空间。同时，达斯坦演唱是各乡村的巴扎日和茶馆说唱文化的主要组成部分。此外，达斯坦艺人还应邀出现在婚礼、民族节日、游园等活动中。而这些活动都受到较大的时间限制，艺人不会演唱整篇达斯坦。除此之外，达斯坦艺人还会主动去热闹的街道、集市、广场表演，借此谋生。达斯坦艺人通宵达旦地演唱，听众蜂拥而来抢位欣赏的热闹场面是达斯坦演唱活动的日常画面。

2007年，维吾尔族、哈萨克族以及柯尔克孜族民间达斯坦被列入新疆维吾尔自治区级非物质文化遗产名录。2008年，维吾尔族和哈萨克族民间达斯坦被列入我国第二批国家级非物质文化遗产名录，成为我国重点保护的民间传统口头文化遗产，这是对达斯坦独特的社会文化价值的肯定。此后，以国家为主导，地方政府和学者合力开启了保护工作。2007年至2016年，新疆维吾尔自治区民间文艺家协会多次举办维吾尔族、哈萨克族、柯尔克孜族和蒙古族民间艺人展示会和达斯坦培训班。各地文化部门制定传承人的相关标准，发放补助，鼓励艺人培养接班人；创造演述空间，为达斯坦演述活动提供舞台。据笔者调查，疏附县达斯坦艺人每年要参与该县文体局组织的"百日广场文化活动"并演唱达斯坦，这成为达斯坦艺人最主要的演唱活动；阿克陶县文化馆组织民间艺人参加文化下乡演出活动，半年内艺人在多个乡镇巡演21场次，观众约达50000人次。[1]

尽管各地采取多方位保护措施，但相较过去，达斯坦文化传统的发展趋势仍不容乐观。"在相对应的文化空间当中，许多实物具有较强的关联性，一旦最

---

[1] 根据田野资料《阿克陶县文化馆2010年上半年工作总结》。

为基础的乡村文化环境不复存在，在这些环境中产生的一系列诸如诗歌、说唱、舞蹈、传说、民间手工艺的传承人也势必无处可寻，而聚集于此的交易场所也会慢慢逝去。"[1]像过去"人们争先恐后学艺，争取做艺人的徒弟，艺人领着徒弟去婚礼、麦西莱甫等场所教艺，徒弟为此感到荣幸"的现象当下极为罕见。源远流长的达斯坦口头传统面临着艺人老龄化、后继乏人、听众流失等一系列问题，古老的说唱传统失去昔日魅力，与时代脱轨，日趋边缘化。

（三）文本的变化及其时代性

达斯坦之所以能够成为宝贵的文化遗产并长期活跃于民间，正在于它所承载的民俗事项、传达的文化精粹，之所以受到人们的喜爱，在于艺人与受众之间紧密的情感联系和文化认同。在达斯坦的演述实践中，艺人和受众成为直接影响达斯坦文本的主要因素。从个体角度看，达斯坦演述艺人以个人已有记忆为立足点，不断积累经验，其感知和思考会成为自我认同的基础。从集体角度看，达斯坦作为人民群众共同创造的精神财富，经历代代艺人的加工和精炼，凝聚着人们共同的精神需求，蕴含着集体智慧和知识。

达斯坦讲述的或是人们身边的日常故事或是遥远的传说，有的是人们耳熟能详的典故，还有的是人们津津乐道的英雄故事。如前文所述，艺人作为互动主体，会有意识地将达斯坦的"大脑文本"与现代社会相契合，使之能够为群众所接受、喜欢。因此，达斯坦的文本不是一成不变的，而是在传承与创新的关系中，不断得以更新与创作。比如，《玉苏甫与艾合买提》较古老的版本中，有关战争的情节占多数，从流传下来的各种手抄本来看，其中有许多讽刺、贬低外地人的情节和语词。而现在，经几代艺人巧妙地加工和转换，类似语句或情节已经明显淡化或消失，逐步契合受众的"三观"。如西布力汗面对普通农民演唱时，他会有意降低主人公的身份，拉近其与听众的距离，在达斯坦结尾，他甚至会使主人公回到自己的故土，将带回的物品分给百姓，放弃荣华富贵的

---

[1] 陈岩、李钦曾：《新疆少数民族非物质文化遗产传承保护研究》，《新疆艺术》（汉文）2021年第2期。

生活，出世当苦行者。如唱词"我们只是乡巴佬，住惯了荒凉的土屋，那里有我们的父老乡亲，那里才是我们的乐园"[1]。

艺人改编的故事结局与这部达斯坦的其他诸多版本有明显出入。这是艺人为了使达斯坦主人公更贴近他眼前听众有意而为。其他诸多版本则以主人公凯旋并继续掌权安度余年为结尾。尽管达斯坦文本可以不断被创作，然而受达斯坦篇幅、艺人创造能力、现代媒体的掌握程度等诸多因素的限制，其被再创作往往囿于艺人最熟悉的一些篇章，所以文本很难得以彻首彻尾的改编，只靠若干高龄艺人很难实现对达斯坦文本的全面更新。

达斯坦优美的曲调和动听的故事，娱乐群众的同时，还传授了生活经验和社会伦理道德，文本也不断地被更新，注入反映时代精神的新内容，抒发感情、陶冶情操、美育、感化受众。如《塔依尔与左赫拉》《艾里甫与赛乃姆》等爱情达斯坦，揭露控诉封建礼教、包办婚姻的冷酷和不合理，歌颂忠诚和自由的爱情。达斯坦中呈现的民族互助互鉴互利的思想理念，爱家乡、爱自然、爱生活、爱社会的博爱精神和共建和谐美好家园的诸多优良品德仍可为今日借鉴。

维吾尔族民间文学与作家文学的渊源关系密切，互文性很强。识字的达斯坦艺人还常常阅读现代作家诗歌作品并从中寻找灵感，改词配曲，歌颂新社会和美好生活。著名诗人纳瓦依《五卷诗》中的许多作品深受口头叙事传统的滋养，又从书面欣赏回归口头实践。在麦西莱甫活动中，许多民间弹唱歌手都喜欢演唱《帕尔哈德与西林》的片段。一些民间弹唱艺人在开始达斯坦叙事诗演唱之前，用《福乐智慧》中的诗句教育年轻人远离恶行。现代信息手段的增强，使民间弹唱艺人获取新知识的渠道不断拓宽。他们捕捉到主流媒体的关注点，将之融入说唱实践中去。这拉近了艺人的演唱活动与现实需求之间的距离，而且借助维吾尔族古典文化遗产本身的思想性，他们的演唱内容也得到升华。[2]

总之，达斯坦口头传统的传承人、受众、传承场域正迅速缩小，演述活动

---

[1] 摘自笔者访谈西布力汗·买买提明的口述资料，采访时间：2011年10月。
[2] 热依汗·卡德尔：《"一带一路"倡议中的文明互鉴与遗产共享：论维吾尔古典遗产与非物质文化遗产的文化桥梁作用》，《西北民族研究》2017年第3期。

亦在悄悄退出人们的日常生活，讲述"过去的过去"的故事也日趋被人遗忘，在民间活形态流传千百年的这一宝贵文化遗产渐渐销声匿迹之际，重构达斯坦文化空间使其"创新性发展"与"创造性转化"愈显紧迫。

二、创造性转化与创新性发展的必要性

"非物质文化遗产是中华民族优秀传统文化的当代活态呈现和民族集体记忆的重要载体。保护好、传承好、利用好文物和文化遗产，保护好、传承好、利用好各民族优秀传统文化，是延续历史文脉、坚定文化自信的必然要求。"[1] 达斯坦的生命力既在于它承载了群众的集体智慧和文化，同时也在于它适应受众的需要而创造性转化，与现代衔接。在社会转型与变迁中，民间文学的意义和价值没有得到应有的彰显，这是世界很多国家和地区都面临的普遍问题。[2] 当下，党中央高度重视中华民族优秀文化的传承与发展。习近平总书记强调："一个国家、一个民族的强盛，总是以文化兴盛为支撑的，中华民族伟大复兴需要以中华文化发展繁荣为条件。"[3] 党的十八大以来，保护和传承少数民族非物质文化遗产在更大程度上激发了包括达斯坦在内的优秀口头传统文化的生命力，为其保护、重构注入了新鲜血液，提供了全方位的政策引导，为口头传统重新焕发生机活力带来了新契机。

与此同时，达斯坦口头传统千百年来口耳相传于我国西部多个民族当中，迄今保持着活态传唱，成为文化精粹的载体。在传统社会，达斯坦具有娱乐、教育、传授知识、排解心理压力、普及社会行为准则等诸多价值和功能。在现

---

[1]《增强文化认同，构筑中华民族共有精神家园：论学习贯彻习近平总书记考察新疆重要讲话精神》，《中国民族报》2022年7月29日第1版。

[2] 刀承华：《泰国民间文学的当代审美重塑与价值重构》，《天津外国语大学学报》2022年第2期。

[3]《习近平在山东考察时强调：认真贯彻党的十八届三中全会精神 汇聚起全面深化改革的强大正能量》，《人民日报》2013年11月29日第1版。

代社会，其潜在的社会功能仍可有效利用。达斯坦传统文化在当代语境中的再现，会给文学、语言学、社会学以及音乐、影视等诸多领域提供宝贵的参考资源和创作灵感，成为我国各民族文化交流交融互鉴实践的有利因素。然而，目前人们的传统娱乐活动被各种媒体娱乐方式所取代，传承困境成为摆在所有口头传统面前的普遍挑战。

在达斯坦的创新性发展实践中，可以借鉴我国其他口头传统成功转化的经验[1]，使达斯坦传统文化积极与旅游、文化创意、影视、互联网等诸多相关产业有效结合，进而增强达斯坦当下的生命力。如将达斯坦与旅游结合起来，可以抽取达斯坦中与旅游景区相关的内容，将其应用于旅游的讲解和宣传等相关环节中有效运用，展现达斯坦口头传统的文化精粹和特质的同时，给旅游业增添活力；也可以利用达斯坦艺人的口头演述技能，通过现场表演、与游客的面对面交流等方式，让游客获得独特的旅游体验，同时还能鼓励艺人拓展潜力，调动艺人的能动性。

达斯坦丰富的故事情节同样可以通过影视领域的迁移和创新性发展焕发生机。达斯坦内容丰富，具有大量可开发的优秀元素，很多弘扬积极正确的人生观、爱国主义精神的经典主题，可通过影视产业呈现给群众。如前所述，达斯坦从20世纪30年代开始改编为戏剧，至今却只有若干部爱情达斯坦被搬上舞台，相对于达斯坦数以百计的蕴藏量来说是微不足道的，因此，达斯坦的传承需要加强转化，加强与影视产业的结合。

进入网络信息时代之后，口头传统文化依附于新兴媒体的重述与重构在当代社会中十分常见。达斯坦口头传统可以与互联网等新兴媒体结合，从而实现传播途径的多元化。近年来，随着新疆各地乡村经济的发展和新媒体、新技术在农村的广泛普及，包括达斯坦在内的传统民间艺术与互联网相结合，表现出

---

1 相关论述参见李斯颖：《少数民族非遗资源的"两创"实践与乡村振兴：以广西为例》，《社会科学家》2021年第7期；毛巧晖：《民间文艺如何在融媒体语境下自我重塑》，《中国文艺评论》2020年第7期；杨利慧：《"朝向当下"的神话学论纲：路径、视角与方法》，《西北民族研究》2019年第4期。

"创造性转化、创新性发展"新趋势。例如，长期仅流布于和田地区维吾尔族民间的古老民歌《古丽赛迪汗》，由维吾尔族、蒙古族、汉族等不同民族组成的现代乐队团体改编，打破传统传播方式的时空限制，通过电视节目传播到全国各地，受到了全国听众的高度欢迎。同时，还有个别民间艺人若干年前的演唱视频重新得以在微信、抖音等网络社交平台广泛转发，受到广大网民的"点赞"。近几年民间达斯坦的传承也出现了类似的现象，达斯坦演述短视频通过互联网平台重新展现在现代观众面前，获得很高的点击量。这些现象体现了达斯坦的传承从过去的"自发性"向当下的"自觉性"转变及其当代传承的多元化倾向。

在当代社会各种新语境中的转化和重构，使达斯坦具有了不同的内容和形式，并被赐予了新的功能和意义。[1]"从口头、文字、印刷阶段到数字媒介，现代传播打破了传统的线性传播模式，突破时空界限，民间文艺也在融媒体语境下发生着内涵和外延的延伸。"[2] 在社会转型、传统变迁的时代，赋予濒危的达斯坦文化传统以新的时代精神，契合人民群众的需求，适当进行开发与创新，展现其应有的社会功能和文化价值，使之为我国新时代中国特色社会主义现代化建设的全面推进发挥积极作用具有很大的现实意义。

---

[1] 杨利慧：《"朝向当下"的神话学论纲：路径、视角与方法》，《西北民族研究》2019年第4期。
[2] 毛巧晖：《民间文艺如何在融媒体语境下自我重塑》，《中国文艺评论》2020年第7期。

第二节　达斯坦口头传统的当代意义

达斯坦口头传统文化底蕴深厚、历史悠久，是我国维吾尔族、哈萨克族、柯尔克孜族、乌孜别克族以及塔吉克族等多个民族共享的活态口头艺术的生动例证，是中华优秀文化传统的重要组成部分。

一、中华优秀传统文化的重要内容

就传承现状而言，达斯坦正面临着演述艺人老龄化、受众流失、演述空间缩小、文本与时代脱节等一系列问题，与我国其他口头传统一样濒临失传。党的十八大以来，党中央高度重视对中华民族优秀传统文化的传承发展，为我国各民族优秀传统文化的创造性转换与创新性发展提供了新的契机。习近平总书记强调："要加强对中华优秀传统文化的挖掘和阐发，使中华民族最基本的文化基因与当代文化相适应、与现代社会协调，把跨越时空、超越国界、富有永恒魅力、具有当代价值的文化精神弘扬起来。"[1] 达斯坦作为我国多个民族共享的文化资源，根植于民间文化的沃土，其在新时代中国式现代化建设中的重要性和时代作用也日益凸显。

在实现中华民族伟大复兴中国梦的实践中，在强调中华民族共同体意识的

---

[1] 习近平：《在哲学社会科学工作座谈会上的讲话》，《人民日报》2016年5月19日第2版。

现代语境下，深刻认识达斯坦口头传统在新时代中国特色社会主义现代化建设中的价值与作用，对于传承与弘扬民族文化、坚定中华文化自信、铸牢中华民族共同体意识具有重要意义。纵观达斯坦千百年的传承实践，不难发现，口头达斯坦并不是一成不变的，更不是原封不动的重复叙事，达斯坦讲述的并非全是遥远的过去，而是在自己的发展实践中不断融合时代精神，融合了不同时期的观念，从而符合人们不断提高的审美需求。达斯坦的与时俱进不仅是当代人审美的需求，更是文化与社会协同发展的需要，也是达斯坦传统在其漫长的口头流传实践中积累的的生存经验。

从达斯坦的传承主体来看，艺人对受众的价值观、审美观以及对文学、文化的认识等诸多方面起到了引导作用。达斯坦艺人的创编和创新使达斯坦口头传统有了新鲜活力和创造力。从达斯坦的叙事内容来看，达斯坦反映了社会文化、生活习俗，凝聚着人们的生产生活经验和集体智慧，彰显了爱情、友谊、互助互爱的精神，赞美善良、孝敬、勤劳，批判了无知、懒惰、贪婪等卑劣行为。达斯坦中体现的人们对美好和谐生活的愿望和爱国主义精神是铸牢中华民族共同体意识宝贵的文化资源，在当今社会仍可发挥作用。

达斯坦的创新性发展实践中，可使其与旅游、文化创意、影视、互联网等诸多相关产业有效结合，激发其生命力和文化创造力，实现传承的多元化。充分挖掘达斯坦深厚的文化底蕴和社会主义现代化建设中可作为的文化功能，将传统性和时代性的和谐相融，进而唱好新时代的乡村故事是学者的责任所在，也是达斯坦文化当代延续的意义所在。相关地区和部门进一步深入了解达斯坦文化，促进其创造性转化与创新性发展，有利于乡村的全面振兴和中华民族共有精神家园的构筑。

二、赋能乡村振兴

随着我国社会主义现代化建设的深入，党中央高度重视中华民族优秀传统文化的传承与发展，尤其是党的十八大以来，保护和发扬少数民族非物质文化遗产重新进入了人们的视野。乡村振兴战略是我国传承中华优秀传统文化的有效途径，"乡村振兴的核心在于重振乡村精神和乡村文化。作为文化的载体，文学在乡村振兴战略中有重要的意义，它可为乡村振兴提供精神文明支持，为乡村振兴给予文化引领，为乡村基层治理形塑典型案例"[1]。对于濒临失传的口头传统来说，乡村振兴战略的意义更为非凡。乡村振兴实践能够为包括达斯坦在内的优秀口头传统文化的保护、重塑注入新鲜血液，提供全方位的政策引导和延续的动力，可谓是口头传统焕发生机的新契机。

乡村振兴战略是习近平总书记在中国共产党第十九次全国代表大会报告中提出并被写入党章的重要决策部署。2018年，《国家乡村振兴战略规划（2018—2022年）》全文公布。其中"繁荣发展乡村文化"篇相关章节的主题分别为"弘扬中华优秀传统文化""保护利用乡村传统文化"和"发展乡村特色文化产业"等，主旨主要是"保护"和"传承"。[2] 中央2021年政府工作报告以及"十四五"规划中明确提出要把巩固拓展脱贫攻坚成果与乡村振兴进行有效衔接。要实现乡村的全面振兴，就要重视乡村经济和文化的协同发展。随着我国脱贫攻坚的深入，乡村文化生活的繁荣成了亟须解决的问题，非物质文化遗产作为乡村文化的重要载体，其保护与传承的必要愈加明显。赋予达斯坦口头传统时代精神，使之在乡村振兴中发挥积极作用是完全可行的、值得探索的。

三、促进我国与"一带一路"共建国家的文明互鉴

"一带一路"倡议对于实现中华民族伟大复兴、促进人类文明进步具有重大意义。作为中亚民间文学的重要组成部分，"达斯坦"研究与"一带一路"共建国家，尤其是与中亚民间文学、文化的研究有着千丝万缕的关系，是我国研究

---

[1] 管新福：《论新时代乡村振兴战略中乡土文学的价值和意义》，《山西大同大学学报》2020年第4期。
[2] 陈志勤：《非物质文化遗产的客体化与乡村振兴》，《文化遗产》2019年第3期。

中亚民间文学中具有现实意义的重要课题。

（一）我国对中亚民间文学的研究概况

从文化层面来讲，中亚是人类最古老的居住区和文明的发祥地之一，[1]是"丝绸之路"上的主要枢纽，中国、印度、希腊、阿拉伯等几大文明在这里碰撞并交融，造就了中亚独特的多元文化。语言方面，除了塔吉克斯坦和阿富汗的一部分民族，中亚大多数民族的语言属于阿尔泰语系的同一个语族。这些民族历史上使用过古代突厥文、粟特文、回鹘文、摩尼文、婆罗米文、叙利亚文、察哈台文等文字。[2]从诸语言的亲疏度看，哈萨克语与吉尔吉斯语相近；乌兹别克语与维吾尔语相近；土库曼语与撒拉语相近。从语言沟通度看，这些语言在日常交际中彼此能够通话，但程度有差异。[3]因此，这些语言的民间文学构成了中亚民间文学的主体。由于地理位置特殊，中亚各国既有各国独特的文化特色，又是欧洲型、欧亚混合型和东方型文化的融合。[4]各国文学也长期在交融和渗透中发展，在自身文学传统的基础上，产生有机"共同体"，彼此共享许多文化遗产和文学作品，有时难以对各国民间文学作品进行清晰的地理划分，尤其一些古老的神话、史诗作品的源流问题。诚如学者分析，"如今的中亚民族，很多都是由一些源自漠北的原始部落和世居中亚的古代原始氏族部落融合而成的。长期以来，他们都以游牧为主要的生产方式；在改宗伊斯兰教之前，这些民族中还都长期存在萨满信仰；他们的社会历史发展也大致相同。因此，在这些民族中流传的一些古老神话、传说、史诗，在结构、情节、母题等方面都具有很多共性"[5]。中亚五国在语言上基本能够沟通，在长期的文化交流和交融中，丰富各自的传统文化的同时，形成了各国共同的文化特质。因此，中亚五国彼此共

---

1 阿地里·居玛吐尔地：《中亚民间文学》，银川：宁夏人民出版社，2008，第1页。
2 参见张铁山：《突厥语族文献概论》，《满语研究》2013年第1期。
3 参见赵明鸣：《中亚五国语言及其使用情况》，《中国社会科学报》2017年2月17日第4版。
4 参见陈岗龙、张文奕主编：《东方民间文学》（上），北京：北京大学出版社，2021，第230—231页。
5 陈岗龙、张文奕主编：《东方民间文学》（上），北京：北京大学出版社，2021，第232页。

享着许许多多的民间文学作品，且很难考证其起源。

我国对各国的民间文学研究并不均衡，其中，对日本、韩国、朝鲜、蒙古等国家的民间文学已经有了比较充分的研究；埃及、印度等国家的民间文学在某些特殊领域里的专题研究也取得了相当可观的成就；相比之下，东南亚国家以及非洲国家的民间文学研究相对薄弱；[1]中亚民间文学的研究也极其匮乏。从我国学者对中亚民间文学研究的现状来看，我国在《乌古斯可汗传》《玛纳斯》《先祖阔尔库特书》等史诗、《阿凡提的故事》等幽默故事以及东干民间文学等方面取得了可喜可贺的研究成果。20世纪70年代末，国内学者开始了对《乌古斯可汗传》的搜集、转写、翻译以及研究工作，早期学者有耿世民、郝关中、吐尔逊·阿尤甫和马坎等人。耿世民在80年代初出版了《乌古斯可汗传》的完整汉译，[2]其中使用的是当时推行的拉丁化新维吾尔文。[3]1978年，翻译家郝关中等发表了《〈乌古斯传〉译注》。陈浩于2023年出版了《乌古斯》译注，其上编是回鹘文《乌古斯可汗传》的汉译注释，阿不都克力木·热合曼、郎樱、张越、力提甫·托乎提、宋晓云、高一惠、马世才、岳燕云以及陈岗龙等学者先后发表了相关学术论文。[4]可以说，《乌古斯可汗传》在我国已经取得了一定的研究基础。

但是，中亚民间文学的研究仍然缺乏"整体意识、对话意识和跨学科意识"[5]，研究方法也相对单一。对中亚古老的神话传说、民间故事、歌谣以及叙事长诗（达斯坦）等文类的研究仍然薄弱，尤其是中亚流传的民间达斯坦、辞令、黑萨、莱提法（Latifa）[6]等较为独特的亚文类依然存在很大的研究空间。

---

1 参见陈岗龙：《东方民间文学与东方文学（导论）》，摘自陈岗龙、张文奕主编：《东方民间文学》，第5—6页。
2 参见陈浩：《〈乌古斯可汗传〉版本源流考》，《民族文学研究》2020年第3期。
3 陈浩译注：《乌古斯》，北京：商务印书馆，2023，"前言"第7页。
4 参见米吉提·阿布拉：《维吾尔民间达斯坦〈乌古斯传〉研究》，中央民族大学硕士学位论文，2020，第13—14页。
5 参见毛莉：《建构有中国特色的东方文学研究体系》，《中国社会科学报》2016年12月14日第1版。
6 是指机智人物故事。

第五章　达斯坦口头传统的当代意义

对东方民间文学来讲，中亚民间文学是其重要组成部分。据何辉斌教授统计，从1901年至2000年，中国学者翻译了31885册外国文学作品和1580册外国文学研究著作，出版了2391册中国学者研究外国文学的著作。这三种作品在各大洲的分布比例中，欧洲和北美洲分别占69.85%和14.69%，亚洲则仅占13.31%。3万多册外国文学翻译作品中，中亚所占比例更小，仅有吉尔吉斯斯坦的5册、哈萨克斯坦的2册、土库曼斯坦的1册。文学研究类著作中，亚洲的有153册，其中没有中亚五国的著作。中国学者撰写的2391册外国文学研究图书中，有125册涉及亚洲10个国家的文学，同样没有研究中亚五国文学的作品。[1]同样，据不完全统计，从20世纪80年代至今，我国学者在各级中文学术期刊上发表的中亚民间文学研究方面的学术论文有60余篇，其中除了一些跨境民族的民间文学，对中亚传统民间文学研究简直少之甚少。中亚民间文学的大部分研究成果仅限于少量文学作品的译介，与学科发展的需求尚有较大的差距。从中可以推测中亚民间文学研究较为滞后的原因之一，亦即中亚文学译介语言文字功底的高低束缚了广大学者研究的广度和深度，进而导致了中亚民间文学研究的视角单一、方向千篇一律。可以说，中亚民间文学是我国外国文学研究领域里亟待研究的“一隅”，对其进行研究是推动我国社会科学全面发展的迫切需求。

随着“一带一路”倡议的推进，我国与中亚关系迈向崭新的发展阶段，中亚研究也得到了新的发展契机，我国对中亚各个领域的研究越来越广，越来越深化，对中亚各领域的研究成果如雨后春笋般大幅增长。作为了解中亚文化传统、社会习俗和生活方式的重要窗口，中亚民间文学的研究越发凸显出其必要性和重要性。目前，对此进行专门研究的《中亚民间文学》(2009)，成为中亚民间文学研究的打鼎之作。[2]

1　参见何辉斌：《中国20世纪外国文学翻译与评论总貌的量化研究》，《东吴学术》2015年第6期。

2　参见多洛肯：《中亚民间文学研究的新篑》，《西北民族研究》2015年第4期。

（二）中亚民间文学主要体裁简介

中亚民间文学的主要文类有神话传说、民间故事、史诗与叙事诗等，其中包括辞令、民间笑话、黑萨等比较独特的亚文类。同中国民间文学文类相比，中亚这些文类既有普遍性又有其独特性。国内学者已开展相关研究，其中史诗的研究成果尤为令人欣慰。

史诗和叙事诗是中亚民间文学瑰宝中的绚丽奇葩，是最为引人注目的文类。其最具代表性的有《乌古斯汗传》（Oghuznamä）（也称《乌古斯可汗的传说》）、《先祖阔尔库特书》（Dede Qorqut）、《玛纳斯》（Manas）、《阿勒帕米西》（Alpamish）等。同一部史诗的文本由于其口头性本质和历史发展的原因会呈现出篇幅长短不一、艺术性有高有低、结构繁简不等的多种文本状态。比如以书面文本形式发现的古老史诗《乌古斯汗传》，只有一百多行的篇幅，而史诗《玛纳斯》则是一部数十万行的口头长篇巨著。[1]《东方民间文学》中，中亚民间叙事长诗被分为英雄史诗、爱情叙事诗和"黑萨"（qiysa）[2] 三类。"黑萨"是哈萨克民间文学中较为特殊的类别，是模仿阿拉伯、波斯文学题材而创造的叙事长诗，其传奇色彩比较浓郁。

我国不少学者从文献学、语言学、民俗学和民间文学的视角，对史诗《先祖阔尔库特祖爷书》进行了介绍和研究。魏李萍在《〈先祖阔尔库特书〉手抄本译介研究史述评》一文中从史诗的手抄本、影印刊布本、转写本、译本等几个方面梳理了该史诗手抄本译介研究史[3]；2017年，刘钊在其博士学位论文《〈先祖阔尔库特书〉形态句法研究》的基础上，出版了专著《〈先祖阔尔库特书〉研究（转写、汉译、语法及索引）》[4]，这是我国该领域最前沿研究成果之一。

---

[1] 参见阿地里·居玛吐尔地：《突厥语民族口头史诗类型的本土命名和界定——语义学视角》，《内蒙古社会科学》（汉文版）2014年第3期。

[2] "黑萨"（qissä/qiysa）一词源自阿拉伯语，表示"故事、传说、小说、逸事"之义。——参见北京大学外国语学院阿拉伯语系编：《阿拉伯语-汉语词典》，北京：北京大学出版社，2009，第985页。

[3] 参见魏李萍：《〈先祖阔尔库特书〉手抄本译介研究史述评》，《民族翻译》2017年第4期。

[4] 刘钊：《〈先祖阔尔库特书〉研究（转写、汉译、语法及索引）》，北京：中央民族大学出版社，2017年。

该书基于 Semih Tezcan 和 Hendrik Boeschoten 合作刊布的《先祖阔尔库特书》（现收藏于德累斯顿图书馆的抄本）的转写本，转写并翻译原文，共时描写其形态句法特征，为广大民间文学和语言研究者提供了较新的研究方法和参考资源；金斯汉·穆哈泰在其《从〈德尔色汗之子布哈什汗〉看哈萨克族古典叙事组诗〈阔尔库特父之书〉——古典长诗〈德尔色汗之子布哈什汗〉浅析》[1]一文中就该史诗在我国哈萨克族中流传的第一部《德尔色汗之子布哈什汗》，分析了哈萨克族民间史诗的"散文化"即叙事特点。《先祖阔尔库特书》主人公不是乌古斯可汗本人，但涉及乌古斯部族的事迹，故也有学者认为，《乌古斯可汗传》和《先祖阔尔库特书》可能是出自同一源头、经过不同加工的口头叙事。[2]

《玛纳斯》在中亚是吉尔吉斯人创作的篇幅最大的一部英雄史诗。这部史诗在我国柯尔克孜族民间也广为流传。20世纪60年代起胡振华、郎樱等老一辈学者在新疆开展长期的田野调查工作，搜集翻译了《玛纳斯》，并发表了诸多颇有影响力和学术价值的论文。20世纪90年代，成为我国"三大史诗"之一的《玛纳斯》，引起了学术界更广泛的关注。其中阿地里·居玛吐尔地的《〈玛纳斯〉演唱大师居素普·玛玛依评传》[3]《玛纳斯史诗歌手研究》[4]《〈玛纳斯〉学读本》[5]《世界〈玛纳斯〉学读本》[6]等研究成果为我国玛纳斯口头传统的研究提供了前沿理论和方法论。

---

[1] 金斯汉·穆哈泰：《从〈德尔色汗之子布哈什汗〉看哈萨克族古典叙事组诗〈阔尔库特父之书〉——古典长诗〈德尔色汗之子布哈什汗〉浅析》，《民族文学研究》2007年第1期。

[2] 参见 Ahmet Ercilasun, "Oğuz Kağan Destan Üzerine Bazı Düşünceler", in *Türk Dili Arştırmaları Yıllığı Belleten* 1986, Ankara, 1988, pp. 9-12. 转引自陈浩：《〈乌古斯可汗传〉版本源流考》，《民族文学研究》2020年第3期。

[3] 参见 Ahmet Ercilasun, "Oğuz Kağan Destan Üzerine Bazı Düşünceler", in *Türk Dili Arştırmaları Yıllığı Belleten* 1986, Ankara, 1988, pp. 9-12. 转引自陈浩：《〈乌古斯可汗传〉版本源流考》，《民族文学研究》2020年第3期。

[4] 阿地里·居玛吐尔地、托汗·依莎克：《〈玛纳斯〉演唱大师居素普·玛玛依评传》，呼和浩特：内蒙古大学出版社，2002年。

[5] 阿地里·居玛吐尔地：《玛纳斯史诗歌手研究》，北京：民族出版社，2006年。

[6] 阿地里·居玛吐尔地主编《中国〈玛纳斯〉学读本》，北京：中央民族大学出版社，2018。

中亚各国民族对史诗或叙事长诗有自己不同的称谓。吉尔吉斯人称史诗作品为"交毛克"（Jomuq）；卡拉卡勒帕克、乌兹别克、哈萨克、阿塞拜疆、土库曼人则都将长篇史诗称为"达斯坦"。乌兹别克人称以战争为主要内容的长篇叙事诗为"仗纳麦"（Jängnamä）；中亚各地对史诗演唱艺人的称谓也不尽相同，如雅库特人称其为"奥隆霍特"、乌兹别克人称"达斯坦奇"、卡拉卡勒帕克、哈萨克人则称"吉饶"。20世纪前，吉尔吉斯人称玛纳斯演唱艺人为"交毛克奇"，现则称"玛纳斯奇"。[1]

中亚民间文学中值得注意的一个亮点，哈萨克、吉尔吉斯、卡拉卡勒帕克民间较为活跃的民间文学亚文类——辞令。"辞令"在哈萨克和吉尔吉斯民间分别被称为"舍仙迪克索兹"（sheshendik söz）和"切切尼迪科索兹"（chechendik söz），意思是"辩士之言论""雄辩的语言"。作者论述，中亚民间文学中的辞令有韵文和不带韵文两种形式，具有经验性和训诫性，有些辞令还有谜语的特征。从文类上看，辞令与民间格言、谚语、巴塔（Bata赞祝词）、哲理诗及机智人物故事有着密切的关联。因此，一些学者将其归入对唱文类；也有学者将其归入机智人物故事中；《东方民间文学》将"辞令"归入民间歌谣的一种，指出"辞令在史诗等其他民间文学文类中也大量存在"[2]。书中论述的亚文类辞令是对以往的民间文学文类划分的补充和拓展，给民间文学的文类研究提出了崭新的研究课题。

（三）我国与中亚共享的达斯坦等文学作品的研究意义

中亚五国居于亚洲腹地，是"一带一路"倡议的重要组成部分。作为中亚的近邻，我国历来与中亚有较多的经济往来和文化交流，和中亚各国共享着不少民间文学作品，比如《乌古斯可汗传》（亦称《乌古斯汗传》或《乌古斯传》、《玛纳斯》、《阿勒帕米西》、《少年阔孜与巴艳美人》等古老的民间文学作品，在

---

[1] 参见陈岗龙、张文奕主编：《东方民间文学》，第242页。
[2] 陈岗龙、张文奕主编：《东方民间文学》，第253—257页。

我国西北地区也广为流传。

中亚民间文学反映的是中亚各国人民的思想和情感，以及不同时期中亚的社会状态和时代精神，是我们认识中亚的重要途径。通过包括达斯坦在内的浩如烟海的民间文学作品，认识并感受中亚的语言文化，能够增进我们对中亚文化的认识和民俗民情的了解，促进文化互鉴和民心相通。深入研究中亚民间文学有利于"一带一路"倡议的顺利开展，促进我国与中亚的人文交流和学术对话，为我国与中亚命运共同体的构建提供理论基础和学理依据。从学科建设来看，研究中亚民间文学也是对我国外国文学研究和教学的重要补充和扩展。

"深化东方文学研究，可以更好地了解'一带一路'沿线国家和地区人民的精神核心、文化心理与行为逻辑，对沟通民心发挥重要桥梁纽带作用。"[1] "一带一路"倡议的政策激励与支持、各领域之间的互动与推动，会为我国包括中亚民间文学在内的东方民间文学的研究和学科建设注入新的活力，开创新的发展契机。

1　毛莉：《建构有中国特色的东方文学研究体系》，《中国社会科学报》2016年12月14日第1版。

第三节 达斯坦在当代的传播与发展趋势展望

中国特色社会主义新时代为中华优秀传统文化的发展提供了新的历史方向，同时对我国哲学社会科学的各方面都提出了新的要求。习近平总书记在哲学社会科学工作座谈会上强调："我国哲学社会科学学科体系已基本确立，但还存在一些亟待解决的问题，主要是一些学科设置同社会发展联系不够紧密，学科体系不够健全，新兴学科、交叉学科建设比较薄弱。"[1] 自党的十八大以来，学术界对中华优秀传统文化及其创造性转化发展的研究热情日益升温。新时代传统文化创造性转化的现实逻辑、面临的挑战、路向与途径等问题备受学术界关注，涌现出一系列理论成果[2]。新时代语境下，传统文化的发展理应具有更为丰富的内涵，需要从新时代的视角出发，进行更深入的讨论和探索。

2008年，维吾尔族达斯坦和哈萨克族达斯坦分别被列入第二批国家级非物质文化遗产代表性项目名录，成为研究机构和社会团体聚焦的重点。这标志着达斯坦被正式纳入了国家的文化建设内容，其抢救和保护被赋予了国家学术使命。《中华人民共和国非物质文化遗产法》的颁布，更为达斯坦口头传统在新时代的传承和传播带来了崭新的保护和发展契机。

正如习近平总书记在《文艺工作座谈会上的讲话》中所指出的，我国"三

---

[1] 《加快构建中国特色哲学社会科学》，《习近平著作选读》（第一卷），北京：人民出版社，2023，第485页。

[2] 姬会然、李茹：《新时代语境下中华传统文化创造性转化的现实逻辑、挑战与路径——文献梳理及反思》，《湖北行政学院学报》2019年第6期。

大史诗"等优秀传统文化"不仅为中华民族提供了丰厚滋养,而且为世界文明贡献了华彩篇章"。[1]时至今日,由于传承人、受众、演唱语境、流布地区以及语言文化等诸多因素以及传播方式的单一性、自身的诸多局限性,使达斯坦口头传统的传播和发展也正面临全新挑战。由于传播范围相对狭窄,若不是传统社区的成员或爱好者、文艺工作者、研究者,很少有人了解达斯坦文化传统,与"三大史诗"相比,学术界就达斯坦口头传统在新时代的传承与传播的讨论寥寥无几。要想推动达斯坦口头传统在新时代的传播与发展,探究提升其传播方式和传播路径、优化传播效果,将是当下达斯坦口头传统传播中亟待解决的重要议题。本节以新媒体时代下达斯坦口头传统的传播为研究对象,分析其在新媒体时代的发展机遇和传播困境以及接受现状。

一、当下的传播机遇与困境

"新媒体的时空特性和场域特征,规避了口头传统只能口耳相传又稍纵即逝的弱点,给文化传承带来了新的发展契机。"[2]新媒体丰富了达斯坦口头传统的传播途径,同时对其在新时代的传承和发展提出了新的挑战。

目前学术界热论的保护口头传统文化的紧迫性,主要源于口头传统文化面临的失传危机和传承困境。随着社会的发展,人们的生活方式、审美需求和价值观均发生了变化,达斯坦的生命力则随之衰退。类似于我国其他口头传统类非物质文化遗产,达斯坦口头传统也正面临着传承人老龄化并后继乏人、受众兴趣不高、演唱活动减少等一系列普遍困境。除此之外,传统自身的局限性也是导致达斯坦口头传统当代的传播与发展停滞不前的主要原因。

---

[1]《习近平:在文艺工作座谈会上的讲话》,https://www.gov.cn/xinwen/2015-10/14/content_2946979.htm.
[2] 范小青:《时空的补偿与再造:网络社群对少数民族口头传统传承的影响》,《学习与实践》2020年第7期。

（一）文本语言古旧

首先，达斯坦文本里有为数不少的外来词。在漫长的流传过程中，既保留达斯坦固有的语言特点，同时又被代代达斯坦艺人相继注入各自生活年代的语言特点。不管是达斯坦的书面文本还是口头文本，常常会出现受众极其陌生的波斯语—阿拉伯语借词。其次，达斯坦中存在大量的古语词。作为民间活态流传几百年的口头传统，达斯坦文本一定程度上保留着古代语言成分。在口头文本的词库中，古代和近代的词汇均大量存在，这些词汇构成了基本词汇，其中相当一部分已经在现代语言交流中无法找到对应的词语。即便是掌握民族语言的受众，若没有相关语言知识，也只是观其形而不知其意。这给艺人的演述和受众的接受均造成了一定程度的障碍。

（二）演述技能需要多样

达斯坦表演不仅仅是语言信息的简单表达或传递，艺人还通过表演吸引受众的注意力，同时受众也对艺人的表演进行品评。达斯坦口头传统可以独立存在，但表演离不开舞蹈、歌曲、音乐、交流、动作模仿、肢体语言等的参与。口头传统"本身既是一个信息交流过程，一种信息交流技术，但是也可能同时与许多其他艺术结合成为非常复杂的复合形态的艺术"[1]。仅就学唱而言，达斯坦演唱首先要求学者有一定的说唱技能，如嗓音洪亮，能说会道，言谈举止较为利落，善于应变和调节气氛，等等。除此之外，艺人还需要有一定程度的传统艺术综合基础，如会演奏民族乐器，能唱民歌，熟悉木卡姆等传统音乐旋律并能够随时随地运用到达斯坦演唱实践当中。这些条件无疑增加了学习达斯坦的难度。

（三）文本内容无法满足受众需求

"中国非遗基本以传承传统题材内容为主，而87%的年轻受访者表示并不喜欢当今非遗展示的题材内容，因为中国非遗作品鲜有体现因时代变化而带来

---

[1] 朝戈金：《口头传统概说》，《民族艺术》2013年第6期。

的新思想、新潮流、新创意……青年群体对于中国非遗的认知度为41%，而认可度仅有32%。"[1] "许多口头传统类非遗内容陈旧、晦涩难懂。"[2] 时代性和创新性比较弱，与当今的现实生活有一定的出入。达斯坦陈旧的故事内容无法满足受众越来越多元化的文化消费需求，导致了受众，尤其是中青年"数字原住民"对达斯坦口头传统不理解也不感兴趣，降低了达斯坦传统对受众的吸引力。

（四）文本缺乏相应译介

而相较于大量的文本及其搜集记录工作，达斯坦文本的翻译相对薄弱，目前尚无无逐字逐句的中文全译本诞生。纵观达斯坦文本的翻译工作，译介的匮乏是达斯坦口头传统传播一直存在的问题，文本翻译还有很长一段距离要走，这自然导致达斯坦传播范围狭窄，传播范围仅限于懂该语言的群众。

（五）传播方式单一

当前，达斯坦口头传统的传播方式相对单一，主要以传承人线下面对面传播或者借助传统媒体传播为主，传播的时空需要统一。此外，由于口头传统的地域性较强，多是以当地的精神文化和乡土人情为基础的信息传播，因此，很难吸引到社会大众对其广泛关注和了解，造成了口头传统传播范围狭小[3]。另外，达斯坦口头传统的非遗数字化工程缺乏延续性，数字资源内部留存，未实现广泛传播和共享。

新媒体时代，达斯坦的传统传播方式，对受众的吸引力极其有限，一定程度上甚至限制了达斯坦口头传统的大范围普及。仅靠达斯坦的传统传播方式无法满足更多受众想要欣赏、了解或学习达斯坦口头传统的诉求。适当打破达斯

---

1 薛可、龙靖宜：《消弭数字鸿沟：中国非物质文化遗产数字传播新思考》，《中国非物质文化遗产》2021年第2期。
2 朱杰、刘壮：《新媒体语境下口头传统类非遗的传播与保护——以河西宝卷为例》，《视听理论与实践》2022年第2期。
3 朱杰、刘壮：《新媒体语境下口头传统类非遗的传播与保护——以河西宝卷为例》，《视听理论与实践》2022年第2期。

坦传统传播方式、转化其表达和展现形式、加快数字化进程，共享数字资源是当下达斯坦口头传统延续并传播的内在需求。

二、新媒体时代的传播与接受

当前语境下，口传史诗的传播不止于口头文化中的单一的民间形态，包括以印刷、音视频、电子等诸多介质为载体的不同文本形态，为口头传统朝向未来提供了更多的可能[1]。由达斯坦艺人、文本、受众、语境等要素构成的达斯坦演唱传统不再静态恒常，守常不变，其传承形式在创造性转化，传播方式也日趋多元化，在当下传播形式中已有新媒体的身影。

（一）新媒体语境下达斯坦的传播形式

在多元文化的交往交流交融中，达斯坦口头传统走向以文字、音像、图像、雕塑、歌剧、舞剧等为介质的多形态"叙事场域"。就维吾尔族口头传统而言，其文字叙事历史悠久，民间口头传统大部分有文字记录。在维吾尔族口头传统的历史进程中，民间达斯坦在共时性口头演唱和历时性书面传承中发展，因此，其书面化的文字文本和活态的口头文本并存。自20世纪30年代，当地家喻户晓的若干爱情达斯坦，如《艾里甫与赛乃姆》，被搬上舞台至今，达斯坦的舞台化也已经历了近一个世纪的发展[2]。近几年，随着新媒体技术的迅速普及和日常化，口头传统也开始借助新媒体，以音视频形式出现在网络平台上。比如在微信视频号、抖音等网络社交平台上搜索达斯坦这一关键词，就会出现乌布力艾散·麦

---

1 荣四华、阿地里·居玛吐尔地：《口传史诗的传承与当代形态——以〈玛纳斯〉为例》，《中国非物质文化遗产》2022年第4期。
2 有学者认为，维吾尔戏剧的发展历史从时间上大致可以分为四个阶段：一、形成期：20世纪30年代至40年代；二、发展期：20世纪50年代至70年代；三、繁荣期：20世纪80年代至90年代初；四、低迷期：20世纪90年代以后。参见李梅：《维吾尔戏剧研究》，上海：华东师范大学博士学位论文，2014，第48页。

麦提、夏赫买买提等达斯坦口头传统国家级传承人的生前演唱片段以及其他达斯坦艺人或爱好者演唱的达斯坦片段。达斯坦艺人与受众之间的单一"活态"互动方式，演变成了艺人与艺人、艺人与受众、受众与受众之间的跨越时空的多元互动。"作为高度依赖语境的信息交流方式，从传统社区到新媒体，口头传统的演述内容也发生了改变，日常生活文化被融入演述，对口头传统的认同越来越呈现出跨文化的趋向。"[1] 包括达斯坦在内的口头传统似乎不再专属于某一传统社区，日趋成为大众文化的公共资源的态势。

作为特定语境下的口头创作，叙事空间跨度越大，史诗叙事及其文本形态的丰富性与现代性就越强[2]。当下，我国各民族口头传统与新媒体相遇并结合，新媒体成为口头传统传播的新平台和新生存空间，为口头传统的呈现和文本形态的多样化带来了崭新的可能性。随着动漫、网络直播、游戏、短视频、微电影等各种新形态的出现，口头传统呈现了更多样态。在各大媒介互相推进发展的新媒体时代，如果口头传统长期只依靠过去的传播手段，而不考虑与新媒体的合作，跟不上时代，发展就会受限，缺少对新媒体的运用，也无法更好地传播。而就达斯坦传统当下的传承而言，其传播主要以过去录制留存的短音视频为主，尚无直播形式，更未出现以达斯坦故事为题材的动漫、电影或游戏，其舞台化也有待开发、利用，发掘其为社会主义现代化建设服务的空间极大。总体而言，当下以新媒体为媒介的达斯坦传播尚处于萌芽状态，并未融入数字化表达的话语体系内。

（二）新媒体时代达斯坦的接受

"传统的史诗演述通常是公众活动，是在一个有一定边界的公共空间完成的。这个公共空间，也就是演述场域，是物理空间和精神空间的统一。史诗活动是一个公共事件。就这个意义上讲，书面文学阅读和接受常常是个体活动，

---

[1] 王威：《新媒体语境下口头传统的主体与受众》，《民族文学研究》2022年第3期。
[2] 荣四华、阿地里·居玛吐尔地：《口传史诗的传承与当代形态——以〈玛纳斯〉为例》，《中国非物质文化遗产》2022年第4期。

口传史诗的接受则是一个公共活动。'公共性'是大型口头文类接受活动的一个主要特点。"[1] "口头传统在接受和表演间有一个有机连接。"[2] 没有受众的接受就没有口头传统的演述和传播。"书面文学是在被传播出去以后才被受众读到的，广泛的欣赏行为才开始发生。但被演述的口头传统的接受行为在传播过程中已经开始了……没有演述能够离开成功的接受而单独存在。"[3] 达斯坦口头传统的接受亦为如此。

朝戈金研究细化口头传统的受众群体，将其分为三个类型：第一类是传承人和实践者；第二类是局限性受众，他们操持相同的语言，但不属于本地文化圈，对演述传统不够熟悉，只能部分了解演述内容；第三类是局外人，他们隔着语言和文化壁垒，依靠字幕、翻译、解说等方式参与到演述活动中[4]。从这个意义上讲，达斯坦口头传统的网络受众既可能熟悉屏幕上的文化传统，也可能对其完全陌生，只是好奇尚异。

新媒体语境中的公共空间向更广泛的受众开放了更广阔的话语权天地，在这里每个受众都可以将自己或他人的创作分享、转发，亦可以匿名表达自己的感受或观点。网络平台覆盖的大量受众群体，为口头传统的传播和接受提供了千载难逢的机会。而如上所述，达斯坦口头传统目前的传播方式还较单一，受众覆盖面依然较窄。以微信视频号为例，在民间音乐挖掘人王江江的视频号中，以介绍、访谈的方式发布了包括达斯坦演唱在内的86条原创短视频，各地的不少网友纷纷点赞并评论。还有国家级达斯坦传承人乌布力艾散·麦麦提生前演述的珍贵的爱情达斯坦片段也被视频号的若干个人账号及当地文化馆官方账号发布，迎来全国各地网民的赞美。而从视频号的点赞、评论互动和转发情况来看，短视频的主要受众为对新鲜事物充满热情和具有求知欲的年青一代，不熟悉手

---

1 朝戈金：《论口头文学的接受》，《文学评论》2022年第4期。
2 Gregory Nagy. The Earliest Phases in the Reception of the Homeric Hymns [C] //Andrew Faulkner. The Homeric Hymns: Interpretative Essays. Oxford: Oxford University Press, 2011: 280–333. 转引自意娜：《〈格萨尔〉史诗的口头传统接受问题》，《西北民族研究》2022年第2期。
3 意娜：《〈格萨尔〉史诗的口头传统接受问题》，《西北民族研究》2022年第2期。
4 朝戈金：《论口头文学的接受》，《文学评论》2022年第4期。

机操作的老年人群体很少参与其中。

有鉴于此，民间达斯坦目前的传播形式尚不够多样，要让更多的人了解达斯坦、欣赏达斯坦，亟须把握人民群众的不同需求，创新其传播和表达方式，使更广泛的受众接触到演述实践。

三、达斯坦创造性转化创新性发展方式的探索

基于达斯坦口头传统在当代的传承和发展现状，其当下传承与发展仍需要加强以下几个方面的工作。

（一）创造经济价值

在口头传统类非遗的传承过程中，"非遗+旅游""非遗+文创""非遗+设计"等一系列的模式呼之欲出，非遗的社会传播范围不断扩大，非遗IP已经逐渐融入了人们的日常生活之中。[1]而达斯坦口头传统的目前发展与文化产业似乎是风马牛不相及，达斯坦口头传统尚未展现文化消费价值。因此，要使达斯坦口头传统发挥新时代的文化价值和社会价值，必须根据受众的需求，打造精品化的非遗IP，激活达斯坦口头传统在非遗市场的活力。

（二）建立数字博物馆

民间达斯坦数量多，内容也纷繁庞杂。虽然民间活态流传的达斯坦几乎全部被记录整理，然而公开发表的并不多，文艺工作者或学者现场录制的音视频资料也没有平台共享只是敝帚自珍。中华优秀传统文化是中华民族的"根"和"魂"，是中华民族的突出优势，也是中国特色社会主义的文化之根、文明之源。[2]

---

[1] 汤书昆、郑久良：《泛娱乐文化生态视角下非遗IP版权运营策略探究》，《中国编辑》2019年第5期。
[2] 中共中央宣传部：《习近平总书记系列重要讲话读本》，北京：学习出版社、人民出版社，2014，第100页。

数字博物馆能够打破时间和空间的限制，将所有达斯坦文本整合在一起，展现口头传统的文化价值，让人们足不出户即可了解和欣赏珍贵的文化遗产。加快数字化建设，建立资源共享的数字博物馆，是促进达斯坦口头传统的传承和发展的有效途径。

（三）加强年轻传承人的培养

受媒体影响的年轻群体，成为文化消费和网络参与的主要力量。社会学家周晓虹认为，年青一代基本上垄断了互联网及其信息的话语权，这种信息获取上的代际鸿沟对年青一代与年长一代的价值观、生活态度、人生视野、参与能力甚至生存机会产生难以估量的影响。[1] 在达斯坦口头传统面临"人亡歌息""人亡艺绝"的困境之际，通过新媒体等媒介，吸引并鼓励年轻群体学习达斯坦、传承达斯坦是延续达斯坦口头传统的必经之路。

（四）翻译达斯坦文本

如上所述，达斯坦语言的局限性是造成达斯坦传播狭窄的主要原因之一。因此，翻译对达斯坦传播普及的推进作用不可小觑。翻译可以使达斯坦口头传统获得更大层面的传播和普及，使其被更多民族的受众接受和认同，从个体民族走向全国甚至走向世界。[2] 对达斯坦口头传统进行深入阐释的同时，加强文本的翻译，是达斯坦迈向创造性转化的第一步。做好文本翻译能够推动达斯坦口头传统从传统社区里"走出去"，使其融入广大人们生活当中，让更多的受众有机会体验达斯坦独特的魅力。

（五）推陈出新、与时俱进

要使维吾尔达斯坦文化在现代化社会中继续延续并发展，不能把达斯坦文化束之于传统，在坚持原生态的前提下，可以学习借鉴我国非物质文化遗产保

---

1 张懿:《新时代语境下传统文化"出圈"的传播路径研究》，《新闻传播》2021年第8期。
2 阿地里·居玛吐尔地:《试论我国玛纳斯学的现状及创新发展新路径》，《文学遗产》2022年第2期。

护工作的成功经验，结合现代社会需求，不断增添时代新意，适当创新并转化，使达斯坦文化传统与时俱进。

（六）借助新媒体

印刷和电子媒介都割裂了口头传统传承中完整的时空体验。如今的新媒体技术给整合和平衡创造了可能，几乎修补了之前所有媒介存在的不足。网络平台的最大特点就是传播迅速，形式丰富多样。新媒体能够使保存的演唱重新得以传播，记录的文本得以扩散，并形成一个互利共赢的传播链。充分利用媒体融合，将口头、书面文本与各网络平台紧密相连，如微信公众号就能让更多的人接触达斯坦传统文化。面向新媒体是扩大达斯坦当下传播范围，激发其当下活力的有效途径。

总而言之，优秀的传统文化来源于人民，也必将服务于人民。中国特色社会主义新时代语境下，中华优秀传统文化的创造性转化理应具有更为丰富的内涵。我们要把握时代背景下新的历史方位，明确传统文化在新时代的使命与担当，正确认识传统文化延续和发展的文化意义，深度挖掘和再创造，探索其当下的发展途径，引导优秀传统文化在新时代的文化建设中发挥应有的文化价值。习近平总书记指出："理论的生命力在于创新。创新是哲学社会科学发展永恒的主题，也是社会发展、实践深化、历史前进对哲学社会科学的必然要求。社会总是在发展的，新情况新问题总是层出不穷的，其中有一些可以凭老经验、用老办法来应对和解决，同时也有不少是老经验、老办法不能应对和解决的。如果不能及时研究、提出、运用新思想、新理念、新办法，理论就会苍白无力，哲学社会科学就会'肌无力'。哲学社会科学创新可大可小，揭示一条规律是创新，提出一种学说是创新，阐明一个道理是创新，创造一种解决问题的办法也是创新。"[1]

达斯坦口头传统是全人类共同的文化遗产，是我国民间文化的瑰宝、民间

---

[1]《加快构建中国特色社会科学》（2016年5月17日），《习近平著作选读》第1卷，人民出版社，2023，第482—483页。

说唱艺术中的一朵奇葩，达斯坦演唱艺人是其光荣的传承者。达斯坦演唱活动次数的减少，并不意味着艺人表演能力、对听众的感染力、吸引力的彻底式微。当下，达斯坦传统虽然面临严重生存困境，却至今仍有达斯坦艺人在民间"活态"传承达斯坦。这些艺人从未放弃演唱，从未失去过人们现代化生活转型中的娱乐群众、文化传承作用。达斯坦传统文化需要不断地完善、演化和创新，从而适应日新月异的文化语境，能够满足人民群众的文化需求。

新媒体时代促进了达斯坦口头传统传播方式的多元化，同时为我们在新时代如何推动达斯坦口头传统的保护和传承提出了新的挑战。要实现达斯坦口头传统创造性转化和创新性发展，激活其文化价值，必须正视其面临的困境，同时要重视其时代性和创造性，把握时代发展的主流和民众的精神文化需求，顺应时代大势，让达斯坦文化融入新时代以社会主义核心价值观为主导的中华民族文化发展的洪流当中。"中华文化是各民族文化的集大成。"我国文化宝库中既有大量反映少数民族生产生活的作品，也有大量少数民族作者的创造。"在列入《人类非物质文化遗产代表作名录》的中国项目中，少数民族的占到三分之一。"[1] 2019年7月，习近平总书记在内蒙古考察时指出："中华文明植根于和而不同的多民族文化沃土，历史悠久，是世界上唯一没有中断、发展至今的文明。要重视少数民族文化保护和传承，支持和扶持《格萨（斯）尔》等非物质文化遗产，培养好传承人，一代一代接下来、传下去。"[2] 正视达斯坦口头传统类非遗在当下的失传危机，探索其新时代的文化价值，舍弃其中的糟粕，创新其表现形式，提升其创造力和文化向心力，讲好中国故事，更好地服务于社会主义现代化文化建设是我们每位社会科学工作者的使命和担当。

---

[1]《构筑各民族共有精神家园》，《习近平著作选读》（第一卷），北京：人民出版社，2023，第285页。
[2]《习近平在内蒙古考察并指导开展"不忘初心、牢记使命"主题教育时强调：牢记初心使命贯彻以人民为中心发展思想，把祖国北部边疆风景线打造得更加亮丽》，《中国民族》2019年第8期。

附 录

附录一：《玉苏甫与艾合买提》口头文本

国际音标记音

B1 omdan rəvayät/ märɣulan dästan/ vä häm asan/ valaqləmaq asan nan tapmaq tä:s//

B2 ötkän zamanda/ əspahannïŋ bɨr pa:təša:sə bolup/ bunïŋ ete boz oɣlanχan där ärde//

B3 boz oɣlanχannïŋ bɨr hämši:rɨsɨ ba:ti/

B4 bunïŋ lä:ləχan a:yəm deytti//

B5 bunïŋ sïŋləsnɨ ä:gɨ bä:gändi:kin/

B6 ä:gɨ berip lä:lɨχan a:yəmdən ü̊č pärzänt hujutqa kilɨp//

B7 iškki oɣal bɨr qïz/

B8 čoŋ oɣalnïŋ eti yüsüp bäg/ kičikɨnïŋ eti ä:mät bäg/ äŋ kičik sïŋləsnïŋ eti qaldïrɣačχan a:yəm därdɨlär//

B9 bularnïŋ čoŋ oɣal bäš yaš/ kičik sïŋləsɨ bɨr yašqa či:gändi:kin/ bunïŋ atəsi budunya:dən udunya:ɣa säpär qïləp üläp kätti//

B10 üläp kätkändi:kin bu boz oɣlanχan/ bu tul χutun yitɨm oɣallənɨ män ädäm qïmməsam bommas ikän//

B11 däp üznɨŋ yenɣa ta:tɨp/ bu iškki oɣalnɨ yättɨ yašqa či:gändä mäxtapqa bä:dɨ//

B12 mäxtapqa berip/ yättɨ yaštən on tö:t yašqa či:gändä mäxtaptən čɨqïrəp elɨp/ əlmədar ämdi ö:ləma hökɨmalïqnɨ tälɨm berimä: däp//

B13   bularnɨ mäxtaptən yittä yašta čəqərïp elip/ ävlɨyalïqni tä:lɨm bä:di//
B14   ävlɨyalïqni ügändü:gändi:kɨn/ bular ämdi ävlɨyalïqqa tušaptu/
B15   šikar säjidä qïləšnɨ ügɨtäy/ däp/ qïrïq žɨgɨtnɨ qošap taɣ üstɨgä šikarɣa čəqa:dɨ/ yüsüp bäg ä:mätbägni//
B16   taɣ üstɨgä šikarɣa čəqqandɨkɨn/ bular bɨrä: ay šunda:šikar qïləp žü:gändikin/
B17   bunïŋ ä:gäštürüp čəqqan žɨgɨtləri/ haraq šarap ičɨp/ zəna zəlat oɣurluq vɨlän šuɣullandɨ//
B18   šuɣullanɣandɨkɨn/ bu yüsüp bäg ä:mät bäg eyttɨ/
B19   vadäräχ//
B20   mɨnïŋ boz oɣlanχan taɣam bunda/ na:mdar ävlɨya hökümdar pa:təša: tu:sa/ munïŋ žɨgɨtləri taɣ üstɨdä mušunda: äski išni qïptu// däp
B21   mɨnïŋ boz oɣlanχan taɣamnïŋ šä:nɨgä/ nɨmɨdigän numusčəlïq däp/
B22   bɨr näččɨnïŋ bunəni/ bɨr näččɨnïŋ quləqəni kɨsɨp tašɨvättɨ//
B23   tašɨvätkändikin/ arədən bɨr šɨpəyun čəqəp/
B24   aya boz oɣlanχan//
B25   yüsüp bäg ä:mät bäg däydəɣan/ tul χutun yitɨm oɣallə vəlän taqqa bəznɨ qušap čɨqïrəp qoyaptɨkänsä://
B26   bɨr näččäylännïŋ bunəni/ bɨr näččäylännïŋ quləqəni kɨsɨp tašəvättɨ//
B27   nɨmɨdaq qïlɨsä:/ disäk//
B28   män boz oɣlanχan taɣələrəmnïŋ/ žɨgɨtlərini ajəzlašturup/ o:nəya pa:təša boləmän däp sïzdən pa:təša:lïq taləšɨp qaldɨ//
B29   bəz šunda qečɨp kälduq//
B30   digändi:kɨn/ boz oɣlanχan ä:valnɨ täkšü:mäy turuplam bɨr na:mɨ čəqa:dɨ//
B31   bɨr šähärdä iškki sultan ni išlär/
B32   bu oɣullär tamam älni alurmu/
B33   a:ldidin käm bolmas bɨr näččä qušlar/
B34   qa:ɣa učurup ärslan bulurmu//
B35   däp yüsüp bag ä:mät bäkkä boz oɣlanχan bɨr namɨ čɨqa:maq üčün/ yüsup bäg ä:mät bäkkä qarap boz oɣlanχan taɣəsi nɨmɨ däydɨkɨn//
B36   *mi:manla qosi:yqïya nɨmɨ yäytəkɨn/ däyda//*

B37 bɨr šähärdä i:kki sultan ni išlär/

B38 bu oγullär vay tamamu älni alurmu/

B39 aldɨden käm bulmasu bɨr näččɨ qušlär/

B40 qa:γa quzγun učurupu ärslan bulurmu//

B41 häväs qelɨp tutlup qalsun ašəγɨ/

B42 bu oγullär barurmu:ru: ärmɨš ba:bəγa/

B43 köp so:dälär vay čüšüru märtniŋ bašɨgä/

B44 bu ikkisi dunya:γaru pinhar bulurmu//

B45 bäg yüsüpkä boz oγlandin salamɨm/

B46 älčidinu ibärdimu toγri kalamim/

B47 tɨzraq yolγa vay yürüpu kätsun änǰamɨn/

B48 gɨzändilär bəzlärgäru düšmän bulurmu//

B49 älqïssä boz oγlanχan taγɨsɨ ivä:tkän namɨni/ boz oğlanχan yüsüp bäg ä:mät bäkkä qarap turup//

B50 bɨr šähärdä iškki sultan ni išlär/

B51 *bɨr šähärdä iškki pa:təša: bolamdu/*

B52 bu oγullär tamam älni alurmu/

B53 aldɨdin käm bolmas bɨr näččɨ qušlär/

B54 qa:γa quzγun učurup ärslan bulurmu//

B55 häväs qïləp tutulup qalsun ašəγɨ/

B56 bu oγullär barurmu ärmɨš ba:bəγa/

B57 köp savdälär čüšüdu märtnɨŋ bašigä/

B58 gɨzändilär bəzlärgä šuŋqar ärslan bulurmu//

B59 bäg yüsüpkä boz oγlandɨn salamɨm/

B60 älčidin ibärdəm toγri kaləmɨm/

B61 tɨzraq yolγa žürüp kätsun änǰamən/

B62 gɨzändilär bəzlärgä šuŋqa: ä:slan bolurmu//

B63 däp bɨr namɨ čɨqa:tɨptɨ//

B64 yüsüp bäg ä:mät bägni toχtətɨp//

B65 vadäräχ//

B66 bu arəməzdɨn bɨr šɨpiyun čəqïptu suχänči//

B67 bəz boz oɣlanχan taɣamnïŋ/ bunda bi: tul χutun yɨtɨm oɣal däp/ ädäm qïləp/ ä:lɨ qatarɨɣa qošap qoyɣənəɣa χursändä bo:saq/

B68 bəz pa:tɨšalïq täläp qïlamduq//

B69 bəz härgɨz boz oɣlanχan taɣamdɨn pa:təša:lïq talašmayməz/ däp qaytɨp čɨrɨp/

B70 aya boz oɣlanχan taɣa//

B71 bɨr namɨ ivätɨptikänsɨz/

B72 va:qïp bolduq//

B73 bəz sɨzdɨn pa:təša:lïq täläp qïlamduq//

B74 bu naä:lɨnïŋ išikɨn//

B75 bəz sɨzdɨn bəz pa:təša:lïq täläp qïmmayməz//

B76 däp boz oɣlanχan taɣəsɨɣa qarap yüsüp bäg ä:mät bäg//

B77 naä:lɨ bɨlän hämsö:bät qurma härǰayda/

B78 düšmänlärgä soɣusalamïni yätkürär/

B79 sɨrïŋnɨ eytməɣïn äsla namärtkä/

B80 čäkkä elɨp yaman ämälɨni bəldürür//

B81 däp/ yana boz oɣlanχan taɣəsɨɣa qarap turup/ yüsüp bäg ä:mät bäg minnätdarlïqïnɨ bəldürüp/ nɨm däydɨkɨn//

B82 naähli bɨlän hämsöhbätlär qurmaɣïn härǰayda/

B83 düšmänlärgä vay saɣu salamɨni yötkürür/

B84 si:rïŋni eytmiɣinu äsla namärtkä/

B85 čäkkä eytɨpvayyamanu ämälɨni bəldürür//

B86 bibä:ri gɨya:dinu yana yaχšɨdur yapraq/

B87 miväsizu däräχtɨnu yaχšɨdur tupraq/

B88 käm eqɨl yoldaštənu yana yaχšɨdur tayaq/

B89 kor kišigä vayyü:gänuyolɨni bəldürü://

B90 yamanlärni qoyup bolmas rayəɣa/

B91 üzni bəlmäy vay sal(a)ru ɣämnɨŋ ǰayəɣa/

B92 muhäbbätlɨk bɨr mi:man kälsä enïŋ öyiɣa/

B93 qanǰïq ištták qavašipu/ yolɨni beldürä://

B94 älqïssä boz oɣlanχan taɣïsɨɣa qarap turup yüsüp bäg//

B95 naä:lɨ bɨlän hämsö:bät qurma härǰayda/

B96 *äski ädäm bɨlän bɨž žolda maŋma/*

B97 düšmänlärgä saɣu salamɨni yätkürä:/

B98 sɨrïŋni eytmɨɣïn äsla namärtkä/

B99 čäkkä eytɨp yaman ämälɨni bəldürär//

B100 *namärtkä sɨrïŋni dimä... qïldɨkɨn/*

B101 bibä:ri gɨya:dɨn yaχšidur yopraq/

B102 mivisɨz däräχtɨn yaχšidur topa/

B103 *topa yaχši//*

B104 käm äqïl yoldaštɨn yaχšidur tayaq/

B105 kor kišigä/

B106 (*qa:rɨɣudäk*) *hasə teyniva: ɣan /*

B107 *na:ähli ädäm bɨlän žü:gändikin//*

B108 yamanlärnɨ qoyup bolmas rayɨɣä/

B109 özini bəlmäy salɨdur ɣämnïŋ ǰayɨɣä/

B110 muhäbbätlɨk bɨr mi:man kälsä enïŋ öyiɣä/

B111 qanǰïq ištták qavəšɨp qä:rini bəldürä://

B112 *oɣal valɨnïŋ χotni osal͜vosa/ bi:mi:man kä:sä ištták qavap/ oɣal valɨnïŋ a:wuyini čüšürdu//*

B113 dɨgandi:kin bula: boz oɣlanχan taɣəsɨɣa eytti/

B114 boz oɣlan taɣa//

B115 bəznɨ bu šä:din čikätsun/ däp namɨ i:lan qïpsɨz//

B116 bəznɨ čikätsun digändi:kin bu šä:din čikätmɨkɨməz la:zəmkɨn

B117 χär//

B118 däp yüsüp bäg ä:mät bägnïŋ aldɨda iškki žɨgɨt šunda mäydaŋɣa čɨqïp//

B119 ämsä bəznɨ digän ya:ränlä: vo:sa meŋla:/ däptɨ//

B120 yüsüp bäg ä:mät bägnïŋ käynɨdɨn/ qïrïq mïŋ öylük kiši ä:gɨšɨp čikɨtɨp qaldɨ//

B121 čəqïp/ mɨšädɨ bɨr näččä mäŋzil yol žürüp/ ...böläk dö:lät bɨr makaŋɣa berip/ qarəɣudäx vo:sa//

B122 to:täy noŋčaŋdäk bɨr köl bɨyavat bi: ǰaŋgallïq bɨyavat be:kɨn//

B123 qarəγudäk vo:sa api ǰari su eqïp tu:γan//

B124 mɨšä:dä apiǰari su eqïptu/

B125 bəz hemi:šäm/ qoy tutup ötsäk buγa maral kɨrpä tutup žü:mäy/ mɨšägä bi: šähär bina qïllɨ//

B126 däp bula: iškki šähär bina qïldɨ//

B127 šähär bina qïləp žɨgɨrmm̲ïŋdɨn bölɨšäp/ büvä:dɨ bir makan tutup otɨrap/ yüsüp bäg köl qezitɨp/ bɨr šähär ečip otta:γantikin//

B128 bularnïŋ ä:vazi päläkkä kötürläp kätti//

B129 kötürläp kätkändikin/ hazarəsnïŋ bɨr pa:təša:sɨ bar ärti//

B130 ärälɨχan nädirbäg sultan däydəγan iškki aka uka va//

B131 bu yüsüp bäg ä:mät bägnïŋ šähär ečip otta:γan daŋqɨ ävazi kötürläp kätkändi:kin//

B132 bular χuštu:tup//

B133 boz oγlanχannïŋ iškki inisi kilep/ χivä χaräzɨm däp iškki šähär bina qïləp šähär ečip otɨraptu//

B134 bəz diyarəməzγə bi: mi:man qïləp qɨčqə:rɨp killɨ däp/

B135 bɨr žɨgɨtni yüsüp bäg ä:mät bägnïŋ aldəγa na:mïnɨ ivä:tti//

B136 ivä:tkändikin bu na:mənɨ šunda oqup/ yüsüp bäg eyttiki/ ä:mät bägni qičqərɨp//

B137 ukam ä:mät bäg//

B138 bəznɨ ärɨlχan nädɨr bäg sultan mi:man qïləp qičqərɨptu//

B139 baramduq//

B140 ma namɨnɨ ivätɨptu//

B141 däp ärɨlχan nɨmɨ däp namɨ yeziptu//

B142 yüsüp bäg ä:mät bäkkä qarap turup nɨmɨ däp oquydɨkɨn däyda//

B143 qulaq selɨp ärzimnira išit ä:mɨdɨ/

B144 bäglär bigɨ bəzlärgära namä ibärmɨš/

B145 enïŋ yolɨda pida ǰism̲ɨ̲län ǰanɨm/

B146 bäglär bigɨ bəzlärgä namä ebärmɨš//

B147 ayχan ikän vay kälgän yana älčinïŋ ate/

B148 bɨr päläkkä yitärmura bändinïŋ da:dɨ/

B149 äslɨni vay soriγan čɨŋgɨzχannïŋ ävla:dɨ/

B150 kälsunlär däp bəzlärgä in'am ibärmɨš//

B151 äzäldin bu qɨsmmättur yana täqdɨrdɨn räχmät/

B152 kilärmikɨn bəzlärgära äyamu dävlät/

B153 ä:mätǰan sɨz maŋa birïŋ mäslähät/

B154 kälsunlar däp bəzlärgä kalam ibärmɨš//

B155 älqïssä yüsüp bäg ä:mät bäkkä//

B156 ayχan ikän kälgän älčinïŋ atɨ/

B157 bɨr päläkkä yitärmu bändinïŋ da:dɨ/

B158 äslɨni sorisaŋ čɨŋgizχannɨŋ ävla:dɨ/

B159 mi:ribanlïq bɨlän bəzgä salam ibärmɨš///

B160 äzäldɨn bu qɨsmättur täqdɨrdin rähmät/

B161 kilurmu bəzlärgä äya bu döwlät/

B162 ä:mätǰan sɨz maŋa birïŋ mäslä:t/

B163 kälsunlär däp bəzlärgä in'am ibärmɨš//

B164 bəzgä manda ton ivä:tɨptu//

B165 ayχan däydəγan žɨgɨtni älči ivätɨptu//

B166 bəznɨ kä:sun däp däptɨ/

B167 yüsüp bäkkä qarap turup ä:mät bäg/

B168 aka//

B169 bəznɨ dosluqtin qičqi:tamdu/ ya düšmänlɨk qïlamdu//

B170 bəz mäslähät qïlɨp/ anəməz lä:lɨχan a:yəm/ sïŋləməz qaldïrγač a:yəm bɨlän turup// šu:lɨ mäslähätini bä:sä andən barəlɨ//

B171 bu žɨgɨtni yaχši uztɨp qoyaŋ/ däptɨ//

B172 bu žɨgɨtkä yaχši atlərini yäŋgüšläp/ yaχši atqa ton särpay käydürüp/ mindürüp//

B173 arqïŋïzdɨn barɨmän/

B174 bɨr az išim ba:/

B175 əspahandən bəllä kä:gän/

B176 qïrïq mïŋ öylük kišim ba://

B177 ala a:təm barčisini köndüräy/

B178 katta kičik köŋlɨni män/

B179 *mä:lɨ koynïŋ köŋlini tənduray/* katta kičik köŋlɨni män tənduray//

B180 täläpkarni män etimγa mindüräy/

B181 bändidurmän ijazätkä χošum ba://

B182 anam lä:lɨχan a:yəmni mindürüp andən baray//

B183 däp bu žɨgɨtnïŋ etiγa yaχši at {miŋgürüp} yäŋgüšläp/ yaχši ton särpay käydürüp turupti//

B184 bu žɨgɨt hä:däp at sayrəsəγa qamčɨ urup/ pa:ypitäk äräl χan nädir bäg sultannïŋ diyarəγa ba:di//

B185 ba:γandinkin/ äräl χan nädir bäg sultan aldəγa čəqïp//

B186 qeni yüsüp bäg ä:mät bäg//

B187 äkkämmɨdïŋlɨma//

B188 ras šö:riti alämčɨ šunda yaχši bäglɨmɨkin//

B189 däptɨ/ äräl χan sultan yüsüp bäg ä:mät bägnïŋ namini oqup//

B190 ämdi äräl χan sultannïŋ aldɨda turup bu ämdi ayχan digän žɨgɨt nɨmɨ däp namɨ oquydɨkɨn ämde//

B191 χop bäg oγlɨ vay iškkiru ömär ša:zadä/

B192 bɨri širdur vay bɨriru qavlančɨ ba:dur/

B193 ulärni körgɨnɨm yoq yär asvabɨda/

B194 čimni disäŋ sulta:nimu u šunčɨ ba:dur//

B195 qerïq žigitɨ bar ikänu yana divä äpsärdäk/

B196 ušur bägu särdarɨru rumi qäysärdäk/

B197 yüsüp bäg ä:mät bägu yana šahi kišvärdäk/

B198 šamaldäk kelɨšləriru quyunčɨ ba:dur//

B199 ulärni körgɨnɨm yoq yana yär asvabɨda/

B200 mingän ati čapiduru äsqär ta:γəda/

B201 yüsüp bäg ä:mät bägu yana bulut ba:bəda/

B202 šamaldäk kelɨšləriru quyunčɨ ba:dur//

B203 älqïssä//

B204 {yüsüp bäg ä:mät bägnïŋ häptidɨn kiyin kilurlär bu älgä a:rɨ/}

B205 χop bäg oγlɨ iškki ömär šazadä/

B206 bɨrɨ širdur bɨrɨ qavlančɨ ba:dur/

B207 ularni körmәduq yär asvabida/

B208 šamaldäk kilɨšlәri quyunčɨ ba:dur//

B209 häptä kiyin kilurlär bu älgä a:rɨ/

B210 *häptidin kiyin kildu/*

B211 ular üčün salduryәn sän zärbap himarät/

B212 ... ... saŋa qïlur karamät/

B213 tä:ripini eytsam yüz mïŋčä ba:dur//

B214 qïrïq žɨgɨti bar ɨkɨn divä äpsärdäk/

B215 ušur bäg särdari rumi qäysärdäk/

B216 yüsüp bäg ä:mät bäg ša:yi kišvärdäk/

B217 kɨmni disäŋ sulta:nәm u šunčä ba:dur//

B218 däp yüsüp bäg ä:mät bäglär tapɨlәγandɨkɨn//

B219 bular qaytɨp čirɨp/ bu yüsüp bäg ä:mät bägnïŋ bәznïŋ bu sa:γan himmarätlәrimәz yarɨmaydɨkɨn//

B220 däp/ häptɨdɨn kiyin yaγaččɨ tömö:čɨlәrigä ämɨr qïlәp iškki himarät bina qïldɨ//

B221 himarät bina qi:γandɨkɨn/ yüsüp bäg ä:mät bäg haptidin kiyin/ yaχši kišilärni elәp berip ärde//

B222 äräl χan nädir bäg sultan yüsüp bäg ä:mät bägnïŋ/ ɨzzät ixramlә vәlän ečirɨp tö:dä otta:γuzupte//

B223 yüsüp bäg ä:mät bäg päštä otta:di//

B224 {pašta} munäǰǰim sahip ärlәri tö:dä šundaγ otәrapte//

B225 üč tö:ti γä:vät qïldɨkɨm//

B226 vay/ atayәn bu yüsüp bäg ä:mät bägni šamaldäk quyundäk ki:lɨḏdäp/

B227 bunda himmarät sa:saq/ sä:ra qïšlaq bäglәri:kin/a pä:ga:dә otәrap qalde//

B228 däp sükät qïpte/

B229 yüsüp bäg ä:mät bäg äräl χan nädir bäg sultannïŋ hozurәda otәrap/

B230 teχi sän bәz ö:lɨma:lɨnïŋ χïzmәtɨnɨ qïsaq hörmitini qïsaq/ yaratmay qaldïŋ//

B231 däp/yüsüp bäg ä:mät bäg ärälχan nädär bäg sultannïŋ aldəda/ämdi (u:lɨnïŋ) davəsni bä:mäk üčün nɨm däytɨkɨn//
B232 i: ömɨralär akabɨrlär/
B233 mɨŋɨru häybät yana möŋüz ǰanlär/
B234 išitïŋ bägu sultanlär/
B235 öz haləni bülgän yaχšədur//
B236 härkim yürsä üzini bülüp/
B237 kätmäs ayaɣe tayənɨp/
B238 uluɣlargä yana χïzmät qïləp/
B239 in'amini alɣan yaχšədur//
B240 uluɣlargä qïlsa hörmät/
B241 kiši tapqaylär äɣir dävlät/
B242 bärgäy yana aŋa köpläp ɨzzät/
B243 χata qïlmeɣan yaχšədur//
B244 paniy ürür ušbu ǰahan/
B245 ba:qiy ärmäs yana mal čarvədan/
B246 budunya:dən yana kitidu sultan/
B247 yaχši kätkä:nɨmɨz yaχšədur//
B248 čarvəda:lär kizär čöldä/
B249 patišalä:rimu här šä:lɨdä/
B250 pa:ša χälqi yänä näzärgärdä/
B251 in'amənɨ alɣan yaχšɨdur//
B252 bäg yüsüp där va qïšlaqïm/
B253 ǰayəm žɨgɨtlär yaylaqïm/
B254 budunya:nïŋ hämmä χavla:qe/
B255 bɨrbɨr köräškän yaχšɨdur//
B256 älqïssä/ ärälχan nädär bäg sultannïŋ tö:dä otta:may pägada otərap turup sän meni yaratmay qaldïŋ däp//
B257 i: ömäralär akabɨrlär/
B258 mɨŋɨ häybät möŋüz ǰanlär/

B259 išitïŋ bägu sultanlär/

B260 öz halɨni bəlgän/

B261 *hämmäädäm haləni bəlgän yaχše//*

B262 härkim žü:sä üzini bülüp/

B263 kätmäs ayaγi teyilnɨp/

B264 *üzüni bülüp maŋsa ayγi teyilip ketmäydu deydu/*

B265 uluγlärgä χïzmät qïləp/

B266 in'amənɨ alγan yaχšɨdur//

B267 uluγlargä qïlsa hörmät/

B268 kiši tapqay eγɨr döwlät/

B269 bärgäy aŋa yana ɨzzät/

B270 χata qïlmɨγan yaχšɨdur//

B271 bi'ädäpnïŋǰayidur nar/

B272 ädäpni bəlmɨgän bikar/

B273 *biädäplik qïγan ädämni/*

B274 uluγlargä čiltänlär yar/

B275 hörmättä bolγan yaχšɨdur//

B276 pa:niy ürür ušbu ǰahan/

B277 ba:qi ärmäs malčarvədan/

B278 budunya:dən kitär sultan/

B279 yaχši kätkä:nɨməz yaχšɨdur//

B280 čarvəda:lar kizär čöldä/

B281 *padə vaqïmɨ däp/*

B282 pa:təša:lar šähär šahärlɨdä/

B283 *pa:təša:la šä:dä otturdu čarvəda:la ǰaŋgalda/*

B284 pa:ša χälqɨ uluγ näzärgärdä/

B285 in'amənɨ alγan yaχšɨdur//

B286 paniy örür ušbu ǰahan/

B287 ba:qiy ärmäs mal čarvidan/

B288 budunya:dən kitär sultan/

B289 yaχši kätkɨnməz yaχšɨdur//

B290 bäg yüsüp där va qïšlaqïm/

B291 ǰayəm žɨgɨtlär yayla:qïm/

B292 budunya:nïŋ hämmä χowla:qi/

B293 bɨrbɨr köräškän yaχšidur//

B294 däpte/ bula: šunda otɨrap ketɨp čašlap udul/

B295 bəz aqəlməzməkɨn dɨsäk yüz sändal aqəlkänsɨlä:/

B296 däp tö:gä elɨp olta:di//

B297 oltaγandi:kin yüsüp bäg ä:mät bägni bɨr ay mi:man qïləp/

B298 ballərɨm/ səllä: zä'ipïŋla ba:mu//

B299 depte/yüsüp bäg yaq bəz tɨχi ö:länmədu̇q depte/

B300 äräliχan sultannïŋ bɨr qïzi ba:te/

B301 gul'äsäl a:yəm däyti/ yüsüp bäkkä bä:di//

B302 inisi nädir bäg sultannïŋ bɨr qïzi ba:te/ gulχeličɨ a:yəm deyte/

B303 ä:mät bäkkä bɨr ay toy qïlep/

B304 anda bo:sa bəz qeriptuq/

B305 mušu hazarəsnïŋ pa:təša:lïqïni silɨ qïlïŋlə deptɨ//

B306 bəz sä:ra qïšlaq bägləri bo:γandi:kin ǰaŋgalda ottaγan/

B307 kitip qallɨ däp ayalni elɨp žutqa kitip qalde//

B308 kitip qa:γandəkɨn bular ämdi tügäp/muna:zrä bolap boz oγlanχan taγəsi berip/

B309 mä inilərimni kišinïŋ käynigä čɨrɨp palɨvɨtɨptɨkänmä://

B310 {män} ular berip ärälχan nädir bäg sultannïŋ qïzini aptu//

B311 šähär bina qïlïptu//

B312 män berip maräkläp qoyap kä:säm bolɨdɨken/

B313 däp//yüsüp bäg ä:mät bägnïŋ žutiγa/χi:vä χaräzmigä/ boz oγlanχan taγəsi/bɨr näččä žɨgɨtni elɨp ba:di//

B314 berip ukam/ inilərim//

B315 pa:təša:lïqïŋla mubaräxbat bo:sun//

B316 nemɨš qïlɨvatisilä səllä däptɨ//

B317 bəz munda šähär bina qïləp ottaduq//

B318 bəznɨ kišinïŋ käynigä čɨrɨp bəznɨ palɨvɨtɨp qaldïŋla//

B319 bəz šähär bina qïləp olta:duq//

B320 anda bo:sa äräl χan nädɨr bäg sultanγa/ diyari vezɨr bolapsɨlä://

B321 qïzɨni elɨpsɨlä//

B322 anda bo:sa žɨgɨtlərïŋləni mɨnïŋ aldəmdɨn ötküzüŋla://

B323 deptɨ/yüsüp bäg ä:mät bäg žɨgɨtlərinïŋ qïrïq žɨgɨtɨni qata:qïləp ötküzüp barɨtɨ//

B324 köxčɨ däydəγan güzälša:nïŋ haramzadä bɨr šipiyuni va:te/

B325 yüsüp bäg ä:mät bägni tutup kitimä: däydəγan//

B326 qata: qïləp ötküzüp barətɨ/

B327 hämmäylän qïrïq žɨgɨti ušur bäg särdari mäšγul bolap ketɨp barɨti/

B328 ula: oynap ketɨp beriptu//

B329 köxčɨ däydəγan bɨr haramzadä bädbäχ na:čarkən//

B330 ma nɨmäŋla ukam/ deptɨ//

B331 bu bəznïŋ güzälša:dïn kä:gän qulɨməz deptɨ//

B332 buni ečqïp öttä:/ däp//

B333 ǰanəmni ǰanïŋγa qurban äylɨsäm/

B334 közləri aladur öltär šu qulni/

B335 zalɨm quldur saŋa qïlmas bɨrivät/

B336 közləri aladur öltär šu qulni//

B337 däp/ ämdi köxčɨ bädbäχni öttä manə/ bunïŋdɨn vopa kämmäydu//

B338 däp/ boz oγlan taγisi/ yüsüp bäg ä:mät bäkkä näsähät qïmmaq üčün nɨmɨ däydikɨn//

B339 ǰanïmni ǰanïŋgä qurban äylɨsämäy/

B340 közleri aladur öltär šu qulnɨ/

B341 zalïm quldur i: balam qïlmas bɨrivät/

B342 közläri aladur öltär šu qulnɨ//

B343 bɨr näččɨ kün χïzmät qelɨp halɨŋni čaγlar/

B344 hiylɨ mikrɨ vay bɨlän qolaŋni baγlur/

B345 hiylɨ mikrɨ vay bɨlän qolaŋni baγlur/

B346 ǰanïŋlärgä ǰazadur öltär šu qulnɨ//

B347 bɨr näččä kün χïzmät qïləp halɨŋni čaγlur/
B348 hiǰranlïqnïŋ otəda baγrïŋni daγlor/
B349 hiylɨ mikirap bɨlän senïŋ iškki qolaŋni baγlur/
B350 közləri aladur öltär šu qulnɨ/
B351 güzälša:dïn kälgän bädbäχimansïz//
B352 čɨra:yinïŋ qa:nɨyoq yüzləri ǰansɨz/
B353 qulaŋla:ni baγləγanda andən tunursän/
B354 ǰanïŋlargä ǰazadur öltär šu qulnɨ//
B355 zalïm quldur balam saŋa qïlmas bərivät/
B356 boz oγlanχan taγaŋ saŋa qïldur nisihät/
B357 közləri aladur öltär šu qulni// depte/
B358 buni sän qulum desäŋ aχïr senɨ qul qïlɨdu balam
B359 bala vaqaŋdïn a:rəp sinibi:tul qïlədu
B360 ečiγan χemi:däk bɨr bul qïlɨdu
B361 bunɨ quli:qïŋni kisip bɨr ǰin qïlɨdu//
B362 esit boz oγlan taγamnïŋnisä:tini disäŋ payda bä:mäydu
B363 bunɨ öltä: deptɨ
B364 boz oγlan taγəsəγa qarap turup/
B365 isit//
B366 žurtumda turup teχi mɨnïŋ o:nəmγa pa:dəša: bolamdɨkɨn däp häydäp čɨqa:saŋ//
B367 emdi ma: kün alɨmän däp ma: χïzmətɨmdä tu:sa/
B368 bunïŋ qoldən nɨmɨš kɨldu/ bu quldən//
B369 deptɨ/yüsüp bäg ä:mät bäkkä qarap turup/ boz oγlan taγəsɨbɨr pändi nisä:t qïmmaq üčün/
B370 qulaq selɨp ärzimni išit sultanim/
B371 qudritiŋdin küllɨ äša mä:ǰuttur//
B372 däp boz oγlanχan taγəsɨ yüsüp bäg ä:mät bäkkä bi: pändi nisä:t qïmmaq üčün nɨmɨ däytɨkɨn//
B373 qulaq selɨva ärzimni vay išit sultanem/
B374 qudritïŋdin vay küllɨ ä:ša mävǰuttur/

B375 bir muddät mülki ürür ǰan bɨlän ǰisme/ ǰan bɨlän ǰisme/
B376 märhämmät qïlγuče dayim mävǰuttur//
B377 üzüŋdin päskilärgä äylägɨn mäzür/
B378 dö:lätïŋïŋ išineru qïlγaysän mämur/
B379 mänmänlɨk äylɨmä vay özüŋni yandurvay özüŋni yandur/
B380 mänmänlɨk äylɨgänlär aχïr näbuttur//
B381 zɨkri häqni vay ävrat eytqïn sän dayem/
B382 miradïŋni bärgäy senïŋa aχïr zamnem/
B383 mänmänlɨk äylɨde šäytanɨ zalïm šäytanɨ zalïm/
B384 enïŋa üčün därgahiden šäytan näbuttur//
B385 bašqalargä äylä yaχšelïq eši/
B386 özüŋnïŋ išineru qïlγïl ändi:ši/
B387 yamanliqïŋni yad etɨp žïγla hämɨši/žïγlɨγïn hämɨše/
B388 közüŋnïŋ yašənïŋ här qädrisine bəlgɨl yaquttur//
B389 yaχši bolsaŋ sözlürüŋ vay ötälär tašten/
B390 yaman bolsaŋ kitälär dävlätïŋ bašten/
B391 ibrät alγen mivilɨk vay däräχ yaγačten/vay däräχ yaγačten/
B392 mivälɨk däräχnïŋ boylәri päs bolur//
B393 boz oglanγa vay budur vay mɨnïŋ ǰuvabem/
B394 uruš qïlmaq ürär dayəm käyrusavale/
B395 düšmänlärgä vay čündur dävzäχ äzabe dävzäχ äzabe/
B396 yaχšelarnïŋ vay ǰahi aχïra bihištur//
B397 älqïssä boz oγlanχan taγəsɨ yüsüp bäg ä:mät bäkkä pändi nisä:t qïləp//
B398 qulaq səlɨp ärzimni išit sultanəm/
B399 qudritïŋdin küllɨ äša mävǰuttur/
B400 bɨr muddätlik mülküŋ ürür ǰan bɨlän ǰismeŋ/
B401 märhämmät qïlγuče dayem——//
B402 *ǰan degan amanät//*
B403 üzüŋdïn pästkilärgä äylɨgɨn mäzur/
B404 dö:lätïŋnïŋ išini qïlγaysän mämur/

B405 mänmänlɨk äylɨmä özüŋni yandur/
B406 *mänmänlɨk äylɨgänlär aχïr öläp kitedu...bolap//*
B407 (z)ikrɨ häqni ävrat eytqïn sän dayem/
B408 mɨradïŋni bärgäy senïŋ aχïr zamanem/
B409 mänmänlɨk äylɨdi šäytanu zalem/
B410 inïŋ üčün därgahidin šäytan/
B411 *šäytan mänmänlɨk qïləp qoγlap čiqïrvätkän//*
B412 bašqalargä äylä yaχšilïq eše/
B413 özüŋnïŋ išini qïlγïl ändi:še/
B414 yamanlïqïŋni yad itɨp žïγlïγɨn sän hämiše/
B415 közüŋnïŋ yašinïŋ här bɨr qädrisini bəlgɨl yaquttur//
B416 yaχši bo:saŋ sözlərïŋ ötälär tašten/
B417 yaman bo:saŋ kitidu dävlɨtïŋ bašten/
B418 ibrät alγən mivilɨk däräχ yaγačten/
B419 *mivilɨk däräχnïŋ boyɨ päs//*
B420 *böläk däräχ ösüdu mivilɨk däräχ päs//*
B421 *hämmädäm igɨp yäydu//*
B422 boz oγlanχan budur mɨnïŋ saŋa ǰavabɨm/
B423 uruš qïlmaq dayim ürür karu savaləŋ/
B424 düšmänlärgä čündur dävzäχ azabɨ/
B425 yaχšelanïŋ ǰayi ä:χïr//
B426 däpte// boz oγlanχan taγəsɨ yüsüp bäg ä:mät bäkkä qarap turu:p kitɨp/
B427 χär/däp boz oγlanχan taγəsɨ qaytɨp kätti//
B428 qaytɨp kätkändikin ämdi söz ištɨməz/mɨsɨrnïŋ pa:dəša:sə güzälšah degän bɨr čüš köräp qalde//
B429 čüš kö:gändikin köräp qarəγudäk vo:sa//
B430 yerəm kečidä yatsa bɨr näččä özini itla: talap//
B431 täχtini bɨr ädäm söräv žürüp čüš köräp qapte//
B432 bu munäǰǰimlɨni ečɨripte//
B433 mɨnïŋ bɨr čüš köräp qaptɨmä:/

B434 bu čüšüm qayda/ däpte//

B435 sinïŋ žutuŋγa yüsüp bäg ä:mät bäg däydəγan iškki bäg düšmän bolap senïŋ šä:ɨrïŋnɨ alɨdɨken//

B436 čüšüŋdä körgɨnïŋ yüsüp ä:mätdur/

B437 härbɨr eytqan sözləri ǰanγa rahättur/

B438 ularni bügün ana körginïŋ häm qïsmättur/

B439 yüsüp alɨdur šä:irïŋni körgän ä:valïŋ//

B440 tariχlardä yüsüp bäg däp yezəlγan/

B441 yüsüp bäg ä:mät bäg aldu sinïŋ šä:rïŋni körgän ä:valïŋ/

B442 γäzäp bɨlän oŋ solaŋni aylənur/

B443 ölükləriŋ sinïŋ χändäklärgä ǰaylïnur/

B444 burun qula:γïŋni kisip qazaqlargä satalar/

B445 yüsüp alɨdu šä:rïŋni körgän ä:valïŋ//

B446 digän haman güzälša/

B447 mɨnïŋ šä:rɨmgä düšmän bo:γan yüsüp bäg ä:mät bäg digänni qaysïŋ tutup kä:säŋ/

B448 bäglär bɨgɨ mäŋsäp birɨmä://

B449 χäzinämdiki altun kümüšni män birɨmä//

B450 däptɨ šu köxčɨ bädbäχ digän/

B451 mana män guzälša:γa yüsüp bäg ä:mät bägni tutup kilɨmän däp bu čïəqqan//

B452 bu yüsüp bäg ä:mät bägni nä:dä däp qešiγa kilɨp bu//

B453 män güzälšä:nïŋ aldɨda χa:lɨšiptɨm//

B454 män sɨzni a:dil bäg volaptu däptɨ//

B455 män sɨznïŋ aldɨŋïzγa χïzmät qï:γïlɨ käldim däptɨ//

B456 buni kelɨp qïrïq žɨgɨtinïŋ čayčɨ qïp qoyγan helïqï köxčɨ bädbäχne//

B457 čayčɨlïq qïləpturite//

B458 bɨr küni yüsüp bäg ä:mät bäg šunda qa:lɨsa://

B459 yüsüp bäg ä:mät bäg//

B460 silä: mini boz oγlanχan taγaŋla öltä: disimu öltämɨdïŋla//

B461 mini kilɨp qïrïq žɨgɨtkä čayčɨ qïp qoydïŋla//

B462 män güzälšanïŋ γäzinčisitɨm//

B463 män yalγan gäp qïləp käldim//

B464 qïrïq γäzininïŋ a:čquse mana mändä ba://

B465 män silɨni güzälšä:nïŋ aldəγa apirip/bi: mi:man qi:sam qayda/däptɨ//

B466 yaq dep turvaldɨ//

B467 anda vo:sa hararät däydəγan bɨr näsɨva://

B468 buni bɨr ičsäŋla bɨr uχləsaŋla qïrïq kün uχlaysɨlä//

B469 bɨr uχləməsaŋla qïrïq kün uχləmaysilä//

B470 buni ičïŋla:/däptɨ//

B471 bəzgə nisip qïmmaptɨkɨn/

B472 disimu unəmay/köxčɨ bädbäχ yüsüp bäg ä:mät bägni haraq ičürüp qoyde//

B473 haraq ičürüp qoyap baləman ta:γə däydəγan bɨr taqqa apərɨp haraq ičürüp əkičä kün taŋ nïspi: bo:γanda qarəγudäk vo:sa mäs volap kätkän//

B474 yüsüp bäg ä:mät bägni ečəqïp//

B475 yüsüp bäg ä:mät bägnïŋ qollərini baγlap//

B476 atlərəni maχodin ečəqïp/

B477 buni äšu müyässär häydäp äkitiparte//

B478 yüsüp bäg ä:mät bäg kö:gän čüšini e:təbarγa ammay yetɨp uχlap qalde//

B479 qarəγudäk vo:sa köxčɨ bädbäχ maŋsaŋ maŋdïŋ maŋməsaŋ bešïŋni kesɨp elɨp kitimä: däp häydäp maŋde//

B480 häydäp maŋγandikɨn/yüsüp bäg šunda közini ečip qarəsa/

B481 köxčɨ bädbäχ/ nä:gä appɨrɨsä: däpte//

B482 saŋə boz oγlanχan taγaŋ saŋə nɨm digän//

B483 ämdi maŋsaŋ maŋdïŋ maŋməsaŋ bešïŋni kisɨp elɨp kitɨməz däpte//

B484 yüsüp bäg šunda ä:mät bägkä qarap turup//

B485 baləman ta:γə därlär a:tïŋni sinïŋ/

B486 ärminɨm köp qaldɨ yazulǰalaləm/

B487 düšmänlär baγlədi qulumni mɨnïŋ/

B488 ärmɨnɨm köp qaldɨ yazulǰalaləm//

B489 däp/köxčɨ bädbäχnïŋ qolɨda ämdi kö:gän čüšini i:tibarγa ammay//

B490 boz oγlanχan taγəsɨni i:tibarγa amməγanlïqɨ üčün zarə zar žïγlap/
B491 mɨsɨr taräpkä ravan bolap maŋmaq üčün nɨm däydəken//
B492 balɨman ta:γi vay därläru yana atïŋni sinïŋ/
B493 ärma:nəmu köp qaldɨru yazulǰalalem/
B494 düšmänlär baγləderu yana qolumne menïŋ/
B495 ärma:nəmu köp qalderu yazulǰalalem//
B496 bɨr kün yetɨp körüp ärdim yaman čüš/
B497 a:təmnïŋa igäri yoqu özümnɨŋ bilɨm boš/
B498 sɨrɨmdɨna vay učapa ärdi iškki qara quš/
B499 ärma:nəmu köp qaldɨru yazulǰalalem//
B500 körgän čüšümni yanaru etibarγa alməde m/
B501 boz oγlanχan taγamnïŋ nisihetini alməde m/
B502 köxčɨni män öltürüp yana zïndaŋγa salməde m/
B503 ärma:nemu köp qaldɨru yazulǰalalem//
B504 ä:mät bäg häm kičixturu yana män häm teχi yaš/
B505 ilahemmu düšmängä härgɨz qïlmaγəl yoldaš/
B506 düšmän qoləγa čüšärmɨken yana kisilmäy bu baš/
B507 ärma:nemu köp qalderu yazulǰalale(m)/
B508 älqïssä yüsüp bäg ä:mät bägni ählɨyüzilär köxčɨ bädbäχ baγlap ketɨparte//
B509 köxčɨ bädbäχ šunda: urup äkitɨparte//
B510 ä:mät bäg mäslɨxtin šišilɨp šunda: küzini ečip turup//
B511 köxčɨ//
B512 nɨmgä apɨrɨsä//däpte/
B513 sini mɨsɨr täräpkä elɨp barɨmä://
B514 sän mändä qïrïq γäzi:nənïŋ a:čqusi va u bu dimədïŋmu haramzadä däpte//
B515 ämdi män sini baγlap äkätkɨnɨ käldɨm//
B516 maŋsaŋ maŋdəŋ maŋməsaŋ bešïŋni kisɨp elɨp ketɨmä/
B517 däp häydäp urup meŋəpte//
B518 yüsüp bäg köxčɨ bädbäχkä qarap turup//
B519 baləman ta:γi därlär atïŋni senïŋ/

B520 ärma:nəm köp qaldɨ yazulǰalaləm/
B521 düšmänlär baɣlədi qulumni menïŋ/
B522 ärma:nəm köp qaldɨ yazulǰalaləm//
B523 bɨr kün yetɨp körüp ärdɨm yaman čüš/
B524 atəmnïŋ igärɨ yoq özümnïŋ bɨlɨm boš/
B525 sɨrɨmdïn učup ärdi menïŋ iškki qara quš/
B526 ärma:nəm köp qaldɨ yazulǰalaləm//
B527 bäg yüsüpnïŋ boluptur bu halləri/
B528 bändä bolup baɣləniptur nazuk qolləri/
B529 sulayman päyɣämbärnɨŋ divä äpsɨri/
B530 ärmɨnim köp qaldɨ yazulǰalaləm//
B531 ä:mät bäg häm kičixtur män häm teχi yaš/
B532 ilahɨm düšmängä qïlməɣən yoldaš/
B533 düšmän qoləɣa čüšärmikɨn kɨsɨlmäy bu baš/
B534 ärma:nəm köp qaldɨ yazulǰalaləm//
B535 däp žïɣlap kitɨparte//
B536 ä:mät bägaka//nɨmɨ däp žïɣlaysä:däpte//
B537 bəznɨ ma köxčɨ bädbäχ äkitɨpardu däpte//
B538 ämdi qïlədəɣan χïzmɨtïŋ mušumu däpte//
B539 bunïŋdɨn artuq χïzmät qïlamtɨm däp/
B540 yüsüp bägni qïrïq qamčä/ ä:mät bägni qïrïq qamčä urup häydäp maŋde//
B541 ämdi söz ištɨməz yüsüp bäg ä:mät bägnïŋ qïrïq žɨgɨtɨ čedïrda hämmisi mäs mus tävräp yetɨp qapte//
B542 ušur bäg särdari mäslɨxtɨn yišilɨp qarəɣudäk vo:sa yüsüp bäg yoq//
B543 ä:mät bäg disä ä:mät bägmu yoq//
B544 maχorəda iškkiläylännïŋ etɨ yoq//
B545 qarəɣudäk vo:sa žɨgɨtlär mäs uχlap kätkän//
B546 ušur bäg särdari žɨgɨtlärnïŋ bešəɣa ütüp//
B547 haraq šarap ičip mästä yatqan žɨgɨtlär/
B548 turuŋ ämdi a:rəp alaylɨ bäglärni/

B549 γäplät bɨlän bändilɨxtä yatqan žɨgɨtlär/

B550 turuŋ ämdi a:rəp alaylɨ bäglärni//

B551 däp ušur bäg särdari žɨgɨtlärni o:γutup/yüsüp bäg ä:mät bägnïŋ käynidin sürmäk üčün nɨm däytɨkɨn//

B552 haraq šarapni iči:pa mästä yatqan žɨgɨtlär/

B553 turuŋ ämdä vay ayre:pa ayrep alay bäglärne/

B554 γäplät bɨlän vay bändä bändä bolγan žɨgɨtlär/

B555 turuŋ ämdä ayrep ayrep aləlɨ bäglärne//

B556 bändä bolup vay bäglär bäglär malal bolməsun/

B557 qerq žɨgɨtɨm qayda dä:pa yolγa qayrap qalməsun/

B558 bändä bolγan bäglärnïŋ köŋlɨ sunməsun/

B559 turuŋ ämdi ayrep ayrep aləlɨ bäglärni//

B560 χarap bolγandur menïŋ yana χaräzmä šä:rem/

B561 väyranä bolγandura isel bäglərɨm/

B562 qerq žɨgɨtɨm vay qɨni ušur bäg däp särdarɨm/

B563 turuŋ ämdi ayrep ayrep aləlɨ bäglärni//

B564 düšmänlärdin vay eγir eγir läškär kelɨptu/

B565 volla a:läm bäglɨrɨmez yana bändä boluptu/

B566 bäglɨrəmnïŋ bašiγa köp savdälär selɨptu/

B567 turuŋ ämdi ayrep ayrep aləlɨ bäglärni//

B568 älqïssä yüsüp bäg ä:mät bägni ählɨyüzilär elɨp maŋγandɨken//

B569 ušur bäg särdari žɨgɨtlär mästlɨxtä uχla:tɨte//

B570 haraq šarap ičip mästä yatqan žɨgɨtlär/

B571 turuŋ ämdi a:rəp alay bäglärne//

B572 γäplät bɨlän bändɨlɨxtä yatqan žɨgɨtlär/

B573 turuŋ ämdi a:rəp alay bäglärne//

B574 bändä bolup bäglär malal bolməsun/

B575 qïrïq žɨgɨtɨm qayda däp yolγa qarap qalməsun/

B576 bändä bolγan bäglärnïŋ köŋlɨ sulməsun/

B577 turuŋ ämdi a:rəp alaylɨ bäglärne//

B578 düšmänlärdin eγir läškär yitɨptu/

B579 valla: haläm bäglɨrɨməz bändä boluptu/

B580 bäglɨrɨmnïŋ bešəγa eγir sävda selɨptu/

B581 turuŋ ämdi a:rəp alaylɨ bäglärne//

B582 χarap bolγandur mɨnïŋ χaräzmi šä:rem/

B583 väyranä bolγandur isil bäglɨrem/

B584 qïrïq žɨgɨtɨm qɨni ušur bäg särdarem/

B585 turuŋ ämdi a:rəp alaylɨ bäglärne//

B586 däptɨ žɨgɨtlär mäslɨxtɨn šišilɨp o:nidin qopte//

B587 hämmisi at sürüp yättɨ kičɨ kündüzdi:kin yüsüp bäg ä:mät bägnïŋ keynidin yitɨp beripte//

B588 qarəγudäk vo:sa/ä:lɨyüzilär yüsüp bäg ä:mät bägni baγlap extɨperiptu//

B589 baγlap ekɨtɨpo:γandi:kin/ušur bäg särdari šunda žɨgɨtlərigä qa:lap turup//

B590 qïrïq žɨgɨtɨm äzimɨtɨm/

B591 iš kö:sitär kündur bukün/

B592 düšmänlärni qan žïγlɨtɨp/

B593 ǰandin kičär kündur bukün/

B594 žɨgɨtlärni ämdi ählɨyüzilärnïŋ qatarəγa ǰäŋgä əltəmaq üčün/žɨgɨtlərigä qarap turup ušur bäg särdari nɨm däydikɨn//

B595 qiriq žegɨtɨma äzimɨtɨm/

B596 iš kö:sitäru kündur bukün/

B597 düšmänlärniru qan žeγlətɨpu/

B598 ǰandin kečär kündur bukün//

B599 ušur bäg qelur urušä/

B600 qurulsa mäšär bazare/

B601 bäg yüsüpnïŋ ya:ränləriru/

B602 ǰandin kečär kündur bukün//

B603 düšmänlärgä beriŋlär zor/

B604 alämgä ketsun märγorur/

B605 tepəlmɨsunu kɨrgɨlɨ goru/

B606 širdäk qïrγuy selïŋ bäglär//
B607 ušur bäg qilur urušä/
B608 qurulsa mäšär bazare/
B609 bäg yüsüpniŋa ya:ränləriru/
B610 ǰandin kečär kündur bukün//
B611 qalsun düšmänlär azγəšep/
B612 qizil qanigä bulγəšep/
B613 qilič disä ǰan qelɨšipa/
B614 aχïr zaman kündur//
B615 älqïssä ušur bäg särdari žɨgɨtlärni šunda mäydanγa atap//
B616 ušur bäg qïlur urušä/
B617 qurulsun mä:šär bazare/
B618 bäg yüsüpnïŋ ya:ränləre/
B619 ǰandin kičär kündur bukün//
B620 düšmänlärgä bɨriŋlär zor/
B621 alämgä kätsun märγorur/
B622 täpilməsun kɨrgɨlɨ gor/
B623 širdäk qïrγuy selïŋ bäglär//
B624 qalsun düšmänlär azγəšep/
B625 qïzil qanigä bulγəšep/
B626 qïlɨč disä ǰan qïlɨšep/
B627 iš kö:sitär kündur bukün/
B628 däp/ušur bäg särdari žɨgɨtlärni šunda: mäydaŋγa ïltapte//
B629 ač börä qoγγa či:gändäk yittä kičä kündüz ǰäŋ qïləp kette//
B630 ǰäŋ qïləp kätkändi:kin qarəγudäk vo:sa//
B631 ušur bäg särda:rənïŋ bɨr näččä žɨgɨtləri nä:but volde//
B632 bo:γandɨkɨn yüsüp bäg ä:mät bägnïŋ a:qïsïdɨn bɨr güldürgüm ävaz volupte//
B633 yüsüp bäg ä:mät ey ä:lɨyüzilär//
B634 bəz bɨlän hämdäm bolγan äl düšmänlär//
B635 bəznïŋ käynɨməzdä nɨmɨ güldürgüm ävaz//

B636 ya minïŋ qolamni šišip bɨr täräp qïl//
B637 nɨmɨ däp däptɨ//
B638 sinïŋ qïrïq žɨgɨtïŋ qoγlap käptɨken//
B639 qïrïq künnïŋyaγi ǰäŋ qïlvatɨməz//
B640 bɨr näččinïŋ buni quləqïni kisivättuq//
B641 bɨr näččini hilak qïlduq//
B642 šunïŋ(vəlän) ǰäŋ qïləvatəməz digändikin//
B643 äy bädbäχ düšmänlä://
B644 mɨnïŋ žɨgɨtlɨrɨm yašlɨγəndin qïrïlïp kätmisun//
B645 mɨnɨ bi: toγrə qi:γən žɨgɨtlɨrɨmgä/däpte//
B646 yüsüp bäg ä:mät bägni igɨz qïrnïŋ üstigä qulɨni baγlap ečəqïp toχtatte//
B647 toχtəγandɨkɨn žɨgɨtlär šunda arqïmu arqa qoyγa či:gändäk ǰäŋ qïlɨvatite//
B648 yüsüp bäg ä:mät bäg žɨgɨtlərigä qarap//
B649 mɨnïŋ üčün hämdäm bolγan žɨgɨtlär/
B650 ämdi qaytïŋ ämdi žɨgɨtlɨrɨm/
B651 mɨnïŋ qolam baγlaγlïq baralmədim yenïŋγa/
B652 män aylənay žürgɨn yüsüp sultanem//
B653 χaräzmigiči baray yüsüp sultanem/
B654 däp/yüsüp bäg ä:mät bäg žɨgɨtlərigä qarap turup žɨgɨtlərini mäydandən qaytu:maq üčün nɨm däydiken//
B655 qolum baγlaqlïq vay äǰäp baralmədim yenïŋγa/
B656 aylənurmänvay atïŋ atïŋ bɨlän özüŋdin/
B657 boz atïŋ boyaləptu özüŋnïŋ qïzɨl qanïŋgä/
B658 aylənurmän atïŋ atïŋ bɨlän özüŋden//
B659 zamanäm vay özüŋ asan išlar bärgiydïŋ/
B660 aγmaq minip kiyduq bəz šahi tonlarne/
B661 ämdi bügün qayturduŋ yegän polane/
B662 aylənurmän atïŋ atïŋ bɨlän özüŋdɨn//
B663 boz atïŋ boyaləptu özüŋnïŋ qïzɨl qaniŋgä/
B664 qolum baγlaqlïq vay äǰäp baralmədim yanïŋgä/

B665 mïŋ razimän žɨgɨtlär saŋa bärgän tuzumgä/
B666 aylənurmän vay atïŋ atïŋ bɨlän özüŋdin//
B667 däp yüsüp bäg ä:mät bäg närä qïptɨ//
B668 žɨgɨtlär moyəγəmu ammay ǰäŋ qïləp kätte//
B669 ählɨyüzilär/yüsüp bäg ä:mät bäg//
B670 senïŋ degän gepïŋnɨ bɨr tal moyɨγəmu almɨde//
B671 čüš däp baγlap äpkätte//
B672 qïrïq kečä kündüz ǰäŋ qïpte//
B673 ušur bäg särdarinïŋ žɨgɨtləridin on žɨgɨt šehit bolap kätte//
B674 bular bɨr qara boran päyda qïləp ählɨyüzilärnɨ közdin γayəp qïlde//
B675 yüsüp bäg ä:mät bägni elɨp mɨsɨrγa yürüp kätte//
B676 ušur bäg särdarɨnïŋ iškki käm qïrïqbɨryerigä oq tägde//
B677 buni ǰo:γa selɨp yüsüp bäg ä:mät bägnïŋ on iškki etɨγa šalčinɨ yepɨp bular qaytɨp kelɨvatɨtɨ//
B678 yüsüp bäg ä:mät bägnïŋ läyləχan a:yəm anəse/ bular baləlɨrɨmne äkätkilɨ bɨr näččä mänzɨl yol yürüptu däydu/
B679 män šularnɨ bɨr yoqlap keläy//
B680 däp/ tö:täylän tö:t äsrapčəda äsqär ta:γəγa čəqïp qarəγudäk vo:sa//
B681 žɨgɨtlär yüsüp bäg ä:mät bägnïŋ etɨγa šalčɨnɨ yepɨp/ušur bäg särdarən ǰo:γa eləp kelɨvatqanlïqïni kö:de//
B682 balələr täräp täräpkä qečɨpte//
B683 lä:lɨχan a:yəm kelɨp bularnɨ tosup mäydaŋγa yɨγïp turup//
B684 lä:lɨχan a:yəm žɨgɨtlärgä qarap turup//
B685 amanlïqta bahadïr degänlär/
B686 säyläp yaχši äl namini alγanlar/
B687 özini qoyup yüsüp ––//
B688 däptɨ ušur bäg särdari/
B689 äy žɨgɨtlär//
B690 lä:lɨχan a:yəmnïŋ ävazənɨ aŋlap qaldəm//
B691 meni yöläp eləŋlar däpte//

B692 žɨgɨtlär ǰo:dən yöläp apte//

B693 lä:ləχan a:yəmγa köz tikip qarap turalmay//

B694 arqïsidin berip kördüm qarani/

B695 düšmänlärdin bala:ni//

B696 qïrïq žɨgɨtim bɨlän qïldəm uruš/

B697 qïzɨlbašlar bɨlän qïldɨm turuš//

B698 tenəmdä qalmədi menïŋ därmanɨm/

B699 ǰavap bärsilä gülhäsäl a:yəm/

B700 budunya:dən aχïrätkä kätsun salamät ǰanɨm//

B701 däp ušur bäg särdari/

B702 härqaysɨsɨ öz makanlɨrɨγa tarqap ayrələp kɨrəp kätte//

B703 kɨrɨp kätkändikin ähliyüzilär yüsüp bäg ä:mät bägni məsɨr täräpkä ravan qïləp elɨp ketɨparte//

B704 ä:mät bägnïŋ maŋγudäk miǰäzi qamməde//

B705 aka//

B706 ma köxčɨ bädbäχt düšmännɨ bəz mi:man qïγan tu:saq//

B707 menïŋ maŋγədäk ä:va:ləm qammɨde//

B708 bɨždäm meni bi: etɨγa učqašturəva:səmu bolaptɨken disäŋde//

B709 äyköxčɨ bädbäχ//

B710 ma inɨm ä:mät bäg maŋγədäk ä:valɨ qamməde//

B711 bɨždäm etïŋγa učqašturivasaŋmu bolaptɨkin däpte//

B712 seni bəz ötiräp bešïŋni elɨp ketɨməz dä:vatsaq atqa mindürämduq/

B713 däp/yüsüp bägnïŋ bešəγa qïrïq qamča u:de//

B714 u:γandi:kin yüsüp bägnïŋ beši čay qan bolap eqïp turupte//

B715 ä:mät bäg bunïŋγa toχtap/

B716 menïŋ üčün qamča tägdi bešïŋγa/

B717 män aylənay žürgɨn yüsüp sultanɨm/

B718 däp yüsüp bäkkä qarap turup ä:mät bäg zarə zar žïγləmaq üčün nɨm däydɨkɨn//

B719 menïŋ üčün vay qamčära tägde bašïŋgä/

B720 aylənurmän vay yürge:na yüsüp sulta:nem/

B721 mɨsɨriqïči män baray payu pišadä/
B722 aylənurmän žürgen žürgɨn yüsüp sulta:nem//
B723 bulbulgoya vay bilür yana gulnïŋ qädirine/
B724 sän düšmänlär bülmɨdï:ŋa bäglɨrɨmnïŋ qädrine/
B725 aχïr berip alurmän mɨsɨrnïŋu täχtɨne/
B726 aylənurmän žürgen žürgɨn yüsüp sulta:nəm//
B727 aχïr berip alurmän mɨsɨrnïŋu täχtɨne/
B728 aylənurmän žürgen žürgɨn yüsüp sulta:nəm//
B729 älqïssä {ušur bäg särdar} ä:mät bäg köp bitaqät bolap//
B730 mɨnïŋ üčün äǰäp qamča tägdi bišïŋγa/
B731 män aylənay yürgɨn yüsüp sulta:nəm/
B732 mɨsɨrqïčä män baray payu pišadä/
B733 aylənurmän žürgɨn yüsüp sulta:nəm//
B734 bulbulgoya bəlɨdu gulnïŋ qädirine/
B735 sän düšmänlär bəlmɨdïŋ bändinïŋ qädrine/
B736 aχïr berip alurmän mɨsɨrnïŋ pa:ytäχtɨne/
B737 män aylənay yürgɨn yüsüp sulta:nəm//
B738 däp yüsüp bäg ä:mät bäg paypitäk maŋde//
B739 maŋγandɨkɨn bɨr näččä mäŋzəl yol žürüp/
B740 iškki saydin ešip/
B741 bɨr kün yerɨm kičä vəlän äzhär digän däryanïŋ buyəγa ba:de//
B742 berip qarəγudäk vo:sa äzäl digän däryadin/
B743 üčyüz atməš (tašlïq) su aqïdəγan däryakɨn kö:rüki yoq/
B744 bunïŋγa zamani ävväldɨn ta:tɨp aχïrγïčä pa:tɨša yaγačtɨn bi: kö:rük salamməγan//
B745 bu däryanïŋ boyɨγa apɨrɨp/
B746 yüsüp bäg ä:mät bägnïŋ qollərini baγlap bändtä qïləp qoyap/
B747 bəz ättigänlɨkkä taŋ atqandi:kin /bəzlär kečip yüsüp bäg ä:mät bägni mušu däryadin baγlap ötküzɨlɨ/ däp ä:lɨyüzilär šunda mäslä:t qïləp uχlap qalde//
B748 uχlap qa:γandi:kin/yüsüp bäg ä:mät bäg yerɨm keččä bo:γandi:kin/
B749 däryanïŋ süyi bäk γarqïrap aqqandi:kin/

B750 bular koŋällɨrdä//

B751 bəzgä bɨr räymi qïlγan bo:saŋ//

B752 mušu äzhäl digän däryadin/

B753 düšmänlär bəznɨ yättä ay žɨgɨrmä kün payɨ pišadä yol meŋip/

B754 tapanlərɨməzγa at dässäp/

B755 ti:maqlərɨməzγa taš urup/

B756 mušunda: yadaŋγuluqta tu:γan yädä däryada halɨməz ni kičär//

B757 däp/ ärškä qarap turup däryaγa kö:rük saldurmaq üčün/

B758 yüsüp bäg ä:mät bäg däryanïŋ boyɨda zarəzar žïγlɨmaq üčün nɨm däydikɨn//

B759 aläme yaratqanu yana bu päläk/

B760 bu däryaγa bɨr kö:rük kö:rük salur künüŋdur/

B761 yär kökni yaratqanu yana bu päläk/

B762 bu däryaγa bɨr kö:rük kö:rük salur künüŋdur//

B763 yüz žɨgɨ:mä vay tö: mïŋu tö: mïŋ ötkän adämlär/

B764 bu dunya:da barčisiru yana qïldelär säpär/

B765 mäγruptɨn mäšriqqäru küllɨ yatqan yigitlär/

B766 bu däryaγa bɨr kö:rük kö:rük salur künüŋdur//

B767 bu bala:din vay miniru özüŋ äylägɨn χalas/

B768 šayi zäŋgä vay bɨlänu yana ya γalso γiyas/

B769 bähäqqi hörmiti yanaya häzräti ilɨyas/

B770 bu däryaγa bɨr kö:rük kö:rük salur künüŋdur//

B771 älqïssä yüsüp bäg ä:mät bäg munaǰat äyläp/asman säbbisigä qarap turup//

B772 zarə zar žïγlap turup ärde//

B773 berip išlirïïŋni qoyγïn//

B774 berip yüsüp bäg ä:mät bäg balələrɨmnïŋ bešəγa ha:zər bolap/ däryaγa bɨr kö:rük saldu:γən/däpte//

B775 ämɨrɨ qïləp/ taγdin a:ča yaγačlarni sö:räp äkɨlɨp däryaγa bɨr kö:rük bina qïlde//

B776 ätigɨni ä:lɨyüzilär šunda: qarəγudäk vo:sa kö:rük bina qïγan//

B777 vadäräχ//

B778 yüsüp bäg ä:mät bäg bi: sähär ǰadugärləri oχšaydu//

B779 zaman ävvaldin aχïrqïčä bɨr näččä pa:tɨša kö:rük saldurammapte/

B780 χär/

B781 bunïŋ saldu:γan kö:rükidin bəz ötüvəlɨp/ däryanïŋ qapotturisqa apərəp/ boynəγa taš dašqal esip/ kö:rüknïŋ otturisida eqïtɨvɨtɨlɨ/ däp mäslä:t qïlde//

B782 mäslä:t qïləp kö:rüknïŋ qap'otturɨγa apərəp yüsüp bäg ä:mät bägnïŋ boynəγa taš dašqal esəp/ šunda:kö:rüxtin eqïtɨməz däp turupte//

B783 yüsüp bäg ä:mät bäg //

B784 bizgä bɨr rähim qïγan bo:saŋ//

B785 mušu däryadin özäŋ bɨr pana: bä:mämsän/

B786 däp// ä:lɨyüzilär baγlap išitqïl turupte//

B787 yüsüp bäg ä:mät bäg kö:rüknïŋ qap'otturɨsda turup//

B788 χïzɨr bɨlänu ilɨyas pɨrɨm/

B789 yɨtɨškɨn γerɨp ǰaylargä/

B790 γävsu γɨyas dästigɨrɨmu/

B791 yɨtiškɨn γerɨp ǰaylargä/

B792 däp/ kö:rüknig otturɨsda zarə zar žïγlɨmaq üčün nɨm däydɨkɨn//

B793 χïzer bɨlänu ilɨyas pɨrem/

B794 yɨtɨškɨn γerip ǰaylargä/

B795 γäwsuγɨyas dästigɨrɨmmu/

B796 yitiškin γerɨp ǰaylargä//

B797 ämdi žïγlaylɨ näččä näččä/

B798 taqätɨm yoqtur kündüz kičä/

B799 šäyχo šerip olur γoǰeru/

B800 yɨtɨškɨn γerip ǰaylargä//

B801 tiviplärnïŋ pɨrɨ häzräte loqman/

B802 dawutnïŋ oγle sulayman/

B803 bahavidinu balagärdänu/

B804 yɨtɨškɨn γerip ǰaylargä//

B805 qïyamätlɨrɨm boldɨ duttaru/

B806 dayem išimu boldɨ χata/

B807 χaräzmɨdäru palvan ataru/
B808 yɨtɨškɨn γerip ǰaylargä//
B809 emdä žïγlaylɨ näččä näččä/
B810 taqätɨm yoqturu kündüz kečä/
B811 šäyχo šerip olurγoǰeru/
B812 yɨtɨškɨn γerip ǰaylargä//
B813 tiviplarnïŋ pɨrɨ häzräti loqman/
B814 dawutnïŋ oγle sulayman/
B815 bahavidinu balagärdanu/
B816 yɨtɨškɨn γerip ǰay−−//
B817 älqïssä yüsüp bäg ä:mät bägni ä:lɨyüzilär bändä qïləp boynɨγa taš dašqal esɨp kö:rüknïŋ qap' otturɨsγa otta:γuzup qoyapte//
B818 šunda qarap turup//
B819 χïzɨr bɨlän ilɨyas pɨrɨm/
B820 yɨtɨškɨn γerip ǰaylargä/
B821 γäwsu γiyas dästigɨrɨm/
B822 yɨtɨškɨn γerip ǰaylargä///
B823 qɨyamätlɨrɨm boldɨ dutta:/
B824 da:yɨm išim boldɨ χata/
B825 χaräzmɨdä pälvan ata/
B826 yɨtɨškɨn γerip ǰaylargä//
B827 emdi žïγlaylɨ näččä näččä/
B828 taqïtɨm yoq kündüz kečä/
B829 šäyχol šerip olur γoǰi/
B830 yɨtɨškɨn γerip ǰaylargä//
B831 däp/ zarə zar žïγlap turup ärde//
B832 taš atqan düšmänlärnïŋ qolɨni qurutup hilak qïl/däpte//
B833 hämmä ä:lɨyüzilärnïŋ qolɨni qurtivätte//
B834 yüsüp bäg ä:mät bägni güzälša:nïŋ qolɨγa saγu salamät yätkürməsäŋ senïŋ zulllɨyatïŋni qurutturɨmä://

B835 däpte ä:lɨyüzilär yüsüp bäg ä:mät bägni ämdi maŋsaŋ maŋdïŋ/

B836 däp/ ɨsrap bɨlän mɨsɨrnïŋ bɨr künlük yol qalγanγa yeqïn äkɨlɨp yatquzup//

B837 i: patišahi a:läm//

B838 sultanɨm bakɨrɨm//

B839 sɨznïŋ söziŋïz burhan qïlɨčɨŋïz ötkür//

B840 sɨz digän yüsüp bäg ä:mät bägni šä:irïŋïzgä elɨp či:duq//

B841 buni ämdi bešini kesip elɨp kilämduq ämdi aldɨŋïzγa saq elɨp kilämduq/

B842 däp güzälšaqa i:lan qïpti güzälša:/

B843 män čüšümdä körgän čaγda yüsüp bäg ä:mät bäg bɨrlɨšɨp bɨr yolvas sipät köräptɨm//

B844 henimihäm bo:sə közäm kö:misun//

B845 ečɨqïp yüsüp bäg ä:mät bägni rɨkɨstan digän mäŋzɨlgä qa:nini esïŋla däp ärdi//

B846 ä:lɨyüzilär taŋ etɨp bo:γəčä yüsüp bäg ä:mät bäg bɨrbɨrinïŋ boyanlərəγa gürä selɨp//

B847 yüsüp bäg ä:mät bäg qa:lɨγudäk bo:sa közigä bɨr qoqta muna: köründi//

B848 äy ä:lɨyüzilär//

B849 közäm žumuq yättä ay žɨgɨ:mi kün paypitäk yol maŋdurduŋ//

B850 ämdi paypitäk äkäpsä/ maŋγədäk ähvalɨmïz qammaptu//

B851 közämgä bɨr egɨz qoqti muna: köründi/bu nä:diki muna:/däpte//

B852 äy yüsüp bäg ä:mät bäg//

B853 ašu bo:sa mɨsɨrγa bɨr künlük yol qaptu pa:təšahiməznïŋ pa:ytäχtənïŋ aldədɨki muna://

B854 ämdi apa:γandi:kin bɨrïŋni da:γa esɨp bɨrïŋni muna:dən tašlap öltüridu//

B855 nɨmɨ däysä/däpte//

B856 yüsüp bäg ä:mät bäg mɨǰäzi yoq uχlap qapte//

B857 ä:mät bägnïŋ boynəγa gürä selɨp yüsüp bäg//

B858 ämdi yoqlap qan žïγlaylɨ ä:mitɨm/

B859 közüŋne ačqen bäg ämdi/

B860 düšmännïŋ šä:irigä kälduq//

B861 sän sän menïŋ ǰigär bändäm/

B862 bəz mɨsərənïŋ šä:rigä kälduq//

B863 däp yüsüp bäg ä:mät bägnïŋ/ boynɨγa gürä selɨp/ zarə zar žïγlɨmaq üčün nɨm däydɨkɨn//

B864 közüŋni ačqïn bäg ä:midɨm/

B865 mɨsɨrnïŋ šäyregä kälduq/

B866 sän sän menïŋ yana ǰigär bändäm/

B867 düšmännïŋ šäyregä kälduq//

B868 köŋlümdä hiǰran bala:se/

B869 tenɨmdä ɨza kulpät yarase/

B870 köründi mɨsɨrinïŋ muna:se/

B871 mɨsɨrnïŋ šäyregä kälduq//

B872 χäbär bärmä žɨgɨtlärgä/

B873 igärsɨz menip atlargä/

B874 bändä bolup yana düšmänlärgä/

B875 düšmännïŋšäyregä kälduq//

B876 qïrïq žɨgɨtɨm barčälär qelɨp/

B877 sundilär qanatɨm qayrilɨp/

B878 ä:mät bägni yäna bɨrgä ilɨp/

B879 mɨsɨrnïŋ šäyrigä kälduq//

B880 älqïssä yüsüp bäg šunda ä:mät bägnïŋ boynɨγa gürä selɨp turup//

B881 közüŋni ačqïn bäg ä:mitɨm/

B882 bəz düšmännïŋ šä:rigä kälduq/

B883 sän sän menïŋ ǰigär bändäm/

B884 bəz mɨsɨrnïŋ šä:rigä kälduq//

B885 köŋlümdä hiǰran bala:se/

B886 tenɨmdä hiǰran külpät yarase/

B887 köründi mɨsɨrnïŋ muna:se/

B888 bəz mɨsɨrnïŋ šä:rigä kälduq//

B889 χäbär bärmä žɨgɨtlärgä/

B890 egärsɨz minip atlargä/

B891 bänt bolup yana düšmänlärgä/

B892 bəz düšmännïŋ šärigä kälduq//

B893 qïrïq žɨgɨtɨm barčälär qelɨp/

B894 sundilär qanatɨm qayrilɨp/

B895 ä:mät bägni yäna bɨrgä elɨp/

B896 bəz mɨsɨrnïŋ šärigä kälduq//

B897 däp yüsüp bäg aγzədɨn muχännäslär tamam bolγičä yuq ärde//

B898 ä:lɨyüzilär yüsüp bäg ä:mät bägni maŋsaŋ maŋdïŋ maŋmisaŋ senïŋ γäzäl oqutquzup žürdɨγan makanïŋ ämäs//

B899 däp/yüsüp bäg ä:mät bägni mɨsɨrγa äkɨrɨp güzälšahnïŋ täχtinïŋ aldəγa äkälde//

B900 äkä:gändikin güzälša eytte//

B901 köxče//

B902 yüsüp bäg ä:mät bägni haya közüm kö:mɨsun//

B903 menïŋ šähirimdä rikistan däydɨγan bɨr mäŋzɨlɨm ba://

B904 ečɨqïp yüsüp bäg ä:mät bägni arqïmu arqa belɨnïŋ tövinini yärgä kömüp tur//

B905 män ǰallat čəqïrɨmän//

B906 ǰallat čəqqandin keyin bɨrbɨrini etɨp/

B907 öltürüp kallɨsini elɨp kelɨŋlar/däpte//

B908 yüsüp bäg ä:mät bägni šundaq rikištan degän mäŋzɨlgä apɨrɨp belɨnïŋ tövinini yärgä kömüp tu:de//

B909 kömüp tu:γandikin güzälšah ǰallatlar yättä yaša yätmɨš yaša säkkɨz yaša säksän yašanïŋ hämmisi{ni} čɨqarde//

B910 čɨqarγandikin at/ däp ählɨyüzilärgä šunda: ämɨr qïpte/hämmisi taš dašqal etište//

B911 yüsüp bäg ä:mät bäg ä:lɨyüzilärnïŋ taš dašqïlɨγa dümbɨsɨni qïləp muyässär ötkäzmämsä:/ däp//

B912 mušu ä:lɨyüzilä:nïŋ taš dašqïlɨdɨn meni qutqazmamsä://

B913 däp/ asman säbbisigä qarap turup/

B914 yüsüp bäg ä:mät bäg zarə zar žïγləmaq üčün nɨm däydɨken//
B915 baš üstidä on ikki mïŋ muqärrär/
B916 yüz žɨgɨ:mä vay tö: mïŋ tö: mïŋ ötkän adämlär/
B917 budunya:da barčisira yana qïldəlar säpär/
B918 yüsüp bɨlän vay ä:mät ä:mätχanγa pana bär//
B919 bu haleməzni saŋaru yana äyläylɨ däptär/
B920 bändä bolup ä:valɨmïz ǎǰäp boldɨ mukäddär/
B921 yüsüp bɨlänvay ä:mät ä:mätχanγa pana bär//
B922 bu bala:dɨn vay miniru özüŋ äyläŋɨn χalas/
B923 šayi zäŋgä vay bɨlännu yana ya γäwsoγiyas/
B924 bähäqqi hörmitidur yana ya häzräti ilɨyas/
B925 yüsüp bɨlän vay ä:mät ä:mätχanγa pana bär//
B926 älqïssä yüsüp bäg ä:mät bäg asman säbbisigä qarap turup//
B927 baš üstidä on iškki mïŋ muqärrär/
B928 yüz žïgɨrmä tö: mïŋ ötkän adämlär/
B929 budunya:dən barčisi qïldilär säpär/
B930 yüsüp bɨlän ä:mätχanγa pana bär//
B931 däp/ asmanγa qarap turup zarə zar žïγlap turup ärde//
B932 taš atqan düšmänlärnïŋ qolləri qurup hilak bolde//
B933 hilak bolap kätkändikin yüsüp bäg ä:mät bägnïŋ bɨr tal muyɨγa täsɨr qïlamməγandi:kin/ güzälša:nïŋ aldəγa köxčɨ bädbäχ//
B934 aya pa:dəšahi a:läm/
B935 sulta:nɨm bakɨrɨm//
B936 yüsüp bäg ä:mät bägni taš dašqal qïləp ötüräŋlɨ däp rikištan digän mäŋzilgä ämɨr qïptïŋɨz//
B937 rikištan digän mäŋzilgä apɨrɨp bilɨnïŋ tövinni yä:gä kömäp qoysaq/
B938 asman säbbisigä qarap turup γäzäl oqup otturidu//
B939 žu:tidin elɨp čəqqandi:kin/
B940 qïrïq žɨgɨti qoγlap kelɨp/qïrïq kün ǰäŋ qïlɨp aran on žɨgɨtni šihit qïlalədu q//
B941 qa:γan žɨgɨtlär bəznïŋ a:dämlɨrəməzni hilak qïlɨvätte//

B942 *qutlup kätte//*

B943 ilɨp kilɨp äzäl digän däryanïŋ boyɨɣa äkɨlɨp žïɣlap tu:saq/

B944 däryaɣa kö:rük salduruptu//

B945 bunïŋ saldu:ɣan kö:rikidin bəz ämdi ötvəlɨp däryaɣɨ eqïtivitilɨ däp boynɨɣa taš dašqal assaq//

B946 yänä bɨr nä:sä däp žïɣlapte//

B947 yär astədɨn bɨr nä:sä päyda bolde//

B948 e: ä:lɨyüzilär//

B949 yüsüp bäg ä:mät bägni güzälšanïŋ qolɨɣa saɣə salam tapšuruŋla/

B950 zullɨyatïŋlɨni qurtɨmä: däpte//

B951 qo:qap kättuq//

B952 aldɨŋïzɣa eči: däp ämɨr qïldïŋɨz//

B953 taš dašqal qïlsaq bunïŋ bɨr tal muyɨɣəmu täsɨrqïmmədɨ//

B954 ɣäzäl oqup otturidu/

B955 däptɨ// güzälša: čəqte//

B956 män özäm atturimä däp ämrɨ qïpte//

B957 yüsüp bäg ä:mät bägnïŋbɨr tal muyɨɣa täsɨr qïlammədе//

B958 i:n čəqmedɨ//

B959 täχtɨmgä ečirïŋla bunïŋdɨn sual soraq soraymän/

B960 däp//yüsüp bäg ä:mät bägni ɨsrap bɨlän täχtkä söräp ečiripti/

B961 güzälša://

B962 yüsüp bäg ä:mät bäg//

B963 silɨgä oq atsa oq ötmisä// taš dašqal yaraq bɨr nä:sä täsɨr qïmməsa//

B964 äzäl digän däryaɣa bɨr näččä pa:dəša: ötäpti//

B965 mändäk pa:dəša:la:/kö:rük saldurammiɣan däryaɣa kö:rük saldurupsilä//

B966 ämdi taš atsaq bɨr tal moyuŋlɨɣimu täsɨr qïmməsa//

B967 öz dɨlləriŋlədɨn maŋa bɨr sual soraq sözläŋla:/ däpte//

B968 i: bädbäχ//

B969 här iš bo:sa täqdirdin//

B970 sän bädbäχnïŋ atqïnɨɣa män yoq volamtɨm/

B971　däp//yüsüp bäg ä:mät bäg güzäl ša:γa qarap turup özinïŋ žut ähliyaləri ni maχtəmaq üčün/yüsüp bäg {özinïng} nɨmɨdäp maχtaydɨkɨn däyda//
B972　i: güzälša: biznïŋ ällärnïŋ/
B973　χuš ötär yazu qïšlәre/
B974　baγlәrimɨzneru baγvän baquru/
B975　hämmä mivilɨk yaγačlәre//
B976　ordandïn alsam a:yəmne/
B977　χälqï χušχuy munayəmne/
B978　bəznïŋ älgäru zamanämnïŋa/
B979　täyya: säkkɨz bihišlәre//
B980　naz bɨlän baγqa qä:rïlep/
B981　baγqa čiriduru qolɨselep/
B982　žɨgɨtlärnïŋa köŋlɨ elepa/
B983　bəznïŋ älnïŋ qïz ballәre//
B984　bəznïŋ älnïŋ baγlәre/
B985　hämmä mivilɨk yaγačlәre/
B986　lä:lɨ mä:ǰun häm yaquttur/
B987　ölkäməznïŋ taγu tašlәre//
B988　yašlarɨmez mɨltïq atar/
B989　qerɨlɨrɨmeza öydä yatur/
B990　qïzu ǰuvan söhbät tuturu/
B991　zovqi sapadur išimez//
B992　bəznïŋ älnïŋ qïši yaze/
B993　zamanämgäru eytur raze/
B994　käč qïlmaydu qïlγan išira/
B995　χaqarədur vay yašlәre//
B996　bəz bäglärnïŋ ba:dur χušluqe/
B997　sän düšmännïŋ köyür ǰane/
B998　qoynïŋ gošiduru buγday naneru/
B999　süt bɨlän gurunǰi ašlәre//

B1000 bäg yüsüp där budur išem/

B1001 päläkkä yätsä bu naliišem/

B1002 azad bolsaru sändin bešemma/

B1003 yetip kälsä buradärle:--//

B1004 älqïssä/ yüsüp bäg ä:mät bäg guzal ša:nïŋ aldɨda turup//yüsüp bäg ä:mät bäg//

B1005 öz žutlərïŋlədin maŋa bi: sözläŋla//

B1006 sɨlɨgä oq atsa oq ötmisä//

B1007 yaraγ ǰabduq täsɨr qïmməsa//

B1008 sɨlä bidänlərïŋləni palattɨn kapšä:ləva:γammo//

B1009 maŋa bɨr däp ötäŋla/

B1010 däpte//güzälšaγa qa:lap turup yüsüp bäg ä:mät bäg/

B1011 i: güzälša:bəznïŋ ällärnïŋ/

B1012 χuš ötür yazu qïšləre/

B1013 baγlərɨməzni baγvän baqïdur

B1014 hämmä mivilɨk yaγačləre//

B1015 *anda qara däräχlərɨməzmɨ yoq//*

B1016 ordandïn alsam a:yəmne/

B1017 χälqi χušχuy munayəmne/

B1018 bəznïŋ älgä zamanämnïŋ

B1019 täyya: säkkɨz bihišləre//

B1020 *bəz iščan bo:γantɨkɨn//*

B1021 naz bɨlän baqqa qä:rilɨp/

B1022 baqqa čiridu qolɨni selɨp/

B1023 žɨgɨtlärnïŋ köŋlɨni elɨp/

B1024 bəznïŋ älnïŋ qïz valləre//

B1025 *qïzvallərɨməzmu šunda χušχuy//*

B1026 lä:lɨ mäǰun häm yaquttur/

B1027 ölkɨməznïŋ taγu--

B1028 *bəznïŋ žutɨməznïŋ hämmä lä:lɨ mä:ǰun taγɨ tašlərɨ//*

B1029 {hečkim minïŋ közäŋgä əlmas/ sän düšmän}hečkim menïŋ haləm sorəmas/

B1030 sän düšmänlär közäŋgä əlmas/
B1031 ij̆äl yätmisä čivin ölmäs/
B1032 aqma minïŋ--//
B1033 *senïŋ diginïŋgä ölämdu//*
B1034 *ij̆äl yätmisä čivinmu ölmäydo://*
B1035 bəznïŋ älnïŋ bar rawaǰi/
B1036 sän düšmännïŋ köyür ǰane/
B1037 qoynïŋ göšidur buɣday nane/
B1038 süt bɨlän guruǰi ašləre//
B1039 bäg yüsüp där budur išem/
B1040 päläkkä yätsä bu nalɨšim/
B1041 a:zad bolsa sändin bešim/
B1042 χäbär qïlsa--//
B1043 atlar minsäk oynap turur/
B1044 här nɨm tapsaq paydən ašur/
B1045 qušlar salsaq--//
B1046 qeni at a:ɣan quš sa:ɣənïŋni köräy//
B1047 e:čəq hämzä miršap/ ma: yüsüp bäg ä:mät bäg digän χoyla gä:dänne//
B1048 däp/ čoŋqurlïqɨ bɨr yüz atməš bɨr gäz zəndanɣa saldɨ//
B1049 čimärsɨ bunïŋɣa bɨr otlam su bɨr yutum nan bärsä beši͜vlän täŋ pul töläŋlɨ//
B1050 däp hämzä miršap apɨrɨp čoŋqurlï qɨbɨr yüz atməš bɨr gäz zɨndanɣa selɨvätte//
B1051 selɨvätkändi:kin yüsüp bäg ä:mät bäg zïndanda yetɨp arəlïqtɨn üč kün ötäpte//
B1052 bəzdɨn bašqïmu bi: insan ba:mədu//
B1053 bəz ba:məduq bu zïndanda//
B1054 däp/qarəɣudäk vo:sa//
B1055 buva:y qämbär däydəɣan bɨri saqalləri ni uštäk aqa:tɨp otta:ɣan//
B1056 bunïŋvəlän tonušmas bəlɨšmäs ärdi//
B1057 buva:y qämbärgä qarap turup yüsüp bäg ä:mät bäg//
B1058 bu zïndanda tu:ɣan kimdu//
B1059 bɨr sual soraylɨ/ däp buva:y qämbärgä qarap/

B1060 čar ičidä yatqan buva/
B1061 niyedidur ǰaylərïŋ senïŋ/
B1062 bändä bolγan i: binäva/
B1063 niyädidur ǰaylarïŋ senïŋ//
B1064 däp buva:y qämbärdin hal sorimaq üčün nɨm däydɨkɨn//
B1065 buva:y qämbär yüsüp bäg ä:mät bäkkä qarap turup nɨm däydɨkɨn//
B1066 mi:manla: qosi:qïγa nɨmä yäydɨkɨn däyda//
B1067 čar ečide yatqan buva/
B1068 niyärdä ǰaylareŋ senïŋ/
B1069 bändä bolγan yana i:binava/
B1070 niyärdä ǰaylareŋ senïŋ//
B1071 qaynap qaynap tašqan bäglär/
B1072 šol bolur ǰaylarem menïŋ/
B1073 ärman bɨlän yana čüškän bäglär/
B1074 šul bolur ǰaylarem menïŋ//
B1075 kileŋ buva körüšile/
B1076 γerivlïqta yana sorušile/
B1077 näččä žil bolde yana sɨz čüškine/
B1078 ni: bolde hallarïŋ sineŋ//
B1079 kɨlïŋ balam körüšile/
B1080 γerivlïqta yana sorušile/
B1081 bɨr žil bolde balam män čüškɨne/
B1082 šul bolde ǰaylarem mɨneŋ//
B1083 barmu sɨne munda körgän/
B1084 körüp saŋa yana hämdäm bolγan/
B1085 nüčük …yana päläk urγan/
B1086 niyärdä ǰaylareŋ sɨneŋ//
B1087 öz žurtumda sultan ärdem/
B1088 älne käzgän yana karvan ärdem/
B1089 güzälša čüšine män ayəγan ärdem/

B1090 šul bolde gunayem meneŋ//
B1091 qaysi žurtneŋ ävla:disän/
B1092 sän sän kimneŋ yana pärzäntisän/
B1093 qa:si älneŋ yana ävbadisän/
B1094 nüčüxdur dillarəŋ seneŋ//
B1095 čüššä bašemγa här ǰapa/
B1096 unden ɨzdärmän bisapa//
B1097 älqïssä yüsüp bäg ä:mät bäg buva:y qämbär vəlän tonušmas bəlɨšmäs ärde//
B1098 zïndanda buva:y qämbär šunda saqallərine uštäk aqa:tep/aldɨlləriγa ävrät ta:tep otərap ärde//
B1099 muni kö:gän yüsüp bäg ä:mätbäg//
B1100 {ni: säväp}čar ičidä yatqan buva/
B1101 niyärdidur ǰaylərïŋ sineŋ/
B1102 bändä bolγan ih binäva/
B1103 niyärdidur ǰaylərïŋ sineŋ//
B1104 däpte//buva:y qämbär//
B1105 qaynap qaynap tašqan bäglär/
B1106 šol bolur ǰaylərim mineŋ/
B1107 ärman bɨlän čüškän bäglär/
B1108 šol bolur ǰaylərim mineŋ//
B1109 buva:y qämbärgä qarap yüsüp bäg ä:mät bäg//
B1110 nɨmɨ säväptɨn azap ta:tteŋ/
B1111 ustqïnïŋni sän aγrəttïŋ/
B1112 čar ičidä azap ta:ttïŋ/
B1113 nɨmä bolde halïŋ sɨnïŋ// däpte/
B1114 yüsüp ä:mät kilur didem/
B1115 sine zïndaŋγa salur didem/
B1116 taǰu täχtïŋni alur didem/
B1117 šol boldɨ täbɨrim mineŋ//
B1118 yüsüp bäg eytte//

B1119 barmu sine bunda körgän/
B1120 körüp saŋa hämdäm bolγan/
B1121 nüčük zatisän päläk urγan/
B1122 niyärdur ǰaylərïŋ sineŋ//däpte/
B1123 öz žutumda sultan ärdem/
B1124 älni käzgän bɨr karvan ärdɨm/
B1125 güzälša:nïŋ čüšini ayiγan ärdəm/
B1126 šol boldɨ täbɨrem mineŋ//
B1127 barmu sine munda körgän/
B1128 körüp saŋa hämdäm bolγan/
B1129 nüčük zatisän päläk urγan/
B1130 niyärdur ǰaylərïŋ sinïŋ//däpte/
B1131 süzümni aŋlaŋlar mahi änvär/
B1132 žutlarəm ipar zä:pär/
B1133 etɨmni so:saŋlar balam buva:y qämbär/
B1134 činima:čindur ǰayəm mɨnïŋ//
B1135 yüsüp bäg ä:mät bäg/
B1136 qaysi žutnïŋ ävla:dɨsän/
B1137 sän sän kimnïŋ pärzäntisän/
B1138 qaysi älneŋ ävladisän/
B1139 nıčüxdur dïllərïŋ//däpte/
B1140 süzümni aŋlaŋlar mahi änvär/
B1141 žutlarəm ipar zä:pär/
B1142 etɨmni sorisaŋlar buva:y qämbär/
B1143 činimačindur ǰayəm mɨnïŋ//
B1144 čüššä ba:šəmγa här ǰapa/
B1145 andïn ɨzdärmän män bisapa//
B1146 buva// sän mušu čüšni eytmiγan bo:saŋ sämmu yatmastïŋ/mämmu yatmastəm//
B1147 bɨr šum eγɨz buva oχšimamsä//
B1148 ballərɨm// män munïŋdin bɨr näččä on žïl ɨlgɨrɨ bɨr täbɨrnamä kištapni köräp

baqsam//

B1149 səllä: yättä žïl män säkkɨz žïl yatɨmä: bu zïndanda däpte//

B1150 ras bu täqdirkɨn däp bula: ämde zïndanda yatte//

B1151 yatqandikin bularnïŋ qosaqləri ačlïqtɨn täqäzza bolde//

B1152 täqäzza bo:γandikin bɨr kün qarəγudäk bo:sa patəšahe güzälša:nïŋ čüšləri bɨr ayan bolde//

B1153 ayan bolap turɨte šähärdä hämzi miršapnïŋ qïzi va:ti qarə köz där ärde//

B1154 büvɨniyaz//ä:gä tägmigän/küyä qïmmiγan//

B1155 bu qïz kičä kün täŋ nəspədən ötkändä yatqandiken uχlap qarəγudäk vo:sa/

B1156 bunïŋ bašlərəγa bɨr tö:t ädäm hazïr bolap//

B1157 balam//zïndanda üčäylän ba://

B1158 munïŋ ač gelɨdïn yalɨŋač egɨnidïn χäbär a:saŋ/

B1159 zïndandɨkɨ/etini eytip biräy/ bɨrinïŋ eti yüsüp bägbɨrinïŋ eti ä:mät bäg//

B1160 bɨrinïŋ eti buva:y qämbär …//

B1161 özi .. /

B1162 ...bolap qalde//

B1163 bu qïz ornədɨn qopap/

B1164 šähär ičigä berip bɨr toqquz nan/bɨr χo:ma qetïq/bɨr yaγlïq χo:mənɨ kötɨräp/ zïndan zïndannïŋ bešida aylənəp//

B1165 yüsüp bäg ä:mät bäg bar zïndannïŋ bešəγa kälde//

B1166 kelɨp äkälgän taam bɨlän ko:rədɨkɨ qetïγnɨ šundaγ zïndannïŋ ičigä selɨp turup//

B1167 yüsüp bäg ä:mät bäg kim bəzdɨn χäbär alγan däpte//

B1168 qetïqni aldəγa ta:təvapte//

B1169 bu büvɨniyaz digän qïz yüsüp bäkkä qarap turup//

B1170 nisäväptin azγəšɨp čüštïŋlar zïndanä/

B1171 qäddi si:rɨ nä halɨ aydäk žɨgɨtlär/

B1172 mukäddär χatiräŋlar äǰäp boluptu väyranä/

B1173 män silärgä zar bolup käldɨm žɨgɨtlär//

B1174 {büvɨniyaz degän qïz} qarɨ köz yüsüp bäg ä:mät bägdin ha:l sorəmaq üčün//

B1175 bula: qetïq ičmäkkä mäšχul bulap/bu qïz yüsüp bäg ä:mät bäkkä qarap nɨmɨ däydɨkɨn däyda//
B1176 nä säväptin azγəšepa čüštïŋlaru zïndanä/
B1177 qäddi si:rɨ nä halira aydäk žɨgɨtlär/
B1178 mukäddär χatiräŋlar äǰäp boluptu väyranä/
B1179 közi äskä säyläp säyläp tolγan žɨgɨtlär//
B1180 mini sorsaŋlär hämzi mirišapnïŋ qezimän/
B1181 bu šähärdä hämmä qïzneŋa yaχšɨraqe özümmän/
B1182 bu dämqičä körgünüm yoq teχi oγul yüzimän/
B1183 χïzmätkarïŋla bolay nazuk žɨgɨtlär//
B1184 täqdɨr saptu sɨllärni äǰäpmu bu mäynätkä/
B1185 sɨllärni köräp heč ähvalɨma qalmədi bu häsrätkä/
B1186 täqdɨr a:dil vay sorap čɨqaləsaŋla rahätkä/
B1187 män silärgä zar bolup käldem žɨgɨtlär//
B1188 dunya:da kiši yoqtur sɨzlärdinmu väyranä/
B1189 əšqɨ otɨγa bayrïŋlarnera äylɨdïŋlär bäryanä/
B1190 aldïŋlardä män yürürmän da'ima särgärdarä/
B1191 χïzmätkarïŋla bolay nazuk žɨgɨtlär//
B1192 älqïssä yüsüp bäg ä:mätbäkkä qarap turup qara köz zïndaŋγa tamaq äkɨlep//
B1193 {čar ičidä} ni säväptin azγəšɨp čüštüŋlar zïndanä/
B1194 qäddi si:rɨ nä halɨ aydäk žɨgɨtlär/
B1195 mukäddär χatiräŋlar äǰäp boluptu väyranä/
B1196 *čiraylïq žɨgɨtkensilä väyran bolapto//*
B1197 közi äskä säyläp tolγan žɨgɨtlär//
B1198 mini sorsaŋla hämzi miršapnïŋ qïzimän/
B1199 bu šähärdä hämmä qïznïŋ yaχšɨraqe özümmän/
B1200 bu dämqəče körgünüm yoq teχi oγul yüzimän/
B1201 χïzmätkarïŋlar bolay nazuk žɨgɨtlär//
B1202 täqdɨr saptu səllärni äǰäpmu bu mäynätkä/
B1203 səllärni körüp heč ä:valəm qalmədi bu häsrätkä/

B1204 täqdɨr a:dil sorap sələne čɨqarɣuzsa aχïr rahätkä/

B1205 män silärgä za:r bulup käldɨm žɨgɨtlä//

B1206 däp yüsüp bäg ä:mät bäkkä bu qïz bu ähvalne eytɣəandi:kin yüsüp bäg ä:mät bäg//

B1207 qara köz// səz bəzgä tamaq äkäpsez//

B1208 bəz bu zïndaŋɣa muptɨla bop qalduq//

B1209 səzgä bəz bɨr nä:sä däp söz qoyaylɨ disäk/bəznïŋ qolɨməz quruq// bu zïndanda//

B1210 səz berip šähär ičigä bɨr...taχtəsɨ üžmɨ yaɣəče//bɨr top äbrəšəm žɨp//bɨr parɨ yilɨm/bɨr kä:kä kältürüp bä:sɨŋïz//

B1211 andïn səznïŋ köŋlɨŋïzni a:saq saz yasap/däpte//

B1212 qarə köz därhal šähär ičigä berip bɨr... üžmɨyaɣəče üžmənïŋ šele//bɨr top ävrišim žep//bɨr parä yɨlɨm/bɨr käkɨ äkɨlɨp bä:di//

B1213 buva:y qämbär zïndanda bɨr dutta:nɨ yasap/ä:mät bäg pä:dini baɣlap/yüsüp bäg tarənɨ selɨp/qara köznïŋ(köŋlɨni utmaq) üčün nɨmɨ däydɨken//

B1214 zïndanda baɣrïm yaradur/

B1215 män saŋa köydüm qara köz/

B1216 bəlmäymä bäχtəm qaradura/

B1217 män saŋa köydüm qara köz//

B1218 qašlarïŋ mislɨ halədur/

B1219 közlärïŋ ǰa:nɨmni a:lədur/

B1220 aɣzïŋ altuna piyalədura/

B1221 män saŋa köydüm qara köz//

B1222 bändä qïldelär düšmän bəzne/

B1223 täqdɨr häǰäp yätküzdi sɨzne/

B1224 kičinïŋ šahiru miršab qïzineru/

B1225 män saŋa köydüm qara köz//

B1226 qašlarïŋ mislɨ halədur/

B1227 közlärïŋ ǰanɨmni alədur/

B1228 aɣzïŋ altuna piyalədura/

B1229 män saŋa köydüm qara köz//
B1230 emde čüštüm sinïŋ koyuŋgä/
B1231 köyäp qaldem qädrä boyuŋgä/
B1232 toχsan qočqa: berip toyuŋgäru/
B1233 sini alurmän qara köz//
B1234 bäg yüsüp där alur sine/
B1235 yoqlap tursaŋlär aχer mine/
B1236 qutqazsəläru qa:der mɨneru/
B1237 sini alurmän qara…//
B1238 qarə közgä qarap turup yüsüp bäg ä:mät bäg//
B1239 ča:q ta:rəsi mɨnïŋ sazem/
B1240 saŋa yaqurmu šöl ävazem/
B1241 sänsän mɨnïŋ sävri na:zəm/
B1242 arami ǰanəm qara köz//
B1243 bändä qïldi düšmän bəzne/
B1244 täqdɨr äǰäp yätkürdi sɨzne/
B1245 kičinïŋ šahi miršap qïzɨne/
B1246 män saŋa köydüm qara köz//
B1247 qara köz livəŋ sözlär/
B1248 otuŋda ǰanəm üzülär/
B1249 sän kätsäŋ mäǰlɨs buzulur
B1250 män saŋa köydüm qara köz//
B1251 däp yüsüp bäg ä:mät bäg qara közni maχtəγandi:kin//
B1252 qara köz yüsüp bäg ä:mät bägmän kɨtɨp qa:sam bunïŋ mäǰlɨsini buzədɨkänmä: däp/
B1253 teχəmmu baqqïl tu:de//
B1254 ämdi qara köz beqïp büvä:dɨ tup tu:sun//
B1255 ämdi söz ištɨməzyüsüp bäg ä:mät bägnïŋ ä:lɨayalləriden//
B1256 yüsüp bäg ä:mät bäg bändä bolap kätkändi:kin/
B1257 anəsi lä:lɨχan a:yem/sïŋləsɨ {gulχəlɨčä a:yəm}/ ä:mät bägnïŋ χotnə gulχəlɨčɨ a:yəm/ bu tö:täylän sïŋləsənïŋmu közi bäsɨr bolap qalde/ yüsüp bäg ä:mät

bägnïŋ därdidä žïɣlap//

B1258 yüsüp bäg ä:mät bäg bändä bolap kätkändi:kin/ ölgän ärsilandïn tirig sačqan yaχšɨdur däp//

B1259 hazarəsnïŋ pa:təša:he törä sultannïŋ oɣlɨ ayχan diqänni yüsüp bägnïŋ žɨgɨtləri yüsüp bägnïŋ o:nəɣa pa:təša: säylɨde//

B1260 bula: χa:lənïp qelïp lä:lɨχan a:yəm eytte//

B1261 eh/ kilɨnlərɨmez//

B1262 ämdɨ yüsüp bäg ä:mät bägdin a:rəlɣandïnki:n bəzmu səlɨmu χar‿volap qapsəlä//

B1263 šu yüsüp bäg ä:mät bägnïŋ šikar qi:ɣan taɣlərni säylä qi:ɣan baɣlərnɨ bɨr aylənəp kilɨle däp//

B1264 mä:lä koydin tö:t aš sorap//

B1265 bu tötäylän berip/yüsüp bäg ä:mät bägnïŋ äsqär taɣɨ arqə bulaq bešəɣa//

B1266 *yazda bi: sayahät qïldəyan beyi boldu hökümätnïŋ bɨr bayčədäk//*

B1267 berip qarəɣudäk vo:sa/ bu baɣdə yüsüp bäg ä:mät bägnïŋ qoyɣan däräχləri kisimgɨ yitɨpto://

B1268 {qarə däräχləre} mi:vilɨk däräχləri mi:vigä čiripto://

B1269 bunə köräp lä:lɨχan a:yəm/

B1270 vay//

B1271 a:dämnïŋ ömri ušbu däräχčilɨk ämäsken//

B1272 šäytan imannïŋ qäst(ikɨn)ǰan ǰäsättɨn čəqqar vaχtəda// düšmänlär bägnïŋ qästədi:kɨn

B1273 bäg balamnïŋ mɨradəɣa yitidiɣan vaχti:(kin)//

B1274 däp/šu yüsüp bäg ä:mät bägnïŋ qoyɣan da:lu däräχlirɨnïŋ ičidä otərap/yüsüp bäg ä:mät bägnïŋ šä:nigä bɨr nä:…ä eytmaq üčün nɨm däydɨken//

B1275 ämdi yoqlap qan žïɣlayle/

B1276 yüsüp qeneyana ä:mät qene/

B1277 baɣrïməzneotqa daɣlayle/

B1278 yüsüp qeneyana ä:mät qene//

B1279 ämdeläyläsun lä:ləχan/

B1280 bügün boldɨɣu äǰäb aχïr zaman/

B1281 yüsüp ä:mätyana ekki oγlan/

B1282 yüsüp qeneyana ä:mät qene//

B1283 yüsüpne asarmɨš da:rä/

B1284 ä:mätni tašlarmɨš muna:ra/

B1285 baγrïm bolde menïŋ parä payrä/

B1286 yüsüp qeni yana ä:mät qenä//

B1287 qan žïγlayleyana e lä:ləχan/

B1288 yüsüp qene yana ä:mät qenä//

B1289 älqïssä lä:ləχan a:yəm bu baγdə yüsüp bäg ä:mät bägnïŋ šä:nigä bɨr qarap turo:p//

B1290 älvättä a:dämnïŋ ömri ušbu däräχčilɨk ämäsken/

B1291 šäytan qästɨdä čəqqar vaχtəda düšmän bäg balləramnïŋ qästidä/

B1292 bäg baləlarɨm murad…a tu:sa// ämdi bu qarə däräχlərɨ mi:vigä čiripto://

B1293 mi:vilɨk däräχlərɨ kisimgä yɨtɨpto://

B1294 a:dämnïŋ ömri ušbu däräχčilɨk ämäskɨn/

B1295 däp//bɨrbɨrɨnïŋ boyanlərγa/ tötäylän žïγləšɨp turɨte//

B1296 yüsüp bäg ä:mät bäg pa:təšalïq qïlγan vaχtəda a:däm zəbanəγa yɨtɨp qa:γan yättä danä turnəsɨ bar ärde//

B1297 bu turnəlar šunda: käpte//

B1298 äy turnəlar/ bu nɨmu däpte//

B1299 bu yüsüp bäg ä:mät bägnïŋ turnəsi däpte//

B1300 vadäräχ//

B1301 yüsüp bäg ä:mät bäg ballərɨmnɨ ä:lɨyüzilär äkitɨpto://

B1302 bɨri däydu yettɨžïl vulaptuzïndaŋγa säp qoyaptə däydo://

B1303 bɨri däydu yüsüp bägni darγa ä:mät bägni muna:γa//

B1304 šu ballərɨmdïn χäbɨrni alammay qaldoq//

B1305 bəz mäzlum ağɨzkämməz bɨžžägä baramməduq//

B1306 qantïŋləva: ǰanəvar bo:γandɨkin silɨ bi: χävɨrini elɨp kä:säŋləmu bolaptɨken däpte//

B1307 turnəlar aldəda oynap tu:de//

B1308 lä:lɨχan a:yəm turnəlar baš ayγədïn märhämmät qollər‿vɨlän səlap//{qaldɨrγač

a:yəm sïŋləsɨ}ä:mät bägnïŋ χotune gülχäliɨčä a:yəm bɨr parčä namə yezɨp//
šunda turnənïŋ oŋ qantəγa beγɨšləde//

B1309 oŋ qantəγa beγɨšlap/ turnənɨ yaχšɨ γïzalandurup märhämmät qollər‿vɨlän səlap/
šunda egɨz qïr taγnïŋ üstigä ečɨqïp/ turnənɨ uču:maq üčün nɨmɨdeydɨken//

B1310 gulhäsäl där älämlär yana boldɨlär taze/

B1311 päslɨ zimmistan maŋara qïš bolmas ärde yaze/

B1312 öldɨ däp bu žutqa käldi yalγan ävaze/

B1313 qadïr igäm turnälärne saŋa tapšurdo:m//

B1314 γeriplärni vay šadu šadu χändan äylɨgɨn/

B1315 qullarïŋnïŋ müškül išnira özüŋ asan äylɨgen/

B1316 mädät qelip vay maŋa päqrǐjahan äylɨgen/

B1317 bändä bolγan bäglɨrɨmdin maŋa χäbär bär//

B1318 lä:lɨχan a:yəm turnəlärni märhämmät qolləri vɨlän səlap/ egɨz qïrnïŋ üstigä
ečɨqïp//turnəlnɨ šundaq učurop//

B1319 gul'äsäl där älämlär boldəlär taze/

B1320 päslɨ zɨmmistan maŋa qïš bolmas ärdi yaze//*qïšmu yazmu maŋa oχšaš bulap
qalde//*

B1321 öldi däp bu žutqa käldi yalγan ävaze/

B1322 qadïr igäm turnalərɨmnɨ saŋa tapšu:dom//

B1323 γeriplärni šadu χändan äylɨgɨn/

B1324 qulləriŋnïŋ müškül išini bügün üzüŋ a:san äylɨgɨn/

B1325 mädät qelip vay maŋa päχirǰahan äylɨgɨn/

B1326 bändä bolγan bäglɨrɨmdin maŋa χäbär bär//

B1327 däp lä:lɨχan a:yəm turnəlarnɨ märhämmät qolləri vɨlän səlap ärde//

B1328 turnilär šunda paypitäk učup/bɨr näččä kün yol yürüp/mɨsɨr muzapatəγə
yetɨp ba:de//

B1329 mɨsɨr muzatəγa čirɨp berɨp yüsüp bäg ä:mät bäg ba: zïndannïŋ bešidɨn
aylənammay/šä:ni aylənəp bɨr sä:rada kitɨpbarite//

B1330 yüsüp bäg ä:mät bäg ba: zïndannïŋ üstigä berip qalde//

B1331 {yüsüp bäg ä:mät bäg} ä:mät bäg uχlap qalde//

B1332 šunda berip yüsüp bäg šunda tayan bolap közini kökkä tikip//

B1333 bəz bu mušu zïndanda topəγa muptəla bolap öläp kitämduq/

B1334 ya bəznïŋ čɨqïš künlərimәzmu ba:mu//

B1335 däp zarə zar žïγlap turupte//

B1336 {bešidin}turnilar zïndannïŋ bešidin aylande//

B1337 aylanγandikin yüsüp bäg šunda turnəγə qarap turup// bu bəznïŋ turnəməzmədo: //ya γayɨbanä turnəmədo://

B1338 män bu turnədɨn bɨr χäbär alay däp yüsüp bäg zïndannïŋ ičidä turup turup//

B1339 mundïn kɨtär bolsaŋlar turnalär šahe/

B1340 salam däŋlar älbättä bəznïŋ ällärgä/

B1341 aman barsaŋlar örgänč šä:irigä/

B1342 salam däŋlar älbättä γerɨp anamgä/ däp//

B1343 yüsüp bäg zïndanda yatmay turup/ asman säbbisidä aylənɨvatqan turnəlarγa qarap turup/nɨmɨ däydɨkɨn qeni deyda//

B1344 mundin kitär bolsaŋläru turnalär šahi/

B1345 salam däŋlar älbättäru bɨznïŋ ällärgärä/

B1346 aman barsaŋlär yanaru örgänč šähirigärey/

B1347 salam däŋlar älbättäru γerip anamgä:rey//

B1348 bɨr sïŋləmmu bar ärdiru χivä käntidärä/

B1349 yimäk ičmäkläri dayəm halva qäntidä/

B1350 yetɨpturmän čar ičidä put qolum bändidärey/

B1351 salam däŋlar älbättäru γerip sïŋləmgärey//

B1352 gul'äsäl yarïmγa eytïŋlär sačəne tarasun/

B1353 ötkän käčkän a:dämlärden bəzlärne sorasun/

B1354 aman bolsaq barurmiz bɨr žɨl qarasun/

B1355 salam däŋlar gul'äsäldäk širin sözlärgärey//

B1356 äräräliχan qeynatammu örgänǰi ählɨde/

B1357 qušlar salep oyniγandur äsqär taγide/

B1358 bəzlärni yad äylɨsun ǰanu diledɨn/

B1359 salam däŋlär äräräliχan ǰan qeynatamgärey//

B1360 bäg yüsüpder bu zïndanda dayem baγrïm qan/
B1361 müškül išlarγa da'im bardur mehirban/
B1362 yättä žïldur makanem vay qaraŋγu zendan/
B1363 sälam däŋlär älbättäru bəznïŋ ällärgärä//
B1364 yahu yaräy yarïmäy vay zulǰalaley/
B1365 här bändäŋni mɨnïŋdäk väyran äylɨmärey//
B1366 yüsüp bäg yatmay turup/ turnə bešdin aylənɨvatɨte//
B1367 mundin kitär bolsaŋlär turnalär šahe/
B1368 salam däŋlär älbättä bəznïŋ ällärgä/
B1369 aman barsaŋlär ürgänǰ ä:lɨgä/
B1370 salam däŋlär älbättä γerɨp anamgä//
B1371 bɨr sïŋləm bar ärdi χiyvi käntidä/
B1372 yimäk ičmäkläri dayəm halvə qäntidä/
B1373 yetɨpdurmän čar ičidä put qolum bändidä/
B1374 salam däŋlär älbättä γerɨp sïŋləmgä//
B1375 gu'läsäl yarïmgä eytïŋlar sačəne tarəsun/
B1376 *χotnumγa/*
B1377 ötkän käčkän a:dämlärdin bəznɨ sorasun/
B1378 *b:amu yoqmu/*
B1379 aman bolsaq barurməz bɨr žïl qarasun/
B1380 salam däŋlär guläsäldäk širin sözlärgä//
B1381 är'älχan qeynatam örgänč ä:lɨdä/
B1382 qušlar selɨp oynəγandur äsqär ta:γəda/
B1383 bəzlärni ya:d ätsun ǰanu dəlɨdä/
B1384 salam däŋlar äräräIχan ǰan qeyinatamgä//
B1385 bäg yüsüpder bu zïndanda dayəm baγrïm qan/
B1386 *žïylap turəmä/*
B1387 mïskinlärgä da'im bardur mi:riban/
B1388 yättä žïldur makanɨməz qaraŋγu zïndan/
B1389 salam däŋlar älbättɨ bəznïŋ ällärgɨ//

B1390 däp//yüsüp bäg aɣzədɨn muχännäslär tamam bolɣəlɨyoqärde//

B1391 ä:mät bäg qopap aka nɨmɨ däp žïɣlaysä: däpte//

B1392 ukam/ asman säbbisdä yättɨ danɨ turnə kitipardɨken//

B1393 ya bəznïŋ turnəməzmədu/

B1394 ya bašqa a:dämnïŋ ya ɣayəbanä turnəmədu//

B1395 däp/ turnəɣa bïž tal söz qoysam/ turnəlar zïndannïŋ üstidä ä:gɨvatədu däpte//

B1396 ä:mät bäg šunda: tüŋlüknïŋ uttursəɣa kilɨp turnəne zïndannïŋ ičigä čüšü:mäk üčün/ä:mät bäg turnəɣə qarap nɨmdäydɨken//

B1397 bäg yüsüpnïŋ turnaləre/

B1398 χäbär al bez ɣerɨplärden/

B1399 ǰanvarlərɨmu kälgɨn bɨriru/

B1400 χäbär al bez ɣerɨplärden//

B1401 čar üstidinu aylanursän/

B1402 bulut gib dävlänursän/

B1403 bäg yüsüpnïŋ turnalərmusänu/

B1404 χäbär al bəz ɣeriplärden//

B1405 sultan ärdəm χaräzmɨdä/

B1406 bügün bolduq düšmänlärgä bändä/

B1407 yatadurmänu bu zïndandanu/

B1408 χäbär al bəz ɣerɨplärden//

B1409 ä:mät bäg der ada:durmän/

B1410 zïndaŋɣa muptəladurmän/

B1411 äl χälqïmdinu ǰudadurmänu/

B1412 χäbär al bəz ɣerɨplärden//

B1413 käygän eginïŋ kimχapədur/

B1414 körgän kišilärgä daɣədur/

B1415 bändini sormaqu savabədura/

B1416 χäbär al bəz ɣerɨp--//

B1417 älqïssä ä:mät bäg šunda yüsüp bäg muχämmäslärni to:qup...yuq ärde//

B1418 ä:mät bäg turnəlarɣa qarap turup/

B1419　čar üstidin aylənursän/

B1420　bulut gibi dävlɨnursän/

B1421　bäg yüsüpnïŋ turnalərimusän/

B1422　χäbär al bəzɣirɨplärdin//

B1423　sultan ärduq χaräzmɨdä/

B1424　bügün bolduq düšmänlärgä bändä/

B1425　yatadurmän bu zïndanda/

B1426　χäbär al bəzɣeriplärdin//

B1427　ä:mät bäg der adadurmän/

B1428　zïndaŋya muptiladurmän/

B1429　äl χälqïmdɨn ǰudadurmän/

B1430　*bəz žutɨməzdɨn ǰuda bolap kättuq//*

B1431　χäbär al bəz ɣeriplärdin//

B1432　käygän iginïŋ kimχapidur/

B1433　körgän kišilärgä da:ɣədur/

B1434　bändini sormaq savabədur/

B1435　*kesälni sorɨmaq savap/*

B1436　χäbär al bəz ɣerɨplärdin// däpte//

B1437　ä:mät bägnïŋ aɣzədɨn muχännäslär tamam bolɣičä yuq ärde//

B1438　zïndannïŋ ičigä čoŋ turnə čüšte//

B1439　čüšüp šunda oŋ qanatlərənɨ ečipte yüsüp bäg šunda baštən ayaq qarap/

B1440　ukam/ bu zïndaŋya bəznïŋ čüp qa:ɣanləqəməzni žutɨməzden/anəməz lä:lɨχan a:yəmnïŋ közi bäsɨr bulapto:///

B1441　sïŋləməz qaldərɣačχan a:yəmnïŋ közi bäsɨr bulapto:///

B1442　bəznïŋ o:nəməzɣa türistannïŋ oɣlə ayχan pa:təša:bulapto:///

B1443　žutɨməzda χa:rlïq zarlïq bupto//

B1444　bu χättä (yezəpto)//

B1445　däp/ bu χätni ä:mät bäkkä oqupä:de//

B1446　turnəlarnïŋ qosaqlərəni yaχši ɣïzalə vɨlän uztup//

B1447　märhä:mät qollərə bɨlän turnəlarni šunda uzəti//

B1448 turnəlar qaytəp yɨttɨ kɨčä kündüzdä yɨtɨp käldi//

B1449 yɨtɨp kä:gändi:kin kätkän künlərɨ bɨlän kä:gän künlərɨni särvi hisap qïləp turupte//

B1450 turna aldəγa čüšte//

B1451 yüsüp bäg ä:mät bägnïŋ barlïqïγa ba:vär qïldi/ χät äkä:gändɨkɨn//

B1452 χuš bulup turəte//

B1453 ämdɨ söz ištɨməz/ bu šä:dɨn yüsüp bäg ä:mät bäg bändä bolap kätkändi:kin/ yüsüp bäg ä:mät bäg zïndanda yɨttɨ žïl yatte//

B1454 yatqandi:kin bu žutta ürgänǰinïŋ bɨr pa:dəša:sənïŋ bɨr qïzɨ bar ärde//

B1455 bunïŋ eti büvɨniyaz där ärde//

B1456 bunə musa:pər däp bunə χaräzmɨnïŋ pa:dəša:sənïŋ oγləγa ä:gɨ bärgän ärde//

B1457 i:rɨ vəlän öy tutušammay//

B1458 i:rɨnïŋ öyigä va:sa χetïŋnɨ al däp//

B1459 dadəsənïŋ öyigä kä:sä yamallap käpsä/ öy tut däp bä:mɨdimmə//

B1460 däp dadəsi urupte//

B1461 i:rɨnïŋ öyigä va:de//

B1462 i:rɨnïŋ öyigä va:sa i:rɨ urupte//

B1463 yamallap boχčəsəni kötɨräp kɨlɨvatəte//

B1464 mɨsɨrlïq šipyon so:dəgä:lä: bu büvɨniyaz digän qïzčaqnə tutəvalde//

B1465 tutəva:γandi:kin büvɨniyaz digän qïzčaqne apərɨp tömö: qäpäskä solap qoyde//

B1466 *a:däm zuvanini χät bəlmäydɨkɨn//*

B1467 solap qoyγandəkɨn bɨr žïl bu qäpäzdä yetəp qalde//

B1468 bɨr kün rozə heyt künlərɨ bolapte//

B1469 ma ǰanivarnɨ bɨr kün qäpäzdin čɨqïrəle däpte//

B1470 qäpäzdin čɨqïrəpte//

B1471 yüsüp bäkkä bɨr koŋläk bɨr tambal bɨr doppa//

B1472 ä:mat bäkkä bɨr koŋläk bɨr tambal bɨr doppa tikip//

B1473 šu yüsüp bäg ä:mät bäg bəznïŋ žutɨməzdɨnkɨn//

B1474 mɨnɨ kitip qa:sa a:γač kitämdɨkɨn däp/

B1475 zïndannïŋ ičigä šunda sapte//

B1476 yüsüp bäg ä:mät bäg zïndanda bu kiyimgä qarap//

B1477 vadäräχ//

B1478 bɨzgɨ här zaman kä:sä/ qara köz ta'am tošuytte kiyim sammayte//

B1479 bɨzgɨ bu kiyim seləvatqan ya musapərmu/ ya ǰinmu/ ya dö: pɨrɨmu//

B1480 qandaq nɨmu//

B1481 bunïŋdɨn bɨr ä:val soraylə däp/

B1482 yüsüp bäg zïndanda turup/ büvɨniyaz degän qïzγa qarap turup nɨmdäydɨken//

B1483 ni säväptin žïγlarsäna közləreŋa mästanä/

B1484 äqləm aldi lävlərïŋa aq čišlarïŋ durdanä/

B1485 ya misapirmusän öz žutidin biganä/

B1486 äslɨ zatïŋ qaysidur bəlmäymä ničük ǰanansän//

B1487 bäg yüsüp där χanəmanəm bar idi/

B1488 gulhäsäldäk dïlbərəm ǰanani ǰanəm bar ide/

B1489 öz žutumda pa:dəša:lïq täχtiyarəm bar ide/

B1490 äslɨ zatïŋ qaysidur bəlmäymä nüčük ǰanansä://

B1491 bəlmɨdim adämmusän vä yaki musapərmusän/

B1492 {šum päläknïŋ gärdišedin ǰävri mänätkäšmusän} šum päläknïŋ gärdišidena ǰävri mänätkäšmusän/

B1493 bɨr yalγuz burdamɨsän ya biravni körgänmusän/

B1494 äslɨ zatïŋ qaysɨdur bəlmäymä nüčük ǰanansän//

B1495 rastïŋni sözlɨgɨnsän maŋa nazuk nava/

B1496 äslɨ zatïŋ qaysidur bəlmäymä nüčük ǰanansä://

B1497 büvɨniyaz digän qïz šunda kiyimni šunda tašlapte//yüsüp bäg ä:mätbäg/ qara köz bəzgä tamaq berti//bu kiyim tašlɨγan ǰinmu ya alvastəmu däp//

B1498 ni säväptin žïγlarsän közlərïŋ mästanä/

B1499 äqləm aldɨ lävlərïŋ aq čišlərïŋ durdanä/

B1500 ya musapərmusän öz žutidin biganä/

B1501 äslɨ zatïŋ qaysidur bəlmäymä nüčük ǰanansän//

B1502 bäg yüsüp där χanəmanəm bar ide/

B1503 *χanəman digän öy//*

B1504 gul'äsäldäk dïlbərïm ǰanani ǰanəm bar ide/

B1505 *χotunmu beyte//*

B1506 öz žutumda pa:dəša:lïq ïχtiyarïm bar ide/

B1507 äslɨ zatïŋ qaysidur bəlmäymä nüčük ǰanansän//

B1508 bülmüdüm adämmusän vä yaki bir musapər/

B1509 šum päläknïŋ gärdišidin ǰävran mänätkäšmusän/

B1510 bɨr özüŋ burdaməsän ya ya bašqini körgänmusän/

B1511 äslɨ zatïŋ qaysɨdur bəlmäymä ni:čük ǰanansän//

B1512 däp//yüsüp bäg ä:mät bäg büvɨniyaz degän qïznɨ/

B1513 nɨmɨ sän nädin/ya alvastɨmu ya ǰinmu däpte//

B1514 büvɨniyaz digän qïz üzin toχtitivalammay//

B1515 män örgänǰinïŋ pa:dəša:sənïŋ qïzitem//

B1516 χaräzmnïŋ pa:dəša:səγa ä:gɨ bä:gän ärdi/

B1517 i:rɨm bɨlän bolušammay kä:säm dadam ude/ öy tut däp//

B1518 i:rɨmnïŋ öyigä ba:sam/ miǰäzim kämmäy qaldɨ däp häydivitɨpte//

B1519 mɨšädä kɨtipartɨm/

B1520 düšmän so:dəgä:lär tutivəlɨp/ muš qäpäzgä solap qoyde//

B1521 däp/üzinïŋ örgänǰinïŋ pa:dəša:sənïŋ qïzi etinïŋ büvɨniyaz ikänlikini bäyan qïmmaq üčün/yüsüp bäg ä:mät bäkkä qarap turup nɨm däydo//

B1522 ärzɨm saŋa yüsüp aγa/

B1523 taγ bɨlän därtlärɨm saŋa/

B1524 bɨr düšmängä yana bolup toγra/

B1525 daγlanəptu äǰäp qolum mineŋ//

B1526 män silärdɨn alay χäbär/

B1527 rähmät qïsəla maŋa šamu šä'är/

B1528 alγač ketïŋ meni čɨqsəla ägär/

B1529 äǰäp qatteqtur yana künüm mineŋ//

B1530 atem niyaz özüm χästä/

B1531 šatutədäk yattem qäpästä/

B1532 män bɨr ayalu pahästä/
B1533 ürgänǰidur yana ǰayem mineŋ//
B1534 ölmüdüm ǰävri dästiden/
B1535 kitälmädim yiraγlïq heǰriden/
B1536 äslɨ žurtum menïŋ ürgänǰiden/
B1537 özbäg bolur yana ä:lɨm mineŋ//
B1538 žïγlap qalde ata anam/
B1539 γerivlïqta äǰäp küyidu ǰenɨm/
B1540 bändä bolup düšmänlärgä/
B1541 küydi äǰäp baγrəm mineŋ//
B1542 älqïssä/ büvɨniyaz digän qïz/ yüsüp bäg ä:mät bäkkä özlərəni toχtətivalammay//
B1543 ärzɨm sɨzgä yüsüp aγa/
B1544 taγ bɨlän dätlɨrim saŋa/
B1545 bɨr düšmängä bolup toγra/
B1546 baγlənɨptur qolum mineŋ//
B1547 män silärdɨn alay χäbär/
B1548 rähmät qïlïŋ maŋa šamu šä’är/
B1549 alγač kitïŋ mini čəqsïŋïz ägär/
B1550 äǰäp qattiqtur künüm mineŋ//
B1551 a:təm niyaz özüm χästä/
B1552 šatuttäk yattɨm qäpästä/
B1553 män bɨr ayalu pahästä/
B1554 örgänǰidur ǰayəm mineŋ//
B1555 žïγlap qaldi ata anam/
B1556 γerivlïqta köyidu ǰenɨm/
B1557 bändä bolup düšmänlärgä/ſ
B1558 küydi äǰäp baγrim mineŋ//
B1559 ölmɨdim ǰävri dästiden/
B1560 kitälmɨdim žïraqlïqnïŋ hiǰrɨden/
B1561 äslɨ žurtum örgänǰiden/

B1562 özbäg bolur ä:lɨm mɨnïŋ//

B1563 däp/män örgänǰinïŋ pa:dəša:sənïŋ qïze//

B1564 meni χaräzmɨnïŋ pa:dəša:sənïŋ oγlɨγa ä:gä bɨripti/ i:rɨm bɨlän boləšammay yamanlap kä:säm/ dadam öy tut däp bä:mɨdimmu däp/ dadam u:de//

B1565 i:rɨmnïŋ aldəə‿ya:sam miǰäzim kämmäy qaldɨ däp häydäp čɨqa:de//

B1566 kitɨpartɨm/ mušu mɨsɨrlïq düšmän so:dəgärlär tutəvəlɨp meni tömü: qäpäskä solap qoyde//

B1567 män qäpäzdä yetivatimä//

B1568 gayi… tiqïdu gayi urup//

B1569 silə zïndanda üčɨŋlar beykänsəlä//

B1570 sələni bi:nisɨp azat qïlsa/ mini zïndandïn a:γač kitä:mɨkɨn/ däp tu:dum/ digändɨkɨn//

B1571 bəznɨ zïndandïn bi:nisɨp a:zat qi:sa// səzne/ buva:y qämbär taγamne/qara közni/ ammay kätmäyməz//

B1572 däp/yüsüp bäg ä:mät bäg χun ǰigiridɨn čɨqïrəp/ qara közgä nɨmɨ däydɨken//

B1573 älqïssä/ yüsüp bägä:mät bäg turnilärni žutəγa yolγə selɨp/ märhä:mät qolləri vɨlän səlap//

B1574 barγən turna bəznïŋ älgä/

B1575 boz oγlanχan taγam kä:sun/

B1576 hal yätkürmäy yätküzgɨn zahid zamane/

B1577 bešiməzdɨn däpinä qïlsun bu bala:ne/

B1578 əspahannïŋ adalätlik sultani/

B1579 är’älχan qeyintam kä:sun//

B1580 däp/ turnəlarnɨ yolγa selvätte//

B1581 turnəlar šundaγ yittä ay žɨgɨrmä kün payi pišadä yol žürüpte//

B1582 turnə o:n säkkis kün ätrapəda yitɨp kälde//

B1583 kilɨp lä:lɨχan a:yəmγa özlərini suvap//

B1584 yüsüp bäg ä:mät bäglär ivätkän naməni bular oqup//

B1585 yüsüp bäg ä:mät bägnïŋ barlïqəγa bavär qïləp χuštutup ottade//

B1586 ämdi söz ištɨməz/{yüsüp bäg ä:mät bäg bu turnəlɨdin χäbär …}/ qarɨköz büvɨniyaz χäbär a:γandi:kin/ pa:təša:γa bɨr šipiyunčɨ: //

B1587 aya pa:dəšahim/

B1588 sulta:nɨm bakɨrem//

B1589 yüsüp bäg ä:mät bägni yittɨ žil zïndaŋγa selɨvättïŋ//

B1590 bunïŋγa kimärsä bɨr otlam su bɨr žutum nan bä:sä/ bäš ölämgä pul töläŋla däp yarlïq qïγän ärdïŋ//

B1591 bu hämzɨmiršapnïŋ qïzi qarɨköz yüsüp bäg ä:mät bägnïŋ täminatəni tošup gelɨni beqïvatido//

B1592 büvɨniyaz däydəγan bɨr qïz va:tə bu kiyim tašla:tido//

B1593 bunə qandaq qïlɨsä däpte//

B1594 bu bešimγa qara bala bäglä: teχi zïndanda ba:mu/ däpte//

B1595 ba: // buni ni: qïlɨmä däpte//

B1596 buni eččəq//

B1597 zïndandïn ečəqïp buni köxčɨ vɨlän söz eytïšqïnɨ sal//

B1598 köxčɨ besïp kitɨp qa:sa yüsüp bäg ä:mät bägnïŋ bɨrini da:γa esïp bɨrini muna:dən tašlap öltä://

B1599 χäyriyät/ köxčɨni besïp kitɨp qa:sa/ özini qoyap bä:mämsä buləne/däpte//

B1600 anda bo:sa yaχši:kɨn däp//yüsüp bäg ä:mät bägni zïndandïn ečəqte//

B1601 ečəqïp pa:dəšahi güzälša ätrapəγa χälq künlɨrənïŋ hämmini žïγəp/ bɨr arəsda mäydan qurup//

B1602 ma yüsüp bäg ä:mät bäg digänni män zïndandin elɨp čəqtəm//

B1603 buni köxčɨ vɨlän söz eytišqïnɨ saləmä://

B1604 köxčɨ besəp kitɨp qa:sa/yüsüp bägni da:γa esïp ä:mät bägni muna:dən tašlaymä://

B1605 χäyrɨyät/ köxčɨni besəp kitɨp qa:sa/ öz žutəγa qayturəmä/

B1606 nɨmɨ däysɨlä:/däpte//

B1607 obdan dide//

B1608 mäydaŋγa ečəqïp köxčɨnïŋ qoləγa bɨr təlla saz qoŋγa altun kusa//

B1609 yüsüp bäg ä:mät bägnïŋ qoləγa kümüš saz kümüš kusa beripte//

B1610 ey bädbäχ düšmänlär//

B1611 menïŋ zïndanda buva:y qämbär yasap bä:gän duttərəm ba:/ kältürüpä:/ dide//

B1612 dutta:nɨ kältürüp bä:de//

B1613 köxčɨ bašta otərap yüsüp bäkkä qarap turup/

B1614 sän eyt däydu//

B1615 yüsüp bäg köxčɨ bädbäχkä qarap turup/

B1616 sän eyt däpte//

B1617 növätni saŋa bä:duq bädbäχ/ däpte//

B1618 köxčɨ bädbäχ yüsüp bäkkä qarap turup nɨmɨ däydɨkɨn/

B1619 yüsüp bäg köxčɨ bädbäχkä qarap turup nɨmɨ däydɨkɨn/

B1620 mi:manla: qosi:qïγa nɨmɨ yäydɨkɨn/ däyda//

B1621 sïpa: bolsaŋ vay mäydan mäydan yolənɨ ačalär/

B1622 män eytayu vay išitɨp ištɨp körgɨn tamašša/

B1623 bɨr düšmändin sinïŋdäk yüzmiŋ özbek qača:lär/

B1624 köxčɨ ša'ər barγandaru körgɨn tamašša//

B1625 yüsüp bäg//

B1626 aya düšmän män senïŋ oysam ekki közüŋne/

B1627 özüŋgä saγaturmänu senïŋa na:pak yüzüŋne/

B1628 olǰa qïləp alurmän ǰuvan čokan qizïŋne/

B1629 män üstüŋgä kälgändä körgen tamaššä//

B1630 köxčɨ//

B1631 {aya düšmän män senïŋ} aya düšmän ketiduryan yoluŋ qayra tumandur/

B1632 qoγlap yätsäm arqaŋdɨna bešïŋγa aχïr zamandur/

B1633 mändɨn qutulmaγlïqïŋ sinïŋ hämdärgumandur/

B1634 ara čöldä qïrγanda körgen tamaššä//

B1635 yüsüp bäg//

B1636 aya düšmänvay sɨnïŋtɨlu ǰanïŋ kɨsəlsun/

B1637 üstiχanïŋ vay sɨnïŋa därvazäŋgä esïlsun/

B1638 ottus sunay toqquz ka:nay aldïng hämmi tošulsun/

B1639 sürüp täχtïŋni alγanda körgen tamaššä//

B1640 köxčɨ//

B1641 aya özbäk äždärhadäk söz kelädur təlɨŋden/
B1642 heč iš kälmäydu senïŋa yana iškki qoluŋden/
B1643 üzäm yalγuz vay berip baγlap käldɨm šä:rïŋden/
B1644 köxčɨ ša'er barγanda körgen tamaššä//
B1645 yüsüp bäg//
B1646 aya düšmän attən čüšmäy kälmɨsäm/
B1647 üčyüz atməš šä:lərïŋnïŋ bɨrnɨ qoymay alməsam/
B1648 män yatqanu zïndanγa güzälša bɨläsinɨ salməsam/
B1649 naməm özbäk bolmasmän körgɨn tamaš--//
B1650 älqïssä növätni köxčɨ bädbäχqä beripti köxčɨ bädbäχ yüsüp bäkkä qarap turup
B1651 sïpa: bolsaŋ mäydan yolɨni ačalär/
B1652 män eytayin ištɨp körgɨn tamaššä/
B1653 bɨr düšmändin senïŋdäk yüzmïŋ özbäk qača:lär/
B1654 köxčɨ sähär barγanda körgɨntamaššä//däpte//
B1655 yüsüp bäg eytti//
B1656 aya düšmän attən čüšmäy kämmɨsäm/
B1657 üčyüz atməš šä:lərïŋne bɨrɨni qoymay amməsam/
B1658 män yatqanu zïndanγa güzälšah bɨlän seni samməsam/
B1659 naməm özbäk bolmasmän körgɨn tamašša/ dede//
B1660 köxčɨ bädbäχ eytti//
B1661 aya özbäk äždärhadäk söz kelädur təlïŋden/
B1662 heč iš kälmäydu senïŋ iškki qoluŋden/
B1663 özäm yalγuz berip baγlap käldim elɨŋden/
B1664 män üstüŋgä barγanda körgɨn tamašša/ däpte//
B1665 aya düšmän särdarlərɨm kelur bɨr kün at selɨp/
B1666 özbäglɨrɨmkɨlɨdu äždärhadäk qozγələp/
B1667 qïrïqžɨgɨtɨm kilɨdu här täräptïn qol selɨp/
B1668 sürüp täχtïŋni alγanda körgɨn--//
B1669 däp üč növät eytɨpte//

B1670 köxčɨ bädbäχ šük tu:de//

B1671 eytmamsä bädbäχ sözüŋni/ däptɨ šük turupte//

B1672 güzälša eytte//

B1673 χälq künləre//

B1674 yüsüp bäg ä:mät bäg märt ša'irmɨkän köxčɨ märt ša' irmɨkɨn/

B1675 däpte//güzälša:nïŋ podaqčələrɨ/

B1676 vay pa:dəšahi aläm/ sulta:nəm bakərɨm/köxčɨ märt ša' irkɨn dedi//

B1677 güzälša eytti//

B1678 iy χälq künləre//

B1679 yüsüp bäg ä:mät bägni köxčɨ bulap kelɨp/qïrïq kečä kündüz pay pišadä yol maŋdu:de//

B1680 yättä ay žɨgɨrmɨ kün zïndanda yatte//

B1681 bu mäynät məša:qät ta:tqan yüsüp bäg ä:mät bäg bɨr näččä söznɨ artuq eytivɨdi/ köxčɨ qïzərɨp otta:mɨdima/ däpte//

B1682 hämmisi vay yüsüp bäg ä:mät bäg usti:kɨn dide//

B1683 anda bo:sa yüsüp bäg ä:mät bäkkä at...olǰə γinimätlənɨ ečəq/ däpte//

B1684 atqə ton särpay keydü:de//

B1685 keydürüp bɨr näččä mal yükläp berip//

B1686 yüsüp bäg ä:mät bäg//

B1687 ämdi män aččəγəmda səlne zïndaŋγa sep qoyaptimä://

B1688 hä/ qaraköz büvɨniyaznə χutun qïləp apsəlä://

B1689 buva:y qämbär səlɨgä hämra bulapto//

B1690 ämdi ma zïndanda köxčɨni səlɨ besip kitɨp qaldïŋla//

B1691 ämdi žutuŋləγa berip puluŋla tügäp kätsä/məsɨr digän altun kümüšnïŋ χäzinəsi/ män yär astədəkɨ χäzinidin ivätɨp biräy//

B1692 yana mändin intəqam täläp qïləp yana büvägä läškä: ta:təp käp qammaŋla/ däpte//

B1693 yüsüp bäg ä:mät bäg/

B1694 teχi senïŋ käl dɨgɨnïŋgä kelɨp kät dɨgɨnïŋgä kitämtuq//

B1695 däp at üstigä čïqolap güzälšahqa qarap turup ämde//

B1696 išit ämde düšmänlärnïŋ sultane/

B1697 sändin maŋa zulmät yätkändur ämde//

B1698 ni: säväptin mɨnïŋ qol ayaɣəmni baɣlədïŋ/

B1699 üzüŋni märt minɨ sän namärt čaɣlədïŋ/

B1700 zïndan ičrä sän minɨ ölär čaɣlədïŋ/

B1701 sändin maŋa nö:vät yätkändur/ däp//

B1702 yüsüp bäg ä:mät bäg güzälšahqa qarap turup söz qaytu:maq üčün nɨm däydɨken//

B1703 išit ämde düšmänlärneŋa a…sultane/

B1704 sändin maŋa vay zulmäta zulmät yätkändur ämde/

B1705 ne säväptin sän mɨneŋ qol ayaɣəm baɣlədïŋ/

B1706 sändin maŋa nö:bät nö:bät yätkändur ämde//

B1707 ämdɨ saldɨ vay senïŋ yana qayra bäχtïŋne/

B1708 ülüštürüp vay biräya sinïŋ malu räχtïŋne/

B1709 väyran qeləp vay alay ušbu altun täχtïŋne/

B1710 mäy‿yatqan zïndan aχer saŋa vätändur ämde//

B1711 väyran qeləp vay sinïŋ alay ušbu altun täχtïŋne/

B1712 mäy‿yatqan zïndan aχer saŋa vätändur ämde//

B1713 išit ämde düšmänlärnïŋ sultane/

B1714 sändïn maŋa zulmät yätkändur ämde//

B1715 ni säväptɨn sän menïŋ qol ayaɣəmn baɣlədïŋ/

B1716 üzüŋni märt mini sän namärt čaɣlədïŋ/

B1717 zïndan ičrä säm‿meni ölär čaɣlədïŋ/

B1718 sändin maŋa nöwbät yätkändur ämde//

B1719 ämdɨ salde ämdi senïŋ qara bäχtïŋne/

B1720 öläštürüp berimä senïŋ malu räχtïŋne/

B1721 väyran qïləp alɨmä sɨnïŋ ušbu altun täχtïŋne/

B1722 män yatqan zïndan aχïr makandur ämde//

B1723 ämdi senïŋ käl dɨgɨnïŋgä kilɨp kät dɨgɨnïŋgä kitämdim däp atni ra:yəɣ qayturup läškä:nɨ elɨp maŋde//

B1724 maŋɣandikin/ yüsüp bäg ä:mät bäg üč kičä kündüz yol uzap kitɨpte//

B1725 väzirləri eytte//

B1726 aya patišahim/ sulta:nɨm bäkɨrem//

B1727 bu üstüŋgä läškä: elɨp kilmän dä:tido// buni tutivammayləma//

B1728 däptɨ/ yüsüp bäg ä:mät bägning käynidin köxčɨ bädbäχ bɨlän bɨr näččä läškä:lərgə...//

B1729 köxče// iš bommay qalde//

B1730 yüsüp bäg ä:mät bäkkä dunya: altun χäzinä kümüš bɨrip qaytu:sam/ sän bɨlän bɨzdɨn intïqam täläp qïmməsun/

B1731 tutivammamsämde//

B1732 sändäk namärt patiša:nïŋ χïzmitini qïlamtəmmän//

B1733 yüsüp bäg ä:mät bägnïŋ altä ay χïzmitide volap/ töhpä qïlep/ mäs qïləp baɣlap äkɨlpä:säm/ qaraköz büvɨniyaz digän χotnäppä:dïŋ//

B1734 yana säyyatqan zïndannɨ dä:tidu/däpte//

B1735 anda qïmmaŋ köxče//

B1736 senɨ ö:tiräp mini qoyap qoymaydɨkɨn//

B1737 mini ötiräp sini čiqa:mayda/ däpte//

B1738 yüsüp bäg ä:mät bäg mɨšä:dən bälke aχsudäk yä:gä uza...qan.../

B1739 köxčɨ bädbäχnïŋ käyəndɨn bɨr näččä läškä: qoyap/yüsüp bäg ä:mät bäkkä üvätɨpä:de//

B1740 ivätɨpä:gändi:kin köxčɨ bädbäχ yüsüp bäg ä:mätbäkkä učqašmay/ bïr mäŋzïlgɨ käpte//qarəɣudäk vo:sa/ köxčɨ bädbäχ käyəndɨn sürüp käptə//

B1741 sürüp käpte bunïŋ vəlän bɨr näččä kün ǰäŋ qïldɨ//

B1742 ǰäŋ qïləp köxčɨ bädbäχnə qayturvətɨpte// yüsüp bäg ä:mät bäg bïr mäŋzɨldä kɨlvɨtep//

B1743 ukam ä:mät bäg//ämdä bəz mɨsɨrdin čəqqančɨ tamaq yemäptuq//

B1744 bəz...tamaq yiyiškä mäšɣul bullɨ/ sän qeči:ləɣa qa:lap tu:ɣən däpte//

B1745 ä:mät bäg qïq ...qeči:nɨ bɨr buluŋda tosap tu:rɨte//

B1746 yüsüp bäg bɨr qazannɨ esip tütün čəqïrïp turɨte//

B1747 ukam käynɨməzdɨ düšmän barməkɨn//

B1748 däp bɨr egɨz qïrnïŋ üstigä čɨqïp qarəγudäk vo:sa// köxčɨ bädbäχ yänä qïrïq mïŋ läškä: qurup käptu//

B1749 kälgändikin ä:mät bäg šunda yüsüp bäkkä qarap turup//

B1750 arqïməzdɨn qoγlap yätte düšmänlär/

B1751 maŋa ǰuvap bärgɨn yüsüp sultanɨm/

B1752 γayəbanä bɨr χïzmät qïlay män saŋa/

B1753 maŋa ǰuvap bärgɨn yüsüp sultanɨm//

B1754 däp yüsüp bäkkä qarap turup ä:mät bäg nɨm däydɨkɨn//

B1755 ä:mät bäkkä qarap turup yüsüp bäg nɨm däydɨken//

B1756 mi:manla qosi:qïγa nɨm yäydɨken--//

B1757 arqïməzdən vay qoγlapa yätte düšmänlär/

B1758 maŋa ǰavap vay bärgɨnna yüsüp sulta:nem/

B1759 γayibanä bɨr χïzmätu yana qïlay män saŋa/

B1760 maŋa ǰavap vay bärgɨnna yüsüp sulta:nem//

B1761 šä: körmigän vay inɨmmu ǰaŋu ǰara,ät/

B1762 maŋa ǰavap vay bärgɨnna ä:mät ukaǰan/

B1763 γayibanä bɨr χïzmäta yana qïlay män saŋa/

B1764 maŋa ǰavap vay bärgɨnna ä:mät ukaǰan//

B1765 qarap turup maŋa ǰavap bärmɨdeŋ/

B1766 üzüŋni märt sän mineru namärt čaγlədeŋ/

B1767 zïndan ičrä sän mineru yana ülär čaγlədeŋ/

B1768 maŋa ǰavap vay bärgɨnnu yüsüp sulta:nem//

B1769 qa:dïr bolup ä:mät bägu qečirlärnïŋ yü:kigä/

B1770 maŋa ǰavap bärgɨnno ä:mät ukaǰan//

B1771 älqïssä {ä:mät bäg} yüsüp bäg ot qalap otturte//ä:mät bäg igɨz qïrnïŋ üstigä čɨqïp qarəγudäk bo:sa//

B1772 köxčɨ bädbäχ bɨr näččä düšmänlärni elɨp yetɨp käpto//

B1773 yɨtɨp kä:gändikinyüsüp bägnïŋ qešəγ čüšüp qarapto//

B1774 arqïməzdən qoγlap yätti düšmänlär/

B1775 maŋa ǰuvap bärgɨn yüsüp sulta:nem/

B1776 γayibanä bu išqa χïzmät qïlay män saŋa/
B1777 maŋa ǰuvap bärgɨn yüsüp sulta:nəm//
B1778 däpte//yüsüp bäg eytte//
B1779 qarap turup sän maŋa ǰavap bärmɨdeŋ/
B1780 üzüŋni märt mini sän namärt čaγlədeŋ/
B1781 zïndan ičrä mini sän ülär čaγlədïŋ/
B1782 maŋa ǰavab bärgɨn ä:mät ukaǰan//
B1783 digändɨkɨn yüsüp bäg eytte//
B1784 ukam// düšmän kä:gän bo:səmu sän ǰavap bä:gɨn//
B1785 sänyalγuz digändikin//
B1786 aka// sän yalγuz čirämsä däpte//
B1787 bu düšmän köp bo:səmu bəz ba: ämäsmo://
B1788 däp/yüsüp bäg qïlčini elɨp turup//
B1789 ürgänǰidä näǰmiden/
B1790 buχarada bahavədən/
B1791 yüsüp ä:mät eytur tälqïm/
B1792 ya χälqïm səzdən mädät/
B1793 däp// ä:lɨyüzɨlä:nïŋ qatarəγa ǰäŋgɨ či:mäk üčün yüsüp bäg nɨmɨ däp žïγlaydɨken//
B1794 ürgänǰidä vay näǰmiden/
B1795 buχarada yana bahaviden/
B1796 yüsüp ä:mät bügün äytür tälqim/
B1797 ya χälqïm bügün sɨzden mädät//
B1798 üstüŋdä nurdən taǰ ürür/
B1799 mäŋzɨlgaheŋ senïŋ mihraǰ ürür/
B1800 hämmä saŋa bügün muχtaǰ ürür/
B1801 ya χälqïm bügün sɨzden mädät//
B1802 qïlsam budunya:den säpär/
B1803 χuš qal ämde bügün χäyru bäšär/
B1804 sän sän maŋa bügün yeqïn rä:bär/
B1805 ya χälqïm bügün sɨzdin mädät//

B1806 arqi:məzden yätti köxče/

B1807 läškär žɨγep oyyättä mïŋče/

B1808 qan žiγləsun yana düšmän barče/

B1809 ya χälqïm bügün sɨzden mädät//

B1810 üstüŋdä nurdin taǰ ürür/

B1811 mäŋzilgahɨŋ mihraǰ ürür/

B1812 hämmä saŋa bügün muχtaǰ ürür/

B1813 ya χälqïm sɨlärdin mädät//

B1814 qïlsam budunya:dən säpär/

B1815 χuš qal ämdä χäyru bäšär/

B1816 sän sän maŋa yeqïn rähbär/

B1817 ya χälqïm sɨlärdin mädät//

B1818 arqïməzdɨn yätti köxčɨ/

B1819 läškär žiγïp on yätti mïŋče/

B1820 qan žïγlɨsun düšmän barčɨ/

B1821 ya χälqïm sɨlärdin mädät//

B1822 däp/ač börä qoyγa či:gändäk üč kičä kündüz ǰäŋ qïləpärde//

B1823 elɨp kä:gän oyyättɨmïŋ düšmändən on tö:mïŋɨnɨ qïrïp tašlɨde//

B1824 üč mïŋ düšmän qečišqa bašləde//

B1825 eni u yä:dä urup buni büyä:dä urup/ ä:lɨyüzilärdən aman taptuq däp bula: olǰa γäniymätlənɨ elɨp kelɨvatite//

B1826 qarəγudäk vo:sa/yusüp bäg ä:mät bägnïŋ qïrïq žɨgɨte berip qïrïq kün ǰäŋ qïγan mäydanγa kirde//

B1827 kilɨp qa:ləsa bu žɨgɨtlənïŋ qävrisne a:k vɨlän qaturup üstigä χät yezip qoyaptiken//

B1828 berip bɨr šunda: kelip bɨr qävrɨnïŋ bešəγa berɨp//

B1829 arqïməzdɨn kelɨp bəzlärni aχturop/

B1830 γämgussəγa qïlïp büyä:dä mustɨrep/

B1831 bešïŋlargä qïzɨl äläm kötürüp/

B1832 ärman bɨlän ölgän žɨgɨtlär χoš ämde//

B1833 däp žɨgɨtlärnïŋ bešəγa berip bɨr zarizar žïγləmaq üčün nɨmdäydɨken//
B1834 bəzlär eväl bändä bulup kälgändä/
B1835 ɨzdäp kälgän nä ǰuvanlär ablaru χoš ämde/
B1836 düšmänlä:den quturupu yana zulum körgändä/
B1837 ärman bilän vay ölgän nä ǰuvanlär χoš ämde//
B1838 arqaməzden vay kelɨpu bəzlärni aχtirep/
B1839 γämγussiγa vay tolupu büyä:dä mustirep/
B1840 ba:šïŋlargä vay qïzilu qïzil qanlar kötürüp/
B1841 ärman bilän vay ölgän nä ǰuvanlär χoš ämde//
B1842 bundən barsaq silärnäru ata anaŋla soralär/
B1843 qïsasïŋlärni mändina bišäk körä:lär/
B1844 ölgänlärïŋlɨni mändinu aχïr tiläp alalär/
B1845 ärman bilänvay ölgän nä ǰuvanlär χoš ämde//
B1846 bəzlär kälduq bu älgäru yana saγu salamät/
B1847 qïsasïŋlär qaldɨ silärneŋ qärzu qïyamet/
B1848 yana qïlsun silärgäru yana dayim karamet/
B1849 ärman bilän vay ölgän vay yɨgɨtlär χoš ämde//
B1850 älqïssä yüsüp bäg ä:mät bäg žɨgɨtlärnïŋ qävrisni köräp (žïγlap)//
B1851 bəzlär ävväl bändä bolup kälgändä/
B1852 ɨzdäp kälgän nä ǰuvanlär χoš ämdä/
B1853 düšmänlärnïŋ qolda eγɨr zulum körgändä/
B1854 ɨzdäp kälgän yɨgɨtlɨrəməz χoš ämde//
B1855 arqïməzdɨn kilɨp bəzlärni aχtɨrɨp/
B1856 γämγussəγa tolup büyä:dä mustirep/
B1857 bešïŋlargä qïzil äläm kötürüp/
B1858 bəzlär üčün qurban bolγanlär χoš ämde//
B1859 mundən barsaq səllärnɨ ata anaŋlar soralär/
B1860 *ballərɨm qeni däp sorayda//*
B1861 qïsasïŋlarni mändin bišäk körä:lär/
B1862 ölgänlərïŋləni mändin tiläp alalar/

B1863 ärman bilän ölgän yɨgɨtlär χoš ämde//

B1864 arqïməzdɨn kilɨp bəzlärni aχturup/

B1865 γäm gussəγa tolup bu yärdä mustɨrɨp/

B1866 bešïŋlärgä qïzɨl qanlar kötürüp/

B1867 ärman bɨlän nä ǰuvanlär χoš ämde//

B1868 däp bular emdi/ ba:saq atanaŋla bəzdɨn sɨlä:ni soralär/ däp//

B1869 älqïssä yüsüp bäg ä:mät bäg özinïŋ žutlərəγa qaytəp kelɨp qarəγudäk vo:sa bɨr näččän toynïŋ üstigɨ kilɨp qalde//

B1870 bu čimnïŋ toyidu//

B1871 aǰayip häyavätlɨk bɨr kattɨ toykɨn//

B1872 bu toynïŋ daγïsnɨ čimdin sora:məz däp kitparte//

B1873 yüsüp bäg ä:mät bägni oqutqan šäyχu širip olur χoǰɨ däydəγan bɨr kiši barte//

B1874 yüsüp bäg ä:mät bägnïŋkilɨvatqanlïqïne/ävlɨyalïqɨ bɨläntunup tu:de//

B1875 säl siŋayan bi salam qïləp ötäp kitiparte//

B1876 käyindin turup yüsüp bäg ä:mät bäkkä qarap turup olurχoǰi//

B1877 bändɨlɨxtin a:zat bolγan bäglɨrem/

B1878 χäbär bär oγlanəm qayda barursän/

B1879 uluγlarnïŋ in'amənɨ alγan bäglɨrɨm/

B1880 χäbär bär oγlanəm qayda barursän//

B1881 däp/yüsüp bäkkä qarap turup olur γoǰam nɨmɨdäydɨken//

B1882 olurχan γoǰamγa yüsüp bäg ä:mät bäg nɨmɨdäydɨken//

B1883 bendilɨxtin vay azada bolγan bäglɨrɨm/

B1884 χäbär bärgɨn oγlanima qayda barursän/

B1885 uluγlarnïŋ in'amənɨ alγan bäglɨrem/

B1886 χäbär bärgen oγlanem qayda barursän//

B1887 ärzimne išitken yana äzɨz ustazem/

B1888 quyap berïŋ sïz menɨra toyγa barurmän/

B1889 bändilɨxtin kitɨpto nami nɨšanem/

B1890 quyap bireŋ sïz mine toyγa barurmän//

B1891 sähär čaγda ša:himärdan bardilär/

B1892 qollərïŋγa üč qïzela üč qïzəl gul bärdilär/

B1893 qaytəp kelip küptiŋgä üč kač urdilär/

B1894 χäbär bärgɨn oγlanəm qayda barursän//

B1895 ärzəmne ešitken yana eziz ustazem/

B1896 quyap bireŋ sïz minera toyγa barurmän//

B1897 bändä bolup kiteptur mɨnïŋ nami nišanem/

B1898 quyap bireŋ sez minetoyγa barurmän//

B1899 balam saŋa eytayən saŋa bɨrbɨr γäzäl/

B1900 pilallek šä:nigära eytayen γäzäl/

B1901 a:tem yüsüp bäg ya:rəm gulhäsäl/

B1902 qoyap berïŋ sɨz mɨne toyγa barurmän//

B1903 mäydan išrä kirgändä yana rustäm quwvätlek/

B1904 qarəγay näzmileka kälsä ǰulanlek/

B1905 espihannïŋ qelɨčɨ yaχši bädolɨ/

B1906 χäbär bärgɨn oγlanem qayda barursän//

B1907 älqïssä yüsüp bäg ä:mät bägustazləγa salam qïləp ötäp kitiparte//

B1908 uluγ γoǰəlar yüsüp bäg ä:mät bägnïŋ qäddɨsɨgä qarap turop//

B1909 bändilɨxtin a:zat bolγan bäglɨrem/

B1910 χäbär bärgɨn oγlanəm qaydə barursän/

B1911 uluγlarnïŋ in᾽amənɨ alγan bäglɨrɨm/

B1912 χäbär bär oγlanəm qayda barursän// däpte//

B1913 yüsüp bäg eytte//

B1914 män barurmän qeynatam nädir bägnïŋ toyəγa/

B1915 dairä bɨlän ot qoyurmän öyinïŋ ornəda öyəγa/

B1916 qurban boləmän ya:rəmnïŋ qädrä boyəγa/

B1917 quyap berïŋ mine toyγa barɨmän dide//

B1918 uluγ quddi ustaz yüsüp bäkkä qarap turop//

B1919 sähär čaγda ša:hɨ märdan bardilär//

B1920 qollurïŋγa üč qïzəlgul bärdilär//

B1921 qaytəp kilep kuptïŋgä üč kač urdəlar//

B1922 χäbär bär oγlanəm qayda barursän// däpte//

B1923 yättä žïldən bɨri ǰapa čäxtɨm däp yüsüp bäg ä:mät bäg ärälχan qeyintəsəγa qalap dide//

B1924 digändikin yüsüp bäg ä:mät bäg kilep uluγ pɨrinïŋ qädɨr qïmmɨtɨni bəlmäptikänmez/ däp attən čašlap čüšüp boynəγa gürä selɨp/

B1925 bəz üziməznïŋ poqəni yäp// sähär čaγda kačat urop/ qoləməzγa uč qïzɨl--mɨšädä dä:tisez//

B1926 bəz nadanlïq qïptəməz däp ayaγlərəγa žɨqïlde//

B1927 žɨqïlγandikin pärzäntlɨrɨm ǰigär gošlurom//

B1928 emdi toγγa berïŋla däpte//

B1929 bɨr näččän žɨgɨtlär qarəγudäk vo:sa/ bu toγγa kitperɨpto//

B1930 toγγa qarap kitpaγandikin yüsüp bäg ä:mät bägnïŋ χotunnnɨ a:γan ayχan degän turəte//šunda ayχannïŋ üstigä kilɨplam//

B1931 yättä žïldïn bɨre čäxtɨm ǰapa:ne/

B1932 yultuznəkörmɨdim yaki asmanne/

B1933 äslɨmni so:rsaŋ ärälχannïŋsultane/

B1934 qoyap bɨrïŋ sɨz mɨnɨ toγγa barurmän//

B1935 däp tu:de//

B1936 tu:γandi:kin bu tuynɨ ma:räklɨmäk üčün ämde//

B1937 män kätkändin bɨre äǰäp mändin bizar bolupsä:/

B1938 bəznïŋ yarγa aǰayəp toylar qïləpsä:/

B1939 bäglɨkɨmnïŋ šä:nini sän buzupsä:/

B1940 tuyuŋ qutluq bolsun sɨnïŋ sultanəm//

B1941 däp ü:znïŋ tuyənɨ ü:z ma:räklɨmäk üčün yüsüp bäg ä:mät bäg sərnɨ pinhan tutup nɨmdäp maräkläydɨken//

B1942 yättä žïllärdɨn bɨreru yetev yigänlär/

B1943 ma:räk bolsun vay senəŋ sɨnïŋ qïlγan toyluruŋ/

B1944 χäbär bärmä vay mundəna qaytep ketäyen/

B1945 toyuŋ qutluq vay bolsunu seneŋa sultanəm//

B1946 men kätkändin vay bɨreru äǰäb bizar bolupsen/

B1947 bəznïŋ ya:γa aǰayepu toylär qïləpsen/

B1948 bäglɨkɨmnïŋ šä:ninäru yana sän häm buzupsen/

B1949 ma:räk bolsun ey näder senïŋ qïlγan toyluruŋ//

B1950 qurban bolay märt yɨgɨtnïŋ qolɨgä/

B1951 atlar qoyup vay käldimmo toyuŋ üstigä/

B1952 namärt bɨlän vay barmaŋu yana düšmän üstigä/

B1953 toyuŋ qutluq vay bolsunu senɨŋa sulta:nem//

B1954 yättä žïldïn bina qoydum üzüŋgä/

B1955 altun kümüš yünci marǰan bärdəm qïzeŋgä/

B1956 qoγušunlar vay quyaru ärdi ikki közüŋgä/

B1957 maräk bolsun ey nädir senïŋqïlγan toyluruŋ//

B1958 älqïssä ärälχan nädir bäg sultan/bu öznïŋ ulur γoǰa ustazlərɨne šunda käynɨgä silɨp kelɨvatqan ärde//bular ämdi otta:de//

B1959 otta:γandikin yüsüp bäg ä:mät bäg šunda: bu sərïŋnɨ pɨnhan tutqïn däp/ä:mät bägnïŋ χotnənɨ ä:gä bervitɨpto//

B1960 toyɨni qïlvɨtəpto//

B1961 kilɨplam šunda: nädir bäg sultaŋ qa:lap turop//

B1962 män yättɨ žɨldən bɨre bina qoydum özüŋgä/

B1963 yünǰi: ma:ǰan altun kümüš bärdəm sɨnïŋ qïziŋgä/

B1964 qoγšunlar quyar ärdɨm sɨnïŋ iškki közüŋgä/

B1965 maräk bolsun nädir bäg sɨnïŋ qïlγan toyluruŋ//

B1966 män kätkändin bɨre äǰäp mändin bi:zar bolupsä/

B1967 bəznïŋ ya:γa aǰayəp toylar qïləpsä:/

B1968 bäglɨkɨmnïŋ šä:nini sän häm buzupsä:/

B1969 toyuŋ qutluq bolsun sɨnïŋ sultanəm//

B1970 namärt bɨlän barmäŋ düšmän üstigä/

B1971 toyuŋ qutluq bolsun sɨnïŋ sultanəm//

B1972 däp//yüsüp bäg aγzɨdən muχännäslär tamam bo:γəlɨ yuq ärde//

B1973 nädir bäg sultan {yüsüp} ä:mät bägnïŋ sɨrɨn tutqandikin/özin so:rap/yüzini kap tutup qečəp čəqïp kätte//

B1974 čikätkändikin toy buzulde//
B1975 toy buzulγandikin šunda: qarap//
B1976 gülχäličä a:yəm ä:mät bägnïŋ šunda …//
B1977 tonurmusän süyär ya:rɨm/
B1978 kɨlïŋ a:yəm küršɨle/
B1979 sän sän mɨnïŋvapadarəm/
B1980 kɨlïŋ a:yəm küršɨle// däp/
B1981 iškkɨse är χutun kürɨšäp toyda bɨrbɨrgä zarə zar žïγləmaq üčün nɨm däydɨken//
B1982 qizɨl gulne sän sattïŋmo/
B1983 sän özüŋgä χeridar taptïŋmo/
B1984 bülmäymä sän mɨneunuttuŋmo/
B1985 kilɨŋä a:yəmkileŋkörüšɨle//
B1986 *gülχäličä a:yəm*
B1987 yättä žɨlden zar žeγlədem/
B1988 yürägɨmnɨ otqa daγlədem/
B1989 *gulχəličɨ a:yəm*
B1990 miradimgä yitärgä oχšudum/
B1991 atten čüšüŋ kɨlïŋ körüšɨle//
B1992 sän sän mɨneŋ köŋöl χošum/
B1993 közümden aqte mɨneŋ sansïz yešɨm/
B1994 täqdɨr qošqan menɨŋ baš yoldušum
B1995 kilïŋä ayem kileŋ körüšɨle//
B1996 yättä žïlden zar žïγlədem/
B1997 yürägɨmni otqa daγlədem/
B1998 muradimgä yɨtärgä oχšədum/
B1999 attən čüššɨlä bigem körüšɨle//
B2000 älqïssä ä:mät bäg šunda toynïŋ tuγulγïsïγa kilep//
B2001 bügün miradəmγa yitärmä:/
B2002 bašqani süyärmä:/
B2003 män bɨr qïz bïlmäptɨmä/ däpte//

B2004 attən čüšsɨlä küršɨlɨ däp//

B2005 sänmu mine unuttuŋmo/

B2006 qïzilgulne sän sattïŋmo/

B2007 bügün sän özüŋgä χerida:taptïŋmo/

B2008 kilïŋ a:yəm küršɨl// däpte/

B2009 *gülχälɨčä a:yəm*

B2010 yätti žɨldən zar žiγlədem/

B2011 baγrimne otqa daγlədem/

B2012 məradəmgä yitärgä oχšudom/

B2013 attən čüšsɨlä kürɨšɨl/ dide//

B2014 ä:mät bägni däp bu iškkɨsɨ bɨrbɨrigä zarə zar qïləp gürä siləp šunda kürɨšäp kätkändikin//

B2015 yüsüp bäg mɨnïŋ χotnum qenä//

B2016 mɨnïŋ gul'äsäl a:yəməm qenä//

B2017 däp šunda: qa:lap turupte//

B2018 gul'äsäl a:yəmnïŋ qešəγa beripla küršäp gulhäsäl a:yəmnïŋ küzi bäsɨr bolap qaptəken/

B2019 qešəγa kilep//

B2020 tonurmusän süyär ya:rəm/

B2021 kɨlïŋ a:yəm körɨšɨle/

B2022 sän sän mɨnïŋ vapadarəm/

B2023 kilïŋ a:yəm--//

B2024 iškkɨsɨ bɨrbɨr vɨlän küräšte//

B2025 köräškändikin yüsüp bäg ä:mät bäg šunda olur χoǰiγa qa:lapte//

B2026 olur χoǰa anda tutiya tupraq däydəγan bər barken//

B2027 bunïŋγa äkɨlɨp közigä näm qïləp šunda: sü:tüpte//guläsäl a:yəmnïŋ küzi ɨčəlde//

B2028 ečəlγandikin bular körišäp bolap//

B2029 minïŋ ärälχan qeyinatam qinädäpte//

B2030 ärälχan qeyintəŋïz sɨznïŋ därdɨ pəraqəŋïzdə žïγlap/

B2031 mïŋ qar digän taɣnïŋ üstidä topəɣa aylənəp kätte/yatədu/dide//

B2032 berip šunda ärälχannïŋ bešəɣa berip tilavät qïlep//ärälχan sultannïŋ bešida yüsüp bäg ä:mät bäg//

B2033 yätti žɨldɨn qanlär žɨɣləɣan/

B2034 yüsüp ä:mät iškkɨsɨ pa:dəšahɨm səlärmo/

B2035 yättä žɨldɨn bɨre zar žɨɣləɣan/

B2036 yüsüp ä:mät ta:zə güllär sɨlärmo//

B2037 däp/yüsüp bäg ä:mät bäg ärilχan nädir bäg sultanɣa//

B2038 i:y ärilχan qeynata//

B2039 män sələnɨ kö:gɨlɨ käldim däpte//

B2040 ärilχan sultan šunda yüsüp bäg ä:mät bägnïŋ ävazəne aŋlap//

B2041 iškki šuŋqarəm kɨtɨp häsrättä qaldəm ayrəlep/

B2042 na:gɨ ahɨm ǰayəɣa kätti ayaɣəm tayənep/

B2043 ämdi läp öčti čiraɣəm sän balamdən ayrəlep/

B2044 örtigändä örtigänčim sän balam//

B2045 däp// ämdɨ ärälχan sultan yüsüp bägkä qarap turup nɨmdäydɨken//

B2046 iškki šuŋqarem kitep häsrättä qaldəm ayrəlep/

B2047 na:gə aɣəm ǰa:yəɣa kätti ayaɣəm tayənəp/

B2048 ämdi läp öčti čiraɣəm sän balamdən ayrəlep/

B2049 ayrəlep qalɣan čeɣəmda örtigänčɨm sän balam//

B2050 är'elid är ɣämgüzarim yoq mineŋ/

B2051 olturup ha:ləm sorarɣa rä:nɨmayəm yoq mɨneŋ/

B2052 olturup ha:ləm sorarɣa rä:nɨmayəmyoq mɨneŋ/

B2053 ayrilip qalɣan čeɣəmda örtigänčim sän balam//

B2054 ärälχan sultan yüsüp bäg ä:mät bäkkä šunda…//

B2055 ärälχan qeynata//

B2056 bəz yüsüp bäg ä:mät bäg balaŋ kälde/

B2057 digändiken//šunda šɨllɨsɨdən ta:tep//

B2058 näččä žildən bɨri älyüzidä ɣämguzarəm yoq mineŋ/

B2059 olturup ha:ləm sorarɣa rä:nəmayəmyoq mineŋ/

B2060 örtɨnɨp qalγan čeγəmda örtɨgänčɨm sän balam//
B2061 är'eli där γämguzarəm yoq minïŋ/
B2062 olturup ha:ləm sorarγa rä:nɨmayəm yoq minïŋ/
B2063 ayrələp qalγanda čimsän balam/däpte//
B2064 bəz yüsüp bäg ä:mät bäg ballərïŋ/
B2065 däp// šunda küzini tutəya to:γəvɨlän eytɨpte//
B2066 küzni ečip turup//ämdi yüsüp bäg ä:mät bäkkä qarap ärälχan sultan//
B2067 yamanlärdən yaman ärdɨm/
B2068 žürägim tola qan ärdɨm/
B2069 bɨr zäŋ basqan sapan ärdɨm/
B2070 ǰävahärdɨn artuq boldum//
B2071 a:čəldɨ ba:tən közlɨrɨm/
B2072 qaytədən dunya:ni kördüm/
B2073 yüsüp bäg ä:mätbäkkä yüzɨni suvap turup/ zarə zar žïγləmaq üčün nɨmdäydɨken
B2074 yamanlärden yaman ärdem/
B2075 žürägɨm tola qan ärdem/
B2076 bɨr zäŋ basqan yana sapal ärdem/
B2077 ǰuvahɨrdɨn yana artuq boldum//
B2078 a:čəldɨba:tən közlɨrem/
B2079 qaytidin dunya:ni kördüm//
B2080 yamanlarden yana äp ayrəlep/
B2081 yaχšilirgä yänä räpïq boldum//
B2082 älqïssä/ ärɨlχan sultan šunda közɨni ečip/yüsüp bäkkä yüzɨn suvap turup//
B2083 yamanlärdɨn yaman ärdəm/
B2084 žürägɨm tola qan ärdəm/
B2085 bɨr zäŋ basqan yana sapan ärdəm/
B2086 ǰuvahərdɨn artuq boldum//
B2087 a:čəldɨ ba:tən közlɨrem/
B2088 qaytədin dunya:ni kördüm/
B2089 *män küzäm ečildi//*

B2090 yamanlärdɨn häm yaχšɨlɨrgä räpïq boldum/

B2091 pärzäntlɨrɨm ǰigär gošlɨrəm/ täqdɨr qošaptu// däp bula: šä:rgä kɨrɨp otta:de//

B2092 o:trap/ yüsüp bäg χotəne gul'äsäl a:yəmni üznïŋ äχtigä//ä:mät bäg üznïŋ χotni gulχeličɨ a:yəmni üznïŋ äχtigä elɨp bulap//

B2093 ma:nïŋ tuyɨ bärvat kätmɨsun däp qaldïrɣačχan a:yəm sïŋləsnɨ töri sultannïŋ oɣlɨ ayχan digän žɨgɨtkä äp bä:de//

B2094 äp bɨrəp ämdɨ/ balam səl pa:dəša:lïq qïlsəla/ desä//yaq/ pa:dəša:lïqnɨ tärk qïlduq// ämdɨ qäländä:lɨkni üziməzgä ïχtəyar qïldoq//

B2095 bəz ämdi büvä:dɨ otɨramdoq//

B2096 bəz berɨp ašu mɨsɨrnïŋ pa:dəša:sə güzälša:dən intəqam elɨp ändɨn kämmisäk bommaytəken//

B2097 däp/ bula yüsüp bäg ä:mät bäg oynaydəɣan äsqär taɣ arqa beɣqa čəqïp//

B2098 qoləɣa təlpunnɨ elɨp yittɨ ïqlɨmdən täräp täräptɨn läškä: qičqi:maq üčün ämdɨ nɨm däytikän däyda//

B2099 yasavullär berä: päytun/

B2100 süyäru ärsɨlan kä:sun/

B2101 bəzdɨn salam eytïŋ barɨpu/

B2102 barčä bäglär tamam kä:sun//

B2103 näččɨ žïldïn dävran sürgän/

B2104 ustazədenu tälɨm alɣan/

B2105 gor oɣli sultanni körgänu/

B2106 supa oɣle čaqan kä:sun//

B2107 dün yolləri ača ača/

B2108 mäŋzəl aššuna koča koča/

B2109 heč qalməsuna molla χoǰaru/

B2110 šamu šɨ:rip tamam kä:son//

B2111 änä:ǰan bɨlän märɣulanden/

B2112 qiriq mïŋ öylük qoqan kä:sun/

B2113 bɨr bɨrigäru ä:dä baɣlapo/

B2114 ǰanni ǰanɣa soqqan kä:son//

B2115 bäg yüsüp däru bu yišɨmγa/

B2116 müšküllär saldïŋ bu bašimγa/

B2117 ölgän on žɨgɨtnïŋ intiqaməγaru/

B2118 ušur bägdäk yašlar kä:sun//

B2119 älqïssä yüsüp bäg ä:mät bäg bɨr näččän žɨgɨt bɨlän šunda äsqär ta:γəγa berep//

B2120 baldu: mivä sa:γan yerigä berip turop//yittɨ ïqləmdɨn läškär qičqïrep//

B2121 yasawullär bɨr päytun/

B2122 süyäru ärsɨlan kä:sun/

B2123 bəzdɨn salam eytïŋ ba:rɨp/

B2124 barčä bäglär tamam kä:sun//

B2125 näččä žïldïn dävran sürgän/

B2126 ustazɨdɨn tälɨm a:γan/

B2127 gor' oγlɨ sultanni kö:gän/

B2128 supa oγlɨ čaqqan kä:sun//

B2129 dün yolləri ača ača/

B2130 mäŋzɨl aššun koča koča/

B2131 häč qalməsun molla γoǰa/

B2132 šamu ši:rɨp tamam kä:sun//

B2133 änä:ǰan bɨlän märγulandən/

B2134 qïrïq mïŋ öylük qoqan kä:sun/

B2135 bɨrbərigä ä:dä baγlap/

B2136 ǰanni ǰanγa soqqan kä:sun//

B2137 bäg yüsüp däru bu yišɨmγa/

B2138 müškül iš saldïŋ sän bešɨmγa/

B2139 ölgän on žɨgɨtnïŋ intiqaməγa/

B2140 ušur bägdäk ärslan kä:sun//

B2141 yittɨ ïqləmdən läškär qïčqi:de//hämmɨ läškɨri šunda täyya bolap turup ärde//

B2142 ušur bäg särdari bɨrmɨ disä/ tüvilik ba:tur/ ärslan ba:tur/ tikän bišilɨk ba:tur/ bɨlän yittɨ türlük yittɨ ba:tur kɨlɨp ärde//

B2143 ušur bäg särdarɨ bɨr eγïz gäp qïpte//u tüvilik ba:tur digän ušur bäg särdarəγa//

B2144 häy qoŋaltaq// sän qïrïq žɨgɨtnïŋ pa:dəšasə bo:saŋ/ män näččɨ pa:təšanïŋ ïltəpatəni a:γan ämäsmu//
B2145 däp tüvilik ba:tur a ušur bäg särdarəγa qarap nɨmɨ däytɨken däyda//
B2146 ǰanəmne ǰanïŋge qurban äylɨsäm/
B2147 sultanlärnïŋ sultanira hävzɨχanni körgänmän/
B2148 düšmän bɨlän vay dayəm dayəm tənmay urušqan/
B2149 mäšhur bolγan vay äsqär äsqär taγni körgänmän//
B2150 hämmä bɨrdäk vay kilep kilɨp kätti ǰahanden/
B2151 qol žəγïptu vay paydara payda bɨlän ziyanden/
B2152 išit ämdi vay qaχan χaqan oγlɨ ärslanden/
B2153 mäššur bolγan vay äsqära taγəne körgämme--//
B2154 sän išitken vay χaqan χaqan oγlɨ ärslanden/
B2155 sän körmigän vay murti murtizane körgämme--//
B2156 älqïssä tüvilik ba:tur šunda ušur bäg särdarəγa qarap turop//
B2157 ǰanəmni ǰanïŋgä qurban äylɨsäm/
B2158 sultanlarnïŋ sultanə hävzɨχanni körgänmän/
B2159 düšmän bɨlän vay dayəm tɨnmay urušqan/
B2160 mäšhur bolγan äsqär taγni körgänmän//
B2161 hämmä bɨrdäk kilɨp kätti ǰahanden/
B2162 qol žïγɨptu payda bɨlän ziyanden/
B2163 išit ämdi χaqan oγlɨ ärslandən//
B2164 šayi märdannïŋ ïltəpatəni a:γan//
B2165 sän bi: qoŋaltaq žɨgɨtkänsä//däp bular bäs munazərä qïləp mɨsɨrγa ravan bolap//
B2166 äzhär digän däryanïŋ buyəγa berip güzälša:γa eyttɨ//
B2167 güzälša//
B2168 ämdi män sɨnïŋ üstüŋgä lavu läškä: ilɨp käldəm/
B2169 sändɨn män intïqam täläp qïləp aləmän däpte//
B2170 yüsüp bäg/nɨm bä:säm ötɨdɨken//digändikin/
B2171 qïrïq mïŋ at bärsun altun igärlik/
B2172 qïrïq mïŋ qïz bärsun qole hönärlik/

B2173 qïrïq mïŋ qa:čuγa bä:sun barčisi beqïlγan/
B2174 qïrïq mïŋ kä:kɨ bä:sun barčisi qeqïlγan//
B2175 däp güzälša:γa yüsüp bäg namɨ qoydɨ//
B2176 hämmini čɨqïrəpte//
B2177 mɨnïŋ žɨgɨtɨmnïŋ bɨrɨdɨn bɨrɨgɨmu yätmɨde//
B2178 nɨm bä:säm čɨqïdu däpte//
B2179 anda bo:sa qaraköz bɨlän büvɨniyaznɨ čɨqïrpä://
B2180 dedɨ bu iškkiylänni čɨqïrɨpä:dɨ//
B2181 bunïŋdɨnmu ötmäpte//
B2182 sändɨn intiqam elɨšni täläp qïlɨmä:/
B2183 däp pa:təša:güzälšahqa näyzɨsɨni täŋläp turupte//
B2184 ämdi güzälša: yüsüp bäg ä:mät bäkkä qarap nɨm däydiken//
B2185 ömrümni zalalättä ötkürdüm/
B2186 pušman qï:sam yüsüp bäg boldi dɨgäymu/
B2187 zalalättä vay yürüpu bu ǰa:nəmγa yätkürdim/
B2188 pušman qï:sam yüsüp bäg boldi dɨgäymu//
B2189 män bilɨmni pušman qurəda baγləsam/
B2190 kečä kündüz vay yana dadi päryat äylɨsäm/
B2191 ya:šim töküp vay yanaru bäglirimgä žïγlɨsam/
B2192 pušman qï:sam yüsüp bäg boldi dɨgäymu//
B2193 näččä žïldɨn mɨsɨrnïŋa šä:irigä boldum ša:/
B2194 ša: boldum däp vay dayəm qïlγan ätkänɨm guna:/
B2195 ämdi qïlsam pušayman/
B2196 pušman qï:sam yüsüp bäg boldi dɨgäymu//
B2197 män bilɨmni pušman qurəda baγləsam/
B2198 kičä kündüz vay da'ima da'im tənmay žïγlɨsam/
B2199 yašim töküp män yana bäglirimgä žïγlɨsam/
B2200 pušman qï:sam yüsüp bäg boldi dɨgäymu//
B2201 güzälša:γa bu bäglär qïlurməkɨn bɨr šäpqät/
B2202 pušman qï:sam yüsüp bäg boldi dɨgäymu/

B2203 kitärmɨkin bašəmdɨn ilgɨrɨ qïlγan zulmät/
B2204 pušman qï:sam yüsüp bäg boldi dɨgäymu/
B2205 ömrümni zalalättä ötkürdüm/
B2206 pušman qï:sam yüsüp bäg boldi dɨgäymu/
B2207 zalalättä vay yürüpu bu ǰa:nəmγa yätkürdim/
B2208 pušman qï:sam yüsüp bäg boldi dɨgäymu//
B2209 män bilɨmni immät qurəda baγləsam/
B2210 kečä kündüz vay yana dadɨ päryad äylɨsäm/
B2211 ya:šim töküp vay yanaru bäglirimgä žïγlɨsam/
B2212 pušman qï:sam yüsüp bäg boldi dɨgäymu//
B2213 däp žïγlap yüsüp bäg ä:mät bägkatap gunayən təlde//
B2214 təlgändikin güzälša: täslim bolde//
B2215 ämdi yüsüp bäg ä:mät bäg/ämdi qarəköz büvɨniyaz qɨnɨ/
B2216 däp/qarəközni äkälde//
B2217 qarəközni yüsüp bäg/büvɨniyazni ä:mät bäg/buva:y qämbärni zïndandin čɨqərep/
B2218 bu šähärgä hämzɨmɨršapne pa:dəšah qïp qoyap//
B2219 üzi šä:rigä qaytep//
B2220 ämdi bəz pa:dəša:lïqni tärk qïlduq//
B2221 qäländärlɨkni ïχtiyar qïlduq/
B2222 däp//ämdɨ yüsüp bäg ä:mät bäg mɨsɨrni eləp qoyap turup//
B2223 mɨsɨrdin a:γan olǰə γeni:mätləne öziniŋ žutəda yarədar bo:γan bɨr näččɨ žɨgɨtlɨgä elɨp kelɨp//
B2224 amdi mɨsɨrdɨn yüsüp bäg ä:mät bäg šä:dɨki öyigä qaytmaq üčün nɨmɨ däydɨkɨn//
B2225 *mi:manla: qosi:qəγa nɨmɨ yäydɨkɨn//*
B2226 ämdi mɨšädä ayaγləšiptu däydəγu//

汉译文

　　极好的传说，动听的达斯坦，易讲的言说，难过的生活！

　　很早以前，伊斯法罕城有个国王，名叫布兹奥格朗汗。布兹奥格朗汗有个妹妹，叫莱丽罕阿依木。妹妹莱丽罕阿依木出嫁之后，生下两男一女三个孩子。大儿子叫玉苏甫伯克，小儿子叫艾合买提伯克，女儿叫喀尔丽哈奇罕阿依木。大儿子五岁，女儿一岁时，他们的爸爸去世了。布兹奥格朗汗把这些孤儿寡母接到身边，在两个男孩满七岁时送他们上学。长到十四岁时，布兹奥格朗汗又把孩子们接回来，让他们学圣贤之才能。孩子们学业有成，布兹奥格朗汗认为外甥们已具备了圣贤之能，为了教他们打猎技巧，派四十个卫士陪他们上山打猎。在山上，他们大概狩猎一个月，跟着他们上来的小伙子们有喝酒通奸、盗窃等行为。对此，玉苏甫伯克与艾合买提伯克说："呜呼哀哉，我的舅父是有名的统治者、先知国王。而他的小伙子们在这里做这样的坏事，这对我的舅父多不光彩。"于是他们当中一部分人的鼻子、另一部分人的耳朵被兄弟俩割掉了。其中有一个奸细对国王挑唆："啊，布兹奥格朗汗，你派我们陪伴玉苏甫和艾合买提这些孤儿寡母上山，他把我们几个人的耳朵和鼻子给割掉了。问他为什么这样做，他说'我要接布兹奥格朗汗舅父的皇位'，他们在打猎的山上抢您的王位。我们这就逃回来了。"

　　闻言，布兹奥格朗汗未经调查就下了一道诏书：

　　一个城市怎能容得下两个国王，
　　这些男孩要征服整个王国吗？
　　一群鸟不会少于六只，
　　乌鸦、老鸹能当领队吗？

　　但愿嫉妒的情人被抓到，
　　这些男孩会达到男人本色吗？

好汉会受不少痴情之苦,
这两个会独裁这世界吗?

向伯克玉苏甫致以我的问候,
派使人传达我正确的言讲。
让他们赶紧出发离开安集延。
这些赃物能当我们的敌人吗?

  玉苏甫伯克、艾合买提伯克说道:"哀哉!我们里面出了个奸细。布兹奥格朗舅父对我们孤儿寡母的恩情,我们感激都来不及,我们会跟他抢位吗?我们绝对不会。"他们回来对布兹奥格朗舅父说:"啊,布兹奥格朗舅父!您寄的诏书我们得知其内容了。我们会抢您的王位?那是不义者做的事。我们绝不会要您的王位。"对着布兹奥格朗舅父,玉苏甫伯克和艾合买提伯克说:

在任何场所都不要和小人交谈,
你的好坏他们会向敌人暴露。
切莫把隐秘对不义者叙说,
他们会转达他人暴露其本性。
会告诉他人暴露自己的原貌。[1]

绿叶要比无益的杂草有用得多,
泥土要强过不结果实的树木。
一根木棍儿远远胜过愚蠢的同伴,
它能为盲人把行走的道路点拨。

---

[1] 斜体内容是演述艺人自己想解释的语句,并非原文本的内容。

切莫让坏人随心所欲自行其是，
他会得意忘形使你陷入忧伤的枯井。
一旦友情的客人到他家作客，
她会像流浪狗狂吠，暴露其本性。
老婆不贤良的话，家里来了客人就会像狗那样狂吠，使她的男人丢尽颜面。

道罢，他们对布兹奥格朗舅父讲：“布兹奥格朗舅父！您叫我们从这个城市离开并宣布了一部诏书。您既然要我们离开，我们就从这个城市离开。保重！”

道罢，玉苏甫伯克和艾合买提伯克便带领着四万户离开了舅父的国度。走了一段路程之后，来到一片荒凉的丛莽地，他们看到了清水。他们想：“这里流着清水。我们别老游猎辗转了鄰鄰，就在此地建城定居吧。”

且说，他们在这里建了叫希瓦和花剌子模的两座城市。建立城市，各分两万家户，在此定居。玉苏甫伯克修筑道路、学堂，挖湖，创建了一座繁荣的城市。阿扎如斯（Hazarus）有两个兄弟国王，名叫伊尔艾力汗和纳迪尔伯克。玉苏甫伯克和艾合买提伯克创建城市的事迹声震四海后，阿扎如斯的国王弟兄道：“布兹奥格朗汗的两个外甥来到这边，建立名为希瓦和花剌子模的两座城市。让我们请他们来这边作客”。便派一个人带诏书至玉苏甫伯克、艾合买提伯克面前。看完诏书，玉苏甫伯克派人叫来弟弟艾合买提伯克，道：“我的弟弟艾合买提伯克，伊尔艾力汗和纳迪尔伯克苏丹邀请我们过去作客，我们要去吗？他们送来了这个诏书。”

说罢，玉苏甫伯克给艾合买提伯克唱道：

这下你倾听我的状子，
伯克之王向我们发诏书。
为他我愿意牺牲我的一切。
伯克之王向我们发诏书。

使臣名叫阿依汗，
我们的惨叫是否传到天空？
要问他的原底，他是成吉思汗的后代。
邀请我们作客送重赏。

我们给予恩情，命运赐予佑助，
不知会不会给予我们财富。
艾合买提江请给我指教，
寄来"邀请"的话语。

艾合买提伯克对玉苏甫伯克道：

哥哥，他们出自友谊请我们还是想害我们，我们跟母亲莱丽罕阿依木，妹妹喀尔丽哈奇罕阿依木一起商量，听取她们意见再出发吧。先给这个使者款待送行。

他们给那个使者穿上豪华的大衣，配上好马：

从你后面赶到，
现在有点事儿。
有从伊斯法罕一同来的
四万户人。

驯好我所有的花马，
使老小、高低平心。
有需要的让他骑上我的马，
我是普通的百姓请给予许可。

且说，使者快马加鞭回到了伊尔艾力汗和纳迪尔伯克的地域。伊尔艾力汗和纳迪尔伯克上前迎道:"玉苏甫伯克和艾合买提伯克在哪儿呢?你没请来吗?他们真的是那么雍容华贵的佳人吗?"

使者回禀道:(歌唱)

> 霍普伯克之子两个吾麦尔王子,
> 一个是雄狮另一个好比豹子。
> 我在人世尚未见过像他们那样的人,
> 你想象谁他就长如谁。

> 有四十名卫士像神兽,
> 总兵吾守尔像卢米和凯萨尔。
> 玉苏甫伯克和艾合买提伯克又像克西瓦尔王,
> 走路如风又如龙卷风。

> 我在人世尚未见过像他们那样的人,
> 坐骑奔驰在艾斯喀尔山上。
> 玉苏甫伯克和艾合买提伯克犹如在云中,
> 走路如风又如龙卷风。

又说:(朗诵)

> 霍普伯克之子两个吾麦尔王子,
> 一个是狮子另一个好比豹子。
> 我在人世尚未见过像他们那样的人,
> 走路如风又如龙卷风。

> 一个星期后他们会来我们这里,

你要为他们修建华丽建筑。
命运赐予你无尽的恩赏，
他们有比我赞美的十万倍。

　　传达玉苏甫伯克、艾合买提伯克的吩咐之后，他们想："玉苏甫伯克、艾合买提伯克会看不上我们的建筑。"于是准备木铁，一个星期修筑了两座大建筑。建筑完工一周后，玉苏甫伯克和艾合买提伯克率领君子们来到了。伊尔艾力汗和纳迪尔伯克苏丹恭恭敬敬地请玉苏甫伯克和艾合买提伯克坐在上席。玉苏甫伯克和艾合买提伯克却坐在了下座。丞相和其他贵人都坐在中央，便开始叽咕私语："哟，听说玉苏甫伯克和艾合买提伯克走路好比龙卷风，为他们修建这座建筑，原来是乡下的土包子伯克，都坐在下座了。"玉苏甫伯克和艾合买提伯克心道"我们尊重你们这些大人，你们却相反，看不起我们"，玉苏甫伯克，艾合买提伯克说道：（歌唱）[1]

唉，学者们，兄长们，
雅致无比的俊朗们。
请听我言讲伯克苏丹们，
人要有自知之明为好。

要是人人管束自己，
走路不会滑倒。
为君子服务，
得到赏赐为好。

如尊君子，

---

[1] 每首诗歌中有歌唱也有朗诵，因此在文本中会有重复出现的段落。

人会赢得重重财礼。
他会被赐予名望，
人人不做错为好。

这是过客世界，
财富乃是身外之物。
苏丹也会驾崩，
好好过世为好。

牧主跋涉于沙漠，
国王执政于王朝。
百姓众目睽睽，
取得他们赏赐为好。

叫我玉苏甫伯克，
我的来处是草原。
这世的善事，
一一见面为好。

且说，不坐在伊尔艾力汗和纳迪尔伯克苏丹的上席，而坐在下座，说你看不起我：（朗诵）

唉，学者们，兄长们，
雅致无比的俊朗们。
请听我言讲伯克苏丹们，
人要有自知之明为好。

要是人人管束自己，
走路不会滑倒。
为君子服务，
取得赏赐为好。

如尊君子，
人会赢得重重财礼。
命运会赐予他名望，
人人不做错为好。

火坑是无礼者的归宿，
不懂礼等于白活。
仙人是伟人的亲友，
尊其为好。

这是过客世界，
财富乃是身外之物。
苏丹也会驾崩，
好好过世为好。

牧主跋涉于沙漠，
国王执政于王朝。
百姓众目睽睽，
取得他们赏赐为好。

叫我玉苏甫伯克，
我的来处是草原。

人间的善事，

一一见面为好。

众人沉思片刻，顿时羞愧道："我们以为自己是神仙，原来你们才是百倍神仙。"便敬请他们坐在了上席。盛情款待两位伯克一个月后，道："孩子们，你们有心上人吗？"玉苏甫伯克和艾合买提伯克答："没有，我们尚未成家。"伊尔艾力汗苏丹有个女儿，名叫古丽哈萨丽阿依木，将她许配给了玉苏甫伯克。其兄弟纳迪尔伯克苏丹有个女儿，名叫古丽海丽恰阿依木，将她许配给艾合买提伯克，隆重的婚礼持续了一个月。他们说："那么，我们都老了，你们继承阿扎如斯的王位吧。""既然我们是乡下王，居住在荒凉处，最好还是回去为佳。"于是，二人带他们的妻子回去了。

回去之后，有关他们的议论纷纷扬扬，他们的舅父布兹奥格朗汗想："我听信外人的话把我的外甥们赶走了。他们却娶了伊尔艾力汗苏丹、纳迪尔伯克苏丹的女儿为妻。我应该前去祝贺他们。"于是带领卫士动身前往玉苏甫伯克和艾合买提伯克所建之城——希瓦、花剌子模。到达后说：

"外甥们，祝贺你们当国王！你们都在干些什么呢？"

"您听信他人的话，把我们给流放走了。我们就建立这样的城市定居了。"

"你们当上了伊尔艾力汗苏丹、纳迪尔伯克苏丹之国的宰相，娶回他们的女儿。让我好好检阅一下你们的卫士们。"

玉苏甫伯克和艾合买提伯克让他们的四十名卫士列队而过，其中有个名叫阔克奇的，是古扎力夏赫的狡猾间谍，他是要捉走玉苏甫伯克和艾合买提伯克的，其他四十名卫士在吾守尔伯克的指挥下自如走过。布兹奥格朗汗问：

"这是你们什么人，外甥们？"

"这是我们从古扎力夏赫那里逃过来的奴隶。"

"还他。"

道：（朗诵）

我愿为你牺牲，

杀掉那蓝眸子奴隶。

他只会给你带来凶残，杀掉他，

你必须杀掉那蓝眸子奴隶。

说道："杀掉这个东西，他不会给你带来忠诚"，布兹奥格朗舅舅为了劝说玉苏普伯克和艾合买提伯克会说什么呢？（歌唱）

我愿为你牺牲，

杀掉那蓝眸子奴隶。

他只会给你带来凶残，杀掉他，

你必须杀掉那蓝眸子奴隶。

伺候你几天试探你的情况，

以诡计束缚你的双手。

以诡计束缚你的双手，

他会威胁你们的生命，杀掉他。

伺候你几天试探你的情况，

以生离死别折磨你的心。

施诡计束缚你的双手，

眼睛是绿的，杀掉那个奴隶。

来自古扎力夏赫的坏人，

面无血色，贼头贼脑。

生擒你们时才会认出，

他将威胁生命，杀掉那个奴隶。

只会给你带来凶残，杀掉他。
布兹奥格朗舅父向你进一句忠言，
杀掉那个蓝眸子奴隶。

你说他是你的奴隶，他将会把你当奴隶，
使你失去家庭变成鳏夫。
使你像发面那样充满怨气，
他砍掉你的耳鼻让你变成怪兽。

布兹奥格朗汗说道："听取你们舅父布兹奥格朗的忠言，他不会给你们带来好处，杀掉。"兄弟二人对着舅舅布兹奥格朗说："您怕我们抢夺您的王位，把我们从国度赶走。如今，他为了保留生命来到我们这里服侍我们，这个奴隶能做什么呢？"对着布兹奥格朗舅父，他们会如何反驳呢：

倾听我的诉苦啊，我的苏丹，
世上万物的生亡。
我们的性命和灵魂，
都不是我们自己左右的。

对你属下要关照，
来生的事要记得。
别傲慢，会有应得，
傲慢的人最终会完蛋。

时刻要讲公正，
你总会心想事成。

人要傲慢，
因此它被赶出。

要做善事，
时刻要惦记来生的事情。
为自己的过错痛哭，
你的每滴眼泪要当成珠宝。

如果你行善你能说动石头，
如果你使坏，你的官位也会离你而去。
要向果树吸取教训，
因为果树的个子是矮的。

（玉苏甫伯克：）

以下是我对布兹奥格朗汗的答案，
作战总会有产生罪过。
对敌人好比是地狱之苦，
美好最终是善人的归宿。

舅父布兹奥格朗汗劝不动外甥们，沉思片刻，便回去了。

回去之后，接下来我们听，埃及的国王古扎力夏赫做了一个梦。梦见几条恶犬咬自己，有个人拉着他的宝座。他叫来一个名叫坎拜尔的解梦师问道：

“我做了个梦，我的梦是什么意思？”

“名叫玉苏甫和艾合买提的两个伯克将是贵国的敌人，占领您的城市。”

您梦里见到的是玉苏甫、艾合买提，

他们的每句话都让人心灵舒畅。

他们是伟人的朋友，

玉苏甫要占领您的城市，

这是您见到的情况。

历史有记载"玉苏甫伯克"，

玉苏甫、艾合买提会占领您的城市，

这是您见到的情况。

愤怒的转遍您的左右，

您的尸体会就位在战壕。

砍掉您的耳鼻卖掉，

玉苏甫要占领您的城市，

这是您见到的情况。

古扎力夏赫立刻下令：

"谁能捉来我城池的敌人玉苏甫伯克、艾合买提伯克，我就会让他成为伯克中的伯克，把我宝库里的金银分给他。"

有个名叫阔克奇的恶棍听到后扬言："我把玉苏甫伯克、艾合买提伯克给古扎力夏赫捉来。"他找到玉苏甫伯克、艾合买提伯克，说："我在古扎力夏赫前失去了价值。听说你们是个公正的国王，我就来服侍陛下。"于是，兄弟二人就让他当了四十名卫士的泡茶师。这个阔克奇泡茶师，有一天对玉苏甫伯克、艾合买提伯克说：

"玉苏甫伯克、艾合买提伯克，舅父让你们杀掉我，你们没杀，让我当上了四十名卫士的泡茶师。我原来是看守古扎力夏赫宝库的人，我是跟你们撒谎的。四十座宝库的钥匙全在我这儿，我带你们到古扎力夏赫面前做客怎么样？"

"不行！"

"我这儿有个东西叫哈拉莱特。若是把它喝了,要么沉睡40天,要么清醒40天,你们喝掉这个吧。"阔克奇说道。

虽然他们说"我们不喝",阔克奇却坚持让他们喝到醉。凌晨时,他们都醉了。带玉苏甫伯克、艾合买提伯克到巴丽曼山上,绑起他们的手,从马棚里牵出他们的马,顺利带走他们。而玉苏甫伯克、艾合买提伯克没在意他们做的噩梦,继续睡觉。

且说,阔克奇恶棍说"不走也得走,否则就砍掉你的头",赶着他们走。玉苏甫伯克睁开眼睛,对阔克奇说:

"你要带我们往哪儿去?"

"你的布兹奥格朗汗舅舅对你说什么来着?这下不走也得走,否则就砍下你的脑袋拿回去。"

听其说,玉苏甫伯克对着艾合买提伯克道:(朗诵)

你的名字叫巴丽曼山,
我有许多未了的心愿。
敌人绑起了我的手,
我有许多未了的心愿。

兄弟二人落在阔克奇恶棍的手里,没理睬自己做的梦,由于后悔没听取布兹奥格朗舅父的话而哀号,走往埃及,玉苏甫伯克会说什么呢:(歌唱)

你的名字叫巴丽曼山,
我有许多未了的心愿。
敌人绑起了我的手,
我有许多未了的心愿。

一天睡觉做了噩梦,

我的马没鞍座，而我的腰很松。
　　从我身后飞出两只黑鸟，
　　我有许多未了的心愿。

　　轻视了自己所做的梦，
　　我没听取布兹奥格朗舅父的劝告。
　　我没把阔克奇杀掉，或关进地牢，
　　我有许多未了的心愿。

　　艾合买提还很小，我又很年轻，
　　命运啊，千万别让我们有敌人。
　　这脑袋会不会未断便落到敌人手里，
　　我有许多未了的心愿。

且说，敌人绑走玉苏甫伯克、艾合买提伯克，阔克奇打赶他们的时候，艾合买提伯克醒酒，睁开眼睛：

"阔克奇，你要把我带到哪儿？"

"我要带你去埃及。"

"你不是说你有四十座宝库的钥匙吗，白痴！"

"现在我要绑你走。不走也得走，否则我就砍下你的脑袋拿回去。"阔克奇边抽边走说道。

玉苏甫伯克对阔克奇恶棍道：（朗诵）

　　你的名字叫巴丽曼山，
　　我有许多未了的心愿。
　　敌人绑起了我的手，
　　我有许多未了的心愿。

一天睡觉做了噩梦，
我的马没鞍座，而我的腰很松。
从我身后飞出两只黑鸟，
我有许多未了的心愿。

轻视了自己所做的梦，
我没听取布兹奥格朗舅父的劝告。
我没把阔克奇杀掉，或关进地牢，
我有许多未了的心愿。

艾合买提还很小，我又很年轻，
命运啊，千万别让我们有敌人。
这脑袋会不会未断便落到敌人手里，
我有许多未了的心愿。

说着边哭边走。艾合买提伯克问：
"哥哥你为啥哭？"
"这个阔克奇绑架了我们。"
问道：
"这就是你所谓的服侍吗？"
"要我比这个还更好地服侍吗？"——说罢，阔克奇打玉苏甫伯克四十大鞭，打艾合买提伯克四十大鞭，赶着他们走。

这下我们要听，玉苏甫伯克的四十名卫士在帐篷里喝醉，睡觉。吾守尔伯克总兵最终醒来发现玉苏甫伯克不在，喊艾合买提伯克也不在。他们的马也不在马棚里。一看，卫士们都在醉沉沉地睡觉。吾守尔伯克走近卫士们的身边，道：（朗诵）

醉酒沉睡的小伙子们快快醒来，
快快起身去救出伯克们。
安睡迷梦的小伙子们，
快快起身去救出伯克们。

不要让伯克们受俘虏之苦，
不要让他们等待我们。
不要让他们垂头丧气，
快快起身去救出伯克们。

必会衰落了我的花剌子模城，
伤害了我的君子伯克们。
我的四十名卫士和吾守尔伯克总兵在何处，
快快起身去救出伯克们。

敌国出动重兵前来侵犯，
我们的伯克们已经被掳走。
敌人让他们遭难重重，
快快起身去营救伯克们。

且说，玉苏甫伯克、艾合买提伯克被敌人带走之后，小伙子们正在醉中熟睡。吾守尔伯克总兵说道：（歌唱）

醉酒沉睡的小伙子们快快醒来，
快快起身去救出伯克们。
安睡迷梦的小伙子们，
快快起身去救出伯克们。

不要让伯克们受俘虏之苦,
不要让他们等待我们。
不要让他们垂头丧气,
快快起身去救出伯克们。

必会衰落了我的花剌子模城,
伤害了我的君子伯克们。
我的四十名卫士和吾守尔伯克总兵在何处,
快快起身去救出伯克们。

敌国出动重兵前来侵犯,
我们的伯克们已经被掳走,
敌人让他们遭难重重,
快快起身去营救伯克们。

且说,玉苏甫伯克、艾合买提伯克被敌人带走之后,小伙子们正在醉酒熟睡。吾守尔伯克总兵说道:(朗诵)

醉酒沉睡的小伙子们快快醒来,
快快起身去救出伯克们。
安睡迷梦的小伙子们,
快快起身去救出伯克们。

不要让伯克们受俘虏之苦,
不要让他们等待我们。
不要让他们垂头丧气,

> 快快起身去救出伯克们。
>
> 敌国出动重兵前来侵犯,
> 我们的伯克们已经被掳走。
> 敌人让他们遭难伤心,
> 快快起身去营救伯克们。
>
> 必会衰落了我的花剌子模城,
> 伤害了我的君子伯克们。
> 我的四十名卫士和吾守尔伯克总兵在何处,
> 快快起身去救出伯克们。

于是小伙子们醉中醒来并起身。他们用七天七夜追赶到玉苏甫伯克、艾合买提伯克。一看,敌人绑起玉苏甫伯克、艾合买提伯克,押着行走。吾守尔伯克总兵向着小伙子们说道:

> 四十名勇士们,我的英雄们,
> 今天是大显身手之日。
> 让敌人泪洒荒野,
> 今天是献出生命之日。

说着吾守尔伯克总兵呼唤小伙子们扑上战场。小伙子们战斗了七天七夜。战斗中,吾守尔伯克总兵的几个小伙子丧命了。玉苏甫伯克、艾合买提伯克后面传来霹雳啪啦的声音。玉苏甫伯克、艾合买提伯克问:

"哎,忘恩负义的恶棍们,跟我们同路的敌人们!我们后面是什么震天动地的声音?要么解开我的手,为什么——"

"你的四十名卫士追赶到我们。四十天以来一直在打仗。已经砍掉几个的耳鼻，还杀掉了几个。我们正在跟他们打仗。”

“哎，丧尽天良的敌人们！我的小伙子们不能年纪轻轻就丧命。让我面朝我的小伙子们。”

于是，敌人绑着玉苏甫伯克、艾合买提伯克的手带到高处。在高处，看到小伙子们威猛作战，玉苏甫伯克、艾合买提伯克对他们的小伙子们说:（朗诵）

跟我相依为命的小伙子们，
撤腿吧我的卫士们。
我的手绑着没法去你们身边，
我求你继续行走吧我的玉苏甫苏丹。

玉苏甫伯克、艾合买提伯克对着他们的卫士们，为了叫他们退出战场会说什么呢:（歌唱）

我双手被绑没能去你身边，
我已心服你和你的马。
你的鲜血染红了白马，
我已心服你和你的坐骑。

但愿你化险为夷，
我们骑了骏马，穿了丝衣。
今天你报答了你吃的抓饭，
我已心服你和你的坐骑。

你的鲜血染红了你的白坐骑，
我双手被绑没能去你身边。
小伙子们，我已甘心给你们的盐食，

我已心服你和你的坐骑。

我双手被绑没能去你身边,
我已心服你和你的马。
但愿可怜你红花般的生命,
我已心服你和你的坐骑。

但愿你化险为夷,
我们骑了骏马,穿了丝衣。
我甘心一起吃过的抓饭,
我已心服你和你的坐骑。

你的鲜血染红了你的白坐骑,
我双手被绑没能去你身边。
小伙子们,我已甘心我给你们的盐食,
我已心服你和你的坐骑。

且说,玉苏甫伯克、艾合买提伯克劝告小伙子们,小伙子们却毫不听劝,继续作战。敌人说:

"玉苏甫伯克、艾合买提伯克!他们丝毫不理会你们的话,反而继续作战。你下来!"——说道把他们绑走了。

他们作战四十天四十夜,吾守尔伯克总兵的勇士们当中有十人牺牲了。他们冒起大黑风,让敌人消失。敌人押解着玉苏甫伯克、艾合买提伯克向埃及走去。吾守尔伯克总兵中箭差两处就四十一处。卫士们把他放在轿里,轿子是用木板平放在玉苏甫伯克、艾合买提伯克的十二匹马背上做成的,就这样他们回去了。玉苏甫伯克、艾合买提伯克的母亲莱丽罕阿依木想"听说他们为了去带回我儿子,跋涉了不少路,我去看望他们吧"。她们四个人乘四顶抬轿,登上艾斯喀尔山，向远处望去，看到卫士们在玉苏甫伯克、艾合买提伯克的马上放平木板，把吾守尔伯克总兵放在轿里走来。莱丽罕阿依木想"带回我的孩子们了"。看到孩子们往四处躲跑，莱丽罕阿依木把孩子们都拦住，并召集到广场，向着卫士们道：

> 维护平安的无比者，
> 选出得到民众的好评者。
> 忘我玉苏甫……

吾守尔伯克总兵道：
"小伙子们，我听到了莱丽罕阿依木的声音。来，扶起我吧。"
吾守尔伯克不敢正视莱丽罕阿依木：

> 追赶后看到了悲剧，
> 敌人带来的遭遇。
> 带领四十名勇士并肩作战，
> 跟敌人大战了一场。
>
> 我已经筋疲力尽，
> 古丽哈萨丽阿依木，请回答我。
> 让我安心离开人世。

说道，吾守尔伯克总兵和其他人都离去，回到了各自的家。然而，敌人押解着玉苏甫伯克、艾合买提伯克继续往埃及走去。艾合买提伯克无力继续行走，他说：
"哥哥，咱们善待过这个阔克奇。你跟他说一下，让我在他坐骑上坐一会儿。"

玉苏甫伯克说：

跟我们同行的敌人们，
让我弟弟艾合买提骑会儿你的马。
他还年轻让他懂得他所不懂的，
让我弟弟艾合买提骑会儿你的马。

敌人说："你不走也得走，否则就砍下你脑袋拿走，还会让你骑马吗？"——说罢，将玉苏甫伯克用皮鞭抽打四十鞭。玉苏甫伯克头破血流。艾合买提伯克看着玉苏甫伯克道：（朗诵）

你为了我，挨了鞭子的猛抽，
我求你继续行走吧，我的玉苏甫苏丹。

看着玉苏甫伯克，艾合买提伯克放声大哭，他会说什么呢：（歌唱）

你为了我啊，挨了鞭子的猛抽，
我求你继续行走吧我的玉苏甫苏丹。
我愿意光脚行走到埃及，
我求你继续行走吧我的玉苏甫苏丹。

百灵鸟知道花儿的珍贵，
你们这些敌人没发现伯克们的珍贵。
我最终要占领埃及的宝座，
我求你继续行走吧我的玉苏甫苏丹。

我最终要占领埃及的宝座，

我求你继续行走吧我的玉苏甫苏丹。

且说，艾合买提伯克无奈说道：（朗诵）

你为了我挨了鞭子的猛抽，
我求你继续行走我的玉苏甫苏丹。
我愿意光脚行走到埃及，
我求你继续行走吧我的玉苏甫苏丹。

百灵鸟知道花儿的珍贵，
你们这些敌人没发现俘虏的珍贵。
我最终要占领埃及的宝座，
我求你继续行走吧我的玉苏甫苏丹。

我最终要占领埃及的宝座，
我求你继续行走吧我的玉苏甫苏丹。

说完，玉苏甫伯克、艾合买提伯克步履蹒跚仍继续走着。走过两片滩地，有一天半夜他俩来到了叫艾孜赫尔（Äzhär）的一条河边。艾孜赫尔河是个没有桥梁的浩荡的大河。从人类诞生到现在，没有一个国王能够在此河上用木头建桥。绑起玉苏甫伯克、艾合买提伯克的手脚带到这个河边，敌人商量"等明天天亮，咱们涉水过去，而让玉苏甫伯克、艾合买提伯克绑着过"，便入睡。恶棍们入睡后，半夜里玉苏甫伯克、艾合买提伯克听到河水吓人的汹涌澎湃的声音，道："之前敌人让我们步行七个月二十天，让他们的马踩踏我们的脚，用石头打我们的趾甲。在这种瘦弱的情况下，我们在艾孜赫尔河里下场会如何呀？"说道，玉苏甫伯克、艾合买提伯克在河边抱头痛哭。

早晨敌人一看，有了个桥梁。敌人说道："天啊！玉苏甫伯克和艾合买提伯克好像是巫师。从古至今，几代国王都无法在这里建桥。也罢！我们通过他们建的桥过河之后，把他们带到河的正中，脖子上挂满石块，从桥梁中央把他们流走。"到了桥的正中，敌人给玉苏甫伯克、艾合买提伯克的脖子挂石块，正要将他们扔进河里流走。顿时，奇怪的声音传来，说道："你要是不把玉苏甫伯克、艾合买提伯克平平安安地交到古扎力夏赫手里，我就要摧毁你的一切！"

于是敌人对玉苏甫伯克、艾合买提伯克说"不走也得走"，逮到他们离埃及一天路程的地方。向古扎力夏赫写了信："啊，全世之王，我无比的苏丹陛下！您的言语作数，长剑尖锐！我们已把您说的玉苏甫伯克、艾合买提伯克捉到您的城市。您要我们砍下他们脑袋进城还是平安地带到您跟前？"古扎力夏赫（写）道："我在梦里见到的玉苏甫伯克、艾合买提分别是狮子和老虎。别让我看到他们！带他们到热克斯坦（Rikistan）杀掉！"玉苏甫伯克、艾合买提伯克天亮前抱在一处痛哭。（天亮后）玉苏甫伯克、艾合买提伯克看到了一个塔：

"嗨，敌人们！你让我们步行七个月二十天。这下我们已无力继续行走。我们看到了一个塔。那是哪儿的塔？"

"哎，玉苏甫伯克、艾合买提伯克，离埃及只剩下一天的路程了。那是我们国王的首都城门前的建筑。把你们带过去之后，把你们当中的一个绞死，而另一个则从塔上推下摔死。你能干嘛？"

艾合买提伯克悲痛绝望地入睡了，玉苏甫伯克抱着艾合买提伯克的头道：（朗诵）

> 这下让我们痛哭，我的艾合买提，
> 睁开眼吧伯克，咱们到了敌人之城。
> 你啊，你是我的心肝，
> 咱们到了埃及之城。

玉苏甫伯克抱着艾合买提伯克的头，泪流满面地会说什么呢？（歌唱）

睁开眼吧，我的伯克艾合买提，
埃及之城遥遥在望。
你啊，你是我的心肝，
敌人之城遥遥在望。

心里满是离之苦，
遍体是惭愧之伤痕。
看到了埃及的塔，
埃及之城遥遥在望。

请莫相告小伙子们，
会骑来无鞍的坐骑。
沦为敌人的俘虏。

敌人之城遥遥在望，
四十名卫士全被留下。
我好比折断了翅膀，
又带艾合买提伯克跟我同来。

敌人之城遥遥在望且说，玉苏甫伯克抱着艾合买提伯克的头道：（朗诵）

睁开眼吧，我的伯克艾合买提，
敌人之城遥遥在望。
你啊你是我的心肝，
埃及之城遥遥在望。

心里满是别离之苦，

遍体是离别之伤痕。
　　看到了埃及的塔，
　　埃及之城遥遥在望。

　　请莫相告小伙子们，
　　会骑来无鞍的坐骑。
　　沦为敌人的俘虏，
　　敌人之城遥遥在望。

　　四十名卫士全被留下，
　　我好比折断了翅膀。
　　又带艾合买提伯克跟我同来，
　　敌人之城遥遥在望。

　　玉苏甫伯克唱到言尽。敌人说"不走也得走，这不是你随便唱歌的地方"，并将玉苏甫伯克、艾合买提伯克推着带进埃及，带到了古扎力夏赫宝座前。走进宫殿之后，古扎力夏赫道：

　　"阔克奇！我决不想看到玉苏甫伯克、艾合买提伯克！我的城市有个地方叫热克斯坦。把玉苏甫伯克、艾合买提伯克带到那里去，将他们俩齐胸埋在地里。我派刽子手前去。刽子手到了之后，向他们扔石头，把他们一个一个的杀掉，你们将他们的脑袋带回来！"

　　说罢，将玉苏甫伯克、艾合买提伯克带到叫热克斯坦的地方，将他们的腰底下埋在地里。埋下后，古扎力夏赫派刽子手以及从七岁到七十岁的，从八岁到八十岁的全部百姓到场。百姓来到后，向他们下一声"扔！"的命令后，都开始扔石块。过会儿，扔石头的敌人双手都被废掉了，他们动不了玉苏甫伯克、艾合买提伯克的一根毛。阔克奇跑到古扎力夏赫跟前道：

　　"啊，世界之王，我无比的苏丹陛下！您下命令让我们带玉苏甫伯克、艾合买提伯克到热克斯坦。我们把他们带到热克斯坦，将其腰下埋在地里，他们向着天空唱歌；捉他们从其家乡出来之后，遭到他们的卫士们追赶营救，才杀掉四十名卫士中的十名。其他卫士都从我们手掌中逃脱了。带到一个叫艾孜赫尔的河边，当我们无能哭泣时，他们却建了个桥梁。我们还商讨将其带到自己建的桥上把他们扔进河里冲走，给他们脖子挂石头时，他们一哭，又传来了个声音：'哎，敌人们！你们要把玉苏甫伯克、艾合买提伯克平平安安地交到古扎力夏赫手里。否则，我会摧毁你们的一切！'我们被吓倒了。您命令我们带他们到您跟前。我们向他们扔石块，他们不仅毫发无损，反而唱着歌。"

古扎力夏赫出来道：

"我自己让他们扔。"

此举却仍然没能动玉苏甫伯克、艾合买提伯克的一根毛。他们没有出声。古扎力夏赫说道："将他们带到我宝座前，我要审判、提问。"用抬轿将玉苏甫伯克、艾合买提伯克拉到宝座前，古扎力夏赫问：

"玉苏甫伯克、艾合买提伯克！弓箭穿不进，石头、工具都动不了你们。像我这样的几代国王都没能在艾孜赫尔河上建过桥梁，可你们建成了。扔石头也动不了你们的一根毛！你们给我讲一下你们的家乡！"

"哎，坏蛋！每件事情都是命运的安排。你扔扔（石头）我们就会被毁灭嘛！"

为了向古扎力夏赫赞誉自己的家园和人们，玉苏甫伯克、艾合买提伯克会说什么呢？（歌唱）

哎，古扎力夏赫，我们的人们，
从春至冬日子过得快乐安然。
园丁们管理果园，
树木均为果树。

像我们宫廷的阿依木，

个个都体贴贤淑。
遍地布满宝石玛瑙,
我们国度的山岭国土。

以媚态回头看,
摆着手儿走进果园。
让小伙子们的心为之怦然,
我们家乡的姑娘们。

小伙子们武艺精湛,
老翁则在家安享晚年。
妇女们尽谈家长里短,
娱乐享受是我们日常事件。

我们家园的春夏秋冬,
黎民百姓无不赞扬。
从来不做亏心事儿,
人人彼此敬重赡养。

伯克玉苏甫会说这是我的愿望,
但愿乡亲们听到我的诉苦。
救我从你手中摆脱,
愿乡亲们为我祝好。

且说,玉苏甫伯克、艾合买提伯克站在古扎力夏赫面前,(古扎力)道:"玉苏甫伯克、艾合买提伯克!你们给我讲一下你们的家乡!弓箭穿不进,石头、工具都动不了你们。你们是不是用钢铁套好了自己的躯体?你们一一告诉

我。"对古扎力夏赫,玉苏甫伯克、艾合买提伯克道:(朗诵)

哎,古扎力夏赫,我们的人们,
从春至冬日子过得快乐安然。
园丁们管理果园,
树木均为果树。

像我们宫廷的阿依木,
个个都体贴贤淑。
遍地布满宝石玛瑙,
我们国度的山岭国土。

以媚态回头看,
摆着手儿走进果园。
让小伙子们的心为之怦然,
我们家乡的姑娘们。

谁都不闻不问,
你们敌人不放眼里。
不到死期苍蝇也不死,
别再流了,我的眼泪。

我们家园的春夏秋冬,
黎民百姓无不赞扬。
有羊肉,也有小麦馕,
牛奶、大米是我们的主食。

伯克玉苏甫会说这是我的愿望，
　　但愿乡亲们听到我的诉苦。
　　救我从你手中摆脱，
　　愿乡亲们为我祝好。

　　我们骑的马蹦跳不息，
　　奔驰起来能腾上云霄。
　　我们遛鸟——

"看你骑马、遛鸟！艾米孜米尔夏普，把这个高傲自大的家伙们带出去！"——说罢，将他们关在了161层深的地牢里——"谁要给他们一口水，一口馕，要罚他跟自己头大的钱！"

说罢，艾米孜米尔夏普把他们带走，打入到161层深的牢狱里。

打入地牢后，玉苏甫伯克、艾合买提伯克坐牢过了三天。他们想："除了我们，这里面还有没有别人，还是就我们俩呢？"他们一看，坐着一个大爷，叫坎拜尔，银髯垂胸的老者也坐在那里。他们彼此素不相识。看着坎拜尔老爷玉苏甫伯克、艾合买提伯克想："坐在这个牢里的是什么人，我们问问他。"对坎拜尔老爷问道：（歌唱）

　　身隐囹圄的大爷，
　　您来自何方？
　　沦为俘虏失去自由的大爷，
　　您来自何方？

为了向坎拜尔老爷问安他们会说什么呢？坎拜尔老爷对着玉苏甫伯克、艾合买提伯克说什么呢？（朗诵）

身隐囹圄的大爷，
你来自何方？
沦为俘虏失去自由的大爷，
你来自何方？

坎拜尔大爷：

热血沸腾的伯克们，
那里是我的来处。
含着心愿关在牢里的伯克们，
那里是我的来处。

玉苏甫伯克、艾买提伯克：

来吧爷爷让我们问候，
既是他乡人相识又何妨。
你进入这里几年了？
你的情况又是如何？

坎拜尔大爷：

来吧儿子让我们问候，
既是他乡人相识又何妨。
一年了儿子我在这里，
那里是我的来处。

玉苏甫伯克、艾买提伯克：

可曾有人见你在此,
见到与你相伴?
你又是何人如此命苦,
你来自何方?

坎拜尔大爷:

我曾在故乡的苏丹,
我曾是见多识广的商旅,
我给古扎力夏赫圆了个梦。
那就是我的罪过。

玉苏甫伯克、艾买提伯克:

你是何乡的后代?
你啊你是谁的朋友?

坎拜尔大爷:

艰难落到我身上,
我才去寻找救药。

且说,玉苏甫伯克、艾合买提伯克曾与坎拜尔老爷不相识。坎拜尔老爷银髯垂胸地,身穿衣服坐在牢里。玉苏甫伯克、艾合买提伯克见到他便道:(歌唱)

身隐囹圄的大爷,

你来自何方?
沦为俘虏失去自由的大爷,
你来自何方?

坎拜尔老爷:(歌唱)

热血沸腾的伯克们,
那里是我的来处。
含着心愿关在牢里的伯克们
那里是我的来处。

玉苏甫伯克、艾合买提伯克:(歌唱)

你为何受苦,
让你身遭劫难?
又在牢里受苦,
你的情况又是如何?

坎拜尔老爷:(歌唱)

我说:"玉苏甫、艾合买提来到这里,
他们将你关在牢里,
夺走你的王位。"
那就是我的解说。

玉苏甫伯克:

可曾有人见你在此，
见到与你相伴？
你又是何人如此命苦，
你来自何方？

坎拜尔老爷：（歌唱）

我曾在故乡的苏丹，
我曾是见多识广的商旅，
我给古扎力夏赫圆了个梦。
那就是我的解说。

玉苏甫伯克：（歌唱）

可曾有人见你在此
见到与你相伴？
你又是何人如此命苦
你来自何方？

坎拜尔老爷：（歌唱）

请听我言讲，面如皎月的孩子们，
我的故乡万里飘香。
问我何名，我叫坎拜尔老爷，
秦玛秦是我的故乡。

玉苏甫伯克、艾合买提伯克：（歌唱）

> 你是何乡的后代？
> 你啊你是谁的朋友？

坎拜尔老爷：（歌唱）

> 请听我言讲，面如皎月的孩子们，
> 我的故乡万里飘香。
> 问我何名，我叫坎拜尔老爷，
> 秦玛秦是我的故乡。

说完，玉苏甫伯克、艾合买提伯克道：

"大爷，你若不解这个梦，你我都不会进入这里。你莫非是个预言师？"

"孩子们，几十年前我读过一本书，书里写道，这个牢里你们坐七年，我坐八年。"

"那就是命运的安排。"他们表示知足，并心平气和地坐在牢里了。随后，他们开始饿了。有一天，古扎力夏赫的梦开始灵验了。这个城市里一个叫艾米孜米尔夏普的人有个女儿，名为喀拉阔孜，她尚未出嫁，没结过婚。

这个姑娘得知之后，拿着九个馕，一小缸酸奶，一头巾椰枣进城，在每个牢房上面转完后，来到了玉苏甫伯克、艾合买提伯克所在的地牢上面。将带来的食物和小缸塞进牢里。玉苏甫伯克、艾合买提伯克想"是谁在照顾我们？"，便将酸奶拉到跟前。叫布比尼雅孜（应该是喀拉阔孜）的这个姑娘对着玉苏甫伯克、艾合买提伯克道：

> 因何故而被打入地牢？
> 彪悍英俊，面如皎月的小伙子们。
> 你们的处境如此狼狈，
> 我满腹盼望来看你们了小伙子们。

玉苏甫伯克、艾合买提伯克忙着喝酸奶，布比尼雅孜（应该是喀拉阔孜）为了问候会说什么呢？（歌唱）

  因何故而被打入地牢？
  彪悍英俊，面如皎月的小伙子们。
  你们的处境如此狼狈，
  眼神满怀回忆的小伙子们。

  若要问我，乃是艾米孜米尔夏普之千金
  为此城绝代佳人，
  今生尚未触碰男人。
  我愿服侍您等贵人。

  命运作怪让你们来到这个脏地，
  看你们的处境我的心似被刀割。
  哪天你们解放出狱，
  我满腹盼望来看你们了小伙子们。

  世上无人比你们更狼狈不堪，
  让你们自己倍受痛苦。
  我会时刻前来服侍你们，
  我愿伺候你们青年小伙子们。

且说，喀拉阔孜送食物到牢狱，向着玉苏甫伯克、艾合买提伯克：（朗诵）

  因何走错路被投入牢房？
  彪悍英俊，面如皎月的小伙子们。

你们的处境如此狼狈，
眼神满怀回忆的小伙子们。

若要问我，乃是艾米孜米尔夏普之千金，
为此城绝代佳人。
今生尚未触碰男人，
我愿服侍您等贵人。

命运让你们来到这个脏地，
看你们的处境我的心似被刀割。
你们哪天解放出狱，
我满腹盼望来看你们了小伙子们。

这个女孩儿向玉苏甫伯克、艾合买提伯克告诉这些情况之后，玉苏甫伯克、艾合买提伯克说：

"喀拉阔孜，你给我们送饭。我们被关在这个牢里了。想给你送点礼物表示心意，我们却在这个牢里赤手空掌。如果你能进城给我们买来一块桑木、一卷琴弦、一块胶、一个砍砍，我们将会做琴，让你开心。"

喀拉阔孜到城里，带来了一块桑木板、一卷琴弦、一块胶、一个砍砍。坎拜尔老爷在牢里做了把都塔尔，艾合买提伯克定弦，玉苏甫伯克安琴弦，为了获得喀拉阔孜的芳心他们会说什么呢：（歌唱）

在牢里我的心痛苦万分，
我迷上了你喀拉阔孜。
不知我命为何苦，
我迷上了你喀拉阔孜。

丽人，眉似新月，
明眸善睐。
嘴唇好比小金碗，
我迷上了你喀拉阔孜。

敌人捉我们为俘虏，
你从天上降下来。
夏赫米尔夏普，请您原谅，
我迷上了你喀拉阔孜。

丽人，眉似新月，
明眸善睐。
樱桃小嘴，
我迷上了你喀拉阔孜。

这下我就要跟上你，
爱上了你美妙的身材。
送九十只公羊做你的彩礼，
我要娶你喀拉阔孜。

伯克玉苏甫说，要娶你，
只要你常来看我。
只要乡亲们救出我，
我要娶你喀拉阔孜。

对着喀拉阔孜，玉苏甫伯克、艾合买提伯克道：（朗诵）

> 我的琴声像车声，
> 你会喜欢我的言语。
> 你啊你是我的秀雅美人，
> 让我心口舒畅的喀拉阔孜。
>
> 敌人捉我们为俘虏，
> 你从天上降下来。
> 夏赫米尔夏普，请您原谅，
> 我迷上了你喀拉阔孜。
>
> 喀拉阔孜你的嘴唇在叫我，
> 我的心在你燃的火中燃烧。
> 你走了交谈会中断，
> 我迷上了你喀拉阔孜。

玉苏甫伯克、艾合买提伯克这样夸喀拉阔孜之后，喀拉阔孜想"我走了就会破坏玉苏甫伯克、艾合买提伯克的交谈"，就更加照顾服侍他们。

让喀拉阔孜在这里服侍吧，这且按下不表。这下我们来听，玉苏甫伯克、艾合买提伯克的亲戚、妻子。玉苏甫伯克、艾合买提伯克被掳走之后，其母亲莱丽罕阿依木，其妹妹喀尔丽哈奇罕阿依木，艾合买提伯克的妻子古丽海丽恰阿依木这四个人惦记玉苏甫伯克、艾合买提伯克而失声痛哭，妹妹的眼睛哭瞎了。玉苏甫伯克的卫士们说"死狮不如活鼠"，把阿扎如斯（Hazarus）的国王托热苏丹[1]之子阿依汗推选为国王，继承了玉苏甫伯克的王位。于是她们受虐待，莱丽罕阿依木说："啊，我的儿媳妇们，自从玉苏甫伯克、艾合买提伯克离开之后，你们跟我们一起受虐待了。让我们去转转玉苏甫伯克、艾合买提伯克

---

[1] 与前文矛盾，阿扎如斯的苏丹应该是伊尔艾力和纳迪尔伯克。

打猎的山岭，游玩的花园。"于是，从邻里借来四份口粮后，一同去玉苏甫伯克、艾合买提伯克的艾斯喀尔山和恰哈儿园一看，花园里玉苏甫伯克、艾合买提伯克栽植的果树已长成结果。见到此景，莱丽罕阿依木说："人的生命还不如此树。精灵要破坏人的心灵时，敌人们就开始想害我的孩子们。本该是我伯克儿子享福的时候。"说罢，莱丽罕阿依木坐在玉苏甫伯克、艾合买提伯克种植的树下唱道：

　　让我们血泪涟涟，
　　玉苏甫在何方，艾合买提又在何方？
　　让我们的心烧成粉，
　　玉苏甫在何方，艾合买提又在何方？

　　我这漂浮罕[1]要漂浮啦，
　　今天倘若世界末日。
　　玉苏甫和艾合买提两个好汉，
　　玉苏甫在何方，艾合买提又在何方？

　　话说要绞死玉苏甫，
　　从高塔摔死艾合买提。
　　我的心好似被刀切碎，
　　玉苏甫在何方，艾合买提又在何方？

　　让我们血泪涟涟啊莱丽罕，
　　玉苏甫在何方，艾合买提又在何方？

---

1 人名"莱丽"（Läyli）与表示"漂"的"läylä-"一词是谐音。

且说，莱丽罕阿依木在这个花园里，为玉苏甫伯克、艾合买提伯克歌颂道："人的生命还不如此树。精灵要破坏人的心灵时，敌人们就开始想害我的伯克孩子们。眼下这些尚未结过果的树木都开始结果，果树都长成可砍的程度。人的生命还不如此树。"说着四个人抱头痛哭。此时，玉苏甫伯克、艾合买提伯克国王在位时学会讲人语的七只鹤飞过来。

"瞧，有鹤！是什么鹤？"

"这是玉苏甫伯克、艾合买提伯克的鹤。"

"嗯！敌人带走我的孩子玉苏甫伯克、艾合买提伯克。有人说他们在牢里。有人说玉苏甫伯克已被绞死，艾合买提伯克被从塔上推下摔死。我无法得到我那儿子们的音讯。我们孤苦伶仃，无能为力寻找我的孩儿们。你们既然长着翅膀，请你们飞去带回他们的下落好吗？"

仙鹤落地待在那里。莱丽罕阿依木用她恩德的手抚摸了仙鹤。妹妹喀尔丽哈奇罕阿依木和艾合买提伯克的妻子古丽海丽恰阿依木写一封书信，拴在仙鹤的右翅膀上。系好后，让仙鹤吃好，用恩德的手抚摸着，并带到山上。为了求仙鹤平安，她们会说什么呢：（歌唱）

古丽哈萨丽说我痛不欲生，
对我四季犹如寒冬没有夏天。
乡里传来他已死的消息，
仙鹤请你多多保重。

请让孤儿寡母过得快乐无忧，
请帮奴隶们化难为易。
请让我得知我生命支柱的下落，
请给我带来沦为俘虏的伯克们的消息。

说着莱丽罕阿依木用恩德的手抚摸了仙鹤。仙鹤们使劲儿飞翔，飞了几天后，到达埃及。它们没有在玉苏甫伯克、艾合买提伯克关禁的牢房上空飞旋，而是在市内飞，又到了一个乡村。几经周折飞到了玉苏甫伯克、艾合买提伯克被关的牢房上空。艾合买提伯克睡着了。玉苏甫伯克起身，望着天空，泪如雨下，朝着蓝天诉苦道："我们在这个地牢里会含土死去，还是有日出狱？"此刻仙鹤们飞旋在地牢上空。玉苏甫伯克看到鹤说："这是我们的鹤，还是神鹤？我要向这只鹤问询。"玉苏甫伯克站在牢里：

你们若要飞返，仙鹤之王，
请把我们的问候带给故乡。
若平安到达乌尔根奇城，
请把我的问候带给我孤苦的母亲。

玉苏甫伯克站在牢里，望着在空中飞旋的鹤会说些什么呢？

你们若要飞返啊，仙鹤之王，
请把我们的问候带给故乡。
若平安到达乌尔根奇城，
请把我的问候带给我孤苦的母亲。

我曾有个妹妹在希瓦村，
吃喝离不开甜食方糖。
我身陷囹圄手脚被镣，
请把我的问候带给我孤苦的妹妹。

请我的情人古丽哈萨丽梳发，
请她向路人询问我们。
我们平安就要返乡，请她再等一年，

请把我们的问候带给甜言古丽哈萨丽。

我岳父伊尔艾力汗在乌尔根奇,
他可遛鸟游玩在艾斯喀尔山上。
请他从心里深处想念我们,
请把我的问候带给岳父伊尔艾力汗。

玉苏甫伯克说,我在牢里饱受痛苦,
命运请对落难的人至仁至慈。
七年来啊黑暗地牢是我归宿,
请把我们的问候带给黎民百姓。

呀呼呀呼,唉亚热依,仁慈的亚热依,
请别再让任何人像我这样悲惨。

就这样玉苏甫伯克说到言尽。仙鹤中的六只等在外面,大鹤飞入牢房。飞进后,用翅膀抚摸他们,展开右翅露出了一封书信。

且说,玉苏甫伯克一直说到言尽。艾合买提伯克起身问:

"哥哥,你为何要哭呢?"

"天空有七只鹤在飞翔。我问它们是我们的鹤还是别人的鹤,那些鹤就开始在牢房上空飞旋。"

为了叫鹤进牢里,艾合买提伯克对着鹤会说什么呢:

伯克玉苏甫的仙鹤,
请照顾我们这流浪儿。
我的爱鸟飞过来,
请照顾我们这流浪儿。

你在图囿上飞旋，
盘旋啊盘旋。
你是伯克玉苏甫的鹤否哟，
请照顾我们这流浪儿。

我曾在花剌子模的君王，
如今我们为敌人俘虏。
我被关进牢里，
请照顾我们这流浪儿。

我被称呼艾合买提伯克，
自己却被打入地牢。
我失去了黎民百姓，
请照顾我们这流浪儿。

且说玉苏甫伯克在那里念诗，艾合买提伯克对着鹤道：

你在图圄上飞旋，
盘旋啊盘旋。
你是伯克玉苏甫的鹤否？
请照顾我们这流浪儿。

我们曾是花剌子模的君王，
如今我们为敌人俘虏。
我被关进这个牢里，
请照顾我们这流浪儿。

我被称呼艾合买提伯克，
　　自己却被打入地牢。
　　我别离了黎民百姓，
　　请照顾我们这流浪儿。

　　我穿的是锦缎大衣，
　　人见人爱慕。
　　照顾俘虏是善举，
　　请照顾我们这流浪儿。

　　艾合买提伯克一直唱到言尽。牢里飞进了一只大鹤。飞入后，展翅露信。玉苏甫伯克把捎来的信从头到尾看一遍，说道：

　　"弟弟，我们坐牢后，在故乡的母亲莱丽罕阿依木的眼睛失明了。妹妹喀尔丽哈奇罕阿依木的眼睛失明了。托热苏丹之子阿依汗继我们的王位了。家园经历着沧桑。"——玉苏甫伯克把这封信念给了艾合买提伯克。

　　兄弟俩用美食喂养仙鹤们，用恩德的手抚摸，他们将鹤放飞。仙鹤们飞了七天七夜返回伯克们建立的国度。孤儿寡女们计算鹤群的往返日子时，仙鹤们就落在了她们面前。从带回的信她们得知玉苏甫伯克和艾合买提伯克还活着。她们无比的高兴，这且慢表。

　　这下要听，被掳走之后，玉苏甫伯克、艾合买提伯克在牢里度过了七年。期间，这里有个乌尔根奇之王的女儿，叫布比尼雅孜公主。曾将她嫁给花剌子模国王之子[1]。她跟丈夫过不来。这位女子去丈夫家，王子说要休王妃，并让她回父亲家。女子回到父亲家，父亲又说"你赌气回来了，我不是让你跟他过嘛！"父亲打她，她回到王子家。回去后遭到王子的凌辱。她便收拾东西，带

---

[1] 花剌子模的国王应该是艾合买提。

着包袱出走。在路上埃及奸商们捉到了这位名叫布比尼雅孜的姑娘。捉到之后，奸商说她不会讲人语，把她关在了铁笼里。就这样，她在笼里度过了一年。有一天，他们说"我们把这个禽类放出来吧"，便把她放了出来。她分别给玉苏甫伯克和艾合买提伯克制作一件衬衫，一条裤子和一顶帽子，看着玉苏甫伯克心想："我们是老乡。回家了会不会带上我？"便把做好的东西放入牢里。玉苏甫伯克、艾合买提伯克在牢里看到那些衣服："喀拉阔孜每次过来就会送我们食物，没送过衣服。给我们送衣服的是孤身流浪儿，还是魔鬼，还是巫婆，到底是什么？我该问问她。"玉苏甫伯克站在牢里对布比尼雅孜姑娘会说什么呢：

你为何啼哭呀，眼如秋水的丽人，
你的嘴唇迷住了我，你的牙齿颗颗如珠。
或许你是孤身流浪远离了故乡，
不晓你是何人，是何样情人。

我是玉苏甫伯克曾有皇宫，
古丽哈萨丽曾是我真爱的妩媚。
在我故乡我曾有自己的皇位，
不晓你是何人，是何样情人。

请向我言讲你的真情啊丽人，
不晓你是何人，是何样情人。

玉苏甫伯克、艾合买提伯克问布比尼雅孜姑娘：
"你是什么？是妖精还是魔鬼？"
布比尼雅孜闻言情不自禁地回答：
"我是乌尔根奇国王的女儿。父亲把我许配给了花剌子模的国王。我跟丈夫过不下去，回去后我的父王却打我，并逼我回丈夫身边。无奈中回到丈夫家他却说跟我谈不来，便把我赶出了王宫。在路上，奸商把我捉起关在铁笼里。"为了叙述自己是乌尔根奇国王之女儿，布比尼雅孜向玉苏甫伯克、艾合买提伯克会说些什么呢？

  玉苏甫哥哥请听我喊冤，
  倾听我重于高山的疾苦。
  一起面对同敌，
  我的双手被缚。

  我愿服侍伯克们，
  朝暮祝你平安幸福。
  带我回乡若出牢，
  我的日子很煎熬。

  名叫布比尼雅孜而自己受苦，
  我好比鹦鹉坐在笼里。
  我是个女人软弱无助，
  我的故乡是乌尔根奇。

  久历风尘不屈服，
  山高水远无力回。
  故乡乃是乌尔根奇，
  乌兹别克是祖籍。

  我在这个牢里遇到了你们三个人。如果国王解放了你们，我指望你们带我回去，我所以站在这里。
  兄弟俩闻言：

"如果国王解放了我们,我们不会不将你、坎拜尔老爷、喀拉阔孜带走。"玉苏甫伯克、艾合买提伯克会对喀拉阔孜(应该是布比尼雅孜)说什么呢:且说,玉苏甫伯克让鹤飞回,用恩德的手抚摸着道:

仙鹤请你飞回我们家园,
请布兹奥格朗舅父前来营救。

请你不耽误及时传达,
请他们从苦中救出我们。

伊斯法罕的自由国王,
请伊尔艾力汗岳父前来营救。

说罢,将鹤送走。这个路他们赤脚走过七个月二十天,而仙鹤们飞了十八天左右就到达了。之后,它们头贴着莱丽罕阿依木的脸上。她们念到玉苏甫伯克、艾合买提伯克送来的书信,得知玉苏甫伯克、艾合买提伯克的幸存而欢欣。

这下我们要听,玉苏甫伯克、艾合买提伯克通过仙鹤传信并且得知布比尼雅孜常来照顾他们之后,一个间谍向国王奏道:

"唉,我尊敬的国王,我独一无二的苏丹陛下!您下令把玉苏甫伯克、艾合买提伯克投进地牢已有七年了。您还嘱咐过'有谁给他们一口水或一块馕,就要让他赔偿相当于五个人命的钱!'这个艾米孜米尔夏普的女儿喀拉阔孜一直在给玉苏甫伯克、艾合买提伯克送食,接济。有个叫布比尼雅孜的姑娘也在给他们送衣。这个您看该如何处置?"

"这个该死的伯克们还在牢里吗?"古扎力夏赫问。

"在。这该如何处置为好?"

"将他们带出来!从牢里带出来让他们跟阔克奇对诗。若阔克奇唱胜他们,将玉苏甫伯克、艾合买提伯克分别绞死和从高塔推下摔死。若他们唱过阔克奇,就认命，放了他们嘛。”

“遵旨。”

说罢，将玉苏甫伯克、艾合买提伯克从牢里带出来。然后，国王古扎力夏赫召集满城百姓在其周围，站在广场中间，道：

“我把玉苏甫伯克、艾合买提伯克从牢里带出来了。我要让他跟阔克奇对诗。若阔克奇唱胜了，就将玉苏甫伯克绞死，将艾合买提伯克从高塔摔死。万一，他们对过阔克奇，就会让他们回国。你们怎么看？”

“好！”百姓答道。

带到广场，给阔克奇爰金乐器，黄金座椅。给玉苏甫伯克、艾合买提伯克银琴，银座。他们道：

“唉，敌人们！我牢里有坎拜尔老爷给我做的都塔尔琴。你给我取来！”

国王当即命人给他取来了。

阔克奇先坐下来，对着玉苏甫伯克道：

“你开始唱！”

玉苏甫伯克对着阔克奇道：

“你唱！我们将先机让给了你！”

阔克奇对着玉苏甫伯克会说什么呢？玉苏甫伯克对着阔克奇会说什么呢？

阔克奇：（歌唱）

你要是甩手掌柜哦会出征耀武扬威，
我唱给你听，你给我取乐。
百个乌孜别克被一个敌人吓得闻风丧胆，
阔克奇好汉到来时让你取乐。

玉苏甫伯克：（歌唱）

唉敌人，我要剜掉你双眼，

让你丢尽你肮脏的脸面。
将你的妻子女儿当我的战利品,
当我出征时让你取乐。

阔克奇:(歌唱)

唉,敌人,你的回路是迷茫,
如我追赶就让你死活不得。
你能逃脱我时常是疑问,
在荒漠里屠杀让你取乐。

玉苏甫伯克:(歌唱)

唉,敌人,我要把你的长舌切掉,
将你的尸体挂在大门上。
为此送三十个唢呐九个号笛庆祝,
追杀占领你的皇位时让你取乐。

阔克奇:(歌唱)

唉,敌人,你的舌头像龙肆无忌惮,
你可是个一事无成的无赖。
我独自把你从家乡绑来,
阔克奇好汉到来时让你取乐。

玉苏甫伯克:(歌唱)

唉，敌人，我如不能骑马返回，
将你三百六十个城市统统占领。
将你和古扎力夏赫打入投我的牢狱，
我就不算乌孜别克，看你取乐。

且说，他让阔克奇先说，阔克奇对着玉苏甫伯克，道：（朗诵）

你要是甩手掌柜哦会出征耀武扬威，
我唱给你听，看你取乐。
百个乌孜别克被一个敌人吓得闻风丧胆，
阔克奇好汉到来时让你取乐。

闻言，玉苏甫伯克道：（朗诵）

唉敌人我如不能骑马返回，
统统攻下你三百六十个城市。
将你和古扎力夏赫打入投我的牢狱，
我就不算乌孜别克，看你取乐。

阔克奇坏蛋道：（朗诵）

唉乌孜别克你的舌头像龙肆无忌惮，
你可是个一事不成的无赖。
我独自把你从家乡绑来，
我追赶时让你取乐。

闻言道：（朗诵）

唉敌人，我的将士定会骑马赶来，
　　就像青龙卷地而来。
　　四十名卫士处处打败，
　　倾翻王位时看你取乐。

　　如此对诗三轮，阔克奇就不吭声了。
　　"说啊你这个坏蛋！"
　　他仍不吭声。
　　古扎力夏赫问：
　　"是玉苏甫伯克、艾合买提伯克是豁达诗人，还是阔克奇是豁达诗人？"
　　古扎力夏赫的阿谀逢迎的手下们答道：
　　"唉，世界之王，我独一无二的苏丹陛下！阔克奇才是豁达诗人！"
　　古扎力夏赫道：
　　"阔克奇将玉苏甫伯克、艾合买提伯克抓来，让他们四十天四十夜光脚行走。让他们坐七个月二十天的牢。受苦的玉苏甫伯克、艾合买提伯克多说几句，阔克奇不是张口结舌了吗？"
　　大伙一同道：
　　"唉，是玉苏甫伯克、艾合买提伯克擅长对诗。"
　　"那给玉苏甫伯克、艾合买提伯克每个人一匹马。"
　　给马套上华丽的衣着。套完，古扎力夏赫说：
　　"玉苏甫伯克、艾合买提伯克，我愤怒之下把你们打入牢里了。听说你们娶喀拉阔孜和布比尼雅孜为妻了。坎拜尔老爷陪伴你们了。你们这下唱胜阔克奇了。回国以后要是没钱花了，埃及是金银之库，我可以给你送去地下宝藏。别再兴兵到这儿向我报仇。"
　　玉苏甫伯克、艾合买提伯克却道：
　　"你说来就来，你说回就回吗？"
　　骑上马，对古扎力夏赫道：（朗诵）

敌王，你听我言讲，
你让我苦水满腹。

你为何绑缚我手脚，
以为自己是好汉把我看成鼠胆。
让我在牢里备尝痛苦，
这下该我让你看我的了。

为了对古扎力夏赫回言，玉苏甫伯克、艾合买提伯克会说什么呢：（歌唱）

敌人之王，你给我听好，
你让我苦水满腹。
你为何要绑缚我的手脚，
你让我苦水满腹。

命运让我受你黑手折磨，
我将你送的衣裳分给别人。
我将倾翻你的宝座，
我坐的牢狱将成为你的归宿。

敌人之王，你给我听好，
你让我苦水满腹。

你为何要绑缚我的手脚，
你以为自己是好汉把我看成鼠胆。
你估量我在牢里完蛋，
这下该让你看我的了。

命运让我受你黑手折磨，
我将你送的衣裳分给别人。
我将倾翻你的宝座，
我坐的牢狱将成为你的归宿。

说完，将马转身，带兵走了。走了之后，当玉苏甫伯克、艾合买提伯克走到三天三夜的路程时，一个间谍出来奏：

"唉，我的国王，苏丹陛下！他们说会发兵来报复。我们要不要去抓他们呢？"

古扎力夏赫对阔克奇坏蛋和几位士兵，道：

"阔克奇，不好了。我送一大笔金银给玉苏甫伯克、艾合买提伯克，让他们好好地回国。他们会不会来报仇呢？要不我们就抓回他们怎么样？"

"我会为你这样懦弱的国王效劳吗？我六个月服侍玉苏甫伯克、艾合买提伯克，做出贡献，把他们灌醉给你绑来，你让他们娶喀拉阔孜和布比尼雅孜。"

"请您别这样，阔克奇。他们要杀我也不会留下你，杀你也不会留下我。"

玉苏甫伯克、艾合买提伯克走到从这里到阿克苏这么远的地方，古扎力夏赫让阔克奇带几个士兵追赶玉苏甫伯克、艾合买提伯克。有一段时间赶不及玉苏甫伯克、艾合买提伯克。他们到一个地方，一看，阔克奇坏蛋追来了。追来之后，跟他打了几天的仗。打仗把阔克奇赶了回去。玉苏甫伯克、艾合买提伯克前行着，玉苏甫伯克道：

"艾合买提伯克弟弟，我们自从埃及出来之后没有吃饭。我去做饭，你去看马吧。"

艾合买提伯克将马拦到一处，玉苏甫伯克在一处举火。对弟弟说：

"弟弟我们后面有没有敌人呢？"

艾合买提伯克爬到一个地埂一看，阔克奇又带四万士兵向他们追来。追来后，艾合买提伯克对玉苏甫伯克道：

敌人已从后面追到，
请回答我的玉苏甫苏丹。
让我神奇地为你服务，
请回答我的玉苏甫苏丹。

话说，对着玉苏甫伯克，艾合买提伯克会说什么呢？玉苏甫伯克对着艾合买提伯克说什么呢？

敌人已从后面啊追到，
请回答我啊我的玉苏甫苏丹。
让我神奇地为你效劳，
请回答我的玉苏甫苏丹。

没见过世面的弟弟哟伤痕，
请回答我啊艾合买提弟弟江。
让我神奇地为你效劳，
请回答我啊艾合买提弟弟江。

你视而不见地没回答我，
你以为自己是好汉把我看成鼠胆。
你还估量我在牢里完蛋，
请回答我啊我的玉苏甫苏丹。

艾合买提伯克啊对……们的心当作……[1]
请回答我啊，艾合买提弟弟江。

---

[1] "……"省略内容为记录者在唱本中听不清的语句。

且说玉苏甫伯克在一边烧火。艾合买提伯克爬到一个很高的地埂一看,阔克奇率领几个士兵赶来了。

> 敌人已从后面啊追到,
> 请回答我啊我的玉苏甫苏丹。
> 让我神奇地为你效劳,
> 请回答我的玉苏甫苏丹。

闻言玉苏甫伯克道:

> 你视而不见地没回答我,
> 你以为自己是好汉把我看成鼠胆。
> 你还估量我在牢里完蛋,
> 请回答我啊艾合买提弟弟江。

闻言玉苏甫伯克道:
"弟弟,就算敌人来了也回答我啊。你一个人……"
"哥哥你一个人前去吗?"
"弟弟,敌人再多,不是有我们在嘛。"说罢玉苏甫伯克拿出长剑道:

> 乌尔根奇的乃吉米丁,
> 布哈拉的巴哈吾东。
> 玉苏甫、艾合买提今天有个请求,
> 今天请你们佑助。

说道,为了请求援助,玉苏甫伯克会说什么呢:

乌尔根奇的乃吉米丁，
布哈拉的巴哈吾东。
玉苏甫、艾合买提今天有个请求，
今天请你佑助。

你头上是闪闪光冠，
你的目的地是何方。
今天人人都需要你，
今天请你佑助。

我若离开了今世，
请你多多保重。
你啊你今天是我最亲近的领导，
今天请你佑助。

阔克奇已经赶到，
动兵约有一万七。
让敌人血泪莲莲，
今天请你佑助。

说罢，他们作战三天三夜。杀死了一万七千个士兵的一万四千个。其余的三千个敌人开始四散逃命。兄弟二人那里打几个，这里打几个地前行并心想："我们终于摆脱了敌人。"眼看，来到了玉苏甫伯克、艾合买提伯克的四十名卫士作四十天大战的沙场。这些卫士的坟墓用石灰造成，上面写着字。来到一个坟墓前，哭诉道：

后面赶来寻找我们

在此苦水满腹垂头丧气，
你们在头上插上……
含着心愿死去的小伙子们，再见！

来到卫士们坟前，泪如雨下地说什么呢：

我们先被掠走流浪时，
找来的少妇们再见。
脱离敌人又再遭殃时，
含着心愿死去的少妇们再见。

后面赶来寻找我们，
在此苦水满腹垂头丧气。
并在头上插……，
含着心愿死去的青年们再见。

我们回到故乡，你们家人必会询问，
你们的报仇必会寻在我们身上。
你们的死因总会找我们算账，
含着心愿死去的少妇们再见。

我们又平安回到了故乡，
我们一生欠你们的报仇。
但愿你们灵魂安息，
含着心愿死去的烈士们再见。

说完，往故乡前行。

且说玉苏甫伯克、艾合买提伯克回到家乡一看，赶上了几个婚礼。兄弟二人边走边想"这是谁的婚礼呢？多么豪华的婚礼啊，我们该向谁问这个婚礼呢？"有个叫奥鲁尔罕霍加的，给玉苏甫伯克、艾合买提伯克教过课的一个神仙人，他预见玉苏甫伯克、艾合买提伯克在回家的路上。玉苏甫伯克、艾合买提伯克向他打招呼。奥鲁尔罕霍加从后面看着玉苏甫伯克、艾合买提伯克道：

俘虏中解放出来的伯克们，
告诉我儿子你要去何方？
受伟人赞成的伯克们。
告诉我儿子你要去何方？

奥鲁尔罕霍加会对着玉苏甫伯克说什么呢，玉苏甫伯克、艾合买提伯克对着奥鲁尔罕霍加会说什么呢：

俘虏中解放出来的伯克们，
告诉我儿子你要去何方？
受伟人祝福的伯克们，
告诉我儿子你要去何方？

玉苏甫伯克：

请听我诉苦我亲爱的师父，
请您让我走，我要去婚礼。
我沦为俘虏就失去了名声，
请您让我走，我要去婚礼。

奥鲁尔罕霍加：

清晨你梦见夏依麦尔丹，
　　他将三朵红花递在你手中。
　　回头打你三耳光，
　　告诉我儿子你要去何方。

玉苏甫伯克：

　　请听我诉苦并告诉我，
　　请您让我走，我要去婚礼。
　　我沦为俘虏就失去了名声，
　　请您让我走，我要去婚礼。

奥鲁尔罕霍加：

　　儿子让我以歌告诉你，
　　让我们歌颂皮拉勒人。

玉苏甫伯克：

　　我叫玉苏甫，古丽哈萨丽是我爱妻，
　　请您让我走，我要去婚礼。

奥鲁尔罕霍加：

　　在战场如斯坦最为强壮，
　　娇媚走进会以深情看望。
　　伊斯法罕的长剑很尖锐，

告诉我儿子你要去何方。

且说当玉苏甫伯克、艾合买提伯克向圣人们打招呼，奥鲁尔罕霍加们望着玉苏甫伯克、艾合买提伯克：

俘虏中解放出来的伯克们，
告诉我儿子你要去何方？
受伟人祝福的伯克们，
告诉我儿子你要去何方？

玉苏甫伯克闻言，道：

我要去我岳父纳迪尔伯克的婚礼，
我要放火烧掉他的房屋。
为此欠我爱妻而宁为她死去，
请您让我走，我要去婚礼。

奥鲁尔罕霍加：

清晨你梦见夏依麦尔丹，
他将三朵红花递在你手中。
回头打你三耳光，
告诉我儿子你要去何方。

孩子让我告诉你我是个没有耐心的人，
若你知道，我是神仙之一。
我替奥鲁尔霍加、谢依何霍加帮助你，

告诉我儿子你要去何方。

玉苏甫伯克闻言,道:

我在牢里受苦七载,
……

玉苏甫伯克、艾合买提伯克对着伊尔艾力汗岳父如此说道。说罢,玉苏甫伯克、艾合买提伯克说"我们曾未知圣人之珍贵",并跳下马,抱着他们的头:
"我们吃了自己拉的屎,我们很幼稚。"说着跪倒在地上。
"孩子们,我的心肝宝贝们!你们去婚礼吧。"
一看,有几个小伙子在赶往婚礼。赶往之后,看到娶玉苏甫伯克、艾合买提伯克妻子为妻的阿依汗。走到阿依汗跟前,道:

七年来我含辛茹苦,
没见过日月星辰。
要问我的家底,是伊尔艾力汗苏丹,
请您让我走,我要去婚礼。

这样答复之后,这下为了庆祝婚姻,道:

我走后你开始对我反感,
你给我的爱人举办重大婚礼。
你借我成俘虏败坏我声望,
恭喜你办的婚礼我的苏丹。

说道,为了庆祝自己的婚礼,玉苏甫伯克、艾合买提伯克会说什么呢?

七年来纳福闲荡的人，
恭喜你办的婚礼啊我的苏丹。
莫传我返回，我仍要离开，
恭喜你办的婚礼啊我的苏丹。

我走后你开始对我反感，
你给我的爱人举办重大婚礼。
你借我成俘虏败坏我声望，
恭喜你办的婚礼啊纳迪尔。

我愿为好汉小伙子死去，
骑马赶来了你的婚礼。
莫跟小人同去作战，
恭喜你办的婚礼啊我的苏丹。

七年来我供你豪宅，
送金银珠子给你女儿。
送珍珠给你做眼珠，
恭喜你办的婚礼啊纳迪尔。

且说，伊尔艾力汗、纳迪尔伯克苏丹在他们的霍加、依禅的陪同下走来。他们过来就位。就位之后，将玉苏甫伯克、艾合买提伯克的妻子给嫁出去了。玉苏甫伯克、艾合买提伯克走过来，对着纳迪尔伯克苏丹，道：

七年来我供你豪宅，
送金银珠子给你女儿。
送珍珠给你做眼珠，

恭喜你办的婚礼啊纳迪尔。

我走后你开始对我反感,
你给我的爱人举办重大婚礼。
你败坏我的伯克之声望,
恭喜你办的婚礼啊我的苏丹。

莫跟小人同去与敌人作战,
恭喜你办的婚礼啊我的苏丹。

玉苏甫伯克一直说到言尽。纳迪尔伯克苏丹发现是艾合买提伯克,羞愧难当撒腿就跑。婚礼自然告吹。退婚后,古丽海丽恰阿依木对着艾合买提伯克,道:

你认得我吗我心爱的人?
来吧阿依木让我们相见!
你是我的忠诚情人,
来吧阿依木让我们相见!

一对夫妻在婚礼相见,相互嚎啕大哭,会说什么呢:

你将红花卖掉?
你给自己找顾客?
趁我不知你就忘掉我?
来吧脆弱的媳妇让我们相见

古丽海丽恰阿依木:

七年来我整天痛哭，
我的心被情火烤干。
这下好比如愿以偿，
请下马过来吧媳妇让我们相见。

你啊你是我的心欢，
我的眼泪好比大海。
注定命运的我最亲丈夫，
来吧脆弱的媳妇让我们相见。

七年来我整天痛哭，
我的心已被情火烤干。
这下好比如愿以偿，
请下马吧伯克让我们相见。

且说，艾合买提伯克走到婚场首席：

今天我要成全，将要爱别人，
我会那样做吗，请下马让我们相见。

你也忘掉我吗？
你将红花卖掉？
今儿你给自己找顾客？
来吧阿依木让我们相见。

古丽海丽恰阿依木：

> 七年来我整天痛哭,
> 我的心已被情火烤干。
> 这下好比如愿以偿,
> 请下马吧让我们相见。

两人抱头相见之后,玉苏甫伯克想:"我的老婆呢?我的古丽哈萨丽阿依木在何处。"他到古丽海丽恰阿依木前面问候。原来古丽哈萨丽阿依木哭瞎了眼睛。来到她跟前:

> 你认得我吗我心爱的人?
> 来吧阿依木让我们相见!
> 你是我的忠诚情人,
> 来吧阿依木让我们相见!

之后,玉苏甫伯克、艾合买提伯克看奥鲁尔罕霍加。奥鲁尔罕霍加有样东西叫"土体亚土",将它在古丽哈萨丽阿依木的眼上一搽,古丽哈萨丽阿依木的眼立时复明。复明之后,他们相见,道:

"我的岳父伊尔艾力汗在何处?"

"伊尔艾力汗岳父终日思念你悲哭,在一个叫"千雪"(Mingqar)的山上化为尘土,就在那里呆着。"

到达后,他们走到伊尔艾力汗跟前。在伊尔艾力汗苏丹的跟前,玉苏甫伯克、艾合买提伯克说道:

> 七年来哭得血泪涟涟,
> 玉苏甫、艾合买提两位国王是你们吗?
> 七年来终日失声痛哭,
> 玉苏甫、艾合买提两位致礼是你们吗?

玉苏甫伯克、艾合买提伯克对着伊尔艾力汗苏丹，道：
"岳父，我来您身边了。"
伊尔艾力汗苏丹听到玉苏甫伯克、艾合买提伯克的声音：

  我失去两只矛隼失去了生命的欢乐，
  我的长吁短叹一时不断。
  失去你我的明灯顿时灭了，
  痛苦时我痛苦之源是你，我的孩子。

说道，伊尔艾力汗苏丹对着玉苏甫伯克会说什么呢：

  我失去两只矛隼失去了生命的欢乐，
  我的长吁短叹给一时不断。
  失去你我的明灯顿时灭了，
  痛苦时我痛苦之源是你，我的孩子。

  伊尔艾力汗的痛苦没有救药，
  没人与我同坐问我情况。
  没人与我同坐问我情况，
  失去你时我痛苦之源是你，我的孩子。

玉苏甫伯克、艾合买提伯克对伊尔艾力汗说：
"伊尔艾力汗岳父！我们是你的孩子玉苏甫伯克、艾合买提伯克，来看你了。"
伊尔艾力汗闻言后动动脖子：

  几年来人间我没有知心，

附 录

与我同坐问我情况的真心,
我痛苦时痛苦之源是你,我的孩子。

人间我没有知心,
与我同坐问我情况的真心。
失去时……

"你是谁啊孩子?"
"我们是你的儿子玉苏甫伯克、艾合买提伯克。"说着用土体亚土搽他脸。伊尔艾力汗苏丹睁开眼睛,对着玉苏甫伯克、艾合买提伯克说道:

我曾比厉害还厉害,
我曾是五脏俱裂。
我曾是个力大的步犁,
我曾比结晶还更受宠。

我的眼睛复明了,
重见世界了。

对着玉苏甫伯克、艾合买提伯克,失声痛哭的伊尔艾力汗会说些什么呢:

我曾比厉害还厉害,
我曾是五脏俱裂。
我曾是个力大的步犁,
我曾比结晶还更受宠。

我的眼睛复明了,

重见世界了。
及时离开坏人，
做了佳人之友。

"我的心肝宝贝儿子们，命运让我们团圆了。"说着，他们来城里生活了。玉苏甫伯克将自己的妻子娶为己有，艾合买提伯克将其妻子娶为己有之后，心想："别让他的婚姻毁灭"，将他们的妹妹喀尔丽哈奇罕阿依木许配给阿依汗为妻。许配给之后，伊尔艾力汗道：

"孩子，您即位做国王吧。"

"不然。我们这下罢休当国王，选择了乞丐之道。"

"我们要在这里空坐吗？我们得去埃及向古扎力夏赫报仇。"他们想这些，到玉苏甫伯克、艾合买提伯克游玩的艾斯喀尔山的后园，拿起手机，为了从七个世界，从四面八方喊招，他们会说什么呢：

侍卫乘满抬轿，
请生龙活虎前来。
请带去我们的致意，
让伯克们统统前来。

几年来烜世的，
向师父求学的。
见过古尔奥格里苏丹的，
让苏帕之子赶紧前来。

顿的道路是交交叉叉，
让他走越街道胡同。
毛拉霍加也不例外，

让夏努谢日甫统统前来。

从安集延和马尔吉兰，
请赶来四万户士兵。
让忠诚耿耿的，
互为相依的赶来。

伯克玉苏甫会道在我这个年龄，
你给我降临艰苦。
为了报死去的十名卫士的仇，
像吾守尔伯克的青年赶来。

且说玉苏甫伯克、艾合买提伯克率领几个卫士，站在艾斯喀尔山的果树茂密的地方，从七个世界召集士兵，道：

侍卫乘满抬轿，
请生龙活虎前来。
请带去我们的致意，
让伯克们统统前来。

顿的道路是交交叉叉，
让他走越街道胡同。
毛拉霍加也不例外，
让夏努谢日甫统统前来。

从安集延和马尔吉兰，
请赶来四万户士兵。

让忠诚耿耿的,
互为相依的赶来。

伯克玉苏甫会道在我这个年龄,
你给我降临艰苦。
为了报死去的十名卫士的仇,
像吾守尔伯克的好汉赶来。

说着,四处招兵。所有的士兵都到齐待命。吾守尔伯克总兵上前指挥,叫图为里克巴图尔,阿尔斯兰巴图尔,铁侃巴图尔等七个种类的巴图尔过来,图为里克巴图尔前去对吾守尔伯克总兵,道:
"喂,赤足!我不是拿到七个国王的赏赐嘛!"
图为里克巴图尔对着吾守尔伯克总兵会说什么呢:

我愿为你死活,
我见过苏丹之王海吾子汗。
我见过与格基体不停,不停作战的,
名扬四周的艾斯喀尔,啊艾斯喀尔山。

今世大家都有来又有走,
罢休了利益啊,利益与害处。
你倾听我可汗之子好汉的言讲,
我见过名扬四周的艾斯喀尔,啊艾斯喀尔山。

"我们受过夏依麦尔丹的赏赐。你是一个光脚小伙子。"说罢他们议论纷纷地往埃及出发,走到叫艾孜赫尔的一条河边,对古扎力说:
"古扎力夏赫!这下我向你发兵来了。我要向你报仇。"

"我要给你什么你才能原谅我呢？"

玉苏甫伯克道：

> 向我贡献四万匹金鞍马，
> 四万名少女四万种手艺。
> 四万只猎隼全带环把，
> 四万把砍砍全配好。

古扎力夏赫按要求全给他准备好。

"（这些东西）不够我千万之一的士兵用。"

"那要我给什么呢？"

"那就给我放出喀拉阔孜和布比尼雅孜！——她们俩出来了，——我要报仇。"道罢，将他的长剑对准古扎力夏赫国王。古扎力夏赫对着玉苏甫伯克、艾合买提伯克请罪。这下玉苏甫伯克、艾合买提伯克问："喀拉阔孜、布比尼雅孜在哪儿？"喀拉阔孜被带进来。玉苏甫伯克娶喀拉阔孜，艾合买提伯克娶布比尼雅孜，将坎拜尔老爷从牢里释放出来，让艾米孜米尔夏普当此城的国王，道："这下我们罢休了王位，选择了乞丐之道。"玉苏甫伯克、艾合买提将在埃及获取的战利品带给在自己故乡的几名受伤卫士，为了从埃及回到市内的房子，玉苏甫伯克、艾合买提伯克会说些什么呢？客人们想吃什么呢？话说故事就此结束了呀！

附录二：达斯坦艺人档案

一、本书采访的阿克陶和疏附县达斯坦艺人一览表

姓名	艾买提·喀斯木	西布力汗·买买提明	胡达拜尔地·库尔班	吾舒尔·麦麦提	喀迪尔·麦合苏提
性别	男	男	男	男	男
出生年	1938—	1938—2012	1945—2021	1941—2019	1932—2022
居住地	阿克陶县皮拉勒乡1大队5组	阿克陶县皮拉勒乡1大队5组	阿克陶县皮拉勒乡1大队4组	疏附县塔什米力克乡阿亚格提提尔村1组	疏附县沙依巴格乡库力其村8组
主要活动地点	目前不表演	阿克陶县内	阿克陶县内	疏附县、喀什市内	疏附县和喀什市以及国内演出
学习达斯坦时间（年）	1953—1956	1956—1968	1963—1967（抄录）	≈1975	≈1947—1957
会弹乐器	手鼓、都塔尔	手鼓、都塔尔	手鼓、都塔尔	都塔尔、坦布尔、热瓦甫、小提琴、唢呐、笛子	都塔尔、坦布尔、热瓦甫

（续表）

姓名	艾买提·喀斯木	西布力汗·买买提明	胡达拜尔地·库尔班	吾舒尔·麦麦提	喀迪尔·麦合苏提
会唱达斯坦	7部：《玉苏甫与艾合买提伯克》《乌尔丽哈与艾穆拉》《艾里甫与赛乃姆》《若仙老爷》《斯伊特与安萨热》《古尔奥格里苏丹》《帕尔哈德与西林》	5部：《玉苏甫与艾合买提伯克》、《乌尔丽哈与艾穆拉江》、《艾里甫与赛乃姆》、《若仙老爷》、《斯伊特—安萨热》	3部：《玉苏甫与艾合买提》、《乌尔丽哈与艾穆拉江》、《艾里甫与赛乃姆》	4部：《玉苏甫伯克与艾合买提伯克》、《若仙老爷》、《两位伊玛目》、《乌尔丽哈—乌尔扎皮然》	3部：《艾里甫与赛乃姆》、《玉苏甫与艾合买提》、《塔伊尔与左赫拉》
学习与演唱方式	拜师口耳学唱	拜师口耳学唱	照本自学，背诵	照本自学，念诵	照本自学，背诵与念诵相间
文化程度	初中毕业	不识字[1]	初中毕业	小学毕业	小学毕业
职业	农民	农民	农民	农民	农民

二、喀什地区其他达斯坦艺人[2]

除了以上笔者能采访到的达斯坦艺人，田野调查和资料搜集过程中笔者得知现在或过去在喀什地区活跃于民间的以下达斯坦艺人，笔者认为这些艺人同

---

[1] 西布力汗告诉笔者他没上过学，而当地有关他的一些资料里却提到他小学毕业。
[2] 前十二名艺人的信息引自赛帕尔·胡赛因、买买提吐儿逊·伊布拉音：《喀什民间艾勒乃格曼艺术》，《新疆社科论坛》2007年第6期，第51—54页。（作者和作品名音译）

样为维吾尔达斯坦的传承和保存起到了一定的作用。虽然他们大部分已经去世，但他们的名字依然在民间念念不忘。

1. 吐尔逊·萨依木（Tursun Sayim）

男，曾居住在莎车县霍什拉甫乡9组，已去世。

2. 依司马义·喀日（Ismayil Qari）

男，居住在麦盖提县巴扎结米乡恰木古鲁克村。

3. 艾力·库尔班（Eli Qurban）

男，曾居住在麦盖提县克孜勒阿瓦提乡塔塔尔吾斯塘村，已去世。曾以演唱《玉苏甫与艾合买提》而远近有名，民间称他为艾力克·达斯坦。

4. 艾拜杜拉（Äbeydulla）

男，现居住在英吉沙县乌恰乡包孜洪村。

5. 图尔洪·毛拉（Turdi Molla）

男，曾居住在英吉沙县艾古斯乡康帕村，已去世，60—70年代比较出名。

6. 图尔洪·木敏（Turdi Mömin）

男，现在英吉沙县文工团工作，擅于编诗歌，弹热瓦甫演唱达斯坦艺人。

7. 毛拉·艾穆子（Molla Hämzi）

男，英吉沙县乔勒潘乡人。

8. 乌麦尔·马木提（Ömär Mamut）

男，曾居住在莎车县米夏乡，70岁去世。

9. 麦尔丹·毛拉（Märdan Molla）

男，曾居住在巴楚县阿瓦提乡阿瓦提村，擅弹刀郎艾捷克，90岁去世。

10. 阿不力孜·喀日（Abliz Qari）

男，现居住在巴楚县色力布亚镇，弹都塔尔演唱达斯坦。

11. 哈太木·毛拉（Hatäm Molla）

男，曾居住在巴楚县阿拉格尔乡，80岁去世。

12. 尤力达西卡木·阔萨（Yoldishikam Kosa）

男，曾生居住在英吉沙，弹热瓦甫演唱《斯义提诺奇》、《阿不都热合曼霍加》等达斯坦，已去世。

13. 阿布拉汗·萨莱（Ablaxan Säläy）

男，现居住在巴楚县巴楚镇第一居委会。

14. 塔瓦库里·艾力（Tewekkul Eli）

男，现居住在麦盖提县克孜勒阿瓦提乡。

15. 阿吾提·艾勒乃格曼（Awut Älnäghmä）

男，曾居住在疏附县沙依巴格乡，以弹奏热瓦甫著称于喀什，1978年去世。

16. 阿不力孜·喀日（Abliz Qari）

男，疏附县沙依巴格乡人，识字，照本演唱达斯坦，阿吾提·艾勒乃格曼的徒弟。

17. 阿布都卡德尔·吾麦尔（Abdukadir Ömär）

男，曾居住在疏附县塔什米力克乡铁提尔村（9大队），已去世。

18. 买买提·阿巴拜克热（Mämät Ababäkri）

男，曾居住在疏附县塔什米力克乡，曾在塔什米力克乡棉花厂工作，已去世。

19. 拜合提亚尔·艾勒乃格曼（Bäxtiyar Älnäghmä）

男，曾居住在疏附县塔什米力克乡色日克阿塔村（现13大队），赴往莎车、叶城等县城表演，被疏附县人们称为是"达斯坦奇之最"，已去世。

20. 胡达拜尔地·依斯拉木（Xudabärdi Islam）

男，曾居住在疏附县塔什米力克乡艾斯开村（今4大队），3年前去世。

21. 达吾提·玛尔江眼（Dawutkam Marjanköz）

男，曾居住在疏附县塔什米力克乡，已去世。

此外，据《喀什民间艾勒乃格曼艺术》一文，喀什地区还曾有夏赫买买提、喀什市伯什克然木乡塔瓦库里·热瓦甫、喀什市的托乎提·热瓦甫、英吉沙县双胞胎兄弟热瓦甫琴手艾山与玉山等达斯坦艺人。

附录三：《玉苏甫与艾合买提》谱例

这一唱本共有 39 首歌，8 种曲调。其中，5 种为常用曲调，3 种曲调各出现一次。

谱例一　回舅父的信[1]

1　记谱人：中国音乐学院电子音乐专业研究生穆合甫拉。

2
41
yol -daš tə -nu ya -na yaχšɨ -dɯ ta-yaq,
46
kor kiši -gä vay yür -gä -nu yo -lɨ-ni bəl -dü -rür.
51
ya-man-lär-ni qo -yup bol-mas ra -yəγa,
56
üz(i) -ni bəlmäy vay -sa -la -ru γäm -nɨŋ
61
ǰa -yəγa.
mu-häb-bät -lik
66
bɨr mi-man käl-sä e -nïŋ ö yi γa,
70
qan-ǰïq išt - täk qa-va -ši - pu yo-lɨ -ni bel -dü -rär.

谱例二　与喀拉阔孜对歌[1]

1　记谱人：喀什职业技术学院教育艺术系教师热衣汗尼沙·艾则孜。

谱例三　舅父的劝告[1]

1　记谱人：喀什职业技术学院教育艺术系教师热衣汗尼沙·艾则孜。

谱例四　赞美家乡[1]

1　记谱人：中国音乐学院电子音乐专业研究生穆合甫拉。

谱例五　请仙鹤问候家人[1]

1　记谱人：中国音乐学院电子音乐专业研究生穆合甫拉。

附录四：手抄本图版

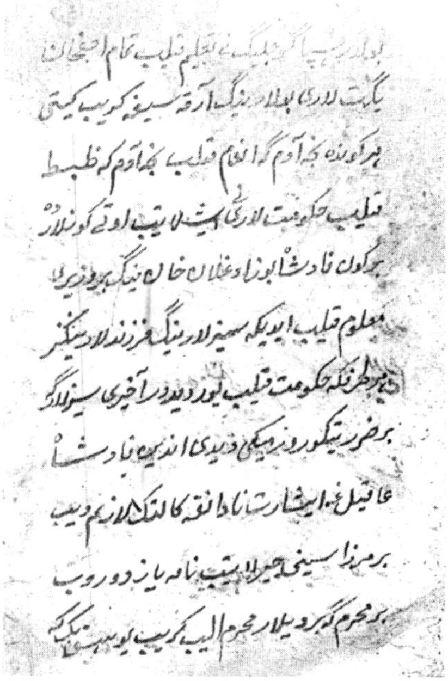

A003

01 bular sipā(h)gärčilikni täʿlīm qılıp tämām iṣfaḥān

02 yigitläri bularnıng arqasıġa kirip kätti

03 här kündä näčä ādämgä inʿām qılıp näčä ādämgä ẓabṭ

04 qılıp ḥukūmätlärni išlätip ötti künlärdä

05 bir kün fādišāh bozoğlanḫannıng bir väzīri

06 mäʿlūm qılıp aydı ki sizlärning färzändläringiz

07 här ṭäräfkä ḥukūmät qılıp yürüydur āẖīri sizlärgä

08 bir ẖirs yätkürürmiki dedi andın fādišāh

09 ʿāqīlğa išārät nādānğa kaltäk lāzim dep

10 bir mirzāsını čirlatıp nāmä yazdurup

11 bir mäḥrämgä bärdilär mäḥräm alıp kirip yūsuf bäkkä

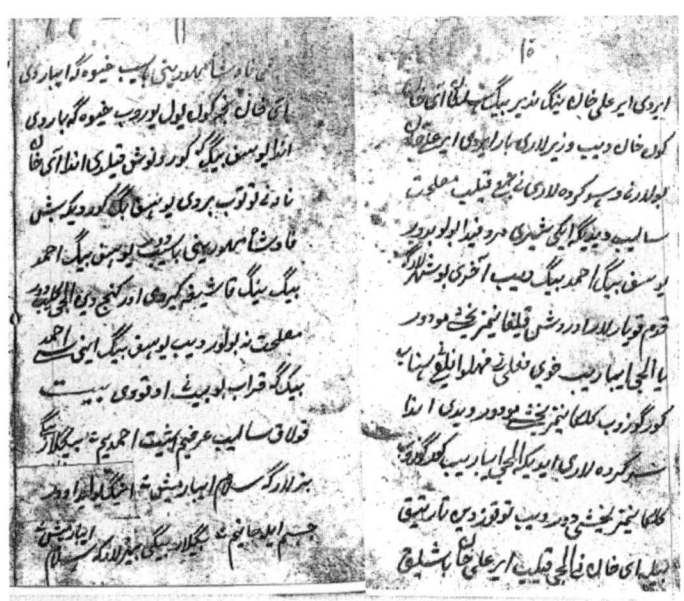

A010

01 erdi erʿäliẖannıng nädir beg sulṭān ayẖan

02 künẖan dep väzīrläri bar erdi erʿäliẖan

03 bularnı vä särkärdälärini cämʿ qılıp mäṣläḥät

04 salıp dediki iki šīr-i märd fäydā bolubdur

05 yūsuf beg äḥmäd beg dep āẖiri bu šähärlärgä

06 qädäm qoyarlar uruš qılğanımız yaẖšımudur

07 ya älči ebärip ẖuy fiʿlini fähläväṇlıqını sınap

08 körgüzüp kälgänimiz yaẖšımudur dedi anda

09 särkärdäläri aydı ki älči ebärip körgüzüp

10 kälgänimiz yaẖšıdur dep toquzdın tartıq

11 bilä ayẖannı älči qılıp erʿäliẖan bašlıq

A011

01 bäš fādišāh muhrını basıp ẖīvägä ebärdi

02 ayẖan näčä kün yol yürüp ẖīvägä bardı

03 anda yūsuf begkä körünüš qıldı anda ayẖan

04 nāmäni tutup bärdi yūsuf beg kördiki bäš

05 fādišāh muhrını basıpdur yūsuf beg äḥmäd

06 begning qašığa kirdi örgänčdin älči kälipdur

07 mäṣläḥät nä bolur dep yūsuf beg äḥmäd

08 begkä qarap bu bäytni oqudı bäyt

09 qulaq salıp ʿärẓim ešit äḥmidim ∴ beglär begi

10 bizlärgä sälām ebärmiš ∴ anıng yolıdadur

11 cism ilä cānım ∴ beglär begi bizlärgä sälām ebärmiš ∴

A150

01 der bilsäng meni ∴ bizningki ellär qaydadur ∴ {cävāb} manga lāzim kök ä'lā ∴

02 közüm cādu ḥösnüm rä'na ∴ sorasang mening aṭım zuhrāh ∴ bilmäymä(n) cāyıng qayda

03 dur dep älqiṣṣä yūsuf beg zuhrāh qız bilä sözläšip tursalar cuvān

04 nıng aččığı kälip kūzäsini yüdüp ẖäfā bolup kätip barur erdi cuvān

05 nıng ayağı bir tašqa tegip yıqılıp tüšüp kūzäsi sinip kätti äḥmäd beg

06 cuvānnıng ẖäfā bolğanını bilip cuvānnıng könglini bir ẖuš qılıp qoyay

07 dep cuvānnıng šä'nigä bu bäytni oqudı bäyt mänmänlik

08 ning qädrini cuvān bilür qız nä bilsün ∴ 'āšiqlıqnıng qädrini cuvān

09 bilür qız nä bilsün ∴ qollarıda ṭilā üzük ∴ cuvānnı kördüm män tüzük ∴

10 köngül alur tili süčük ∴ cuvān bilür qız nä bilsün ∴ qıznıng läbidä calı

11 bar ∴ cuvān yüzidä ẖālı bar ∴ 'āšiqlıqnıng köp yolı bar ∴

12 cuvān bilür qız nä bilsün ∴ qıznıng boynıda bar ṣädäf ∴ cuvānda bar

13 ẖulq–u ädäb ∴ kiši bilmäs qädrin 'äcäb ∴ cuvān bilür qız nä bilsün ∴

14 tišqa salıpdur tiš ẖālı ∴ läbidin tökülür balı ∴ cuvānnıng bar

15 bir ẖiyālı ∴ cuvān bilür qız nä bilsün ∴ *sačbaq uzun yoqtur kiši* ∴

A151

01 cuvān köngli sösni läbidin bärsä busäni ∴ cuvān bilür qız

02 nä bilsün ∴ kündüz barsa köpdur nāzi ∴ käčä barsa qılur bāzi ∴

03 väqti säḥär ẖuš āvāzı ∴ cuvān bilür qız nä bilsün ∴ qız tošqanğa

04 oẖšaydur cuvānnı körsä toẖtaydur ∴ özini tola maqtaydur ∴

05 cuvān bilür qız nä bilsün ∴ qız qıladur köp ẖärẖäsä ∴ cuvān

06 giyāhdur bir fīšä ∴ yigit üčün köp ändišä ∴ cuvān bilür

07 qız nä bilsün ∴ qıznıng köngli eldin nari ∴ cuvān ärning häm

08 bästäri ∴ kičiklikdin väqt qari ∴ cuvān bilür qız nä bilsün ∴

09 ʿäläm ẖälqi bilmäysizlär ∴ cuvān tašlap qız dersizlär ∴ cuvān qädrin

10 bilmäysizlär ∴ cuvān bilür qız nä bilsün ∴ qız qoyadur osmaların ∴

11 cuvāndın sorağıl suʾālın ∴ äḥmäd begning ʿärẓ–i ḥālın ∴ cuvān

12 bilür qız nä bilsün(∴) dep älqiṣṣä äḥmäd begdin cuvān bu sözni

13 eštip toquz taʿzim qılıp olturdılar emdi äḥmäd begning cuvān

14 din suʾāl sorağanı suʾāl äḥmäd kūzäsini sindurğan cuvān ∴

15 ẖäbär bärgil elläringdin ∴ nāzukum su bär ičäy bir fiyalä qolların

附录五：艺人访谈录

阿克陶县虽属克孜勒苏柯尔克孜自治州管辖，从地理位置上讲，却地处喀什地区，四周是喀什疏勒县和疏附县的乡村。阿克陶县皮拉勒乡离疏附县萨依巴格乡只有几公里，两乡间也有直达公交车，交通很便利。因为两乡集市日不在一天，一般这两乡的农民会去对方乡村的集市做买卖。在与三位艺人的访谈中我发现他们互相听说过各自乡村的达斯坦传唱艺人。

1. 西布力汗·买买提明（Shibbilxan Mämät'imin）访谈录

时间：2011年1月

地点：阿克陶县西布力汗家

在西布力汗·买买提明（Shibbil Mämät）老人家，他给我们弹唱"艾利夫与赛乃木"的片段后，幽默、善谈的老人家开始跟我聊天。

西布力：嗨，小时候在麦西莱甫活动看到达斯坦艺人坐在炕上嘉宾位置，大家都目不转睛地盯着艺人们听他们说唱，尤其是女人特别喜欢能弹能唱的，我就对学达斯坦产生好奇，心想"一定要学好达斯坦，赢得那些女人的心，让她们知道我比这些达斯坦艺人更厉害"。后来在麦西莱甫等娱乐活动中我就想尽办法坐在离达斯坦艺人不远的地方，听他们唱，渐渐就能唱几句、几段了。后来在麦西莱甫活动中我自己也能单独表演了。之前去一些场所唱达斯坦，我的大儿子穆坦力甫还曾为我伴手鼓，现在唱达斯坦也成了复古。有一次我请客人在家吃饭，我刚要过马路时一辆摩托车把我给撞倒了，在喀什二医院三昼夜才醒过来。要是那个时候我没了的话，现在也就……嗨，我康复以后，去了几十个人的葬礼。

笔者：夏天还有活动吗？

西布力：有，夏天有"百日活动"。我要么唱玉苏甫伯克写给他妻子的信，要么就唱玉苏甫伯克在地牢里对鹤唱的一段，不唱太长。现在我是那个文化遗产的传承人，我跟我们团的人说"我不是演员跟你们一起表演的"。我们这里的人看我们成出的碟子，要我给他们唱，我开玩笑说："我没时间给你们这些小人唱，先去宰羊吧，我会昼夜唱给你们听。"

笔者：您现在还种地吗？

西布力：嗯，在公社时代我爸爸被当成富农，给公社捐磨坊……现在还种地，不过地不多。

笔者：您父母亲或其他亲属会弹琴吗？

西布力：我爸爸会弹都塔尔，哥哥会弹热瓦甫。

笔者：您什么时候开始学达斯坦的？

西布力：我从十八岁开始学的。

笔者：您是怎么学弹琴的？

西布力：我首先看别人弹而学的。后来去向师父学习的时候，是他教我的。

笔者：能给我讲一下您找您师父学达斯坦的过程吗？

西布力：我小时候去某人家的麦西莱甫活动，我师父（当时还不认识）跟他弟弟来参加，而且是"三十位小伙子"[1]的带头人。主人（举行麦西莱甫的房子的主人）给三十位小伙子每人一碗茶水和一个小馕，我们小孩儿在一边挤着看他们吃。由于人多，主人经济状况常常不允许，除了主演的三十位小伙子，其他前来观看麦西莱甫的人不一定都有机会尝尝主人摆上来的美食。主人用拐杖把我们捅走，我们过一会儿就趁主人没注意偷偷进来，躲在床底下，三十位小伙子每人吃一碗汤面以后开始唱歌。在周围观看他们唱的女人都随着他们的

---

[1] 麦西莱甫活动的主要参与者由30个小伙子和9个姑娘组成，他们是活动中各项节目的主要人物。——根据艾买提·喀斯木的口述资料。

歌声变得特别激动，她们都妒羡地注视我师父，一直到唱完。然后，我就学会了《玉苏甫与艾合买提伯克》中的玉苏甫伯克和艾合买提伯克被坏人绑走的三段诗。公社时代，我赶着驴车老要唱那三段，大家都取笑我，说我多嘴。正在我梦寐以求当一名民间艺人的时候，我师父的哥哥退伍来到我们这里的制革厂工作。我在那里养马，跟他说"你那个弟弟特别傲气，他连三十位小伙子都不放眼里"。他说："我弟弟不是那样的人。要不要跟他做朋友呢？"有一天师父来我们这边找他哥哥。哥哥问他来意，他说他那边白天劳动，晚上又让他唱歌，弄得疲惫不堪。然后我请他来我家，就这样我也有机会认识他了，后来我们便成了好朋友。他去什么地方都带我去，把我介绍给大家。他唱歌时，他说什么，我就跟着他说。我自己单独唱的时候，也没人插嘴，大家都说我唱得很好，我就越唱越兴奋。就这样我就越来越熟练了。

笔者：您师父是怎么样教您演唱的？

西布力：师父弹都塔尔，我坐在师父旁边敲手鼓跟着师父唱。慢慢地能唱很长一段。

笔者：如果您忘记歌词，想不起来的时候师父会生气吗？

西布力：当然！师父还会用筷子般的东西打我的手。虽然不痛，不过还是很害怕惹师父生气的。

笔者：先学说唱还是弹琴的呢？

西布力：先学说唱再学弹的。

笔者：您现在能唱哪些达斯坦？

西布力：我之前会的还比较多，现在活动少，唱得也不多。现在我会唱的主要有五个：《玉苏甫与艾合买提伯克》《乌尔丽哈与艾木拉》《艾里甫与赛乃姆》《若仙老爷》和《斯伊特与安萨热》等。

笔者：您学达斯坦多长时间后开始有徒弟了？

西布力：我是十八岁开始学的，当年应该是1955年。我是1966年收我的第一个徒弟的。这样的话，我开始学达斯坦演唱大概十一年以后，我才成为师父了。

笔者： 您的徒弟们现在都从事什么职业呢？

西布力： 我的徒弟都来自农民家庭，现在他们几乎都务农，不唱达斯坦了。

笔者： 他们为什么没跟着您演唱呢？

西布力： 我们这样靠表演挣钱养家糊口的人现在生活太艰苦了。之前表演活动次数多，听众也多，一场演出听众给的钱也相当多。而现在呢，光靠达斯坦演唱，生活就得不到保障。他们还年轻，可以去找别的活儿谋生。

笔者： 您儿子当中有没有可以配合您一起唱的呢？

西布力： 我有三个儿子，只有老大能配合我演唱，主要是给我敲鼓。他有汽车修理厂，平时在那里工作。其他两个儿子都不会唱达斯坦。

笔者： 您平时什么时候，在哪儿演唱呢？

西布力： 一般在县文化宫的组织下，赴各乡表演。我们每年都有任务要完成。[1]

图1　西布力汗老人及其夫人在自家院子（2011年12月1日）

1　阿克陶县文化馆于2006年由该县各乡、镇的25名民间艺人组建了"阿克陶县木卡姆麦西莱甫演出队"。平日，民间艺人每周在文化馆集中排练两次，有演出时，每天排练。每次演出至少要有2—3个新节目。组建以来，演出队先后在各乡、镇、村县文化广场及阿图什市人民广场演出158场次，观众约达120000人/次。——根据阿克陶县文化馆提供的"阿克陶县民间艺人演出队情况"，2009年7月。

图2 西布力汗与卧床不起的阿巴斯·哈吉（2010年2月23日）

2. 吾舒尔·麦麦提（Hoshur Mämmät）访谈录

时间：2010年2月

地点：塔什米力克乡艺人家

在疏附县塔什米力克乡，笔者访问了达斯坦艺人吾舒尔·麦麦提（Hoshur Mämmät）老人。吾舒尔老人小学毕业当民间演员。老人虽然看书弹唱，不过对达斯坦抱有热爱之情。他找到达斯坦歌词，根据内容自己创造达斯坦的曲调。

笔者：是什么使您对达斯坦产生这种浓厚的兴趣呢？

吾舒尔：我听达斯坦艺人弹唱就喜欢上达斯坦，后来自己找来歌词学了一些达斯坦。

笔者：您是先向别的艺人学的还是都是自学的呢？

吾舒尔：我对达斯坦产生一种感情之后，有一天我们17大队的一位艺人来我们大队。我看到他就缠着他不放，要求他给我讲一个达斯坦。然后他就给我讲《若仙老爷》，我记下歌词。他走后，我看歌词给《若仙老爷》这部达斯坦作曲。后来，开始在麦西莱甫活动中弹唱这部达斯坦。不过不到十点（晚上），达斯坦就结束，小伙子们都开始乱玩游戏。我觉得那样不好，我就再去找达斯坦，并找到《玉苏甫伯克—艾合买提伯克》。

笔者：您是怎么找到的呢？

吾舒尔：找到一本政府出版的书，不过字体特小，我花三个月的时间把它全部抄到两本笔记本里。给它也作曲。后来加了《乌尔丽哈—乌尔扎皮然》，这些也是从书中学到的。

笔者：这些书您又是在哪儿找到的呢？

吾舒尔：之前在我们13大队有个民间演员叫买买提·阿布拜客日，我和他一起唱一段时间，后来他去世了，然后我从他家里拿来抄下来了。《乌尔丽哈—乌尔扎皮然》的原文我不会读，我叫会读的人帮我解读。

笔者：《乌尔丽哈—乌尔扎皮然》的大意是什么呢？

吾舒尔：她们俩是姐妹，她们被称为仙女。她们俩始终就抢一个男的。

笔者：您孩子当中有会唱达斯坦的吗？

吾舒尔：我孩子都上过学。一个儿子会敲鼓，不过他有家了，要维持他自己的家，所以不跟我一起演唱啦。

图3　吾舒尔·麦麦提老人在乡文化站（2010年2月2日）

笔者：您会弹哪些乐器呢？

吾舒尔：首先学的是小提琴。当时我在公社当演员，就在那里学的小提琴。后来又学了都塔尔和热瓦甫。不过，最拿手的还是小提琴和都塔尔。

笔者：现在年轻人喜欢学小提琴，那您还教过别人弹小提琴吗？

吾舒尔：有，很多，在我们团里就有十几个小伙子，都是我教的，他们比我厉害。

笔者：您当年是怎么当成演员的呢？

吾舒尔：1952年乡里要演员，就从各地收集演员。我小学毕业就当演员了。当时我们表演是要售票的，除去油费等开支其他的钱就分给我们。

笔者：您从来就看书唱达斯坦吗？

吾舒尔：一直看着书唱。达斯坦那么长，根本背不下来。

笔者：您平时唱多久呢？

吾舒尔：我平时就按照群众要求，唱一两段。如果要把《玉苏甫伯克—艾合买提伯克》录制成录像带的话也得录成7—8个带呢。

笔者：表演活动哪个季节最多？

吾舒尔：冬天多。主要是在麦西莱甫活动里表演。

笔者：达斯坦的曲调都不一样吗？

吾舒尔：不一样，有10—12种，甚至有15种曲调。

笔者：您平时多唱哪个达斯坦呢？

吾舒尔：我多唱《玉苏甫伯克—艾合买提伯克》。《玉苏甫伯克—艾合买提伯克》和《艾力甫与赛乃木》是情诗。我没有《艾力甫与赛乃木》的书，所以不唱这个。

笔者：平时在什么样的场合唱达斯坦呢？

吾舒尔：平时在麦西莱甫活动里唱，唱半个小时左右。之前在婚礼也唱的，现在婚礼有电子琴等乐器，不唱达斯坦了。

笔者：现在除了麦西莱甫，还有别的表演活动吗？

吾舒尔：现在就麦西莱甫了。之前麦西莱甫活动是轮流在家里举行的，这周日晚上在张三家，下周日又是在李四家。

笔者：你们去表演的时候穿你们自己的便服吗？

吾舒尔：我们跟团去表演的时候，团里有演出服。麦西莱甫活动中弹唱就穿便服。

笔者：您唱达斯坦经济方面会对您的生活有帮助吗？

吾舒尔：现在什么都得不到！所以我也气得不唱了。有一年从乌鲁木齐来了些人，给他们唱将近三个小时，他们给了我一点钱。记得小时候有唱达斯坦的，现在没有人会唱了。现在大家都看电视，欣赏电视里的老虎、狼、狮子……之前会唱达斯坦的人会被请到某人家里，主人宰羊请客，边吃边唱。

笔者：麦西莱甫活动中观众不表示他们的心意（钱）吗？

吾舒尔：什么都没有，他们就有"谢谢"。

笔者：您亲戚当中还有人会唱吗？

吾舒尔：我爸爸是民间艺人，九十岁过世，当时我才十一岁[1]，没来得及向爸爸学一点达斯坦。

笔者：您儿子冬天闲暇了会干什么活儿吗？

吾舒尔：我老小今年二十四岁，是1991年出生，他冬天什么都做不了，到了夏天会做粗活儿赚钱。

由于那天天气很晴朗，文化站工作楼前面的大院子里比肩接踵地站满打台球的小伙子，街道上也同样熙熙攘攘，很有生气。尤其是一到十字路口就能看到老中年男人这儿几个那儿几个地聚集在一起，讨论他们的所见所闻。最让笔者吃惊的是，这里的人对这个乡村从哪儿来了个什么样的客人，哪个大队的张三李四今天来集市买什么东西等消息都彼此一清二楚。你可以随便找一个人问某人的家在哪儿，他准会提供你要找的人今天在不在家或者去哪里，他的什么亲戚家就在附近等一系列的信息。这里你不用

---

[1] 老人说的数字可能不准确，笔者没有改动。

担心迷路，更不用担心时间晚了回不去，整个乡村的家家户户都对来乡村的每一位客人格外地热情、好客。文化站的站长告诉笔者他们文化站的活动一般会在路边的大广场上举行，文化站的演员们正在为此忙碌。吾舒尔老人也一再请笔者常来他们家做客。因为笔者还得赶往萨依巴格乡，遂告别塔什米力克乡，在文化站门口坐上了一辆去往县城的公交车，可以在萨依巴格乡下车。

3. 卡迪尔·麦合苏提（Qadir Mäxsut）访谈录

结束与吾舒尔老人的访谈，笔者来到萨依巴格乡文化站，这里的院子里同样满满是打台球的小伙子。不过文化站办公室里没有人，笔者只好去乡政府找有关工作人员获取艺人的相关信息。笔者到达艺人卡迪尔·麦合苏提家时，老人在休息。老人得支气管炎，肺部发炎严重，说话气喘吁吁相当吃力。不过老人仍然要跟笔者谈他学达斯坦的经历。

笔者：您是向谁学达斯坦演唱的？

卡迪尔：我当棉麻公司经理去塔什米力克，那里有位艺人叫达吾提玛尔将眼（玛尔将眼是外号），我听他唱就爱上了达斯坦。我在那里待了五年，二十岁开始学达斯坦，三十岁学会《玉苏甫与艾合买提伯克》。首先学的是《艾力甫与赛乃姆》。

笔者：除了您刚才提到的达吾提玛尔将眼，您还听说过别的达斯坦艺人吗？

卡迪尔：我还向著名热瓦甫演奏家达吾提·阿吾提的父亲阿吾提热瓦甫和阿布力孜卡日学唱的。

笔者：您是怎么学会弹琴的？

卡迪尔：我是小学毕业。我年轻时，公社招集演员，我也参加。那时手里拿到什么乐器就随便弹一下，不过最后还是学会了弹热瓦甫和坦布尔。1952年正式当干部，因工作需求去塔什米力克乡，在那里又喜欢上都塔尔，现在也仍然特别喜欢都塔尔。

笔者：您一般在什么样的场所演唱呢？

卡迪尔：曾经在麦西莱甫活动中演唱，由于我身体不好，我们这里的麦西莱甫活动也没有了。有时候还把我叫到餐厅给他们唱几首，不过我会要求他们不要在电视里播放。我是个上了年纪的人，不好意思拖着胡子去组织麦西莱甫活动。今年冬天我这病相当折磨我，吃气管炎的药对血压不利，想治好血压吃点凉性的，气管炎就立即复发。到夏天吃点蔬菜水果就会好起来。

笔者：您是怎么学达斯坦的呢？

卡迪尔：是看书学的。我当年把歌词抄在笔记本上，本子页面一角印有一些年轻人的图片。他们看到我本子上那些图片，以为我有本印有玉苏甫和艾合买提伯克图片的书。

笔者：您能唱哪些达斯坦？

卡迪尔：《艾力甫与赛乃姆》《玉苏甫与艾合买提》《塔伊尔—左赫拉》这三个。前几年上级叫我去参加一个活动，到那里我说我没有书就唱不了，参加活动的官方人给我找本名叫《玉苏甫与艾合买提伯克》的书，是五块多。我很后悔当时没有复印留一本，后来我回到喀什去几家书店都找不到那本书了。

笔者：您孩子当中有没有学过达斯坦的？

卡迪尔：我孩子都不会，我也不能逼迫他们学。现在孩子们都喜欢看电视。

图4　在家休养的卡迪尔·麦合苏提老人（2010年2月2日）

4. 艾买提·喀斯木（Ämät Qasim）访谈录[1]

艾买提·喀斯木是阿克陶县曾经最为有名的达斯坦艺人，后来因为生活上的遭遇，放弃演艺。笔者第一次访谈艾买提老人是2010年，由于艺人拒绝访谈，笔者没能获得艺人的详细信息。目前，老人由于血管堵塞，已卧床不起，老人虽然很高兴笔者前来采访艺人，却仍不想回想自己达斯坦学习和演唱的经历。

笔者：您最后一次什么时候演唱达斯坦呢？

艾买提：今年（2023年）4月份来了两位老师，给他们唱了四部达斯坦，《玉苏甫与艾合买提》《乌尔丽哈与艾木拉》《艾力甫与赛乃姆》等。

笔者：那些达斯坦您还记得吗？

艾买提：还记得。

笔者：您几岁开始学的？

图5　艾买提·喀斯木（2023年10月8日）

艾买提：我十五岁开始学的。我小时候爸爸送我去的学校离家远，让我在哈吉·艾勒乃格曼家里住宿上学。哈吉孩子多，家庭经济条件也不好。他去哪里演唱，让我帮他拿乐器。我经常跟着他到处跑，学校也不去了，一直到1956年，跟着他。

笔者：您都学了哪些达斯坦？

艾买提：我学了五部，《玉苏甫与艾合买提》《斯伊特与安萨热》《乌尔丽哈与艾木拉》《若仙老爷》《艾力甫与赛乃姆》。

笔者：后来就您自己演唱了么？

---

[1] 2023年10月8日，在阿克陶县皮拉勒乡，艺人家田地里。

艾买提：后来我回来之后，我们这里有个人叫西布力汗，他会打手鼓，他就对我唱的达斯坦感兴趣，给我伴奏打鼓，跟着我学了五六年。后来我生活发生很大的变化，遇到了很多麻烦，所以就不想唱了，再也没唱过了。

参考文献

（按作者姓名音序排列）

一、工具书

（一）中文类

1. 北京大学东方语言文学系波斯语教研室编：《波斯语汉语词典》，北京：商务印书馆，2017年。
2. 北京大学外国语学院阿拉伯语系编：《阿拉伯语-汉语词典》，北京：北京大学出版社，2009年。
3. 殷海山、李耀宗、郭洁编：《中国少数民族艺术词典》，北京：民族出版社，1991年。
4. 刘波主编：《中国民间艺术大辞典》，北京：农村读物出版社，1990年。
5. 廖泽余、马俊民编：《维汉词典》，乌鲁木齐：新疆人民出版社，2009年。
6. 阮智富、郭忠新编著：《现代汉语大词典》上册，上海：上海辞书出版社，2009年。
7. 铁木尔·达瓦买提主编：《中国少数民族文化大辞典》（西北地区卷），北京：民族出版社，1999年。
8. 中国大百科全书总编辑委员会编：《中国大百科全书》（戏曲、曲艺卷），北京：中国大百科全书出版社，1983年。
9. 周伟洲、丁景泰主编：《丝绸之路大辞典》，西安：陕西人民出版社，2006年。

（二）维吾尔文类

1. 阿不利孜·亚库甫等编：《现代维吾尔语详解词典》，北京：民族出版社，1990年。

2. 艾则孜·阿塔吾拉萨尔特肯编：《维吾尔文出版著述目录》，乌鲁木齐：新疆大学出版社，2004年。

3. 海木都拉·阿不都热合曼等编：《维吾尔语外来词详解词典》，乌鲁木齐：新疆人民出版社，2001年。

4. 买买提吐尔逊·巴吾东等编著：《察哈台语详解词典》，乌鲁木齐：新疆人民出版社，2002年。

5. 吾拉木·吾普尔：《维吾尔方言词典》，北京：民族出版社，1986年。

（三）外文类

1. Chris Baldick. *Oxford Concise Dictionary of Literary Terms*, New York: Oxford University Press, 1990

2. Francis Joseph Steingass. *A Comprehensive Persian-English dictionary, including the Arabic words and phrases to be met with in Persian literature*, London, 1998.

3. Sir Gerhard Clauson: *An Etymological Dictionary of Pre-Thirteen-Century Turkish*. London: Oxford University Press, 1972.

二、著作

（一）中文类

1. 阿布都外力·克热木：《尼扎里的"达斯坦"创作研究》，北京：民族出版社，2005年。

2. 阿布都外力·克热木：《维吾尔族民间口承达斯坦研究》，北京：中国社会科学出版社，2014年。

3. 阿地里·居玛吐尔地：《中亚民间文学》，银川：宁夏人民出版社，2008年。

4. 阿地里·居玛吐尔地：《中国〈玛纳斯〉学读本》，北京：中央民族大学出版社，2018年。

5. [美]阿尔伯特·贝茨·洛德：《故事的歌手》，尹虎彬译，北京：中华书局，2004年。

6. [法] A.H. 丹尼、[法] V.M. 马松主编：《中亚文明史》第1卷，芮传明译，北京：中国对外翻译出版公司、联合国教科文组织，2002年。

7. 艾娣雅·买买提：《一位人类学者视野中的麦西莱甫》，北京：民族出版社，2006年。

8. 毕桪主编：《民间文学概论》，北京：民族出版社，2004年。

9. 朝戈金：《口传史诗诗学：冉皮勒〈江格尔〉程式句法研究》，南宁：广西人民出版社，2000年。

10. 朝戈金：《史诗学论集》，北京：中国社会科学出版社，2016年。

11. 杜亚雄、周吉编：《丝绸之路的音乐文化》，苏州：苏州大学出版社，2015年。

12. 陈岗龙、张文奕主编：《东方民间文学》（上、下），北京：北京大学出版社，2021年。

13. 陈浩译注：《乌古斯》，北京：商务印书馆，2023年。

14. 程适良：《现代维吾尔语语法》，乌鲁木齐：新疆人民出版社，1996年。

15. [匈]格雷戈里·纳吉：《荷马诸问题》，巴莫曲布嫫译，桂林：广西师范大学出版社，2008年。

16. 耿世民译：《乌古斯可汗的传说（维吾尔族古代史诗）》，乌鲁木齐：新疆人民出版社，1980年。

17. 耿世民：《维吾尔古代文献研究》，北京：中央民族大学出版社，2003年。

18. 何自然、冉永平：《语用学概论》，长沙：湖南教育出版社，2006年。

19. 黄中祥：《哈萨克族叙事诗〈阔孜库尔佩西与芭艳苏露〉版本比较研究》，北京：民族出版社，2012年。

20. 黄中祥：哈萨克族爱情叙事诗，北京：民族出版社，2016年。

21. [德]卡尔·赖希尔：《突厥语民族口头史诗：传统、形式和诗歌的结构》，阿地里·居玛吐尔地译，北京：中国社会科学出版社，2011年。

22. 郎樱：《〈玛纳斯〉论》，呼和浩特：内蒙古大学出版社，1999年。

23.［美］理查德·鲍曼：《作为表演的口头艺术》，杨利慧、安德明译，桂林：广西师范大学出版社，2008年。

24. 李炳泽：《口传诗歌中的非口语问题——苗族古歌的语言研究》，北京：民族出版社，2004年。

25. 刘钊：《〈先祖阔尔库特书〉研究（转写、汉译、语法及索引）》，北京：中央民族大学出版社，2017年。

26. 林焘、王理嘉：《语音学教程》（增订版），北京大学出版社，2013年。

27. 马大正、冯锡时主编：《中亚五国史纲》，乌鲁木齐：新疆人民出版社，2000年。

28. 马学良、梁庭望、李云忠编：《中国少数民族文学比较研究》，北京：中央民族大学出版社，1997年。

29. 诺布旺丹：《艺人、文本和语境》，西宁：青海人民出版社，2014年。

30.［俄罗斯］普罗普：《故事形态学》，贾放译，北京：中华书局，2006年。

31. 冉永平：《语用学：现象与分析》，北京：北京大学出版社，2006年。

32. 热依汗·卡德尔：《〈福乐智慧〉与维吾尔文化》，呼和浩特：内蒙古人民出版社，2003年。

33. 施爱东：《故事法则》，北京：生活·读书·新知三联书店，2021年。

34. 石泰安：《西藏史诗和说唱艺人》，耿昇译，北京：中国藏学出版社，2005年。

35.［瑞士］沃尔夫冈·凯塞尔：《语言的艺术作品》，陈铨译，上海：上海译文出版社，1984年。

36.［美］沃尔特·翁：《口语文化与书面文化：语词的技术化》，何道宽译，北京：北京大学出版社，2008年。

37. 乌丙安：《民间文学概论》，沈阳：春风文艺出版社，1980年。

38.［日］西村真志叶：《中国民间幻想故事的文体特征》，北京：中国社会科学出版社，2018年。

39.［古希腊］亚里士多德：《诗学》，罗念生译，北京：人民文学出版社，1982年。

40.［英］詹·乔·弗雷泽：《金枝》，徐育新、汪培基、张泽石译，北京：中国民间文艺出版社，1987年。

41. 易朝晖：《泰语外来词同化现象研究》，广州：世界图书出版广东有限公司，2012年。

42. 尹虎彬：《古代经典与口头传统》，北京：中国社会科学出版社，2002年。

43. ［美］约翰·迈尔斯·弗里：《口头诗学：帕里—洛德理论》，朝戈金译，北京：社会科学文献出版社，2000年。

44. 郁龙余、孟昭毅主编：《东方文学史》，北京：北京大学出版社，2004年。

45. 张鸿年：《波斯文学史》，北京：北京大学出版社，1993年。

46. 张玉安、陈岗龙主编：《东方民间文学概论》，北京：昆仑出版社，2006年。

47. 钟敬文：《民间文学概论》，北京：高等教育出版社，2010年。

48. 钟敬文：《民俗学概论》，北京：高等教育出版社，2010年。

（二）维吾尔文类

1. 米尔苏里唐·乌斯曼诺夫：《现代维吾尔语方言》，乌鲁木齐：新疆青少年出版社，1990年。

2. 买买提江·萨迪克：《论维吾尔民间口头文学》，乌鲁木齐：新疆人民出版社，1995年。

3. 铁木尔·达瓦买提主编：《中国维吾尔麦西莱甫》，乌鲁木齐：新疆人民出版社，2009年。

4. 维吾尔民间文学大典编委会编：《维吾尔民间史诗》，乌鲁木齐：新疆人民出版社，2006年。

5. 新疆维吾尔自治区少数民族古籍收集、整理、规划出版领导小组办公室编：《维吾尔、乌兹别克、塔塔尔古籍名录》，喀什：喀什出版社，1989年。

（三）外文类

1. Bodrogligeti, Andras J. E. *A Grammar of Chagatay*, Muenchen: Lincom Europa, 2001.

2. Bert Vaux, Justin Cooper, Emily Tucker, *Linguistic Field Methods*, Oregon Wipf and Stock Publishers, 2006.

3. Campbell, Lyle, *Historical Linguistics: An Introduction,* Edinburgh: Edinburgh University Press, 1966.

4. Çobanoğlu, Özkul. *Türk Dünyası Epik Destan Geleneği*. Akçağ Press, 2003.

5. Eckmann, János, *Chagatay Manual,* Bloomington: Indianna University Publications, 1966.

6. Erol, Hülya Arslan. *Bozoğlan (Yüsüf Beg-Ahmed Beg) destanı : inceleme, metin ve dizin.* Akçağ Press, 2008.

7. Givon, Talmy, *Syntax: An Introduction*, Amsterdam: John Benjamins Publishing Company, 2001.

8. H.Vámbéry: *Jusuf und Ahmed*, Budapest, 1911.

9. Heda Jason, Motif, *Type and Genre*, Helsinki: Academia Sceientiarum Fennica, 2000.

10. Mehmet, Abdulhakim, *Uyghur Halk Destanları ve Destancılık Geleneği Üzerine Araştırmalar*, Elik Press, 2010.

11. Nora K. Chadwick, Victor Zhirmunsky: *Oral Epic of Central Asia*, Cambridge: Cambridge University Press, 1969.

12. Olrik, Axel, *Principles for Oral Narrative Research*, Trans. by Kirsten Wolf and Jody Jensen, Bloomington and Indianapolis: Indiana University Press, 1992.

13. Payne, E. Thomas, *Describing Morphosyntax ___ A Guide for Field Linguists*, Cambridge: Cambridge University press, 1997.

14. Özkan, İsa, *Yusuf Bey-Ahmet Bey (Bozoğlan) Destanı*, Kültür Bakanlığı Yayınları, 1989.

三、论文

1. 阿不都克里木·热合满:《维吾尔族民间长诗的演唱形式及其艺术特色》, 张宏超译,《民族文学研究》1987年第1期。

2. 阿不都热西提·亚库甫:《鄂尔浑－叶尼塞碑铭语言名词的格位系统》,《新疆大学学报》(哲学社会科学版) 1993年第1期。

3. 阿不都热西提·亚库甫:《古代维吾尔语摩尼教文献语言结构描写研究》, 中央民族大学博士学位论文，1996年。

4. 阿不都热西提·亚库甫,《突厥语传据的基本类型及标记的主要功能》,《民族语文》2011年第5期。

5. 阿地里·居玛吐尔地:《突厥语民族口头史诗类型的本土命名和界定：语义学视角》,《内蒙古社会科学》(汉文版)2014年第3期。

6. 本报评论员:《增强文化认同，构筑中华民族共有精神家园：论学习贯彻习近平总书记考察新疆重要讲话精神》,《中国民族报》2022年07月29日第01版。

7. 朝戈金:《民俗学视角下的口头传统》,《广西民族学院学报》(哲学社会科学版)2003年第3期。

8. 朝戈金:《“全观诗学”论纲》,《中国社会科学》2022年第9期。

9. 朝戈金、巴莫曲布嫫:《口头程式理论》,《民间文化论坛》2004年第6期。

10. 陈浩:《〈乌古斯可汗传〉版本源流考》,《民族文学研究》2020年第3期。

11. 陈墨:《口述历史与语言学》,《西南大学学报》2015年第4期。

12. 陈岩、李钦曾:《新疆少数民族非物质文化遗产传承保护研究》,《新疆艺术》2021年第2期。

13. 巴莫曲布嫫、朝戈金:《民族志诗学》,《民间文化论坛》2004年第6期。

14. 刀承华:《泰国民间文学的当代审美重塑与价值重构》,《天津外国语大学学报》2022年第2期。

15. 多洛肯:《中亚民间文学研究的新撰》,《西北民族研究》2015年第4期。

16. 高翔:《维吾尔语中的波斯语、阿拉伯语借词研究》，中央民族大学博士学位论文，2016年。

17. 姑丽娜尔·吾甫力:《维吾尔达斯坦的叙事学研究——以艾合买提·孜亚依长诗〈热比亚一赛丁〉为例》,《民族文学研究》2007年第3期。

18. 韩芸霞:《论维吾尔剧的形成及〈艾里甫与赛乃姆〉的艺术成就》，中国艺术研究院硕士论文，2004年。

19. 何辉斌:《中国20世纪外国文学翻译与评论总貌的量化研究》,《东吴学术》2015年第6期。

20. 胡大雷:《中古时期口语书面语之争与“诗笔之辨”》,《广西师范学院学报》2013年第1期。

21. 黄适远：《从田野表达到文本记录：试析新疆民间文学艺术保护现状》，《新疆艺术》2017年第4期。

22. 加依娜古丽·巴合提别克：《回鹘与喀喇汗文献语言词汇比较研究》，中央民族大学博士学位论文，2017年5月。

23. 卡尔·J.赖歇尔（卡尔·赖希尔）：《南斯拉夫和突厥英雄史诗中的平行式程式化句法的诗学探索》，朝戈金译，《民族文学研究》1990年第2期。

24. 劳里·航柯：《史诗与认同表达》，孟慧英译，《民族文学研究》2001年第2期。

25. 郎樱：《论维吾尔英雄史诗〈乌古斯传〉》，《民族文学研究》1984年第3期。

26. 郎樱：《听众在史诗传承与发展中的地位与作用》，《民族文学研究》1991年第3期。

27. 李斯颖：《少数民族非遗资源的"两创"实践与乡村振兴：以广西为例》，《社会科学家》2021年第7期。

28. 李如龙：《关注汉语口语词汇与书面语词汇的研究》，《陕西师范大学学报》2007年第2期。

29. 李咸菊：《北京口语常用话语标记研究》，北京语言大学博士学位论文，2008年。

30. 李玉平：《口头文学视野中的文类理论》，《民族文学研究》2010年第1期。

31. 梁秋丽、张力泉：《"达斯坦"原型舞台戏剧化的应用研究：以维吾尔族歌剧〈艾里甫与赛乃姆〉为研究个案》，《歌海》2010年第3期。

32. 刘丽艳：《口语交际中的话语标记》，浙江大学博士学位论文，2005年。

33. 刘先福：《民间叙事文类的界定与转换——以查树源的"罕王叙事"为例》，《民族文学研究》2017年第5期。

34. 刘宗迪：《从书面范式到口头范式：论民间文艺学的范式转换与学科独立》，《民族文学研究》2004年第2期。

35. 罗斯玛丽·列维·朱姆沃尔特：《口头传承研究方法术语纵谈》，尹虎彬译，《民族文学研究》2000年增刊。

36. 玛依尔·阿卜拉：《维吾尔民间达斯坦〈古尔·奥古里〉研究》，中央民族大学博士学位论文，2021年。

37. 毛莉:《建构有中国特色的东方文学研究体系》,《中国社会科学报》2016 年 12 月 14 日第 01 版。

38. 毛巧晖:《民间文艺如何在融媒体语境下自我重塑》,《中国文艺评论》2020 年第 7 期。

39. 毛巧晖:《民间文艺如何在融媒体语境下自我重塑》,《中国文艺评论》,2020 年第 7 期。

40. 米吉提·阿布拉:《维吾尔民间达斯坦〈乌古斯传〉研究》,中央民族大学硕士学位论文,2020 年。

41. 苗焕德:《浅议维吾尔语中的阿拉伯、波斯语借词》,《西北民族研究》1993 年第 1 期。

42. 努尔加玛力·阿布拉:《维吾尔民间达斯坦〈拜合拉姆王子和迪丽热孜公主〉研究》,中央民族大学硕士学位论文,2020 年。

43. 普洛普:《英雄史诗的一般定义》,李连荣译,《民族文学研究》2000 年第 1 期。

44. 热依罕(热依汗·卡德尔):《维吾尔族叙事诗的结构原则》,《民族文学研究》1990 年第 3 期。

45. 热依汗·卡德尔:《墨玉县艺人现状:墨玉县达斯坦奇情况调查日志》,《民族艺术》2004 年第 4 期。

46. 热依汗·卡德尔:《和田墨玉县维吾尔达斯坦奇及演唱方式》,《民族文学研究》2005 年第 3 期。

47. 热依汗·卡德尔:《"一带一路"倡议中的文明互鉴与遗产共享:论维吾尔古典遗产与非物质文化遗产的文化桥梁作用》,《西北民族研究》2017 年第 3 期。

48. 沙比卡提·赛买提:《维吾尔民间达斯坦〈玫瑰花〉(qizil gül)研究》,中央民族大学硕士学位论文,2020 年。

49. 司马义·阿不都热依木:《维吾尔语罗布泊方言中音变现象的音系学分析》,《语言与翻译》2017 年第 2 期。

50. 石锋:《实验音系学与汉语语音分析》,《南开语言学刊》2006 年第 2 期。

51. 石钊如:《〈艾里甫与赛乃姆〉的维吾尔戏剧改编研究》,江苏师范大学硕士学位论文,2018 年。

52. 苏珊：《口头传统与当代台湾原住民书面文学的关系》，中央民族大学硕士学位论文，2011 年。

53. 吐尔逊·卡得：《维吾尔语柯坪土语研究》，中央民族大学博士学位论文，2011 年。

54. 吐孙阿依吐拉克：《口头诗学视角下的维吾尔族达斯坦演唱传统》，《西北民族研究》2016 年第 4 期。

55. 魏李萍：《〈先祖阔尔库特书〉手抄本译介研究史述评》，《民族翻译》2017 年第 4 期。

56. 习近平：《在哲学社会科学工作座谈会上的讲话》，《人民日报》2016 年 5 月 19 日第 02 版。

57. 新华社：《习近平在山东考察时强调：认真贯彻党的十八届三中全会精神汇聚起全面深化改革的强大正能量》，《人民日报》2013 年 11 月 29 日第 01 版。

58. 徐红梅：《皖北方言词汇比较研究》，暨南大学，博士学位论文，2003 年。

59. 杨利慧：《"朝向当下"的神话学论纲：路径、视角与方法》，《西北民族研究》2019 年第 4 期。

60. 尹虎彬：《口头诗学的本文概念》，《民族文学研究》1998 年第 3 期。

61. 尹虎彬：《口头传统史诗的内涵和特征》，《河南教育学院学报》（哲学社会科学版）2009 年第 3 期。

62. 王煜：《谈维吾尔民间文学》，《中央民族学院学报》1987 年第 5 期。

63. 魏萃一：《维吾尔语词汇演变的规律性》，《民族语文》1981 年第 4 期。

64. 徐赣丽：《再论民间文学的价值和功能——与作家文学相比》，《民间文化论坛》2013 年第 2 期。

65. 牙森江·买提尼牙孜：《表演理论视野下的维吾尔民间叙事长诗——以"和田民间达斯坦"为例》，《中国韵文学刊》2018 年第 3 期。

66. 杨晖：《口头语言和书面语言与其文化语境》，《松辽学刊》2002 年第 5 期。

67. 玉兰：《〈格斯尔镇压黑纹虎之部〉异文比较研究》，《西北民族研究》2017 年第 4 期。

68. 玉兰：《蒙古国所藏〈策旺格斯尔〉叙事结构与文本化过程研究》，北京大学博士学位论文，2020 年。

69. 赵明鸣:《中亚五国语言及其使用情况》,《中国社会科学报》2017年2月17日第4版。

70. 赵相如:《维吾尔语的音节结构和借词拼写法的关系》,《民族语文》1984年第4期。

后　记

本书是我在中央民族大学攻读语言学及应用语言学博士学位和中国社会科学院从事少数民族文学研究工作期间完成的。

在中国社会科学院研究生院攻读硕士期间，我有幸听取了郎樱、朝戈金、尹虎彬、热依汗·卡德尔、巴莫曲布嫫、汤晓青等老师的课程，并得到了他们的关心和悉心指导。毕业之后，我在中国社会科学院正式开启了民族文学研究生涯。投入科研工作初期，我一时感到迷茫和焦虑。在与同人和同行的学术交流中，我根据自身的兴趣和优势，逐步确定口头传统为自己的研究方向。

2014年，为进一步提高学术水平，我选择继续攻读博士学位，在导师的悉心指导下，接受文献学方面的专业训练，加强了自己对口头文本的科学记录和手抄本的解读、分析研究能力。获得博士学位后，我又获得国家留学基金委出国访学资助，得以公派到德国洪堡大学深造，研究视野得到了更进一步开阔。

对本书的写作贯穿了我的求学和工作生涯，可以说，本书是对我十余年学习和工作积累的反思和总结。回望我的研究生学习和生活，我感到无比幸运和感恩，我的硕士导师热依汗·卡德尔研究员和博士导师阿不都热西提·亚库甫教授都非常严格且责任心强，他们严谨求实的科学态度和热情正直的人品使我受益终生，本书的相关内容也是在他们的修改意见下完成的。

民间达斯坦是具有完整的故事情节和鲜明人物形象的古老叙事形式，在民间有广泛的达斯坦口头说唱传统。"达斯坦"这一民间文学文类广泛存在于我国维吾尔、哈萨克、柯尔克孜、塔吉克、乌孜别克等多民族文学中。其中，维吾尔族和哈萨克族达斯坦是我国国家级非物质文化遗产代表性项目，是历史悠久的活形态说唱艺术。演述达斯坦的"达斯坦奇"用动听的曲调和丰富的身体语言，借助不同的乐器，发挥即兴创编能力，感染听众，使得达斯坦千百年来不断流传在民间。此外，"达斯坦"这一口头传统在"一带一路"共建国家和地区中也广泛流传，乌兹别克、土库曼、土耳其、阿塞拜疆、塔塔尔、哈萨克、卡拉卡尔帕克以及吉尔吉斯等诸多群体口头史诗传统中的长篇叙事诗也被称为"达斯坦"。活形态的达斯坦口头传统，是我国多民族共享的口头艺术文类，其题材多元、内容包罗万象，涉及语言文学、生活习俗、历史文化、社会结构等诸多方面，是我国民族文化交往交流交融和文化创造力的生动体现，也是研究和了解民族文化的活资源。

本书的田野调查涉及阿克陶县和疏附县共7位达斯坦艺人的演唱活动。其中阿克陶县达斯坦艺人西布力汗最为家喻户晓，因此本人早于硕士在读期间就开始对其进行跟踪调查和采访，录制了艺人的达斯坦演唱音视频。据西布力汗说，他最拿手的、受众也最喜欢听的是关于兄弟英雄的达斯坦《玉苏甫与艾合买提》。因此，我在田野工作中也录制了艺人演唱的这部达斯坦。遗憾的是，一直活跃于民间的这位达斯坦艺人于2012年去世。此后，我虽然多次采访其余达斯坦艺人，却未能获取完整的达斯坦口头文本。目前，阿克陶县老人艾买提·卡斯木已放弃演艺，其余达斯坦艺人均已去世。因此，本书采用我于2011年录制的西布力汗演唱的《玉苏甫与艾合买提》的文本作为主要研究对象。《玉苏甫与艾合买提》的书面文本也同样广为流传。我在田野工作当中同时获取了察哈台文手抄本。攻读博士期间，在指导老师的带领下我完成了对该手抄本的解读、转写以及口头文本的记音工作。

需要说明的是，本书原本的附录部分除了口头文本的记音和翻译，还包括其词汇索引以及书面文本的转写、词汇索引。由于字数限制，我只好忍痛割爱，将手抄本的文本转写、口头文本和书面文本的词汇索引删除，争取将来继续完善并另行出版。

达斯坦研究期间，我获得国家哲学社会科学基金青年项目，田野研究工作得到经费资助，保证了本书的相关工作顺利开展。作为中国社会科学院"登峰战略"优势学科民族文学研究所中国史诗学研究团队的一员，本书又很幸运地得到了学科团队的理论指导和支持。尤其是在本书出版之际，又很荣幸得到民文所二级研究员、史诗比较研究领域资深专家郎樱先生的意见和评语。在这里，我对民族文学研究所的领导和同人表示深深的谢意。

光阴似箭，转眼我参加工作已有13载，回首过去，我不禁感慨万分。我已从20多岁的热血青年变成即将迎来二胎的中年妈妈。虽然岁月带走了很多，同时也给我留下了满满的成长和收获，经历的点点滴滴将会是我前进道路上的宝贵财富。

我要感谢我的母亲，母爱始终是我追求梦想的力量源泉。由于父亲早逝，母亲独自兼顾工作和家庭，供我们四个孩子读书，让我们尽可能地接触到最好的教育资源，并言传身教，教导我们好好读书、好好做人。我还要衷心感谢鼎力支持我工作的家人——我的丈夫伊布先生、女儿伊林娜。在我写作过程中，伊布先生承担起所有家务、无微不至地照顾好孩子，使我能够安心工作。爱女娜娜时刻用纯真又甜蜜的话语鼓励我，使我坚持不懈地努力。此书的写作过程中，还有我家二宝在我腹中默默陪伴我，时刻提醒我注意身体，这是一种奇妙的体验，此书是我给她的到来准备的礼物。

学术之路不易，本书无法涉猎所有民间达斯坦文本和达斯坦相关的所有学术问题，论述中也难免存在一定的不足和不成熟之处，我将在以后的研究中继续深入和补充。

吐孙阿依吐拉克

2024年10月1日 北京，东坝食阅坊